Karin Salvalaggio

Finster ist die Nacht

Karin Salvalaggio

Finster ist die Nacht

Kriminalroman

Aus dem Englischen von
Sophie Zeitz

List

Die Originalausgabe erschien 2016
unter dem Titel »Walleye Junction«
bei Minotaur Books, New York

MIX
Papier aus verantwortungsvollen Quellen
FSC® C083411

List ist ein Verlag
der Ullstein Buchverlage GmbH

ISBN: 978-3-471-35157-4

Gesetzt aus Minion
Satz: Pinkuin Satz und Datentechnik, Berlin
Druck und Bindearbeiten: CPI books GmbH, Leck
Printed in Germany

Tante Louise und Onkel Larry,
dieses Buch ist für euch

Ich habe gelernt, dass es zwischen Himmel und Hölle keinen Zaun gibt, auf dem man sitzen kann. Da ist eine tiefe, breite Kluft, ein Abgrund, und dort unten ist kein Platz für einen Menschen.

Johnny Cash

1

Die Stimme aus dem Polizeifunk klang irritiert.

»Philip Long ist nicht hier. Sie müssen ihn woanders hingebracht haben.«

Detective Macy Greeley hielt in einer Hand das Lenkrad, in der anderen das Funkgerät. »Vielleicht hat er sich befreit. Ihr müsst den Umkreis sichern und eine Suche starten. Irgendeine Ahnung, wo der Hauseigentümer ist?«

»Wir sind dran.«

»Ich bin kurz vor der Abzweigung. In fünf Minuten bin ich da.«

Am Horizont verschwamm das rote, weiße und blaue Flackern von Notarztwagen und Polizeiautos mit dem schwarzen Himmel. Macys Scheibenwischer schafften es kaum von einer zur anderen Seite, bevor sie wieder blind fuhr. Die Sicht auf die Strecke kam in Momentaufnahmen – eine Baumgruppe, ein einsamer Briefkasten, ein Farmhaus, ein Obststand am Straßenrand. Ein heftiger Windstoß schob sie auf die Gegenfahrbahn, und für einen kurzen Moment kam sie auf dem nassen Asphalt ins Schleudern. Es war spät im Frühling, aber in den Bergen der Whitefish Range fiel immer noch Schnee. Der Sommer schien in weiter Ferne.

Philip Longs Anruf hatte Macy vor einer halben Stunde geweckt. Sie hatte in der Einsatzzentrale auf dem Polizeirevier von Walleye Junction vor sich hin gedöst, wo die Behörden die eingehenden Anrufe auf Longs Festnetz überwachten. Vor drei Tagen war Philip Long an einer Tankstelle bei vorgehaltener Pistole entführt worden, und die Kidnapper hatten sich bis heute nicht gemeldet. Bisher gab es nur das Video einer Überwachungskamera, auf dem zu sehen war, wie zwei bewaffnete maskierte Personen ihn zu erschießen drohten, falls er sich weigerte, in einen dunkelblauen Lieferwagen zu steigen. Als Philip Long heute Nacht versuchte, seine Frau anzurufen, hatte Macy den Anruf entgegengenommen.

Macy erkannte seine Stimme sofort. Soweit sie wusste, war er der einzige Engländer, der in Montana eine Radiosendung hatte. Und wie es schien, besaß er die Gabe, die Menschen zum Zuhören zu bringen. Während des kurzen Telefongesprächs ging Macy jedes seiner Worte durch Mark und Bein.

Ich weiß nicht, wie viel Zeit ich habe, sagte er.

Können Sie uns sagen, wo Sie sind?

Ich saß im Dunkeln, seit sie mich entführt haben. Ich habe wirklich keine Ahnung.

Sehen Sie sich um. Beschreiben Sie, was Sie sehen.

Es ist ein Wohnhaus. Vielleicht zwei Etagen mit Keller. Ich weiß nicht, wann sie zurückkommen. Ich muss hier weg.

Wie viele Entführer sind es?

Da sind Scheinwerfer zwischen den Bäumen. Jemand kommt die Auffahrt herauf.

Macy sah auf die Uhr am Armaturenbrett. Es war fast drei Uhr morgens. Seit dem Gespräch war eine halbe Stunde vergangen. Falls sie ihn nicht fanden, würde es jemand anders tun. Macy warf einen Blick auf das Navi. Die Polizei hatte Longs Anruf zu einer Adresse am Rand von Walleye Junction zurückverfolgt. Der erste Teil der Truppe war schon vor Ort.

Sie sah keine Spur von der Abzweigung, die sie nehmen musste. Über ihr zerrte der Wind an den dunklen Baumkronen und drückte die Äste so tief herunter, dass sie am Autodach kratzten. Der Abflussgraben, der an der Route 93 entlanglief, war überflutet. Schwarzes Wasser schwappte auf die Straße. Dann endlich entdeckte sie etwas, das wie eine Ausfahrt aussah, und blinkte.

Sie wurde langsamer, und im selben Moment sprang von rechts eine Person aus den Bäumen. Macy bremste scharf, riss das Lenkrad herum, und der Wagen geriet ins Schleudern. Ein bleiches Gesicht. Ein überraschter Blick. Dann flog Philip Long über die Windschutzscheibe und verschwand über das Dach, bevor sich der Wagen überschlug. Glas splitterte. Die Karosserie gab nach. Nach zweieinhalb Überschlägen blieb der SUV kopfüber auf dem Randstreifen liegen, das Heck über dem Abflussgraben balancierend.

Macys Schrei ging in einem Getöse von kreischendem Metall, Schmerz und Panik unter. Sie drehte den Kopf, um zu begreifen, was passiert war. Fest angeschnallt hing sie kopfüber vom Fahrersitz des SUV, die Hände gegen das Wagendach gestemmt. Ihr linkes Handgelenk schmerzte. Sie hielt es sich vor die Brust und blinzelte durch die Reste der Windschutzscheibe. Die Frontscheinwerfer beleuchteten eine regennasse Spur der Verwüstung, die der Wagen hinterlassen hatte, als er sich überschlug – Trümmerteile, Glassplitter, ein Notebook, eine leere Diet-Coke-Dose, Macys Holster mit der Pistole, Philip Long. Sie versuchte, sich zu bewegen, aber der Gurt war zu eng. Sie rüttelte am Gurtschloss. Es gab nicht nach. Mit den Beinen als Hebel stemmte sie sich nach oben in den Sitz und versuchte es noch einmal. Metall schleifte über Asphalt, als der Wagen ein Stück weiter in den Graben rutschte. Macy baumelte im Gurt, als das Dach unter ihr nachgab.

»Scheiße, Scheiße, Scheiße, Scheiße.«

Der starke Wind trieb ihr den Regen ins Gesicht. Sie drückte sich die Fingerspitzen an die Augen und versuchte nachzudenken. Sie musste Ruhe bewahren. Hilfe war in der Nähe. Sie würden sie rechtzeitig hier rausholen.

Draußen tat sich etwas. Sie sah ungläubig auf. Philip Long lebte. Er kam schwankend auf die Beine und stand barfuß auf der leeren Straße. Das nasse graue Haar klebte ihm am Kopf. Er trat einen vorsichtigen Schritt auf sie zu, dann blieb er stehen. Im Hintergrund erfüllte das laute Röhren eines Motors die Nacht. Ein Fahrzeug näherte sich. Der einzelne Scheinwerfer traf Long genau zwischen den Augen. Er hob die Hand und wich zurück.

Macy schaltete das Innenlicht an und durchsuchte die Trümmer im Wagen. Das Kabel des Polizeifunkgeräts hatte sich unter dem Beifahrersitz verhakt. Sie konnte ihr Handy nicht finden.

Das Motorrad hielt außerhalb ihres Gesichtsfelds. Abgase wehten ihr ins Gesicht. Sie versuchte sich umzudrehen, um besser sehen zu können, aber sie konnte nur die schweren schwarzen Stiefel des Fahrers erkennen. Der Motor knatterte weiter, während der Fahrer die Straße überquerte. Die Scheinwerfer des SUV beleuchteten ihn von hinten. Der Regen strömte über seinen Helm und die eng anliegende Montur. Die Gestalt bückte sich nach Macys Waffe, dann ging sie auf die Stelle zu, wo Philip Long mit erhobenen Händen auf der Straße stand. Long rief etwas, aber die Worte wurden vom Wind und dem prasselnden Regen verschluckt.

Macys Gurt schnappte auf, und sie landete hart auf dem Wagendach. Alle Knochen taten ihr weh und fühlten sich schwer an. Sie rollte sich auf die Seite und kroch auf Händen und Knien durch die Trümmer. Als sie es halb aus dem Fenster geschafft hatte, fiel der erste von zwei Schüssen.

Bäuchlings robbte sie durch den feuchten Kies und die knirschenden Glasscherben. Sie riskierte einen letzten Blick. Philip Long lag mit offenen Augen und leicht geöffneten Lippen auf der Seite. Als der Mann sich zu ihrem Wagen umdrehte, glitt Macy in den Abflussgraben. Das Wasser war eiskalt. Sie tauchte unter und ließ sich von der schwarzen Strömung mitreißen.

2

Es war fast sechs Uhr morgens, und die Lampe über dem Küchentisch war das einzige Licht im Haus, doch nun schälte sich langsam der Garten draußen aus dem Dunkeln. Nach mehreren Tagen heftigem Regen war für die kommende Woche klarer Himmel angesagt. Macy legte die Hände auf den kühlen Granit der Arbeitsplatte und wartete, bis das Zittern aufhörte. In den vier Tagen seit dem Unfall hatte sie mehrere Alpträume gehabt. Der letzte hatte als getreue Wiedergabe der Nacht begonnen, in der Philip Long zu Tode gekommen war. Sie war in der reißenden Strömung des Abflusskanals untergegangen, und als sie aufwachte, war sie fest überzeugt, sie wäre tot.

Macy hielt die Hände ins Licht. Sie hatte Kratzer und Prellungen am ganzen Körper, doch ihre Hände erzählten die Geschichte am besten. Ihre Fingernägel waren abgebrochen, die Fingerspitzen aufgeschürft von den verzweifelten Versuchen, aus dem Kanal zu klettern. Doch die Wände waren zu steil, das Wasser zu schnell. Hätte sie die verknoteten Wurzeln einer Schwarzpappel nicht zu fassen bekommen, hätte Macy die Nacht vielleicht nicht überlebt. Aber sie hatte sich an den Wurzeln festhalten und auf den Randstreifen der Route 93 hieven können. In der Ferne hatte sie die Lichter der Rettungswagen gesehen. Obwohl sie vor Kälte fast ohnmächtig war, war sie auf die Lichter zugehumpelt. Sie erinnerte sich nur noch verschwommen, wie jemand sie in eine Decke gehüllt hatte. Macy blinzelte die Tränen weg und dachte an das, was sicher war: Es war sechs Uhr morgens, sie stand in der Küche ihrer Mutter in Helena, und sie war am Leben.

Macy kehrte an den Tisch zurück. Tatortfotos, Landkarten und Notizen bildeten ein ordentliches Raster. Sekundenlang betrachtete sie das Foto von Philip Long. Er war zweiundsechzig und besser in Form als viele, die halb so alt waren wie er. In der Biographie auf seiner Website stand, dass er bei gutem Wetter täglich acht Kilometer joggte. Im Winter machte er Langlauf. Macy hatte im Krankenhaus die meisten seiner jüngeren Artikel gelesen und stundenlang seine Radio-Talkshow gehört. Er hatte eine unbändige Begeisterung für das Leben gehabt. Es war schwer, ihn mit dem Mann zusammenzubringen, den sie in jener Nacht auf der Straße gesehen hatte. In ihrem Kopf stand Philip Long für immer taumelnd da, in Todesangst, mit aufgerissenem Mund. Je länger sie darüber nachdachte, desto überzeugter war sie, dass er ihr etwas sagen wollte. In ihren Alpträumen starrte sie die Bewegungen seiner Lippen an, doch es war immer nur das Trommeln des Regens und das Röhren des Motorrads, was sie hörte.

Philip Long hatte einunddreißig Verletzungen erlitten, von Prellungen über gebrochene Rippen bis zum Schädelbruch. Es war unmöglich, festzustellen, welche Verletzungen von dem Unfall und welche von einer Auseinandersetzung mit den Kidnappern stammten. Abgesehen von einem zertrümmerten Sofatisch und einer kaputten Lampe gab es in dem Haus keine Hinweise auf einen Kampf. Soweit es die Polizei sah, war Philip Long allein gewesen, als ihm die Flucht aus der 400-Quadratmeter-Villa an der Edgewood Road gelang.

Macy blätterte durch die Informationen, die ihnen über den Eigentümer des Hauses vorlagen. Ron Forester war ein im Flathead Valley ansässiger Steuerberater, der zurzeit eine Haftstrafe wegen sexueller Nötigung absaß. Er behauptete, die Entführer hätten sein Haus ohne sein Wissen benutzt. Als Macy im Krankenhaus lag, hatte sie die Videoaufnahme seiner Vernehmung gesehen. Er hatte die Hände gehoben und seine Unschuld beteuert.

Ich habe nichts damit zu tun.

Macy sah sich noch einmal die Festnetzverbindungen des Anwesens an der Edgewood Road an. Bis auf Philip Longs Anruf in der Mordnacht hatte es in den letzten drei Monaten keine ausgehenden Gespräche gegeben. Dazu passten auch die Aufzeichnungen der Strom- und Heizungszähler. Wenige Tage vor Philip Longs Entführung war der Verbrauch in die Höhe gegangen. Das Grundstück lag rund 800 Meter von der Route 93 entfernt. Es gab keine Nachbarn, und bisher konnte Macy auch keine Verbindung zwischen Philip Long und dem Eigentümer entdecken. Sie blätterte noch einmal die Aufzeichnungen durch. Ein örtlicher Sicherheitsdienst namens Mountain Security wartete die Alarmanlage. Laut den Kontoauszügen wurde der Dienst auch regelmäßig bezahlt. Wer immer eingebrochen war, musste den Code der Alarmanlage kennen. Macy nahm ein Foto von Ron Forester in die Hand. Der Mann war ein verurteilter Krimineller. Sie hatte keinen Grund zu glauben, was er sagte.

»Nichts damit zu tun. Dass ich nicht lache.«

Dann ging Macy die Fotos aus dem Innern der Villa durch. Die Entführer hatten die Hintertür aufgebrochen und einen Lagerraum im Keller ausgeräumt, wo sie Philip Long einsperrten. Man hatte Schachteln eines chinesischen Take-aways im Kühlschrank gefunden, eine Kanne mit warmem Kaffee und Geschirr, das in der Spüle einweichte. Bis jetzt hatte man zwei Paar unidentifizierte Fingerabdrücke sichergestellt.

Ein riesiger Schwarm Blauhäher sprenkelte den Morgenhimmel und ließ sich in der Krone einer Birke am Ende des Gartens nieder. Macy warf einen Blick auf die Uhr, die über dem Küchentisch hing, und seufzte. In einer Stunde kam eine Kollegin von der Highway Patrol, um sie abzuholen. Macy hatte protestiert und beteuert, sie könne selbst zurück ins Flathead Valley fahren, aber ihr Vorgesetzter hatte darauf bestanden, dass sie sich entweder fahren ließ oder weitere Tage aussetzte. Macy hatte nachgegeben. Wenn sie Philip Long aus ihren Träumen verbannen wollte, dann musste sie herausfinden, was auf jenem einsamen Abschnitt der Route 93 passiert war. Und zuerst musste sie sich das Haus ansehen, in dem er festgehalten wurde. Fotos reichten nicht aus.

Auf der Treppe waren leise Schritte zu hören, und Macy drehte sich um, als ihre Mutter Ellen in Bademantel und Hausschuhen herunterkam. Sie war nicht allein. Luke, ein von Natur aus vorsichtiges Kind, hielt sich an der Hand seiner Großmutter fest. Er war fast zweieinhalb und groß für sein Alter. Mit seinem zerzausten schwarzen Haar und der Höckernase war er das Ebenbild seines Vaters, des früheren Chiefs der State Police, doch wenn seine grünen Augen aufleuchteten, war er ein waschechter Greeley.

»Mommy!« Er breitete die Ärmchen aus und lief auf sie zu.

Macy lächelte den Schmerz weg, als sie sich bückte, um ihn hochzuheben. Der Gurt hatte Hämatome auf ihrer Brust hinterlassen, und ihr linkes Handgelenk war verstaucht. Ellen legte ihrer Tochter die Hand auf die Schulter.

»Wegen mir musst du dich nicht zusammenreißen. Ich weiß, dass dir alles wehtut. Hast du Ibuprofen genommen, als du heute Morgen aufgestanden bist?«

Ächzend setzte Macy Luke in den Hochstuhl.

»Ja, aber anscheinend zu wenig.«

»Du brauchst Zeit, das weißt du selbst. Wenigstens ist nichts gebrochen, und du bist bald wieder fit.«

Macy schnitt für Luke Grimassen. Er kicherte und griff nach ihrer Nase.

»Ich wünschte, ich hätte deine Zuversicht«, sagte Macy.

»Du bist stärker, als du denkst, Macy. Aber ich bin froh, dass sie dir einen Fahrer schicken. Du solltest auf keinen Fall Hunderte von Kilometern allein am Steuer sitzen.«

»Gina Cunningham von der Highway Patrol ist seit siebzehn Jahren im Dienst. Wahrscheinlich hört sie es nicht gern, wenn du sie als *Fahrer* bezeichnest.«

Ellen lachte. »Ich merke es mir für den Fall, dass ich sie kennenlerne.«

Macy hielt die Kaffeekanne hoch. »Ich habe frischen Kaffee gekocht. Möchtest du welchen?«

»Danke, das wäre fein.« Ellen ging durch die Zimmer im Erdgeschoss und machte überall Licht. »Warum sitzt du immer im Dunkeln? Das ist doch gruselig. Apropos, sind das Tatortfotos auf dem Küchentisch?«

»Tut mir leid. Ich räume sie gleich weg.«

Ellen warf einen kurzen Blick auf die Fotos. »Wenn ich mir diese Bilder ansehen müsste, würde ich im ganzen Haus Licht machen.«

»Ich versuche nebenbei, die Erde zu retten.« Macy öffnete den Kühlschrank. »Ich mache Rührei. Möchtest du welches?«

»Nein, danke. Ich esse nur eine Schale Cornflakes.« Ellen lächelte. »Dein neuer Haarschnitt gefällt mir. Er steht dir ausgezeichnet.«

Macy strich sich das Haar nach vorn, so dass es ihr Gesicht umrahmte. »Ich finde es irgendwie zu kurz. Ich fühle mich so nackt.«

»Sei nicht albern, Liebes. Es ist schulterlang. Außerdem hast du sowieso meistens einen Pferdeschwanz, wie vorher auch.« Ellen zupfte einen Fussel von Macys dunkelblauem Blazer. »Du siehst gut aus. Endlich hast du wieder ein bisschen

Farbe im Gesicht.« Sie berührte Macys Wange. »Du hast sogar ein paar Sommersprossen. Es muss Frühling sein.«

Macy wandte sich vom ruhigen Blick ihrer Mutter ab. Ellen entging nichts, und Macy wollte nicht, dass sie sah, wie zerrissen sie sich fühlte. Man hatte ihr angeboten, eine verletzungsbedingte Auszeit zu nehmen. Damit hätte sie mehr Zeit mit Luke zu Hause gehabt. Es war Macys Entscheidung, ins Flathead Valley zurückzukehren, um die Ermittlungen zu Philip Longs Entführung und Ermordung weiter zu leiten. Wenn sie einen Fall einmal aufgenommen hatte, brachte sie ihn auch zu Ende. Sie speicherte jede Information, jedes Foto im Kopf, verfolgte jede Spur, bis der Fall gelöst war. Zu Philip Longs Lebzeiten hatte sie versagt. Jetzt würde sie wenigstens seinen Tod aufklären.

Macy beugte sich vor, um Luke auf gleicher Höhe anzusehen. Zu ihrem Glück war ihr Sohn weniger scharfsichtig als ihre Mutter, aber sie wusste, eines Tages würde sie ihm viel erklären müssen. Die meisten Mütter waren zum Abendessen zu Hause und hatten die Wochenenden frei. Bei Macy war es anders. Es war nicht das erste Mal, dass sie mehrere Tage hintereinander beruflich unterwegs war. In vielen Polizeidienststellen in der Provinz gab es keine Kriminalbeamten, und als Sonderermittlerin der Landespolizei wurde Macy immer dahin geschickt, wo sie gebraucht wurde.

Sie beschloss, das Thema zu wechseln, und zeigte auf die Yogamatte, die aufgerollt neben der Sporttasche ihrer Mutter an der Küchentür stand.

»Gehst du heute zum Yoga, Mom?«

»Ja. Ich bin froh, dass sich Luke bei der Kinderbetreuung dort wohlfühlt. Es tut ihm gut, mit anderen Kindern zu spielen.«

»Dir tut es auch gut, andere Leute zu sehen.«

»Ich habe mehr als genug Kontakte. Morgen Abend kommen meine Mädels zum Essen.«

Macy lächelte. Die »Mädels« waren Ende sechzig und spielten leidenschaftlich und mit allen Tricks Poker.

»Aber zum Yoga gehst du nicht mit den Mädels?«

Macy hatte den Verdacht, ihre Mutter hatte jemanden kennengelernt. In letzter Zeit legte Ellen mehr Wert auf ihr Äußeres, und sie hatte endlich wieder die Pfunde zugenommen, die sie verloren hatte, als Macys Vater starb. Neulich beim Einkaufen hatte Ellen Macy einem älteren Herrn namens Jeff vorgestellt, den sie im Supermarkt getroffen hatten. Offenbar war Jeff in Ellens Yogakurs. Ellen war so nervös gewesen, dass sie kaum ein Wort herausgebracht hatte.

»Ich bin dir so dankbar, dass du für Luke da bist«, sagte Macy. »Ohne dich ginge das alles gar nicht.«

»Es ist schön für uns alle. Ich bin froh, dass du und Luke bei mir seid.«

Macy wuschelte Luke durchs Haar und stellte ihm einen klein geschnittenen Apfel hin. Meistens war er eher still, doch es bereitete ihm diebische Freude, jedes interessante Wort, das er hörte, zu wiederholen – je unanständiger, desto besser. Was Macy manchmal vergaß und trotzdem fluchte. Wenn er sie dann nachäffte, fiel es ihr schwer, sich das Lachen zu verkneifen, aber Ellen verstand bei diesem Thema keinen Spaß.

Ermutige ihn nicht auch noch, warnte sie. *Es ist kein bisschen niedlich, wenn ein kleines Kind* Arschloch *sagt.*

Macy fand es herrlich, wie nüchtern das Wort aus dem Mund ihrer Mutter klang. *Stimmt. Es ist viel niedlicher, wenn du es sagst.*

Ellen griff nach einem Foto von Ron Foresters Wohnzimmer und hielt es ins Licht.

»Hübsche Einrichtung«, sagte sie.

»Kein Wunder. Die Villa gehört einem reichen Steuerberater.«

»Steuerberater müsste man sein.« Ellen zeigte auf die anderen Fotos. »Wo war er, als es passiert ist?«

»Er sitzt eine Haftstrafe wegen sexueller Nötigung ab.«

»Reizend.«

»Ich vernehme ihn morgen.«

Ellen zog die Braue hoch. »Wo sitzt er denn?«

Macy nahm eine Schüssel und schlug das erste Ei hinein. Sie wich dem Blick ihrer Mutter aus.

»Im Montana State Prison in Deer Lodge.«

»Da sitzt doch auch Ray Davidson.«

»Ich weiß.«

»Hattest du in letzter Zeit Kontakt mit ihm?«

»Nicht seit er versprochen hat, sich in allen Punkten schuldig zu bekennen.« Macy machte den Herd an und stellte die Pfanne auf die Platte. »Ich wollte ihm danken, dass er uns nicht alle vor Gericht gezerrt hat. Nicht dass es eine große Rolle spielt, nachdem unsere Affäre sowieso rauskam.«

»Es war keine Affäre. Es war eine Beziehung. Er hat von seiner Frau getrennt gelebt, als ihr zusammen wart.«

»Nicht beim zweiten Mal.«

»Ja, aber er hat dich angelogen, und alle anderen auch. Warum hast du mir nicht erzählt, dass du mit ihm Kontakt hattest?«

»Weil ich wusste, dass du nichts davon hältst.«

»Er mag hinter Gittern sitzen, aber sicher bist du vor ihm immer noch nicht. Ich weiß, dass du ihn noch nicht vergessen hast.«

Macy küsste Luke auf den Scheitel. »Es ist schwer, jemanden zu vergessen, an den man täglich erinnert wird.«

»Hör auf, dich so zu quälen. Luke sieht Ray ähnlich, aber in Wirklichkeit kommt er nach deinem Vater. Ich zeige dir die Kinderbilder von ihm, dann siehst du es selbst.«

»Mom, du verstehst das vielleicht nicht, aber es war wirklich wichtig für mich, Ray zu sagen, dass er das Richtige getan hat.« Sie gab Rührei auf einen Teller und stellte ihn auf die Arbeitsplatte. »Er hat etwas sehr Schlimmes getan, aber dafür lebt er jetzt in einem Alptraum … Sie lassen ihn nie wieder raus.«

»Hab bloß kein Mitleid mit diesem Mann. Er ist durch und durch verdorben. Seine Frau und seine Kinder sollten dir leidtun.«

»Seine Frau ist mit der Familie nach Chicago gezogen. Ich habe gehört, sie ist schon wieder verlobt, mit ihrem Jugendfreund aus der Highschool.«

»Kann man ihr vorwerfen, dass sie versucht, die Vergangenheit so schnell wie möglich hinter sich zu lassen?«

»Nein.« Macy setzte sich neben Luke und begann die Unterlagen wegzuräumen. »Manchmal wünschte ich, ich könnte einfach weglaufen.«

»Weglaufen hilft nicht. Es ist besser, zu bleiben und die Sache zu verarbeiten. Ich weiß, im Moment ist es schwer, aber wenn du weiter so erfolgreich bist, vergessen die Leute bald, was gewesen ist.« Ellen hielt inne. »Siehst du Aiden, wenn du oben im Flathead Valley bist?«

»Wir haben es vor. Es ist eine Weile her, dass wir Zeit miteinander verbracht haben. Ich freue mich darauf.«

»Ich bin zwar nicht dafür, die Dinge zu überstürzen, aber man kann es mit der Zurückhaltung auch übertreiben.«

Luke schob ein Stück Apfel in Macys Mund und prustete los, als sie eine Grimasse machte.

»Nach allem, was passiert ist, weiß ich nicht, ob es klug ist, mich wieder mit einem Kollegen einzulassen.«

»Wo willst du bei deinem Arbeitspensum sonst jemanden kennenlernen, geschweige denn regelmäßig sehen?«

»Stimmt auch wieder.«

Ellen lächelte sie über die Kaffeetasse an. »Oder du versuchst es mit Online-Dating. Ich habe gehört, es gibt Websites, die auf Single-Frauen mit einer Schwäche für Männer in Uniform spezialisiert sind.«

Macy lachte, und es tat weh.

»Ich tu so, als hätte ich das überhört.« Es klingelte. »Das wird meine Mitfahrgelegenheit sein.«

Gina Cunningham hatte einen kantigen Kurzhaarschnitt mit einem Muster aus blonden Strähnen, das Macy an Leopardenfell erinnerte. Auch ihre Persönlichkeit war eher extrovertiert. Gina war bekannt dafür, dass sie sagte, was sie dachte, und aus dem Grund war Macy froh, dass sie sich immer gut verstanden hatten. Gina hatte Macy nicht auf Ray Davidson angesprochen. Stattdessen erkundigte sie sich nach Luke und äußerte Besorgnis, dass Macy so schnell nach dem Unfall wieder arbeiten wollte. Wie gewöhnlich war Ginas Ausdrucksweise unverblümt: »Nimm's mir nicht übel, Special Investigator Greeley, aber du siehst beschissen aus.«

Gegen neun Uhr erreichten sie die Ausläufer von Walleye Junction. Der Unfallort war geräumt worden. Ohne die provisorisch errichtete Gedenkstätte hätte man vorbeifahren können, ohne zu ahnen, was sich hier vor vier Tagen abgespielt hatte. Gina nahm den Fuß vom Gas, um besser sehen zu können. Auf dem Asphalt glitzerten noch vereinzelte Glasscherben. Die Bremsspuren sahen aus wie ein Fragezeichen. Die Zettel mit den Beileidsbekundungen flatterten jedes Mal auf, wenn ein Auto vorbeifuhr, und die Blumensträuße, von denen manche in Plastik verpackt und andere ganz aus Plastik waren, glänzten in der Morgensonne. Das Wachs der geschmolzenen Kerzen sammelte sich auf dem Asphalt, und der Aufsteller einer geschäftstüchtigen Kirche bot Menschen, die spirituelle Führung brauchten, kostenlose Trauerbegleitung an.

Philip Long mochte eine umstrittene Figur in Walleye

Junction gewesen sein, doch er hatte auch viele Fans. Und selbst seine Kritiker hatten ihn anscheinend als würdigen Gegner betrachtet. Macy hatte sich die Kommentare der verschiedenen Nachrufe im Internet angesehen. Ein Bewunderer schrieb: *Manchmal muss jemand von außen kommen, um auf unsere Probleme zu zeigen*, worauf jemand geantwortet hatte: *Auch wenn ich Long sehr geachtet habe, habe ich mich immer gefragt, warum er nicht nach England zurückgeht, wenn er hier alles so kritisch sieht.*

Als sich eine Lücke im Verkehr auftat, zog Gina über die Gegenfahrbahn und blieb auf dem Randstreifen stehen. Sie ließ das Fenster herunter und lehnte sich hinaus, um die Beileidsbotschaften an Philip Longs Familie besser lesen zu können.

Macy verschränkte die Hände auf dem Schoß und starrte ins Leere. Es war ein heller Frühlingstag, und alles war frisch und gestochen scharf. Die Kirschbäume blühten, und leuchtend grüne Wälder bedeckten das Vorgebirge. Weiter oben strahlten die blendend weißen Gipfel der Whitefish Range.

Gina stammte aus Texas, und sie hatte ihren Südstaatenakzent nie ganz abgelegt.

»Bei uns gab's mal einen Serienmörder, der an den Gedenkstätten am Straßenrand Hinweise hinterlassen hatte.«

Sie riss eine Tüte Doritos auf, und Macy schauderte, als ihr der Geruch in die Nase stieg. Ihr war kalt, und sie fühlte sich fiebrig. Sie fasste sich an die Stirn. Ihre Haut war feucht. Dann ließ sie ihr Fenster herunter und sah zu, wie über der Kirschplantage auf der anderen Seite der Bundesstraße ein Helikopter auf und ab flog. Er sah aus wie eine riesige Libelle. Gina stellte die Chipstüte auf die Mittelkonsole, damit Macy sich bedienen konnte.

»Ich wette, in dem Wassergraben war es scheißkalt, aber besser, als erschossen zu werden, oder?« Gina sah Macy an. »Alles in Ordnung?«

»Ich brauche nur frische Luft.«

Als Macy gerade die Tür öffnen wollte, donnerte ein mit Baumstämmen beladener Sattelschlepper vorbei. Er hupte, und Macy wich erschrocken in den Sitz zurück. Gina legte ihr die Hand auf die Schulter.

»Du zitterst ja.«

Macy nickte. Gina meinte es gut, und Macy wollte sie nicht vergraulen.

»Danke«, sagte Macy. »Wieder hier zu sein macht mich ein bisschen nervös, aber das war wahrscheinlich zu erwarten.«

Gina griff nach dem Funkgerät. »Gut zu wissen, dass du auch nur ein Mensch bist. Lass dir Zeit. Ich melde mich schon mal in Walleye und gebe unsere voraussichtliche Ankunftszeit durch.«

Macy ging am Randstreifen ein Stück nach Norden. Der kalte Wind der vorbeifahrenden Wagen zerrte an ihrem Haar. Sie band sich mit dem Gummi, das sie ums Handgelenk trug, einen Pferdeschwanz. Rechts von ihr donnerten Autos und Lastwagen die Route 93 hinunter. Links gurgelte das dunkle Wasser im Abflussgraben. Sie starrte ihr zitterndes Spiegelbild auf der Oberfläche an. Im Internet hatte sie eine topographische Karte der Gegend gefunden. Nur hundert Meter entfernt von der Stelle, wo sie sich aus dem Graben gerettet hatte, führte eine Überlaufrinne direkt in den Flathead River. Macy war sich bewusst, dass sie verdammtes Glück hatte, am Leben zu sein. Sie sah zurück zu der Stelle in der Mitte der Straße, wo Philip Long sein Leben gelassen hatte. Den Fall aufzuklären würde ihn nicht wieder lebendig machen. Sie hatte das dumpfe Gefühl, seine letzten Momente würden für immer ihre Träume heimsuchen.

Die provisorische Gedenkstätte befand sich am Fuß des Wegweisers zur Edgewood Road. Macy ging in die Knie und schob die Blumen mit einem Kugelschreiber beiseite, um die Karten lesen zu könnten. Da waren Kinderzeichnungen, Beileidskarten und kurze Botschaften. Bei einigen war die Tinte verlaufen, und die Feuchtigkeit löste das Papier zu Brei auf.

Asche zu Asche, Staub zu Staub.

Du wirst uns fehlen.

Gute Reise.

Macy richtete sich wieder auf und dehnte ihre Schultern. Die Wirkung des Ibuprofens ließ nach. Sie musste noch eine Tablette nehmen, aber nicht auf leeren Magen.

Als sie zurückkam, hielt Gina ihr durchs offene Fenster eine Tüte Bonbons hin. »Tu dir einen Gefallen und nimm welche. Du siehst aus, als klappst du mir gleich zusammen.«

Das Bonbonpapier knisterte in Macys Fingern. »Der Fall in Texas, von dem du gesprochen hast, wann war das?«

»Das ist ewig her … in den Siebzigern vielleicht? Am Ende kam raus, dass der Täter ein Fernfahrer war, der sich an Anhaltern vergriff. Die Leichen lud er am Straßenrand ab.«

»Der kommt hier wahrscheinlich nicht in Frage.«

»Nee, der hat gebrutzelt.«

Der Hubschrauber knatterte in der Nähe. Die Kirschplantage reichte bis zur anderen Seite der Bundesstraße, nur wenige Meter entfernt. Macy drehte sich um.

»Was zum Teufel macht er da?«, fragte sie.

»Wenn es geregnet hat, föhnen sie mit Hubschraubern die Kirschblüten trocken.«

»Davon habe ich noch nie was gehört.« Macy gab Gina die Bonbontüte zurück und warf einen Blick auf ihr Telefon. Aiden Marsh rief an. Sie gab Gina ein Zeichen, dass sie noch eine Minute brauchte, und stellte sich vor den Wagen.

»Hallo, Aiden«, sagte Macy. »Schön, deine Stimme zu hören.«

»Detective Greeley. Es freut mich, dass es dir besser geht.«

»Oh, das klingt, als würdest du dienstlich anrufen.«

»Leider ja«, sagte Aidan. »Wir haben in einem Gewerbegebiet zwischen Walleye Junction und Wilmington Creek zwei Leichen gefunden. Sieht nach Überdosis aus.«

»Interessant, aber warum rufst du mich deswegen an?«

»Zuerst dachte ich, es wäre Routine, aber in der Nähe steht ein dunkelblauer Van mit Kennzeichen aus Idaho. Er sieht aus wie das Fahrzeug auf dem Überwachungsvideo der Tankstelle, an der Philip Long entführt wurde.«

»Habt ihr die Kennzeichen überprüft?«

»Gestohlen. Die Spurensicherung hat Fingerabdrücke gefunden, die mit denen aus dem Haus übereinstimmen, in dem Long festgehalten wurde. Sieht aus, als hätten wir eure Kidnapper gefunden.«

»Konntet ihr sie identifizieren?«

»Carla und Lloyd Spencer aus Walleye Junction. Beide Junkies. Vielleicht brauchten sie Geld für Drogen.«

»Man kann leichter Geld auftreiben als mit einer Entführung. Schickst du mir die Adresse?«

»Wird gemacht. Wo bist du gerade?«

»Ich stehe vor dem berühmten Abflussgraben.«

Aidens Stimme wurde sanft. »Wie geht es dir?«

»Es geht.«

»Halt durch.«

Macy stieg ins Auto und bat Gina, nach Wilmington Creek zu fahren.

»Danke für die Information, Sheriff«, sagte Macy. »Wir sind in zwanzig Minuten da.«

Gina fädelte sich wieder in den Verkehr ein. »Wer war das?«

Macy zögerte. Sie und Aiden hatten seit fast einem Jahr eine Beziehung. Eigentlich gab es keinen Grund, das Verhältnis geheim zu halten, aber Macy hatte nur ihren engsten Freunden und ihrer Familie von Aidens Existenz erzählt, und selbst ihnen gegenüber war sie zurückhaltend. Im Lauf des letzten Jahrs hatte es so viel Aufruhr in ihrem Leben gegeben. Manchmal war sie sich nicht sicher, ob sie wirklich in Aiden verliebt war oder ob er nur ein Lückenbüßer war in einer schweren Zeit.

Macy griff in die Bonbontüte.

»Aidan Marsh«, erklärte sie und schob sich ein Bonbon in den Mund. »Der Sheriff von Wilmington Creek. Sie haben zwei Leichen gefunden. Sieht nach einer Überdosis aus. Die Fingerabdrücke passen zu den Entführern.«

Gina brummte: »Na dann – Fall erledigt.«

»Du klingst enttäuscht.«

»Meine Schwiegermutter ist gestern gekommen, um sich um die Kinder zu kümmern, während ich weg bin. Wäre besser gewesen, wenn es sich für sie und für mich gelohnt hätte. Ich habe für eine Woche gepackt.«

»Du hast mir wohl nicht zugetraut, dass ich den Fall so schnell löse.«

»Nein, ich brauchte nur eine Pause. Vollzeit arbeiten und Zeit für den Haushalt, meinen Mann und die Kinder zu finden ist anstrengend.«

Das kleine Gewerbegebiet lag inmitten von dunklen, frisch gepflügten Feldern. Die Leiterin einer Bäckerei hatte das Paar, Seite an Seite liegend, im hohen Gras entdeckt, als sie ihren Wagen an der üblichen Stelle parkte. Dass die beiden tot sein könnten, hatte sie erst gemerkt, als die Hupe sie nicht weckte. Sie war so entsetzt, dass sie im Wagen blieb, bis die Polizei eintraf.

Gina parkte den Wagen außerhalb des von der Spurensicherung abgesperrten Bereichs und bot Macy noch ein Bonbon an, bevor sie den Motor abstellte.

»Schätzchen«, sagte sie. »Bist du sicher, dass du schon bereit für so was bist?«

Macys Blick ruhte auf Aiden Marsh. Auch wenn sie es nie zugegeben hätte, ihre Mutter hatte recht. Macy hatte eine Schwäche für Männer in Uniform, und wie gewöhnlich war die von Aiden frisch gebügelt. Er sprach gerade mit Ryan Marshall, dem Rechtsmediziner, und winkte ihnen zu. Ryan trug einen weißen Ganzkörperanzug mit Kapuze, Handschuhe, Füßlinge und eine dunkle Sonnenbrille. Meistens war es schwer zu erraten, wie er eigentlich aussah. Wenn sie ihn in Zivil sah, hatte Macy sich angewöhnt, so zu tun, als würde sie ihn nicht erkennen. Er konterte mit absurden Flüchen, die er auf einer internationalen Rechtsmedizinerkonferenz aufgeschnappt hatte, wo er außerdem herausfand, dass seine britischen Kollegen noch mehr tranken als er.

Als Macy angefangen hatte, hatte man sie vor Ginas Kratzbürstigkeit gewarnt. Doch über die Jahre war ihr klar geworden, dass nur Männer dieser Meinung waren. Sie lächelte Gina zu und öffnete die Tür.

»Danke, dass du fragst, Gina. Es geht schon. Packen wir es an.«

Draußen hing das pappige Zuckeraroma aus den Bäckereiöfen in der Luft. Soweit Macy feststellen konnte, gaben die Leichen keinen Geruch von sich. Carla und Lloyd Spencer konnten noch nicht lange tot sein. Im hohen Gras waren sie fast unsichtbar. Nur die Schuhe waren zu sehen – ein Paar Turnschuhe, ein Paar Cowboystiefel. Vor dem Liefereingang der Bäckerei, in etwa fünfzehn Metern Entfernung, standen ein paar Frauen in Schürzen und rauchten.

Macy schüttelte sowohl Ryan als auch Aiden zu Begrüßung die Hand. Ryan grinste. »Warum so förmlich? Wir haben uns seit zehn Jahren nicht die Hand gegeben.«

»Vielleicht möchte ich noch einmal ganz von vorne anfangen.«

Sie zog sich Füßlinge und Handschuhe über und betrat die

Wiese, um sich Carla und Lloyd Spencer aus der Nähe anzusehen. Beide Eheleute trugen Jeans und Kapuzen-Sweatshirts. Ihre Kleider hatten zwar keine Löcher, aber sie waren abgenutzt. Und trocken. Sie waren also nicht in dem Regen gestorben, der in der Nacht gefallen war. Carla Spencer war eine attraktive Frau, aber das Gleiche galt nicht für ihren Mann. Lloyd sah verbraucht aus. Tiefe Linien hatten sich in sein Gesicht gegraben, und seine Zähne und Finger waren tabakbraun.

»Was denkst du, Ryan?«

»Ich denke, wir haben die Kidnapper und können nach Hause gehen.«

»Woran sind sie gestorben?«

»Wahrscheinlich Heroin, oder sie haben sich aufbereitete Schmerzmittel gespritzt. Der Toxscreen wird uns mehr verraten. Der Mann war ein Junkie. Jede Menge Einstichstellen.«

»Und die Frau?«

»Nichts zu sehen bis auf die Einstichstelle der tödlichen Spritze. Sie schien viel fitter gewesen zu sein als er.«

Aiden räusperte sich. »Macy, ich habe sie überprüft. Carla nahm seit ein paar Monaten an einem Entzugsprogramm teil, und Lloyd steht auf der Warteliste.« Er sah Ryan an. »Kannst du was zum Todeszeitpunkt sagen?«

Macy sprach zuerst. »Falls die Leichen nicht hier abgelegt wurden, würde ich sagen, zwischen sechs und sieben Uhr früh.«

Ryan nickte bestätigend. »Nicht schlecht, Greeley. Mir scheint, du sägst an meinem Stuhl.«

Macy hätte Ryan fast die Zunge rausgestreckt, aber sie beherrschte sich.

»Ihre Kleider sind trocken«, erklärte sie. »Gegen sechs hat der Regen aufgehört, und die Chefin der Bäckerei kam um sieben. Ist sonst noch jemand hier gewesen?«

»Nein«, sagte Aiden. »Die Frau von der Bäckerei war die Erste. Sie hat erst den Lieferwagen bemerkt und dann die Leichen.«

»Haben Carla und Lloyd Spencer Familie in Walleye?«

»Police Chief Lou Turner müsste jeden Moment hier sein. Er sollte das wissen.«

»Ich unterhalte mich mal mit der Bäckerei-Chefin«, sagte Gina. »Vielleicht finde ich noch was raus.«

Aiden zeigte auf eine Frau mit Schürze und Baseballkappe. »Sie ist ziemlich mitgenommen. Seien Sie nett zu ihr.«

Ryan gähnte herzhaft. »Vielleicht können Sie mir ein paar Donuts und einen Kaffee mitbringen. Für einen Zuckergussdonut würde ich über Leichen gehen.« Er wandte sich ab. »Ich muss die zwei abholen lassen. Ich sorge dafür, dass sie sich mit dem Toxscreen beeilen.«

Macy sah sich Carla und Lloyd Spencer noch einmal genau an. Beide lagen mit an den Körper angelegten Armen da, die Handflächen zeigten nach oben. Da die Todesursache höchstwahrscheinlich Drogen waren, war schwer zu glauben, dass sie sich zum Sterben in genau die gleiche Position gelegt hatten. Macy bückte sich. Sie sah nichts, was auf einen Kampf schließen ließ. Sie hob Lloyds Cowboystiefel an. Kleine Steinchen hatten sich in die Rückseite des Absatzes gebohrt. An Carlas Turnschuhen waren keine zu sehen. Macy drehte sich um und warf einen Blick zu dem Lieferwagen. Er stand knapp zehn Meter entfernt.

»Ich glaube, sie sind im Wagen gestorben. Lloyd wurde über den Asphalt gezogen, Carla wurde getragen.«

»Du meinst also nicht, dass sie sich die Überdosis aus Versehen gesetzt haben?«, fragte Aiden.

»Ich schließe es nicht aus, aber die Leichen wurden bewegt. Was bedeutet, dass sie vielleicht früher gestorben sind. Auf jeden Fall war noch eine dritte Person im Spiel. Vielleicht war derjenige auch an Longs Entführung beteiligt.« Macy zog sich die Handschuhe aus. »Wir müssen den Obduktionsbericht abwarten.«

Als sie aufstand, wurde ihr schwindlig. Sie streckte die Hand nach Aiden aus, und er hielt sie fest.

Aiden sagte leise: »Alles in Ordnung? Du bist blass.«

»Ich will nicht lügen. Mir geht's nicht so toll.«

Er half ihr auf die Beine, dann ließ er sie los. »Ich würde dich in den Arm nehmen, wenn ich dürfte.«

»Lieb gemeint.«

»Glaubst du wirklich, es war eine gute Idee, so schnell wieder zu arbeiten?«

Sie sah sich nach Gina um. »Keine Sorge, ich bin in guten Händen.«

»Muss ich eifersüchtig sein?«

»Unbedingt. Gina ist ein heißer Feger.«

»Falls ihr mich hier nicht mehr braucht, breche ich auf. Ich habe noch einen Termin.«

Macy brachte ihn zu seinem Wagen. »Also«, begann sie, als sie sicher war, dass ihnen niemand zuhörte, »sehen wir uns später?«

»Melde dich, sobald du Feierabend hast, dann hole ich dich am Hotel ab.«

»Willst du immer noch für mich kochen?«

»Ich bin gerade auf dem Weg zum Fluss. Hoffentlich fange ich uns etwas.«

»Ich dachte, du hättest einen Termin.«

»Eben. Ich gehe mit dem Bürgermeister angeln.« Dann sprach er lauter, damit die anderen ihn hörten. »Schön, Sie wiederzusehen, Detective Greeley.«

»Machst du Witze?«

Er beugte sich vor und flüsterte: »Bin ich kein guter Schauspieler?«

»Ich würde die Uniform noch nicht endgültig an den Nagel hängen.«

Police Chief Lou Turners Geländewagen fuhr auf den Parkplatz, als Macy gerade durch die Fenster des gestohlenen Lieferwagens spähte. Sie hatte gehört, dass Lou extrem witzig sein konnte und nichts lieber tat, als zu angeln und mit seinen alten Kumpels herumzuhängen. Macy konnte sich das immer noch nicht vorstellen. Seit sie ihn kurz nach Philip Longs Entführung kennengelernt hatte, hatte Lou kein einziges Mal gelächelt. Doch vielleicht hatte das mit den Umständen zu tun.

Lou erkundigte sich nach Macys Gesundheit, bevor er sich Carla und Lloyd zuwandte. Er starrte sie lange an, bevor er sich äußerte.

»Ich kann nicht sagen, dass ich überrascht bin, sie so enden zu sehen, aber Philips Entführung hätte ich ihnen nicht zugetraut.«

»Hatten die beiden Kinder?«

»Einen Jungen im Teenageralter aus Carlas erster Ehe und zwei kleine, die bei einer Pflegefamilie untergebracht sind. Es gibt zwar Onkel und Tanten, aber niemand konnte die Kinder aufnehmen.«

»Das ist traurig.«

»Carla wollte clean werden. Als ich das letzte Mal mit ihr gesprochen habe, war sie fest entschlossen, ihre Kinder zurückzubekommen.«

»Ich würde gern wissen, wo Carla Entzug gemacht hat. Vielleicht kann ihr Therapeut uns mehr sagen. Vielleicht hat sie dort jemanden kennengelernt, der nicht gut für sie war.« Macy nickte in Richtung des gestohlenen Lieferwagens. »Das Fahrzeug muss gründlich untersucht werden.«

»Ich habe gerade telefoniert. Die Spurensicherung schickt noch ein paar Leute.«

»Ich habe mir Philip Longs Sendungen angehört. In letzter Zeit hat er sich ziemlich entschieden über die wachsende Gefahr der Bürgerwehren in Montana geäußert. Meinen Sie, da könnte es eine Verbindung geben?«

Lou Turner seufzte. »Carlas und Lloyds einziger Auftritt im Rampenlicht war, als irgendein zweifelhafter Blog ihre Milizgruppe als potentielle terroristische Bedrohung bezeichnete, aber die Idioten hatten ihre Hausaufgaben nicht gemacht. Jeder mit nur einem halben Gehirn hat die beiden so gesehen, wie sie waren. Carla und Lloyd hatten eine große Klappe, aber es war nichts dahinter. Ich sage nicht, dass Lloyd ein netter Kerl war, aber er reagierte sich in den eigenen vier Wänden ab. Er war ein Rowdy, kein Revoluzzer.«

»Philip Long hat viele Leute bewusst provoziert. Er hat sogar vor einem drohenden Bürgerkrieg gewarnt. Er nannte die Milizen den *Dritten Staat* und sagte, es sei seine Pflicht, die Separatisten bloßzustellen, bevor es zu spät sei«, erklärte Macy.

»Der Quotenfang gehörte zu Philips Geschäft, daher würde ich nicht alles, was er sagte, auf die Goldwaage legen. Klar gibt es in Flathead Leute, die etwas mit den Bürgerwehren zu tun haben. Manche davon gehören sogar zu meinem Freundeskreis. Aber ich kann mir beim besten Willen nicht vorstellen, dass einer von denen fanatisch genug wäre, einen Mord anzuzetteln.«

»Kann sein«, sagte Macy. »Aber Philip Long hat in den letzten Wochen viele Hassmails bekommen.«

»Aber wozu die Entführung? Es gibt praktischere Methoden, jemanden zum Schweigen zu bringen, wenn einem nicht passt, was er sagt.«

Macy beschloss, einen anderen Kurs einzuschlagen.

»Lloyd und Carla Spencer sind vielleicht an einer Überdosis gestorben, aber es sieht so aus, als wären ihre Leichen bewegt worden. Am Absatz der Stiefel klebt Kies, und ihre Position wirkt künstlich. Wir müssen natürlich auf den Bericht der Spurensicherung warten.« Sie hielt inne. »Meinen Sie, Carla und Lloyd Spencer hätten Longs Entführung auf eigene Faust durchziehen können?«

Lou ging auf die Leichen zu, um sie sich genauer anzusehen. »Na ja, durchziehen ist was anderes. Philip wäre ihnen fast abgehauen, und jetzt sind beide tot. Aber wir sehen uns noch mal den Bürgerwehr-Ansatz an. Und wir gehen die Hassmails und die Kommentare auf der Website des Senders durch. Falls Carla oder Lloyd ihm gedroht haben, wissen wir es bald.«

»Fuhr einer von ihnen ein Geländemotorrad?«

»Gute Frage. Das müssen wir überprüfen.«

»Und wir müssen ihre Wohnung durchsuchen.«

Lou klopfte sich auf die Hemdtasche. »Der Durchsuchungsbeschluss ist schon da. Ich habe Leute hingeschickt, die das Haus im Auge haben. Sie warten nur auf Verstärkung.« Er nahm die Sonnenbrille ab und rieb sich die Augen. »Geld könnte ein Motiv gewesen sein. Philip Long war so was wie ein Star hier in der Gegend. Vielleicht dachten sie, er wäre reich. Wir müssen die Angehörigen vernehmen und uns Carlas und Lloyds finanzielle Situation ansehen, aber ich kann mir vorstellen, dass sie hoch verschuldet waren.«

»Gibt es eine Verbindung zwischen den Spencers und Ron Forester, dem das Haus gehört?«

»Bei dreihundert Dollar pro Stunde haben sie ihn wohl kaum als Buchhalter engagiert. Lloyd war arbeitsloser Dachdecker, und Carla hatte zwar mal eine Stelle bei einem Elektronikkonzern, aber letztes Jahr hat sie Pizzas ausgeliefert.«

»Morgen spreche ich mit Philip Longs Frau«, sagte Macy.

»Seine Tochter Emma ist heute angekommen.«

»Das hat eine Weile gedauert.«

»Ich habe kurz mit ihr gesprochen«, sagte Lou. »Sie sagte, sie hätte vom Tod ihres Vaters erst erfahren, als sie zu Hause anrief, um mit ihm zu sprechen, und stattdessen ihre Mutter am Apparat hatte.«

»Ihre Mutter hat ihr nicht Bescheid gesagt?«

»Nein.«

»Kommt Ihnen das nicht komisch vor?«

»Für Francine ist es eindeutig untypisch, aber Emma war immer ein spezieller Fall. Unter anderem hat sie den Ruf, von Beerdigungen wegzulaufen.«

»Klingt interessant. Ich werde sie danach fragen.«

Lou räusperte sich. »Übrigens haben wir Philips Toxscreen. Er hatte Heroin im Blut.«

»Bei all den Verletzungen lässt sich schwer sagen, was im Haus passiert ist. Vielleicht haben sie ihn mit Heroin sediert. Hat er eine Drogenvergangenheit?«

»Nicht dass ich wüsste, aber wer weiß? Solche Dinge behalten die Leute wohl eher für sich.« Lou Turner warf noch einen Blick auf die Toten. »Ich muss die Familie informieren und Vernehmungen organisieren.«

Gina kam dazu und schüttelte dem Chief die Hand, als Macy die beiden einander vorstellte. Gina hielt ihnen eine Schachtel Donuts hin, aber weder Macy noch Lou griffen zu.

»Die Leiterin der Bäckerei scheint nichts zu wissen«, sagte Gina.

Lou Turner zeigte auf die Kameras, die unter der Dachtraufe angebracht waren.

»Haben Sie nach den Überwachungsvideos gefragt?«

»Die Kameras sind nur Abschreckung. Die Inhaber haben den Wartungsvertrag schon vor Jahren gekündigt.«

Macy nahm die Sonnenbrille ab und putzte sie mit dem Hemdsaum. »Lou, wenn es Ihnen recht ist, fahren Gina und ich jetzt zu dem Haus, wo Long festgehalten wurde. Ich muss mir den Tatort selbst ansehen.«

Lou schrieb etwas auf einen Zettel, den er Macy reichte. »Das ist die Adresse von Carla und Lloyd Spencer. Treffen wir uns dort, wenn Sie mit Foresters Haus fertig sind, so gegen zwei?«

»Das passt. Bis später.«

3

Emma Long hielt am Schotterrand der Straße, die im Norden bis zur kanadischen Grenze führte, und warf einen Blick auf die Landkarte. Dann legte sie die zerknitterte Faltkarte aufs Lenkrad und spähte alle paar Sekunden über die Brille, um den Horizont zu mustern. In der Ferne erhob sich die einsame Silhouette ihrer Heimatstadt aus der Landschaft, und zu beiden Seiten der Straße erstreckten sich die Felder im Tal wie eine Patchworkdecke, die zu Füßen der hohen, kristallklaren Gipfel ausgebreitet war. Aber die alten Erinnerungen brachten ihren Ortssinn durcheinander. Irgendetwas stimmte nicht am Maßstab, und die Skyline von Walleye Junction wirkte wie ein schiefes Lächeln. In Emmas Abwesenheit hatte jemand dem Ort ein paar Zähne ausgeschlagen.

Einen Kilometer weiter begriff sie, was fehlte. Walleye Junctions höchste Kirche und der Eingangsturm des alten Filmpalasts waren verschwunden. Die beiden hohen Backsteingebäude hatten mit dem rostigen Wasserturm und dem Funkmast die bescheidene Skyline der Stadt gebildet, die sich ihr so tief eingeprägt hatte. Doch während der Jahre ihres Exils war Walleye Junction genau ein Mal in den nationalen Schlagzeilen gelandet: 2008 war auf der Main Street eine Gasleitung explodiert und hatte Jesus und die Traumfabrik gleichermaßen abgestraft. Die Kirche, in der sie als Kind heimlich geflucht hatte, und das Kino, in dem sie als Teenager ihre ersten zärtlichen Erfahrungen gesammelt hatte, waren von der Explosion dem Erdboden gleichgemacht worden.

Sie wollte gerade rechts auf einen Feldweg abbiegen, als ihr ein langbeiniger Hund vors Auto lief. Emma riss das Steuer herum, doch sie erwischte das Tier am Hinterteil. Es verschwand aus dem Sichtfeld, und der Wagen brach aus, bevor er nur Zentimeter vor einer endlosen Reihe von Kirschbäumen zum Stehen kam. Emma ließ den Kopf aufs Lenkrad sinken. Ein paar Sekunden konnte sie sich nicht rühren. Ihre Hände zitterten, als sie endlich den Rückwärtsgang einlegte und von dem seichten Graben, der die Obstplantage einfasste, zurücksetzte. Als sie aussteigen wollte, rumpelte ein Pritschenwagen der Winfrey Farm heran. Emma überfiel das alte Unbehagen, und sie musste sich konzentrieren, um keine weichen Knie zu bekommen. Mit einer zögerlich erhobenen Hand grüßte sie den Mann am Steuer. Streng genommen befand sie sich hier auf privatem Boden. Sie kannte den Besitzer zwar, aber sie standen nicht auf gutem Fuß miteinander. Der Mann im Pick-up blieb sitzen und telefonierte. Sie fragte sich, wie er reagieren würde, wenn er ihren Namen hörte.

Ein Lastwagen fuhr vorbei, hupte und wirbelte eine Staubwolke auf. Der Duft der Kirschblüten stieg aus den Feldern. Über dem Geschrei der Krähen konnte Emma das Ticken ihres Motors hören. Sie zeigte auf die Plantage und winkte den Mann heran. Er nickte und beendete das Telefonat, bevor er auf eine Art aus dem Wagen stieg, als wollte er sie absichtlich einschüchtern – mit geradem Rücken, ohne zu lächeln, den Blick aufs Telefon gerichtet, bevor er sich mit ihr befasste.

Im nächsten Moment klappte ihre gemeinsame Geschichte auf wie ein Buch. Emma hielt sich die Hand vor den Mund, und ihre aufgerissenen Augen sagten, was ihre Lippen nicht aussprechen konnten. Vor ihr stand Nathan Winfrey in Fleisch und Blut. Sein Blick war hinter der Pilotenbrille verborgen. Er musterte sie von oben bis unten, ohne die Miene zu verziehen. Es war ihr unangenehm. Sie konnte nicht sehen, was für eine Art Mensch er geworden war.

»Willkommen daheim«, sagte er, als wollte er im Schotter Wurzeln schlagen.

Emma fiel keine unkomplizierte Antwort ein. »Ich habe einen Hund angefahren«, stotterte sie und zeigte wieder auf die Plantage. »Er ist aus heiterem Himmel aufgetaucht.«

Emma spähte über den Rand des Grabens, bereit, beim kleinsten Blutstropfen die Augen zu schließen, während Nathan, ohne zu zögern, in die Rinne sprang. Er kniete bereits neben dem Hund, bevor sie überhaupt etwas sah.

Dann schüttelte er den Kopf und nahm mit einer tragischen Geste die Mütze ab. Ein kleines Lächeln umspielte seine Lippen. »Em«, sagte er sanft, indem er den Spitznamen benutzte, den sie früher gehasst hatte. »Du bist zwölf Jahre weg, und das Erste, was du tust, als du zurückkommst, ist, Calebs Hund zu überfahren.«

Das Wort *Scheiße* hing zwischen ihnen wie ein Schwarm Mücken. Emma wollte es nicht laut sagen, aber es ging nicht anders. Caleb Winfrey war kein Mensch, den sie wiedersehen wollte. Plötzlich stand der Hund auf, sah sich um, als hätte er sich verirrt, und machte ein paar vorsichtige Schritte auf die Straße zu.

»Wird er überleben?«, fragte sie hoffnungsvoll.

»Ja«, sagte Nathan und lockte den Hund zu sich. »Aber er wirkt ein bisschen angeschlagen. Ich bringe ihn vorsichtshalber zum Tierarzt.« Er strich sich die Haare aus dem Gesicht und setzte die Mütze wieder auf. »Ich sage Caleb, ich hätte ihn hier gefunden.«

»Du musst mich nicht in Schutz nehmen.«

»Du weißt, dass es besser so ist, also vergiss es einfach. Dieser bescheuerte Kamikaze-Hund spielt schon seit Jahren mit dem Tod.« Er drehte sich um, sah Emma an und nahm endlich die Sonnenbrille ab. »Aber es wäre schon komisch, wenn ausgerechnet du ihn ins Jenseits beförderst.«

Emma wischte sich eine Träne aus dem Auge. »Ich finde es nicht sehr komisch.«

Nathan legte den Kopf schief und wartete einen Moment. »Ich bin überrascht, dass du jetzt erst kommst.«

»Nicht so überrascht wie ich.« Sie wich seinem Blick aus. »Ich habe erst gestern erfahren, was passiert ist.«

»Das mit deinem Vater tut mir sehr leid. Philip war ein guter Mann.«

Sie starrte die Kirschblüten an. Das Sprechen fiel ihr schwer. »Was macht dein Onkel?«, fragte sie.

»Caleb ist im Pflegeheim. Seit ein paar Jahren geht's mit seiner Gesundheit bergab. Er hatte zwei Schlaganfälle.« Nathan sprach leiser. »Seine Erinnerung kommt und geht.«

»Wir waren nicht gut aufeinander zu sprechen, aber das tut mir leid. Wie geht es deinen Eltern?«

»Gut. Gut.« Er blinzelte in die Sonne. »Du weißt ja, hier draußen ändert sich nicht viel.«

Emma zeigte auf den Pick-up. »Sieht aus, als kümmerst du dich jetzt um die Farm. Nicht schlecht.«

»Zwangsläufig. Da Lucy ausfällt, musste einer das Geschäft übernehmen. Ich bin immer noch ein bisschen überrascht, dass Caleb mir die Leitung anvertraut hat.«

»Du warst wie ein Sohn für ihn.«

»Ja, ich schätze schon.«

»Ich dachte, du wolltest sowieso in die Landwirtschaft«, sagte sie.

Er blickte zum Horizont, als würde er nach dem Wetter sehen. »Du kennst ja das Sprichwort: Sei vorsichtig, was du dir wünschst.«

Emma lehnte sich an ihren Wagen. Wahrscheinlich sah sie schrecklich aus. Sie strich sich das braune Haar aus dem Gesicht und widerstand dem Drang, sich die Bluse zurechtzurücken. Ein Kaffeefleck verunzierte ihre Jeans. Sie war vierundzwanzig Stunden durchgefahren, gedopt mit Red Bull und Kaffee, in immer kürzeren Abständen. Es war eine Frage von Kilometern, bis sie zusammenklappte.

»Komisch, nach all den Jahren wieder hier zu sein. Die Entfernungen sind riesig, und doch fühlt sich alles so klein an.«

»Man gewöhnt sich dran.« Er ließ eine Pause. »Hast du schon mit der Polizei gesprochen?«

»Ich habe noch nicht mal mit meiner Mutter gesprochen. Hast du sie in letzter Zeit gesehen?«

»Ab und zu. Seit sie nicht mehr arbeitet, trifft meine Mutter sie öfter. Sie hilft ehrenamtlich in einer Obdachlosenunterkunft, die ihre Gemeinde organisiert hat.«

»In Walleye gibt es Obdachlose?«

»Nur ein paar. Soweit ich weiß, sind alle drogensüchtig.«

»Das hätte ich nicht gedacht.«

»Ich hab das Gefühl, seit es die Unterkunft gibt, kommen immer mehr. Ich weiß, es ist nicht sehr christlich, aber wenn du mich fragst: Ich finde, sie haben keine Hilfe verdient.« Er warf einen Blick auf den roten Kleinwagen. »Wo lebst du eigentlich? Jedes Mal, wenn ich frage, bist du woanders.«

»In San Francisco, aber nur vorübergehend.«

»Du wolltest immer weg von hier.«

»Nicht so sehr, wie du bleiben wolltest«, gab sie zurück.

»Ich könnte heute Abend vorbeikommen. Wir könnten reden. Da ist die Sache mit Lucy. Ich habe das Gefühl, es gibt ein paar Dinge, über die wir uns unterhalten sollten.«

Emma schürzte die Lippen. »Ich bin mir nicht sicher, ob das eine gute Idee ist. Ich weiß nicht, wie es zu Hause ist. Kann ich dich anrufen und dir Bescheid sagen?«

»Schon gut, ich verstehe. Ein andermal vielleicht.«

»Ich will dich nicht abwimmeln, Nathan. Es ist nur, meine Mutter und ich haben seit Jahren ein ziemlich schwieriges Verhältnis. Ich habe keine Ahnung, was mich erwartet. Ich habe sogar überlegt, im Hotel zu übernachten.«

»Das kann nicht dein Ernst sein. Deine Mutter braucht dich jetzt. Ich weiß, dass sie dich vermisst.« Er zeigte auf die löchrige Skyline von Walleye Junction. »Fahr nach Hause. Sie wartet sicher schon auf dich.«

Zögernd zupfte Emma an einem losen Faden ihres Ärmels und sah zu, wie sich der Stoff unter ihren Fingern auflöste. »Ja, ich breche jetzt besser auf. Ich habe mich seit Spokane nicht mehr bei ihr gemeldet. Sie macht sich bestimmt schon Sorgen.«

Nathan legte ihr die Hand auf die Schulter und beugte sich vor, um ihr in die Augen zu sehen. »Bitte ruf an, wenn du irgendwas brauchst. Für dich ist es vielleicht lange her, aber die Leute haben dich nicht vergessen.«

Emmas Stimme wurde kühl. »Das wette ich.«

»Nicht, was du denkst. Sie trauern mit euch. Sie wollen dir und deiner Mutter beistehen.«

Emma kickte gegen einen Erdbrocken und nickte. Sie konnte nicht reden. Dann ließ sie Nathan am Rand des Feldwegs zurück und fuhr endlich in die Stadt.

Sie hatte Caleb zum letzten Mal auf Lucys Beerdigung gesehen. Damals war Emma noch keine achtzehn gewesen, und eine knappe Woche später hatte sie die Stadt verlassen. Sie blickte aus dem Fenster. Auf der einen Seite sah die Main Street noch genauso aus wie in ihrer Erinnerung. Der Futtermittelladen, der Diner, das Polizeirevier und die restlichen Geschäfte hatten sich kaum verändert. Doch die Explosion hatte die andere Straßenseite in Schutt und Asche gelegt, wo jetzt eine lange, hässliche Ladenzeile stand und ein moderner Komplex aus Glas, Stahl und Backstein, der einen ganzen Häuserblock einnahm. Die Straße war stark befahren, und überall parkten Autos. Gegen alle Vorhersagen ging es Walleye Junction wirtschaftlich gut. Emma bog an der Ampel links ab und folgte der Straße drei Kreuzungen weiter bis zu ihrem Elternhaus.

Das Haus stand blütenweiß auf einer leuchtend grünen Wiese und sah aus wie aus einem Aufklappbuch. Als Emma in der Einfahrt parkte, trat ihre Mutter gerade mit zwei Frauen auf die Terrasse, die Emma vage bekannt vorkamen. Sie begrüßten sie mit Umarmungen und verhaltenen Worten und gingen mit dem Versprechen, sich am nächsten Tag zu melden. Francine griff nach der Hand ihrer Tochter und ließ nicht mehr los, bis sie über die Schwelle des zweistöckigen Idylls getreten waren. Überall im Wohnzimmer standen Blumen, und auf dem Kaminsims stapelten sich Beileidskarten. Alles andere war wie früher, nur kleiner.

Emma widerstand dem Bedürfnis, den Kopf einzuziehen, obwohl zwischen ihr und der Decke ein guter halber Meter Platz war. Sie machte leise Schritte und flüsterte. Dann starrte sie den Sessel ihres Vaters an. Es war ihr unbegreiflich, dass etwas, was für sie nagelneu war, über Nacht alt geworden war. Sie wollte nichts sagen, aber die Gedanken mussten raus.

»Mom, warum hast du mich nicht früher angerufen?«

»Wie bitte?«

Emma sah ihre Mutter an. Francine klammerte sich an den Türrahmen, bis ihre Knöchel weiß wurden. Sie sah aus, als würde sie gleich in Ohnmacht fallen.

»Mom«, sagte Emma mit sanfterer Stimme. »Komm, ich helfe dir.«

Francine murmelte in ihr zerknülltes Taschentuch, während sie sich zum Sofa führen ließ.

»Es war so schlimm. Ich wusste nicht, was ich tun sollte.«

»Ich fühle mich schrecklich. Ich hätte bei dir sein und dir beistehen sollen.«

Francine schüttelte nachdrücklich den Kopf. Ihr Haar hatte sich aus den Klammern gelöst. Graue Strähnen fielen ihr ins Gesicht. Das Rouge auf ihren Wangen war nicht richtig verwischt, aber sie war sorgfältig angezogen, in einer hellgrauen Hose und einer blassblauen Strickjacke.

»Ich dachte, wir wären dir nicht mehr wichtig.«

»Sag so was nicht.«

»Ich sage, was ich denke.«

Emma wusste nicht, was sie antworten sollte. Irgendwann war sie es leid gewesen, immer gefragt zu werden, wann sie nach Hause käme, und Francine war es leid, immer zu fragen. Seitdem hatten sie sich nicht mehr sehr viel zu sagen gehabt. Ihre Mutter besuchte Emma nicht mehr, und so kam ihr Vater allein. Trotz seiner Appelle an beide dauerte das Patt schon fast sechs Jahre.

»Jetzt bin ich hier«, sagte Emma.

»Aber morgen bist du wieder fort.«

»Es war eine lange Fahrt, und ich bin hundemüde. Ich lege mich erst mal hin.«

Als Emma aufstehen wollte, griff Francine wieder nach ihrer Hand. Sie schien etwas auf dem Herzen zu haben, aber dann sagte sie etwas anderes.

»Ich hatte keine Zeit, dein Bett vorzubereiten.«

»Das schaffe ich schon. Kann ich irgendwelche Besorgungen für dich machen?«

Francine schloss die Augen. »Nicht nötig. Bald kommen ein paar Freundinnen. Alle kümmern sich gut um mich.«

Ihre Eltern hatten Emmas Zimmer genau so gelassen, wie es war, als sie wegging. An den Wänden hingen verblasste Poster von vergessenen Popstars und Fotos von Teenie-Freundinnen.

Überall Schnappschüsse von Lucy Winfrey. Vom Planschbecken über Ponys bis zum Abschlussball – der ganze Reigen des kurzen Lebens ihrer Freundin auf Polaroid. Auf der Kommode stand ein gerahmtes Foto von Emma und Nathan beim Abschlussball. Sie nahm es in die Hand und berührte ihre jungen Gesichter, dann drehte sie es um, um es nicht mehr ansehen zu müssen. Im Regal gilbten Zeitschriften vor sich hin, und die Taschenbücher standen daneben wie Soldaten. Emma las die Titel, blätterte einzelne Bücher durch, die ihr noch wichtig waren, fand das eine oder andere Zitat, das sie in die Vergangenheit transportierte. Aus dem *Report der Magd* fiel ein Passbildstreifen. Die Fotos stammten aus dem Automaten im Foyer des alten Kinos. Eng umschlungen strahlten Lucy und sie in die Kamera. Hinter dem Vorhang konnte sie niemand sehen. Es war nicht das erste Mal, dass Lucy versucht hatte, Emma zu küssen. Damals waren sie in der zehnten Klasse.

Als Emma in den Flur ging, um das Bettzeug aus dem Schrank zu holen, warf sie unwillkürlich einen Blick ins Schlafzimmer ihrer Eltern. Sie erinnerte sich vage an die Aufregung ihrer Mutter, als sie vor zehn Jahren umdekoriert hatte. Ein langes Telefongespräch über nichts als Wandfarbe. An der Tür des Kleiderschranks hing ein dunkler Anzug neben einem der weißen Hemden ihres Vaters. Mehrere Krawatten waren auf dem Bett ausgebreitet. Sie nahm die blaue in die Hand, an die sie sich erinnerte, und hielt sie ins Licht. Unten klingelte es. Emma hängte die Krawatte über das Hemd und ging. Von unten hörte sie Stimmen. Mehr als einmal fiel ihr Name.

»Emma hat eine lange Fahrt hinter sich«, sagte Francine. »Sie hat sich hingelegt.«

Dann wurden die Stimmen leiser.

Emma ging in ihr Zimmer und schloss die Tür, dann legte sie sich auf das unbezogene Bett. Kaum hatte sie die Augen geschlossen, raste wieder die endlose dunkle Straße auf sie zu. Ihr

Herz klopfte jedes Mal wild, wenn sie sich einbildete, sie würde aus der Spur geraten. Das Dröhnen der Rüttelstreifen, wenn sie über den Fahrbahnrand fuhr. Aufblitzende Scheinwerfer. Sie zog sich die dünne Tagesdecke über den Kopf und weinte.

4

Macy stand in der Tür des kleinen Lagerraums im Keller von Ron Foresters Villa, in dem Philip Long gefangen gehalten worden war. Der Raum hatte keine Fenster und war leer bis auf eine schmale Matratze auf dem blanken Estrich, die aus einem der oberen Schlafzimmer stammte. Die Kisten, die anscheinend vorher darin gestanden hatten, stapelten sich im Gang. An der Tür war nachträglich ein Vorhängeschloss angebracht worden. Macy berührte das Schloss mit behandschuhten Fingern. Es war nicht aufgebrochen worden, und bis auf die kaputte Brille, die auf der Treppe gelegen hatte, und die zerbrochenen Möbel im Wohnzimmer gab es keinen Hinweis auf einen Kampf.

»Wie, glaubst du, ist er hier rausgekommen?«

Gina zuckte die Schultern. »Vielleicht waren Lloyd und Carla so high, dass sie vergessen hatten abzuschließen.«

»Es sieht wirklich so aus, als wäre er einfach so hier rausspaziert.« Macy warf einen Blick in den Bericht der Spurensicherung. »Sie haben Philip Longs Fingerabdrücke am Telefon in Foresters Arbeitszimmer gefunden.«

»Das passt. Das Arbeitszimmer ist gleich oben an der Treppe.« Gina zeigte auf eine der Holzstufen. »Und hier lag seine Brille.«

Macy ging ächzend die Treppe hinauf, und Gina folgte ihr. »Der Rechtsmediziner meint, er ist vielleicht selbst darauf getreten. In seinem Fuß steckten Glassplitter.«

Ein riesiger Mahagonischreibtisch nahm das halbe Arbeitszimmer ein. Eine Flügeltür führte in den Garten. Am Ende der Wiese graste eine kleine Herde Wapiti-Hirsche; ein Kalb stand im Schatten einer Kuh. Durchs Laub fiel gesprenkeltes Sonnenlicht. Macy starrte in den Schatten. Zwischen den Bäumen bewegten sich noch mehr Wapitis. Sie hörte, wie Gina hinter ihr die Schreibtischschubladen auf- und zuschob.

»Sieht aus, als hätten sie das meiste schon ausgeräumt«, meldete Gina.

Macy griff nach dem Telefon auf dem Tisch. Die Tastatur und das Mobilteil waren mit schwarzem Pulver bestäubt. Als Philip Long versucht hatte, bei sich zu Hause anzurufen, war der Anruf direkt zur Polizei durchgestellt worden. Er hatte gestutzt, als er Macys Stimme hörte.

Francine, hatte er gesagt. *Du musst … Wer spricht da?*

»Ich frage mich, warum er zuerst seine Frau angerufen hat«, sagte Macy. »Ohne Brille war er so gut wie blind. Es wäre viel einfacher gewesen, den Notruf zu wählen.«

»Wenn er Angst hatte, hat er vielleicht nicht klar gedacht.«

Macy legte das Telefon zurück und sah noch einmal durch die Terrassentür. Der Schlüssel steckte. In den verwehten Steinchen auf der überdachten Holzterrasse waren noch deutlich die Abdrücke von Philip Longs nackten Füßen zu sehen.

»Ein paar Sekunden konnten den Unterschied zwischen Leben und Tod bedeuten, aber statt einfach loszulaufen, hat er seine Frau angerufen.«

»Sie waren fast vierzig Jahre verheiratet«, sagte Gina. »Vielleicht hatte er das Bedürfnis, ihr zu sagen, dass es ihm gut ging.«

Inzwischen stand der Großteil der Wapiti-Herde auf der

Wiese, nur ein Bulle war im Schatten unter den Bäumen geblieben. Plötzlich hoben alle gleichzeitig den Kopf. Sie starrten kurz in den Wald, der das Grundstück im Westen säumte, dann drehten sie sich um und trabten in die andere Richtung davon. Macy sah noch ein paar Sekunden hinaus, aber was die Hirsche erschreckt hatte, blieb verborgen.

»Gina, wie lange bist du verheiratet?«

»Im Sommer acht Jahre.«

»Beeindruckend.«

»Er ist auch bei der Polizei. Wahrscheinlich hilft das.«

»Hättest du zuerst ihn angerufen?«

Gina sah von der Schublade auf, vor der sie kniete. »Niemals. Ich wäre weggerannt.«

»Eben.«

Macy öffnete einen niedrigen Aktenschrank. Ron Forester hatte penibel Buch geführt. Es gab mehrere Aktenordner, in denen er Bewirtungen im Haus dokumentiert hatte. Sie zog einen Ordner jüngeren Datums hervor, auf dessen Etikett »Kanzlei-Sommerfest« stand.

»Ich habe Ron Foresters Klientenkartei gesehen«, sagte Macy. »Alles dicke Fische. Ärzte, Rechtsanwälte und so weiter. Einige davon haben für ihn ausgesagt. Anscheinend teilen viele Leute seine Meinung, er wäre reingelegt worden.«

»Forester ist rechtskräftig wegen schwerer sexueller Nötigung verurteilt. Bis mir jemand das Gegenteil beweist, gehe ich davon aus, dass er schuldig ist.« Gina öffnete die nächste Schublade. »Vielleicht hat Lloyd Spencer als Hausmeister für Forester gejobbt. Hat Lou nicht erwähnt, er sei Dachdecker gewesen?«

»Ich habe seinen Namen noch nicht gefunden, aber wir sollten das überprüfen. Möglicherweise wurden Carla und er auch indirekt von jemandem angeheuert, der für Forester arbeitete.« Macy legte die Party-Akte auf den Tisch. Neben der

Gästeliste war auch die Rechnung eines Caterers dabei. In einer Klarsichthülle steckte ein mit einem Gummi zusammengehaltenes Bündel Dankeskärtchen. »Forester hat hier viele große Partys für seine Klienten geschmissen. Wir sollten auch die Cateringfirma unter die Lupe nehmen. Vielleicht haben sie Aushilfen beschäftigt.«

Gina stand auf und streckte sich. »Im Schreibtisch ist nichts.«

Macy öffnete den Stapel mit den Karten und sah sie durch. »Nach dem Ton der Karten würde ich sagen, er verstand sich gut mit seinen Klienten und noch besser mit ihren Ehefrauen. Die hier scheinen alle von Frauen geschrieben worden zu sein.«

Sie hielt Gina eine Karte hin.

Ron, noch mal danke für die wunderbare Party. Schade, dass wir keinen ruhigen Moment hatten, aber ein gemeinsames Abendessen ist eine sehr gute Idee. Hal ist den ganzen nächsten Monat geschäftlich unterwegs und kann uns leider nicht begleiten. Sagen wir Donnerstag, den 11.? Bis dann. Julia xxx

Gina grinste. »Nicht sehr subtil.«

Macy legte die Akte zu den Beweismitteln. »Sie war nicht die Einzige. Wenn wir seine Klientenkartei mit den Gästelisten seiner Partys abgleichen, finden wir schnell heraus, mit wem er enger befreundet war. Vielleicht hatte jemand auf der Liste ein Problem mit Philip Long.«

Gina knipste das Licht aus und schloss die Tür hinter ihnen. »Das einzig Interessante, was die Durchsuchung oben ergeben hat, waren ein paar leere Medikamentenpackungen auf dem Boden in einem der Badezimmer. Mit Lloyds Fingerabdrücken. Wahrscheinlich hat er erst mal den Medizinschrank geplündert, als er hier ankam.«

»Das Haus ist seit Monaten unbewohnt. Es wundert mich, dass niemand vor ihm da war. Vicodin, Percocet und Xanax sind heute auf der Straße einiges wert.« Macy ging zur Treppe. »Ich sehe mich trotzdem noch mal oben um. Fängst du schon mal in der Küche an?«

Das Doppelbett wirkte irgendwie verloren in dem riesigen Schlafzimmer. Bis auf die beiden Nachttische und einen großen Flachbildfernseher war es das einzige Möbelstück. Die Fenster nach Westen waren mindestens sieben Meter hoch, und durch die Bäume konnte Macy den Flathead River erkennen. Der cremefarbene hochflorige Teppichboden wirkte nagelneu, und bis auf eine Delle in einem der Kissen sah das Bett aus, als hätte noch nie jemand darin geschlafen. Die Spurensicherung hatte nach Fasern gesucht, aber die einzigen, die man gefunden hatte, stammten von dem Besitzer und einer Putzfrau, die für ihn arbeitete. Macy ging vor dem Fußende des Betts in die Hocke, um sich den Abdruck auf der Tagesdecke näher anzusehen. Möglich, dass Ron Forester ihn vor Monaten hinterlassen hatte. Er war kaum erkennbar. Dann sah sie sich die Steckdose unter dem Nachtisch an. Der Stecker des Weckers war herausgezogen. Die Spurensicherung hatte ihn bereits auf Fingerabdrucke untersucht und nichts gefunden.

Das zum Zimmer gehörende Bad war mit weißem Marmor ausgestattet und die Dusche war so groß, dass man einen Kleinwagen darin parken könnte. Macy öffnete der Reihe nach die Spiegelschränke, und am Ende sah sie ihr Spiegelbild an. Im Winter verschwanden ihre Sommersprossen fast, aber ein paar waren schon wieder da. Sie strich sich die roten Strähnen zurück, die sich aus ihrem Pferdeschwanz gelöst hatten. Im hellen Deckenlicht waren die feinen weißen Haare, die an ihren Schläfen auftauchten, deutlich zu sehen. Macy seufzte. Sie hatte kaum Zeit zum Zähneputzen, geschweige denn sich die Haare zu färben.

Sie kehrte nach unten zurück und fand Gina, die in einen riesigen Kühlschrank der Luxusmarke Sub-Zero starrte.

»Irgendwas Essbares?«, fragte sie. »Ich habe Hunger.«

»Nichts, was ich anrühren würde. Hier steht eine Lastwagenladung Red Bull, falls du interessiert bist.«

Macy warf einen Blick über Ginas Schulter. In einem Fach standen Red-Bull-Dosen in perfekten Reihen.

»Genug Koffein, um einen Monat wach zu bleiben.«

»Du wirst dich freuen zu hören, dass Ron Forester seine Gewürze alphabetisch geordnet hat.«

»Das ist mal was Neues«, sagte Macy.

»Sie haben ihr Verfallsdatum um Monate überschritten, also nehme ich an, sie waren schon vorher hier.« Gina tippte an die halb leeren Take-away-Schachteln. Nudeln hingen heraus, und Süßsauersoße klebte im Kühlfach. »Carla und Lloyd Spencer hätten als Haushälter jedenfalls keine Preise verdient.«

Macy ging an der Spüle mit dem schmutzigen Geschirr und der schmierigen Arbeitsfläche vorbei. Was aussah wie Cornflakes, waren die Krümel einer Chipstüte, die jemand ausgekippt hatte. Auf einem Teller lagen zwei Ecken verbrannter Toast.

Die deckenhohen Fenster, die die Westseite des Wohnzimmers einnahmen, waren staubig. Spuren deuteten darauf hin, dass Carla Spencer und ihr Mann Lloyd unten auf den Sofas geschlafen hatten, aber Carlas DNA und mehrere Fingerabdrücke waren auch in einem der Schlafzimmer oben aufgetaucht. Ein Esszimmerstuhl war umgekippt, und ein gläserner Sofatisch war mit einem Alabasterbuddha eingeschlagen worden. Außerdem lag eine Stehlampe auf dem Boden vor dem Kamin. Der bunte Lampenschirm aus Glas war zerbrochen. Gina ging um das Sofa herum, um besser sehen zu können.

»Ich weiß nicht, warum die Spurensicherung die Lampe

so wichtig findet«, sagte Gina. »Es sieht aus, als wäre einfach jemand über das Kabel gestolpert.«

»Angenommen, es hätte ein Kampf stattgefunden. Warum sollte jemand mit einem Steinbuddha einen Glastisch einwerfen?«

»Sieht eher aus, als wäre jemand sauer gewesen und hätte sich ausgetobt.«

»Da hier nirgends Philip Longs Fingerabdrücke gefunden wurden, klingt das ziemlich wahrscheinlich.«

Macy musterte das unbeendete Solitaire-Spiel, das auf dem Esstisch ausgebreitet war, und sah den Stapel mit den verbliebenen Karten durch. »Nur ein paar Karten zum Sieg«, erklärte sie, während sie jede dritte Karte umdrehte.

Gina hielt die leere Kartenschachtel hoch. Die Plastikfolie klebte noch daran. »Nagelneu und in jedem Geschäft zu haben. Kein einziger Fingerabdruck.«

Macy sah immer wieder Momente der Ordnung inmitten des Chaos. Sie hatte das Gefühl, als übersähe sie irgendetwas oder irgendjemanden.

»Carla und Lloyd Spencers Fingerabdrücke sind im ganzen Haus, aber warum nicht auf den Karten?« Macy hielt ein Tatortfoto hoch. »So sah das Spiel aus, bevor sie die Fingerabdrücke genommen haben. In perfekter Ordnung.« Sie zeigte zur offenen Küche. »Und in der Zwischenzeit stapelt sich schmutziges Geschirr in der Spüle, Essensreste kleben am Herd, und im Bad liegen nasse Handtücher auf dem Boden.«

»Du meinst, es war noch jemand im Haus?«

»Ich muss immer wieder an die Nacht auf der Straße denken. Ich kann mir einfach nicht vorstellen, dass ein arbeitsloser Junkie dazu fähig gewesen wäre. Wer Philip Long getötet hat, hatte sich hundertprozentig unter Kontrolle.«

»Hätte es Carla sein können?«, fragte Gina. »Sie hatte ein Motiv. Sie wollte ihre Kinder zurück.«

Macy schloss einen Moment die Augen. »In der Motorradmontur konnte ich schwer erkennen, ob es ein Mann oder eine Frau war.« Sie zögerte. »Ich würde sagen, der Schütze war schlank und normal groß. In Ermangelung eines besseren Worts würde ich sagen, er oder sie hat sich geschmeidig bewegt.«

»Carla und Lloyd Spencer waren beide dünn. Wie groß war der Schütze? Ich glaube, du hast um die eins fünfundsiebzig angegeben.«

»Ich hing kopfüber im Dunkeln. Eins fünfundsiebzig ist höchstens eine grobe Schätzung, aber ich könnte schwören, die Person war ein paar Zentimeter kleiner als Philip Long. Wir müssen rausfinden, ob Carla und Lloyd Motorrad fuhren. Long wurde auf einem Geländemotorrad durch den Wald gejagt. Dazu gehört Übung. Außerdem ist da die Position der Leichen. Ich bin mir ganz sicher, dass sie bewegt wurden.« Macy klopfte mit dem Umschlag der Tatortfotos an die Tischkante. »Sagen wir mal rein theoretisch, es hätte einen Dritten gegeben. Warum brauchte er die Hilfe von zwei Junkies?«

»Vielleicht ist er nicht von hier. Die Spencers waren ortskundig.«

»Und woher kannten sie sich?«

»Drogen zu kaufen ist eine gefährliche Sache. Bei jedem Einkauf geht man ein Risiko ein.«

»Ein Dealer, der sich auf einem Motorrad zu Hause fühlt.«

»Vielleicht eine Gang.«

Macy machte eine Grimasse. »Hoffentlich nicht. Die Motorradgangs, die in Montana Heroin verkaufen, kommen von außerhalb. Wir müssten die Behörden aller Länder zusammenrufen.« Macy riss den Blick von dem Kartenspiel los. »Ich glaube, ich habe genug gesehen. Wir sollten uns auf den Weg machen.«

Gina hielt die Autoschlüssel hoch. »Wohin jetzt?«

Macy sah auf die Uhr. »Gehen wir was essen, bevor wir Lou bei Carla und Lloyd Spencer treffen. Ich bin am Verhungern.«

»Willst du wirklich keine Reste vom Chinesen?«, fragte Gina.

»Nicht mal, wenn sie alphabetisch geordnet sind.«

Sie fanden Lou Turner in der Garage der Spencers, wo er sich gerade ein Geländemotorrad ansah. Es wirkte so sauber, als wäre es eben aus dem Schaufenster des Händlers gefahren worden.

»Detective Greeley«, sagte Lou. »Könnte das das Motorrad sein, das Sie in der Nacht des Mordes gesehen haben?«

Macy zuckte die Schultern. »Ich habe keine Ahnung. Es war außerhalb meines Sichtfeldes. Aber wir haben Reifenspuren. Vielleicht passt das Profil.« Sie bückte sich und sah sich das Rad näher an. »Sieht aus, als wäre es frisch geputzt worden. Wem gehört es?«

»Carla Spencers Sohn Sean. Anscheinend ist er ein guter Fahrer. In seinem Zimmer stehen jede Menge Motocross-Pokale.«

»Ich frage mich, ob er auch mit einer Pistole so gut umgehen kann«, sagte Macy. »Wie alt ist er noch mal?«

»Alt genug. Er ist im März neunzehn geworden.«

»Haben Sie ihn schon vernommen?«

Lou zeigte auf die leere Einfahrt. »Der Pick-up ist weg, und im Haus sieht es aus, als wäre seit Tagen keiner hier gewesen. Ich habe eine Fahndungsmeldung rausgegeben.«

»Haben wir seine Telefonnummer?«, fragte Gina.

»Ja, aber er geht nicht ran«, sagte Lou. »Wir haben Prepaid-Handys im Haus gefunden, es kann also sein, dass er so eins benutzt.«

»Irgendwelche interessanten Daten auf den Handys?«, fragte Macy.

»Abwarten, aber ich würde nicht darauf wetten. Anscheinend wurde alles gelöscht.« Lou ging zum Haus zurück. »Wir packen alles ein, was sich mitzunehmen lohnt – zwei Computer bis jetzt, aber die sind uralt. Und wir haben einen dicken Aktenordner mit Lloyds Arztunterlagen. Bis vor sieben Jahren hatte er eine Vollzeitstelle. Dann hat er sich bei einem Quadbike-Unfall oben am Darby Lake den Rücken kaputt gemacht. Ohne Stock konnte er kaum gehen. Er kann das Motorrad auf keinen Fall gefahren haben.«

»Was ist mit Carla?«

»Wir befragen die Freunde und Angehörigen. Irgendjemand sollte es wissen.«

»Wurde eine Motorradmontur gefunden? Ich habe mir verschiedene Modelle angesehen. Ich glaube, das Zeug, das der Schütze trug, kommt höchstwahrscheinlich von einer Firma namens Alliance. Eine ziemlich teure Marke mit einem auffälligen Logo.«

»Im Haus gibt es jede Menge Motorradkleidung, aber soweit ich weiß, nichts von Alliance.«

»Vielleicht hat Sean die Sachen verschwinden lassen«, schlug Gina vor.

»Warum dann nicht auch das Motorrad?«, wandte Lou ein.

»Die Tatsache, dass es so sauber ist, ist verdächtig«, bemerkte Macy. »Wie viele Teenager gehen so sorgfältig mit ihren Sachen um?«

Lou führte Macy und Gina zur Hintertür. »Vielleicht ist Sean Spencer die große Ausnahme. Im Vergleich mit dem Rest des Hauses sieht sein Zimmer aus wie geleckt.«

Macy zog sich ein Paar Füßlinge über, bevor sie das ebenerdige Ranch-Haus durch die Küchentür betrat. Der Gestank nach verdorbenen Lebensmitteln war so stark, dass sie sich den Mund zuhielt. Die Übelkeit von der Fahrt von Helena heute Morgen meldete sich zurück. Macy wich einem Berg

Gerümpel aus, das aussah wie Motorteile, und stolperte beinahe über einen Stapel alter Pizzakartons. In der Küche und dem Wohnzimmer gab es keinen Quadratzentimeter, der nicht vollgestellt war.

»Sieht nach einem steilen Absturz aus«, stellte Macy fest.

Gina öffnete einen Küchenschrank, und eine Cornflakes-Schachtel fiel ihr entgegen.

»Auch wenn sie auf Entzug war: Wenn man sich das Haus ansieht, würde ich sagen, die Schlacht hat sie verloren.«

»Macy«, sagte Lou. »Ich habe mit der Leiterin des Therapiezentrums gesprochen. Sie erwartet Ihren Anruf.«

»Gibt es schon irgendwelche Erkenntnisse?«, fragte Macy.

»Sie sagt, es wäre nicht das erste Mal, dass sie von einem Süchtigen getäuscht wurden. Carla ging auch zu einer Zwölf-Schritte-Gruppe, die sich in der Kirche auf der Main Street trifft. Ich besorge den Namen ihres Mentors.«

»Vielleicht sollte einer von uns zu einem Meeting gehen und sehen, wer kommt«, schlug Gina vor.

»Ich schau mal, was ich tun kann«, sagte Lou. »Sie neigen dazu, zu verduften, wenn die Polizei aufkreuzt.«

Macy bot sich ein trauriges Bild. Sie nahm eine Kinderzeichnung in die Hand. Fünf Strichmännchen standen vor einem leuchtend bunten Haus. Die zwei kleinsten waren fast gleich, nur dass eins rosa und das andere blau war. Carla Spencer hatte einen wachsstiftroten Mund und langes goldenes Haar.

»Die Pflegefamilie, in der die Kleinen untergebracht sind, muss informiert werden«, sagte Macy. »Vielleicht versucht Sean, Kontakt aufzunehmen.«

Lou fand eine Fernbedienung und schaltete den Fernseher ein. Es war nur Schneegestöber zu sehen.

Ryan kam ins Wohnzimmer und schimpfte vor sich hin. »Es dauert Jahre, bis wir das Chaos hier untersucht haben.«

Er drückte Lou einen Stapel ungeöffneter Rechnungen in die Hand. »Internet und Kabelfernsehen sind abgestellt. Wir haben Glück, dass es noch Strom gibt.«

»Irgendwas außer den alten Handys, was interessant sein könnte?«, fragte Macy.

»Ich war in Seans Zimmer.« Ryan führte sie durch den dunklen Flur. »Der Junge hatte drei Hobbys: Motorräder, Mädchen und den Kampf gegen die Unordnung in seiner Welt.«

»Zwei davon sind normal«, sagte Macy. »Sonst noch was?«

»Ein paar Schubladen sind leer, und es gibt keinen Laptop. Kann sein, dass unser Junge überstürzt abgereist ist.«

»Bist du dir sicher, dass er einen Laptop hatte?«, fragte Lou.

»Die Kabel sind noch da«, sagte Ryan.

Seans Zimmer passte nicht zum Rest des Hauses. Das Erste, was Macy auffiel, war, dass der Türgriff sowohl von innen als auch von außen abschließbar war. Das Bett war ordentlich gemacht, und die Anziehsachen, die noch in der Kommode waren, sauber gefaltet. Poster von allem Möglichen, von Motorrädern bis zu Heavy-Metal-Bands, hingen an der Wand. In einem niedrigen Regal standen die Pokale, die er bei Motocross-Rennen gewonnen hatte.

Macy nahm ein gerahmtes Foto in die Hand.

»Ist das Sean?«, fragte sie. »Hier sieht er aus wie zehn.«

Lou nickte. »Ja, das ist er.«

Sean war ein Junge mit dunklen Augen, schwarzem wuscheligem Haar und einem netten Lächeln. Neben ihm stand ein Mann, der lässig den Arm um seine Schultern gelegt hatte. Im Hintergrund waren Berge und Motorräder zu sehen. Die Familienähnlichkeit war frappierend. Macy drehte den Rahmen um und nahm das Foto heraus. Es stand nichts auf der Rückseite.

»Könnte das Seans biologischer Vater sein?«

»Ich weiß es nicht«, sagte Lou. »Auf der Geburtsurkunde

ist kein Vater genannt, und Sean trägt seit zehn Jahren Lloyds Nachnamen.«

»Und davor?«

»Carlas.«

Macy zeigte auf eine Collage von Schnappschüssen, die mit Klebestreifen an der Wand hing. Eine dünne junge Frau mit blauen Augen, wasserstoffblond gefärbtem Haar und einem verrückten Modestil zog auf mehreren Fotos Grimassen.

»Haben wir eine Ahnung, wer das Mädchen ist?«

Lou nahm ein Foto, das über Macys Kopf klebte, von der Wand und reichte es ihr. »Hier steht *Xtina xxx.* Könnte die Abkürzung für Kristina sein. Sie sieht nicht aus, als wäre sie von hier.«

»Wir sollten trotzdem in der Schule nachfragen«, sagte Macy. »Vielleicht geht sie in Seans Klasse.«

Ryan hielt ein gerahmtes Highschool-Diplom hoch. »Sean hat vor einem Jahr seinen Abschluss gemacht. Im Herbst soll er an der Montana State University in Bozeman mit dem Studium anfangen. Sieht aus, als wollte er das alles hier hinter sich lassen. Wäre schade, wenn er in die Sache verwickelt ist.«

Lou Turner tütete das Foto von Kristina ein. »Er hat sich wahrscheinlich ein Jahr Zeit genommen, um Geld fürs College zu verdienen. Carla und Lloyd hätten es ihm bestimmt nicht bezahlt.«

Macy betrachtete den ordentlichen Schreibtisch und musste an das Kartenspiel denken. Studium hin oder her, Sean begann interessant zu werden.

Sie sah zu Lou hoch. Er schien tief in Gedanken zu sein. »Wir müssen Sean finden«, sagte sie. »Haben Sie schon mit den Vernehmungen von Freunden und Angehörigen angefangen?«

Lou nickte. »Das ist ein großer renitenter Haufen. Ich fürchte, wir haben einen ziemlich engen Terminplan heute.«

Carla Spencers ältere Schwester Donna lebte mit ihrem Mann in einem Trailer Home nur weniger Meter von der Route 93 entfernt. Macy ging allein hinein, während Gina im Wagen blieb, um telefonisch Informationen einzuholen. Die Millers waren seit Jahren Frührentner. Donna saß in einem Sessel, die geschwollenen Füße hochgelegt. Die Schlafzimmertür stand offen, und durch den Spalt sah Macy das Flimmern eines Fernsehers.

»Jay ist müde«, sagte Donna. Sie zog sich das graue Sweatshirt über den Bauch, das immer wieder nach oben rutschte. »Wenn Sie mit ihm reden wollen, müssen Sie morgen wiederkommen.« Sie trank einen Schluck Kaffee, den Macy ihr gebracht hatte, und verzog das Gesicht. »Da muss mehr Zucker rein.«

Macy saß auf der Kante eines schmalen Sofas. Sie konnte sich nicht anlehnen, weil hinter ihr drei Katzen lagen und die Nachmittagssonne genossen. Das Innere des Mobilheims war sauber, aber vollgestopft. In jeder Ecke stapelte sich Gerümpel, von Radkappen über Zeitungen zu Mülltüten. Gleich hinter dem Zaun, weniger als zehn Meter entfernt, donnerten Sattelschlepper vorbei und brachten das Geschirr neben dem Spülbecken zum Klirren.

»Donna«, sagte Macy und musterte die Katzenhaare, die auf ihrem Kaffee schwammen. »Wann haben Sie Ihre Schwester zuletzt gesehen?«

Jay rief aus dem Schlafzimmer. »Immer wenn die Miete fällig war, kam Carla her und wollte Geld.«

Donna verdrehte die Augen. »Jay, halt die Klappe. Das geht nur die Familie was an.«

»Genau solche Dinge müssen wir wissen.« Macy stellte die Tasse ab.

»Meine Schwester und ihr Mann sind an Drogen gestorben. Was kümmern Sie ihre Finanzen?«

»Da wir uns in einer laufenden Ermittlung befinden, kann ich nicht darüber sprechen.«

Donna schürzte die Lippen. »Vor sechs Monaten wollten sie, dass wir ihnen die Kinder abnehmen. Als hätten wir hier Platz. Mit unserer Invalidenrente kommen wir kaum allein zurecht. Was Größeres könnten wir uns niemals leisten.«

»Die Behörden haben sie inzwischen bei einer Pflegefamilie untergebracht«, sagte Macy.

»O ja, ich weiß. Ich habe die Polizei ja selbst angerufen und Bescheid gesagt, wie schlimm es war. Muss man sich mal vorstellen, so scharf auf den nächsten Schuss, dass man bereit ist, seine eigenen Kinder zu verkaufen.«

Macys Stift schwebte über dem Papier. Sie dachte, sie hätte in ihrem Job schon alles gehört, aber offensichtlich nicht.

Donna schnäuzte sich in ein Taschentuch. »Wenn Lloyd nicht high war, war er ein Drecksack. Die Kinder mussten da raus. Ich habe meine Schwester gewarnt, entweder er oder die Kleinen, und sie hat sich für Lloyd entschieden. Sie hätte es nie geschafft, clean zu werden, solange sie mit ihm zusammenlebte.«

Die Schlafzimmertür ging auf, und Jay stand auf der Schwelle. Er hatte Schläuche in der Nase und zog einen Sauerstofftank hinter sich her. Macy rutschte, um ihm auf dem Sofa Platz zu machen. Die Katzen verzogen sich, als er sich setzte. Er hatte dünnes graues Haar und stank nach Zigaretten und Alkohol. An seinen Handgelenken waren nässende Wunden. Er zog die Ärmel herunter, um sie zu verstecken.

»Ich dachte, ich komme besser dazu, bevor Donna die Klappe aufreißt und später bereut, was sie verzapft hat«, erklärte er.

»Du musst gerade reden«, gab Donna zurück.

»Tja«, sagte er und grinste ein zahnloses Lächeln. »Wenigstens rede ich keinen Stuss.«

Macy versuchte es noch einmal. »Wie viel Geld wollte Carla haben?«

»Beim letzten Mal drei Mille«, schnaubte Jay. »Im Ernst, wie kommt sie auf die Idee, dass wir so viel Kohle hätten?«

»Eins muss man sagen.« Donna verlagerte das Gewicht von einer Gesäßhälfte auf die andere. »Carla war echt fertig, als sie ihr die Kinder weggenommen haben. Ich hab gehört, dass sie sich bei so einem Entzugsprogramm angemeldet hat. Hab gehofft, das ist genau der Arschtritt, den sie braucht.«

Jay rieb sich die Nase. »Geschieht ihnen recht, dass sie ihnen die Kinder weggenommen haben. Die haben sie nicht verdient. Nicht nach dem, was passiert ist.«

»Das reicht, Jay. Wir reden hier über meine tote kleine Schwester.«

Macy tippte mit dem Kuli auf den Tisch. »Ist etwas geschehen, von dem wir wissen müssen?«

»Nee«, sagte Jay und schob sich die Schläuche zurecht. »Nichts Besonderes. Immer die gleiche Scheiße. Die Idioten haben immer alles in den Sand gesetzt.«

»Fuhr Carla Motorrad?«

Donna runzelte die Stirn. »Früher schon, aber das ist Jahre her. Sean hat ein Motorrad. Er kommt nach seinem Vater. Was gut so ist, wenn man sieht, wie Carla geendet ist.«

»Hat einer von Ihnen eine Ahnung, wo wir Sean finden können?«, fragte Macy.

Donna sah Jay an, und Jay zuckte die Schultern.

»Vielleicht weiß unser Sohn Kyle Bescheid«, sagte Donna. »Wenn Sean es zu Hause nicht aushielt, hat er bei Kyle gepennt. Vielleicht ist er jetzt auch bei ihm.«

Macy gab Donna einen Stift und einen Zettel. »Können Sie mir die Adresse aufschreiben?«

Donna schrieb mit fester Hand. »Ich gebe Ihnen auch seine Nummer bei der Arbeit. Er war bei Freunden in Missoula, aber er ist heute wiedergekommen. Ein guter Junge, unser Kyle.«

Macy hielt das Foto von Kristina hoch. »Kennen Sie diese Frau? Sie war vielleicht Seans Freundin.«

Jay und Donna sahen sich das Foto nacheinander an. Jay seufzte, und Donna blinzelte.

»Carla hat uns nichts von ihr erzählt«, sagte Donna.

»Hat Sean sich mit seiner Mutter gut verstanden?«

»Sie hatten so ihre Streitigkeiten, aber das ist ja kein Wunder, solange Lloyd da war. Ich weiß, dass Sean seine Mutter geliebt hat, aber auch er hatte seine Grenzen. Sean hat vor langer Zeit gelernt, dass er sich nicht auf Carla verlassen kann. Er hat seinen Bruder und seine Schwester mehr als einmal zu uns gebracht.«

»Und seine Beziehung zu Lloyd?«

Jay hustete in die Hand. »Lloyd hat ihn ein paarmal windelweich geprügelt.«

»Hat jemand Anzeige erstattet?«, fragte Macy.

Die beiden schwiegen, was Macy für ein Nein nahm.

»Hatte Sean Kontakt zu seinem biologischen Vater?«

Wieder zuckte Jay die Schultern. »Scott wusste, dass er sich besser von dem Haus fernhielt.«

»Kennen Sie ihn?«

»Nicht gut. Muss seine zehn Jahre her sein, dass ich ihn das letzte Mal gesehen habe.«

»Hat er einen Nachnamen?«, fragte Macy.

Jay schüttelte den Kopf, und auch Donna hielt sich bedeckt.

Macy packte zusammen. »Vielen Dank für Ihre Zeit.« Sie reichte Jay und Donna ihre Visitenkarte. »Ich melde mich wieder. Bitte sagen Sie mir Bescheid, falls Sie etwas von Sean hören.«

Macy saß allein an einem Tisch in der Nähe des Fensters. Sie beobachtete den Eingang von Flathead Valley Security, wo laut Auskunft seiner Mutter Kyle Miller arbeitete. Das Büro der Sicherheitsfirma befand sich auf der Main Street, eingeklemmt zwischen einem mexikanischen Restaurant und einer chemischen Reinigung. Die Tür ging auf, und ein schmaler blonder Mann und zwei Frauen traten heraus. Beide umarmten ihn fest. Er lächelte sie an, aber sobald er die Straße überquerte, verdunkelte sich seine Miene. In Polohemd und frisch gebügelten Kakihosen wirkte Kyle Miller wie ein Mann, der das Leben ernst nahm. Macy bemerkte, dass seine Haltung schief war. Seine linke Schulter hing ein wenig. Seine Eltern hatten gesagt, er sei neunundzwanzig, aber er sah jünger aus. Er wirkte kaum alt genug, um sich ein Bier zu bestellen.

Dic Frau an der Kaffeetheke schien ihn zu kennen.

»Was ist passiert? Das ist doch gar nicht deine Zeit.«

Kyle zeigte auf den einzigen besetzten Tisch. »Kundengespräch.«

»Na dann, auf sie mit Gebrüll. Ich bring dir deinen Kaffee.«

Macy stand auf und hielt ihm die Hand hin. »Danke, dass Sie kommen konnten.«

Er zuckte zusammen. »Tut mir leid.« Er ließ die Schulter kreisen und verzog das Gesicht. »Hatten Sie schon mal eine steife Schulter?«

Sie setzten sich einander gegenüber.

»Ab und zu«, sagte Macy. »Sehr unangenehm.«

»Ich sitze den ganzen Tag am Computer. Und dieses Frühjahr ist es schlimmer denn je.«

»Nehmen sie was dagegen?«

»Es gibt zu viele Suchtprobleme in meiner Familie. Schmerzmittel kommen für mich nicht in Frage.«

»Das muss schwer für Sie sein.«

Er nahm eine Serviette und drückte sie sich gegen die

Augen. »Sie haben ja keine Ahnung. Die Besuche in der Notaufnahme, bei der Polizei, im Gefängnis.« Er hielt inne. »Und jetzt das.«

»Ich habe gehört, Ihre Eltern hatten in der Vergangenheit auch Schwierigkeiten?«

»Heute geht es ihnen gut, aber ich muss wachsam sein. Meine Mutter hat endlich ihre Tablettensucht überwunden, aber mein Vater hat ab und an Rückfälle. Er hängt an der Flasche. Ich unterstütze sie, so gut ich kann. Wir beten zusammen. Ich bilde mir ein, es hilft.«

Macy lächelte verhalten. »Sie klingen mehr wie ein Prediger als wie ein Computertechniker.«

»Nennen wir es Sozialdienst. Ich helfe in der Gemeinde. Als Pate, als Mentor bei den Anonymen Alkoholikern, solche Dinge. Aber was ich mitkriege, macht mir Sorgen.«

»Was bekommen Sie denn mit?«

»Jetzt, da die Regierung endlich begriffen hat, dass es eine Krise gibt, gehen sie völlig falsch damit um. Sie streichen einfach die Ausgabe opiathaltiger Schmerzmittel, ohne Programme anzubieten, die die Menschen auffangen, die danach süchtig geworden sind. Deswegen greifen die Leute stattdessen zu Heroin.« Er holte tief Luft. »Es ist unfassbar frustrierend.«

»Im ganzen Land gibt es einen Anstieg an Herointoten.«

»Sind Carla und Lloyd daran gestorben?«

»Wir nehmen es an.«

»Carla war in einem Entzugsprogramm. Ich hatte so gehofft, dass sie es schafft.«

Kyle sah der Kellnerin entgegen und lächelte, als sie ihm einen Kaffeebecher hinstellte, der so groß war wie ein Eimer.

»Danke.« Kyle trank einen Schluck. »Das ist meine einzige Sucht.«

»Oh, ich treibe es noch wilder«, sagte Macy. »Manchmal gönne ich mir eine Diet Coke.«

»Puh, das wäre mir zu hart.«

»Kyle, wann haben Sie zum letzten Mal mit Ihrer Tante oder Ihrem Onkel gesprochen?«

»Vor ein paar Wochen kam Carla vorbei. Sie hat sich dafür entschuldigt, dass Lloyd einen Tag vorher da war und Geld verlangt hat. Dann hat sie genau dasselbe getan, nur dass Lloyd mit körperlicher Gewalt gedroht hat, während Carla versucht hat, mich emotional zu erpressen.«

»Gab es irgendeinen Hinweis, dass sie vielleicht etwas geplant haben?«

Kyle zog eine Braue hoch. »Einen Selbstmordpakt?«

»Nein, eher so was wie eine Entführung.«

Er sah sich um, dann senkte er die Stimme.

»Wie bitte?«, fragte er und beugte sich vor.

»Kyle«, sagte Macy und achtete genau auf seine Reaktion. »Ihre Tante und Ihr Onkel hatten mit der Entführung und Ermordung von Philip Long zu tun. Ihre Fingerabdrücke hat man in dem Haus gefunden, wo er festgehalten wurde, und der gestohlene Lieferwagen, in dem er entführt wurde, stand heute Morgen in der Nähe ihrer Leichen.«

»Das ist verrückt. Sie hätten doch nie …«

»Ich verstehe, dass das eine Überraschung sein muss, aber wir brauchen wirklich Ihre Hilfe.«

Er hob die Stimme. »Wo ist Sean? Geht es ihm gut?«

»Das wollte ich Sie eben fragen.«

Mit einer plötzlichen Bewegung griff er in seine Tasche, und Macy hätte instinktiv beinahe die Waffe gezogen. Nichts ahnend nahm Kyle sein Handy heraus und tippte eine Nachricht.

»Sean ruft bestimmt gleich zurück. Wir haben uns immer nahegestanden.«

»Hätte er mit Ihnen gesprochen, wenn er sich Sorgen um seine Eltern gemacht hätte?«

»Das hoffe ich. Ich bilde mir ein, dass er mir vertraut. Er hat einen Schlüssel von meiner Wohnung, und er kann immer kommen, wenn er es zu Hause nicht aushält. Als ich heute Morgen aus Missoula zurückkam, habe ich gesehen, dass er da war.« Er seufzte. »Aber er hat keine Nachricht hinterlassen.«

»Ist das ungewöhnlich?«

»Sean versucht immer, das Benehmen seiner Eltern zu kompensieren. Im Allgemeinen hat er sehr gute Manieren.«

»Nimmt Sean Drogen?«

Kyle zögerte. »Früher nie, aber in letzter Zeit mache ich mir Sorgen. Er hat eine neue Freundin. Sie ist der Typ, der ihn in Schwierigkeiten bringen könnte.«

»Haben Sie sie kennengelernt?«

»Kurz. Ich glaube, sie heißt Kristina, aber sie nennt sich Xtina oder so was Albernes. Sean sagt, sie sei Eventmanagerin.«

Macy zog die Braue hoch.

»So habe ich auch reagiert«, sagte Kyle. »Für mich sah sie eher aus wie eine Prostituierte als wie jemand, der Hochzeiten plant.«

»Kennen Sie ihren Nachnamen?«

»Nein, aber sie hatte einen Akzent. Sean sagte, sie ist Lettin. Davon gibt es in Montana nicht viele.«

»Wahrscheinlich nicht. Wir haben bei Carla und Lloyd eine Menge Waffen gefunden. Ich nehme an, Sean kann schießen.«

»Hier oben lernen wir alle schießen. Aber das macht uns nicht zu Kriminellen.« Kyle nahm das Handy in die Hand und starrte auf das Display. »Sean ist ein lieber Kerl. Er würde sich nie in so was mit reinziehen lassen.«

»Wissen Sie irgendwas über Carlas und Lloyds Bürgerwehr?«

Kyle grinste. »Ich will nicht schlecht über die Toten sprechen, aber Sie lassen mir keine Wahl. Meine Tante und mein Onkel waren keine Leuchten. Sean hatte mir von den Treffen erzählt, die bei ihnen zu Hause stattfanden, und da bin ich mal zu einem hingegangen. Das war bloß ein Haufen Drogensüchtiger, die es mehr auf den nächsten Schuss abgesehen hatten als auf irgendein politisches Ziel.«

»Hatte Sean mit der Gruppe zu tun?«

»Als er jünger war, fand er es spannend, aber er kam schnell dahinter, was für Nieten das waren. Nicht, dass seine Meinung zählte. Lloyd hatte darauf bestanden, dass Sean an den Treffen teilnahm.«

»Kyle, es ist wichtig, dass Sie mir Bescheid sagen, sobald Sean sich bei Ihnen meldet. Wir haben Grund zu der Annahme, dass Carla und Lloyd Spencer einen Komplizen hatten. Wir wären sehr froh, wenn wir Sean ausklammern könnten.«

Kyle fuhr mit den Fingern die Tischkante nach. »Wie kommen Sie darauf, dass da noch jemand war?«

»Darüber darf ich nicht sprechen. Wissen Sie, ob Carla Motorrad fuhr?«

Er rieb sich mit der linken Hand die rechte Schulter. »Wie meinen Sie das?«

»Soweit ich weiß, hatte sie mal ein Geländemotorrad, aber sie ist in den letzten Jahren nicht gefahren. Oder?«

»Ich habe sie vor ein paar Wochen auf einem Motorrad gesehen. Sie schien ziemlich fit zu sein.«

»Wo war das?«

»Draußen bei der Fußgängerbrücke nördlich der Stadt.«

»Ziemlich einsame Gegend.«

»Da oben ist ein Obdachlosencamp. Meine Kirchengruppe verteilt dort jede Woche Lebensmittel und Kleidung. Ich habe die Aufgabe, Leute mit Suchtproblemen an Therapiestellen zu vermitteln.«

»War Carla eine sichere Geländefahrerin?«

»Das ist eine ziemlich holprige Gegend. Ich würde sagen, sie musste sicher sein.«

»Mit wem war sie da?«

Er zögerte. »Ich weiß es nicht genau. Ein Typ mit einem Helm. Sie hat uns nicht vorgestellt.«

Macy zog ein Bild des Alliance-Logos aus ihrer Akte.

»Haben Sie dieses Logo schon mal gesehen? Könnte Carla oder der Mann, mit dem sie zusammen war, eine Montur dieser Marke getragen haben?«

»Vielleicht«, sagte Kyle. »Schwer zu sagen. Ich finde, das Zeug sieht immer gleich aus.«

»Fahren Sie Motorrad, Kyle?«

»Schon lange nicht mehr. Ich bin mal gestürzt, und seitdem habe ich die Probleme mit der Schulter.«

»Soweit ich weiß, haben Sie die letzte Woche in Bozeman verbracht.«

»Nein, in Missoula. Ich habe Freunde besucht.« Er griff wieder nach dem Handy. »Ich schätze, Sie wollen Zeugen dafür.«

»Ich fürchte, ja.«

Kyle schrieb ein paar Namen und Telefonnummern auf eine Serviette und gab sie Macy.

»Danke, Kyle. Ich weiß Ihre Kooperation zu schätzen.«

»Sie machen nur Ihren Job.«

»Wissen Sie, ob Sean in letzter Zeit Kontakt zu seinem leiblichen Vater hatte?«

»Als Sean zehn war, ist Scott in seinem Leben aufgetaucht, gerade lange genug, um ihm zu zeigen, was er mit einem Stiefvater wie Lloyd verpasste«, sagte Kyle. »Soweit ich weiß, hat Sean ihn seitdem nicht mehr gesehen.«

»Kennen Sie Scotts Nachnamen? Vielleicht hat Sean Kontakt zu ihm gesucht.«

»Ich glaube wirklich nicht, dass Sean irgendwas damit zu tun hat.«

»Wir möchten nur mit ihm sprechen«, sagte Macy. »Im Moment ist er kein Verdächtiger.«

»Sein Vater heißt Scott Walker.«

»Ist das alles, was Sie von ihm wissen?«

»Mehr gibt es wohl nicht. Er ist ein Aussteiger und hat sich aus der Gesellschaft abgemeldet.«

»Die machen es mir nie leicht.«

»Kann ich mir denken.«

Macy warf einen Blick in ihre Aufzeichnungen. »Wie lange arbeiten Sie schon bei Flathead Valley Security?«

»Seit ich mit dem College fertig bin, also fast neun Jahre. Ich bin hauptsächlich für die Software zuständig. Weil die meisten Anwesen so abgelegen sind, überwachen wir sie rund um die Uhr mit ferngesteuerten Kameras. Es gibt immer irgendeinen Hänger, der repariert werden muss. Wir stellen auch privates Wachpersonal für Veranstaltungen, Banken und so weiter. Sie müssten mal die Typen sehen, die bei uns arbeiten. Neben denen sehe ich aus wie ein Pfadfinder.«

»Hatten Sie schon mal mit einer Firma namens Mountain Security zu tun?«

»Das ist unser Hauptkonkurrent im Flathead Valley.«

»Tauschen Sie Informationen aus?«, fragte Macy.

»Nicht, wenn wir unseren Job behalten wollen. Für meinen Boss ist Mountain Security der Feind.« Kyle verdrehte die Augen. »In der Firma ist jede Menge Testosteron in der Luft – lauter Ex-Soldaten und Ex-Cops. Die denken, wir wären in Mogadischu oder so was. Die Verbrechensquote hier oben liegt weit unter Landesdurchschnitt, aber den Eindruck hat man nicht, wenn man den Kollegen zuhört.«

»Selbst in New York sinkt die Verbrechensrate.«

»Wenn es so weitergeht, sind wir bald alle arbeitslos.«

»Irgendwie bezweifle ich, dass es so weit kommt.«

Kyle sah auf die Uhr. »Hoffentlich nicht. Ich brauche den Job. Ich zahle immer noch den Studienkredit ab.«

Macy begann ihre Sachen einzupacken.

»Ich möchte Sie bitten, fürs Erste für sich zu behalten, was ich Ihnen über Lloyds und Carlas Verbindung mit der Entführung erzählt habe.«

»Kein Problem«, sagte Kyle. »Ich habe es nicht eilig, die Sache herumzuposaunen. Es ist schwer genug, wenn man aus einer Familie wie meiner stammt. Ich will gar nicht wissen, was die Leute diesmal sagen.«

Aiden holte Macy um halb zehn in ihrem Hotelzimmer ab. Sie war so müde, dass sie ihm fast abgesagt hätte, aber sie wusste, dass sie sich zusammenreißen musste.

»Ich bin gerade erst von den Vernehmungen zurückgekommen. Ich hatte noch nicht mal Zeit zum Duschen.«

Aiden nahm sie in den Arm. »Das riecht man.«

Sie schmiegte die Wange an sein frisch gewaschenes Shirt. »Und du duftest. Dein Weichspüler ist unwiderstehlich.«

»Gut zu wissen.« Er nahm ihre Tasche und brachte sie zu einem Pick-up, den sie nicht kannte.

»Du hast ein neues Auto.«

»Ganz neu ist er nicht. Er hat über dreißigtausend Kilometer drauf. Ich habe ihn von einem Gebrauchtwagenhändler in Collier.«

»Ich glaube, den kenne ich«, sagte Macy. »Ist es immer noch Toby Larson?«

»Genau der. Er ist ein geschickter Verkäufer, aber er hat mir einen guten Preis gemacht.«

»Wundert mich nicht. Er hat die Gesetzeshüter gern auf seiner Seite.«

»Deshalb bin ich zu ihm gegangen.« Aiden öffnete Macy die Tür und stellte ihre Tasche auf den Rücksitz. »Hast du noch Hunger?«

»Auf dem Revier haben sie Pizza bestellt, aber ich habe der Versuchung widerstanden.«

»Braves Mädchen.«

Macy machte es sich auf dem Beifahrersitz bequem und sah ihre E-Mails durch. Ryan hatte geschrieben. Auch er glaubte, dass Carla und Lloyd nach ihrem Tod bewegt worden waren, aber er wollte noch ein paar Tests machen, um ganz sicher zu sein. Macy sah zu Aiden hinüber, der ebenfalls seine Nachrichten checkte. Seine Augen leuchteten auf, und er fing an zu lachen.

»Was ist so lustig?«, fragte sie.

Er zuckte die Schultern. »Ach, nichts. Nur so ein Spruch von den Kollegen. Nichts für Damen.«

Macy sah, dass seine Stirn rot war. »Ich glaube, du hast dir einen Sonnenbrand eingefangen.«

»Das wäre aber auch das Einzige.«

»Keine Fische?«

»Nichts, was sich zu grillen lohnt. Dafür habe ich uns zwei Steaks gekauft.« Er stellte das Radio an. »Ich hoffe, das ist dir auch recht.«

»Wenn jemand für mich kocht, beklage ich mich nie.«

Der Lokalsender lief leise im Hintergrund. »Wir können gerne über den Fall reden. Ich weiß, dass du im Moment sowieso an nichts anderes denken kannst.«

»Ich brauche Zeit, um das alles zu verarbeiten.«

»Du kannst es gerne laut verarbeiten.«

»Ich will meine Waffe wiederhaben. Die Vorstellung, dass sie in den falschen Händen ist, ist unerträglich.«

Er drückte ihre Hand. »Es war nicht deine Schuld.«

»Ich habe einen unschuldigen Mann angefahren, bevor er mit meiner Waffe erschossen wurde.«

»Die Pistole lag im Handschuhfach. Du konntest nicht damit rechnen, dass sie mitten auf der Bundesstraße landet.«

Macy schloss einen Moment die Augen. »Man kann im Leben nicht alles mit technischen Feinheiten entschuldigen. Was passiert ist, ist unverzeihlich.«

»Ich weiß, was du meinst. An deiner Stelle würde es mir auch so gehen, aber wenigstens weißt du, dass die Täter tot sind.«

Aus Gewohnheit warf sie einen Blick in den Rückspiegel, doch sie sah nur das weiße Licht eines Scheinwerferpaars irgendwo weit hinten.

»Da bin ich mir eben nicht so sicher.«

»Ich dachte, der Fall ist klar. Carla und Lloyd Spencer entführen Philip Long in der Hoffnung, an schnelles Geld zu kommen, und als der Plan schiefgeht, machen sie kurzen Prozess.«

»Es kann gut sein, dass eine dritte Person an der Entführung beteiligt war, und Carlas und Lloyds Tod ist doch etwas verdächtiger, als wir am Anfang glaubten. Ihre Leichen wurden bewegt. Außerdem bin ich nicht überzeugt, dass die beiden in der Lage gewesen wären, das durchzuziehen, was in der Nacht, als Philip Long ermordet wurde, passiert ist.«

Er warf ihr einen Blick zu.

»Vor sieben Jahren hat sich Lloyd bei einem Quadbike-Unfall verletzt«, erklärte Macy. »Er kann der Motorradfahrer nicht gewesen sein, und nur ein Mensch hat Carla in den letzten zehn Jahren auf einem Motorrad gesehen.«

»Ich habe gehört, dass eine Fahndungsmeldung nach ihrem Sohn rausgegangen ist.«

»Anscheinend hat er sich vor ein paar Tagen aus dem Staub gemacht. Zuerst hat er bei seinem Cousin übernachtet, aber seitdem ist die Spur kalt.«

»Könnte Zufall sein.«

»Er hat ein Geländemotorrad und ein Regal voller Motocross-Trophäen«, sagte Macy.

»Aber er muss noch ziemlich jung sein.«

»Er ist neunzehn.«

»Weiß jemand seiner Angehörigen, wo er sein könnte?«, fragte Aiden.

»Die eine Hälfte der Familie ist auf Entzug, die andere Hälfte ist noch drogensüchtig. Es gab einige Überdosen und einen Selbstmord. Extrem deprimierend. Außer Seans Cousin Kyle leben alle von der Stütze.«

»Nimmt Sean Drogen?«

»Er wirkt sauber, auf allen Ebenen. Im Vergleich mit dem Rest des Hauses sah sein Zimmer aus wie eine andere Welt. Ich will mir gar nicht vorstellen, wie es ist, in solchen Verhältnissen aufzuwachsen. Er konnte sich nie sicher fühlen.«

»So was habe ich schon öfter beobachtet«, sagte Aiden. »In prekären Familiensituationen entwickeln Kinder manchmal einen zwanghaften Ordnungssinn. Das ist ihre Art, damit zurechtzukommen. Häufig sind sie es, die sich um ihre Eltern kümmern, nicht umgekehrt.«

»Sean hat letztes Jahr die Highschool abgeschlossen und soll im Herbst in Bozeman mit dem Studium anfangen. Anscheinend hat er sich ein Jahr Zeit genommen, um Geld zu verdienen.«

»Hat jemand mit seinem Arbeitgeber gesprochen?«

Macy nickte. »Er war Kurier bei Midas-Autoteile. Der Geschäftsführer sagt, er war der perfekte Angestellte. Vor zwei Wochen hat er gekündigt.«

»Hat er gesagt wieso?«

»Nichts Bestimmtes, aber der Manager hatte den Eindruck, dass er Stress zu Hause hatte. Lloyd war ein paarmal vorbeigekommen, um nach Sean zu fragen. Sie haben sich über Geld gestritten. Mehr als einmal hat Lloyd seinen Stiefsohn einen undankbaren Bastard genannt.«

»Klingt, als hätte Sean ihm nichts gegeben.«

»Und es klingt, als wären die beiden keine guten Komplizen gewesen«, stellte Macy fest.

»Aber du musst zugeben, dass Sean sowohl die Gelegenheit als auch ein Motiv hatte. Ein Studium ist teuer.«

»Einerseits ja. Andererseits passt es einfach nicht.«

»Was meinst du?«

»Philip Longs Mörder hat keine Sekunde gezögert. Es war der kaltblütigste Mord, den ich je erlebt habe. Was ich in der Nacht gesehen habe, bringe ich einfach nicht mit dem zusammen, was ich von Sean weiß. Ein neunzehnjähriger Junge aus Walleye Junction, der Geld fürs Studium spart.«

»Hast du mit Philip Longs Frau gesprochen? Vielleicht gibt es zwischen Philip Long und den Spencers eine Verbindung, von der wir noch nichts wissen.«

»Ich fahre morgen zu ihr. Wir müssen uns auch noch mal die Sache mit der Bürgerwehr ansehen. Vor ungefähr einem Monat hat Lloyd in Philip Longs Radiosendung angerufen. Er hat sich über Longs Kritik an der Milizbewegung aufgeregt. Der Streit, der folgte, war ziemlich hässlich.«

»Kann ich mir vorstellen«, sagte Aiden.

»Ich paraphrasiere jetzt, aber ich glaube, Lloyd hat so was in der Richtung gesagt: *Wenn Sie weiter solchen Scheiß verbreiten, mache ich Sie einen Kopf kürzer.*«

»Reizend.«

»Ein richtiger Gentleman. Er hat seinen Namen nicht genannt, aber die Anruferkennung hat die Festnetznummer der Spencers angezeigt.«

»Scheint ein echtes Genie zu sein.«

»Übrigens fehlen Carlas und Lloyds Handys. Im Haus wurden nur Prepaid-Handys gefunden, und die waren sauber.«

»Vielleicht waren die beiden doch nicht so dumm«, sagte Aiden.

Er verließ die Route 93 in Richtung Wilmington Creek. Statt auf die Main Street bog er in eine Nebenstraße, die an der örtlichen Highschool vorbeiführte. Über dem Haupteingang hing ein Banner, das ein Basketballspiel gegen die Highschool von Walleye Junction ankündigte.

»Du bist doch im Flathead Valley aufgewachsen. Kanntest du Emma Long von früher?«

Er runzelte die Stirn. »Ich habe von ihr gehört, aber sie ist ein paar Jahre jünger als ich. Kennengelernt habe ich sie nie. Es ging das Gerücht, sie wäre lesbisch. Manche haben ziemlich hässliche Dinge über sie gesagt.«

»Du hast ein gutes Gedächtnis.«

»Nach der Sache mit ihrem Vater wärmen die Leute die alten Geschichten wieder auf.«

»Die wahrscheinlich der Grund dafür waren, dass sie seit der Highschool nicht mehr hier wohnt.« Macy unterdrückte ein Gähnen. »Vielleicht stimmt es gar nicht.«

»Wer weiß. In der Highschool war sie anscheinend mit dem Quarterback der Footballmannschaft zusammen. Angeblich trauert er ihr immer noch nach. Und so weiter.«

»Klingt nach einer Soap.«

»Apropos Soap, wie geht es dir?«, fragte Aiden. »Behandeln sie dich gut in der neuen Abteilung?«

»Na ja, nicht alle.«

»Sag mir Bescheid, wenn ich mir jemanden vorknöpfen soll.«

»Nett gemeint, aber das erledige ich lieber selbst.« Sie nahm seine Hand. »Außerdem bin ich selber schuld. Ich bin ein wandelndes Klischee. Affäre mit verheiratetem Chef, uneheliches Kind, alleinerziehende Mutter.«

»Es wird hart. Egal, wie die Wirklichkeit aussieht, die Leute drehen sich die Geschichte immer so hin, wie sie ihnen am besten passt.«

»Ich nehme es ihnen nicht mal übel«, sagte Macy. »Wahrscheinlich würde ich das Gleiche denken, wenn ich die Situation von außen sehen würde. Mich mit Ray einzulassen war wahnsinnig dumm.«

»Aber ihn zu einem Geständnis zu bewegen war wahnsinnig mutig. Du hast viel riskiert, obwohl es niemand von dir verlangt hat. Die richtigen Leute vergessen so was nicht.«

Es war fast zehn, als Aiden in der Einfahrt seines ebenerdigen Hauses parkte. Im Vorgarten stand ein Anhänger mit einem kleinen Boot. Macy nahm ihre Tasche und stieg aus. Dann blieb sie vor dem Boot stehen und bewunderte es.

»Hübsche Gartengestaltung, Sheriff. Sehr stilvoll.«

Er zog sie zum Haus. »Das hat man jetzt statt einer Hecke.«

Zwanzig Minuten später kam Macy in einer zu großen Jogginghose und einem von Aidens T-Shirts ins Wohnzimmer. Ihr Haar war noch nass, und sie hatte sich nicht geschminkt. Die Holzdielen unter ihren Füßen fühlten sich kühl und sauber an. Aiden stand in der Küche. Er hatte ihr den Rücken zugewandt und hörte sie nicht. Es lief Jazz. Sie griff nach der Fernbedienung und drehte die Lautstärke herunter. Aidens Stimme füllte den Raum.

»Sag nicht, dass du John Coltrane nicht magst!« Er reichte ihr ein Glas Rotwein. »Ich dachte, du kannst einen Schluck gebrauchen.«

Macy nahm das Glas und log. »Ich mag John Coltrane. Es war nur ein bisschen zu laut.«

»Ich kann was anderes auflegen, wenn du möchtest.«

Sie sah, dass er sich die Mühe gemacht hatte, im Esszimmer zu decken.

»Ich bin mit leeren Händen gekommen und habe Jogginghosen an. Was in aller Welt siehst du in mir, Aiden Marsh?«

Er gab ihr einen langen Kuss. »Du redest mit einem Mann, der seinen Angelkahn im Vorgarten geparkt hat. Was mich angeht, bist du immer wunderschön.« Er küsste sie wieder. »Und du schmeckst gut.«

Macy stellte das Glas ab und lehnte sich an seine Brust, um

seinen Herzschlag zu hören. Gleicher Klang, anderer Mann. Die Tatsache, dass Aiden und Ray beide Coltrane hörten, hatte nichts zu sagen. Aiden war anders. Ganz anders. Sie war noch nie jemandem begegnet, der so viel Wert auf Frieden legte. Manchmal ging er ihr damit fast auf die Nerven. Gelegentlich ertappte sie sich dabei, dass sie grundlos störrisch war, aber er ließ sich nicht provozieren. Er lachte nur und sagte, sie solle erwachsen werden.

Jetzt küsste er sie auf den Scheitel.

»Was geht in deinem hübschen rothaarigen Kopf vor?«

Sie senkte die Stimme. »Eigentlich habe ich mich gefragt, wann es Essen gibt.«

»Wann du willst.«

»Wenn das so ist …«, sagte sie, ohne die Miene zu verziehen. »Es gibt etwas, worüber wir reden müssen.«

Er zögerte. »Geht es um uns oder um den Fall?«

»Ich fürchte, es geht um uns.«

Er hielt sein Weinglas hoch. »Muss ich mir was Stärkeres einschenken? Wenn du mich abservierst, würde ich lieber was Männliches trinken, einen Whiskey oder so was.«

»Sei nicht albern. In unserer Beziehung trinke ich den Whiskey.«

»Okay.« Er wich zurück. »Dann eben ein Bier.«

Sie hielt ihn fest. »Geh nicht. Jetzt, wo es interessant wird.« Sie stellte sich auf die Zehenspitzen, und sie küssten sich wieder.

Er lächelte. »Abschiedssex?«

»Dazu müssten wir uns erst mal trennen.«

»Na dann, Macey Greeley, es war schön mit dir.«

Sie drückte ihm den Finger in die Rippen. »Du lässt mich überhaupt nicht zu Wort kommen.«

»Genau das will ich. Du machst mir Angst, wenn du so ernst bist.«

Macy nickte. »Zu Recht.«

»Soll ich mich setzen?«

Sie legte ihm die Hände auf die Brust. »Vielleicht wäre es besser, wenn du dich hinlegst.«

»Dir ist hoffentlich klar, dass ich kurz davor bin, dich über die Schulter zu werfen und wie ein Neandertaler in meine Höhle zu schleppen.«

Sie packte sein T-Shirt und zog ihn enger an sich. »Du musst behutsam sein. Ich habe überall blaue Flecken.«

»Ich denke daran. Was ist denn nun das große Geheimnis?«

Sie stellte sich auf die Zehenspitzen und flüsterte ihm ins Ohr: »Erinnerst du dich an die Unterwäsche, die du im Internet gesehen hast?«

Er blickte zur Decke, als müsste er nachdenken. »Ich sehe dauernd Unterwäsche im Internet«, sagte er. »Hilf mir auf die Sprünge.«

Sie zog das T-Shirt ein Stück hoch, um ihm das schwarze Spitzenunterhemd zu zeigen, dass sie darunter anhatte.

»Ich bin vielleicht mit leeren Händen hier«, sagte sie und schmiegte sich wieder in seine Arme. »Aber dafür habe ich sehr schöne Unterwäsche an.«

5

Emma und Francine saßen am Küchentisch und aßen den aufgewärmten Auflauf zu Abend, den eine Nachbarin am Vormittag vorbeigebracht hatte. Mit klapperndem Besteck redeten sie um den heißen Brei herum, weil beide noch nicht bereit waren, die Trauer anzunehmen. Das Radio spielte Gospel, und hin und wieder glitt das Scheinwerferlicht eines vorbeifahrenden Wagens durch den Vorgarten, bevor es mit einem melancholischen Rauschen wieder verschwand. Im Flur tickte die alte Standuhr, und mit voranschreitender Stunde schienen die Wände näher zu rücken. Emmas Stimmung wechselte mit den Grenzen, die sie von Walleye Junction trennten. Sie war schon vor vielen Jahren weggegangen, aber sie hatte immer noch das Gefühl, der Ort wollte sie erdrücken, als wäre sie nie fort gewesen. Mit Francine im Windschatten war sie wie ein ruheloser Geist durchs Haus gewandert, hatte Gegenstände in die Hand genommen und versucht, irgendeine Verbindung zur Vergangenheit zu finden, die nicht schmerzhaft war.

Wenn sie in ihrem Zimmer stand und hinaus in die Dunkelheit starrte, hatte sie das Gefühl, sie wäre an ihren Ausgangspunkt zurückgekehrt. All die Jahre später waren die Fragen nicht weniger geworden, sondern mehr. Die Trauer gesellte sich zu dem altvertrauten Schmerz der Einsamkeit. Emma wusste nicht, wie sie ihrer je Herr werden sollte.

Sie bezog das Bett mit der Wäsche, die ihre Mutter auf die Kommode gelegt hatte. Das Foto von ihr und Nathan war wieder aufgestellt. Um des Friedens willen ließ sie es stehen. Gewohnheitsmäßig nahm Emma ihren Laptop heraus, aber dann zögerte sie. Der Rest der Welt konnte warten und ihre Chefin auch.

Sie sortierte die Kleidung in ihrem Koffer und legte Stapel ordentlich gefalteter Blusen und Hosen in die leeren Schubladen. Dann hängte sie das Kleid auf, das sie für die Beerdigung mitgebracht hatte. Es steckte immer noch in der Plastikfolie der Reinigung in Chicago von vor zweieinhalb Jahren. Es war aus Wolle. Bei der letzten Beerdigung, auf der sie gewesen war, hatte es geschneit. Wenn sie immer noch um einen Mann trauerte, den sie nur ein Jahr gekannt hatte, bestand keine Hoffnung, dass sie über den Verlust ihres Vaters je hinwegkam. Als sie nach unten ging, wich sie vorsichtig den Dielen aus, die schon immer geknarrt hatten.

Am Nachmittag war Emma vom Klingeln des Telefons geweckt worden. Es klang so schrill und altmodisch, dass sie einen Moment brauchte, um zu begreifen, dass sie nicht träumte. Emma war in den Flur getaumelt. Es war ein komisches Gefühl, einen Hörer in der Hand zu halten, der noch an einer Schnur hing. Sie war überzeugt, dass ihre Eltern das Gerät seit ihrer Highschool-Zeit nicht ausgetauscht hatten.

Hallo, meldete sie sich, wie sie es als Kind gelernt hatte. *Hier spricht Emma Long. Wer ist am Apparat, bitte?*

Emma wartete, aber es kam keine Antwort.

Hallo, ist da jemand?

Ein Mädchen kicherte.

Hallo?

Noch mehr Kichern. *Wie nennt man eine Lesbe mit dicken …*

Emma hatte aufgelegt, bevor die Stimme weitersprechen konnte. Lange Zeit hatte sie dagestanden, als hätte ihr jemand eine Ohrfeige geben.

Im Erdgeschoss war es kühler als in ihrem Zimmer. Emma machte Licht und ging in die Küche. Am Haken neben der Gartentür hing der alte Mantel ihres Vaters. Sie zog ihn über. Der vertraute Geruch überwältigte sie. Ein paar Sekunden hatte sie das seltsame Gefühl, ihr Vater stünde hinter ihr, aber bis auf ihre Spiegelung in den Fenstern war Emma allein. Draußen war kein einziges Licht zu sehen. Die Finsternis war drückend. Die Stille zerrte an ihren Nerven. Sie warf einen Blick zu Terrassentür. Sie wusste, dass abgeschlossen war, aber sie sah trotzdem noch einmal nach.

Seit Emma denken konnte, hatte ihr Vater den Wintergarten als Arbeitszimmer benutzt. An der Westseite des Hauses war es im Sommer brutheiß und im Winter eiskalt, doch ihr

Vater war immer stolz darauf gewesen, dass er den Elementen trotzte. Mit der summenden Petroleumheizung auf einer Seite und dem Schnee auf der anderen, nur eine Handbreit entfernt, saß er dick eingepackt am Schreibtisch und blickte auf den Garten hinaus.

Im Schneidersitz auf dem Boden ging Emma die Ordner durch, die er für seine Sendungen über die wachsende Zahl paramilitärischer Gruppen in Montana und dem Rest der USA gesammelt hatte. Er hatte Kommentare neben Zeitungsartikel geschrieben und Stellen unterstrichen, die er wichtig fand. Doch Emma entdeckte keine Hinweise auf das, woran er zuletzt gearbeitet hatte, was sie überraschte, weil er bei ihrem letzten Gespräch so aufgeregt gewirkt hatte. Er war überzeugt gewesen, dass er einer großen Story auf der Spur war, die ihm endlich landesweit Anerkennung bringen würde. Sie hatte zu ihm gesagt: *Sei vorsichtig mit dem, was du dir wünschst.* Doch er hatte sie beruhigt: *Es ist mein Job, mir Sorgen zu machen, nicht deiner.*

Emma ging die Bücher im Regal durch und suchte zwischen den Seiten nach versteckten Zetteln oder Fotos. In einem Fach standen Ratgeber über das Schreiben. Eselsohren und farbige Klebestreifen markierten bestimmte Seiten. Ihr Vater hatte immer davon geträumt, einen Spionagethriller zu verfassen. Emma hatte zu zählen aufgehört, wie viele erste Kapitel sie gelesen hatte. Die Kartons mit den unvollendeten Manuskripten ignorierend, sah sie in den Schreibtischschubladen und dem Aktenschrank nach. Dann kroch sie auf allen vieren auf dem Boden herum und suchte unter den Möbeln und dahinter. Aber sie fand nicht, wonach sie suchte. Das Tagebuch ihres Vaters lag nicht an seinem gewohnten Platz, und es war auch in keinem der anderen Verstecke, an die sie sich aus ihrer Kindheit erinnerte. Sie lehnte sich im Bürostuhl zurück und drehte sich ein paarmal um sich selbst. Mit zwölf hatte sie das

Buch ihres Vaters in einer Schreibtischschublade entdeckt. Sie war auf der Suche nach Kleingeld für den Eiswagen gewesen. Stattdessen fand sie ein dickes, ledergebundenes Tagebuch, das alle schmutzigen Geheimnisse der Bürger von Walleye Junction enthielt.

In dem Buch standen Informationen über jeden, vom Rektor der Highschool über die Bibliothekarin bis zum Polizeichef. Stammbäume mit Geburts- und Todesdaten waren sorgfältig eingezeichnet. Ihr Vater notierte Fakten und intime Details von fast jedem, den er kannte oder dem er flüchtig begegnet war. Emma entdeckte einen Abschnitt über die Leiterin ihrer Mittelstufe. Ms. Ashford hatte sich nackt für den *Playboy* fotografieren lassen und schlief mit einem verheirateten Geschichtslehrer. Der Vorsitzende der Handelskammer traf sich seit Jahren mit der Frau des Bürgermeisters in einem Motel an der Bundesstraße nach Kalispell. Am Seitenrand fand Emma eine Notiz – *Kinder des Bürgermeisters möglicherweise nicht seine eigenen.*

Emma konnte nicht anders. Immer, wenn sie die Chance hatte, warf sie heimlich einen Blick in das Buch. Eines Tages las sie gerade von einer Frau namens Sue, die in ihrem Garten Cannabis anbaute, als ihr Vater früher nach Hause kam. Es war das einzige Mal in ihrem Leben, dass er sie angeschrien hatte.

Fünfzehn Jahre vergingen, bevor Emma das Tagebuch wiedersah. Ihr Vater und sie aßen in einem Café im San Franciscoer Marina District zu Mittag, als er es plötzlich vor ihr auf den Tisch legte.

Emma, ich hätte damals nicht mit dir schimpfen dürfen.

Dad, ich war zwölf, und ich war im Unrecht. Aber eigentlich hätte ich lieber eine Erklärung. Warum spionierst du den Leuten nach? So was macht man nicht.

Es war das erste Mal, dass sie ihren Vater verlegen sah.

Es ist wie ... ein Zwang. Ich ... hatte schon immer das Bedürfnis. Er legte die Hand auf das Buch. *Je mehr ich weiß, desto sicherer fühle ich mich.*

Kann es sein, dass du das Motto »Wissen ist Macht« ein bisschen überspannst?

Hör auf.

Womit?, fragte Emma.

Ich versuche dir ein ernstes Problem anzuvertrauen, und du machst dich darüber lustig.

Aber Dad. Dann bist du eben ein bisschen paranoid. Das ist doch nicht so schlimm.

In seinen Augen waren Tränen. *Liebes, ich bin nicht* ein bisschen *paranoid. Ich habe Angst, dass mir jedes Maß verloren geht. Früher konnte ich es lassen, wenn ich wollte. Jetzt nicht mehr.*

Hast du schon mal daran gedacht, dir professionelle Hilfe zu holen?

Ich kann niemandem vertrauen. Ihr Vater zögerte. *Deswegen komme ich zu dir.*

Sie hatte mit dem Finger auf das Buch getippt.

Du solltest das Buch vernichten. Sie zeigte auf den Südpfeiler der Golden Gate Bridge, der in diesem Moment wie ein Bollwerk aus dem Nebel auftauchte. *Wir könnten es heute zusammen tun. Wir könnten es von der Golden Gate Bridge werfen.*

Er sah sie betreten an. *Emma, ich kann nicht. Ich brauche es, um mich sicher zu fühlen.*

Als sie sah, wie er das Buch an sich drückte, fing sie an, sich Sorgen zu machen. Emma war es nicht gewohnt, ihren Vater so zu sehen. Er war ihr Fels in der Brandung, die einzige Konstante, die sie mit der Vergangenheit verband. Sie versuchte, ihm in die Augen zu sehen, doch er wich ihrem Blick aus.

Dad, du fühlst dich auch mit dem Buch nicht sicher. Ich spüre, dass du Angst hast. Dann änderte sie die Taktik. *Außerdem würdest du vielen Menschen, die dir wichtig sind, wehtun, wenn das Buch in falsche Hände gerät. Lass es ihnen zuliebe verschwinden.*

Er schüttelte vehement den Kopf. *Es … es gerät nicht in falsche Hände.*

Wie kannst du dir so sicher sein? Ich habe es gefunden, als ich zwölf war, und ich habe nicht mal danach gesucht.

Eine Woche nach seinem Besuch hatte ihr Vater eine SMS geschickt.

Emma, ich weiß, dass du dir Sorgen machst, also wollte ich dich beruhigen. Ich habe einen sicheren Ort für das Buch gefunden. Dort findet es niemand. Dad

An einer Wand des Arbeitszimmers hing eine flache Vitrine. Ihr Vater nannte sie das Krähenkabinett. In den Fächern lag ein Sammelsurium von Knöpfen, Metallstückchen und Münzen. Als Philip nach Walleye gezogen war, hatte er angefangen, die Krähen der Nachbarschaft zu füttern. Als Gegenleistung brachten sie ihm Geschenke, die sie auf dem Futtertisch und am Vogelbad hinterließen. Irgendwann begannen sie ihm überallhin zu folgen. Ihre Gegenwart beruhigte ihn, auch wenn sie bei ihrer Mutter das Gegenteil bewirkten.

Ich weiß, sie warten nur darauf, dass ich tot umfalle, damit sie mich in Stücke hacken können.

Ihr Vater hatte gelacht. *Ich bin gespannt, was sie mir dann bringen würden.*

Emma öffnete die Glastür der Vitrine und sah sich die alten Metall-, Glas- und Plastikstücke an. Als Kind hatte sie geglaubt, es wären Teile von verschollenen Schätzen. Jetzt sah sie nur Müll. Auf manche hatte ihr Vater das Datum geschrieben, andere mussten selbst ihre Geschichte erzählen. In einem Fach war eine Sammlung von Knöpfen, im nächsten lagen Nägel. Emma betrachtete eine Auswahl von Schlüsseln.

Sie entdeckte einen Schlüssel, der zu den Schließfächern ihrer Highschool passte. Das rote Plastikteil war angeknabbert. Ein anderer Schlüssel wirkte nagelneu. Sie hielt ihn ans Licht, doch sie konnte nicht lesen, was auf dem grünen Etikett stand.

Als sie draußen einen Wagen hörte, legte Emma die Dinge wieder in die Vitrine und schloss die Glastür. Sie ging ins Wohnzimmer und zog den Vorhang ein Stück zurück. Es dauerte einen Moment, bis sich ihre Augen an die Dunkelheit gewöhnt hatten. Die Krähen saßen wie Musiknoten auf der Stromleitung entlang der Straße. Ein Schatten bewegte sich über den Rasen und wurde kurzzeitig von den niedrigen Ästen der Bäume verdeckt. Im Dämmerlicht konnte sie nicht erkennen, wer es war. Dann klopfte es leise an die Haustür.

»Wer ist da?«

»Emma. Ich bin's, Nathan. Ich weiß, dass du noch wach bist. Ich habe dich am Fenster gesehen.«

Sie sprach leise. »Das ist kein guter Zeitpunkt.«

»Es kann nicht warten. Wir müssen reden.«

»Morgen.«

»Emma, bitte. Es ist wichtig.«

Sie schob den Riegel zurück und schloss die Tür auf. Nathan schwankte leicht, und sie roch seine Bierfahne. Sein Lächeln war schief. Unwillkürlich hatte sie ein Déjà-vu.

Er streckte die Hand nach ihr aus. »Emma, ich fasse es nicht, dass du wieder da bist.«

Emma blieb hinter der halb geöffneten Fliegengittertür. »Bitte sei leise. Meine Mutter schläft.«

Er grinste. »Wie in der Highschool.«

Sie sah ihn finster an. »Genau wie in der Highschool.«

»Hey.« Er schob die Hände in die Hosentaschen und machte ein unschuldiges Gesicht. »Ich will gar nichts von dir. Ich wollte nur reden. Es gibt so viele Dinge, die wir gesagt und getan haben. Dinge, die wir beide wahrscheinlich gern zurücknehmen würden.« Er trat von einem Fuß auf den anderen. »Darüber musste ich in letzter Zeit viel nachdenken.«

»Nathan, das ist wirklich kein guter Zeitpunkt.«

Emma starrte ihn ein paar Sekunden an. Anstelle der scharfen Kanten von früher waren jetzt weiche Kurven. Statt der Überheblichkeit war da Resignation. Sie trat zurück und ließ ihn ins Haus. Es war zwölf Jahre her, dass sie zusammen gewesen waren. Wenn er reden wollte, war das okay, aber sie würde sich nicht von ihm klein machen lassen. Heute war sie stark.

Emma führte ihn in die Küche. Draußen leuchteten die kilometerlangen Kirschbaumreihen im Mondschein. Sie war noch nicht im Garten gewesen.

»Gehen wir raus«, sagte sie.

Sie setzten sich auf eine gepolsterte Bank mit Blick nach Norden. An klaren Tagen wurde die Aussicht von den Gipfeln der Whitefish Range beherrscht. Im Osten rauschte der Flathead River, von der Schneeschmelze angeschwollen, wie eine Lokomotive durch den Ort. Emma schob die Hand in die Manteltasche und zog den Schlüssel heraus, den sie im Arbeitszimmer ihres Vaters gefunden hatte.

»Was ist das?«, fragte er.

»Den habe ich im Arbeitszimmer gefunden. Willst du was trinken?«

»Nein danke.« Er blickte hinaus auf die Kirschplantage.

»Bewunderst du deine Arbeit?«, fragte sie.

Er nickte. »Der Anwalt der Familie sagt, ich kann in Calebs Haus ziehen, weil es sowieso leer steht.«

Hinter den Kirschbäumen zeichnete sich die dunkle Silhouette von Caleb Winfreys Farmhaus ab. Mit der Zeit schien die Entfernung geschrumpft zu sein. Es fühlte sich unangenehm nah an. Emma versuchte, nicht an die dunklen Zimmer dort zu denken.

»Und wie findest du die Idee?«, fragte Emma.

»Es ist ein schönes Haus, aber es gehen zu viele Geister darin um. Lucy und ihre Mutter waren schon anstrengend, als sie noch lebten. Ich will mir nicht vorstellen, wie ihre Gesellschaft jetzt ist.«

»Du glaubst doch nicht an Gespenster, oder?«

Er hob das Kinn. »Nein, aber ich glaube an Erinnerungen, und wenn ich dort bin, kann ich ihnen nicht entkommen.«

Emma spürte, dass er recht hatte, und wandte den Blick ab. Sie sah zum Fluss hinunter. Auf dem mondbeschienenen Wasser tanzten die Schatten. Emma spürte, dass sie nicht bereit war, über das zu reden, was in Caleb Winfreys Haus geschehen war.

»So geht es mir auch in meinem Zimmer«, sagte sie. »Es ist, als wäre die Zeit stehen geblieben. Meine Mutter hat nichts verändert.«

Er legte ihr den Arm um die Schultern und zog sie an sich. »Wie geht es dir?«

Emma versuchte ihn abzuschütteln, aber er ließ nicht los. Sie wählte ihre Worte mit Bedacht.

»Mit meiner Mutter ist es schwierig. Ich habe das Gefühl, sie will mich nicht hier haben.«

Er überlegte, bevor er antwortete. »Francine steht unter Schock. Sie taut auf, wenn du ihr Zeit gibst.«

»Ich weiß, es klingt komisch, aber irgendwie habe ich das Gefühl, ich hätte nicht das Recht zu trauern.«

Nathan drehte sich zu ihr. »Was soll das denn heißen?«

»Meine Beziehung zu meinem Vater bestand aus einem wöchentlichen Telefongespräch und einer jährlichen Wallfahrt in irgendein seelenlosen Hotel.« Ein dumpfer Schmerz in der Brust machte ihr das Reden schwer. »Wenn ich mir nicht mehr Mühe gegeben habe, als er noch lebte, welches Recht habe ich jetzt, ihn zu vermissen?«

»Em«, sagte Nathan und drückte die Lippen auf ihren

Scheitel. »Du hast dich kein bisschen verändert. Du denkst immer noch viel zu viel nach. Du hast jedes Recht zu trauern. Philip war deine Verbindung zu diesem Ort und zu allem, was dich zu dem Menschen machte, der du heute bist.«

Der raue Stoff seines Hemds kratzte an ihrer Wange. Sie rutschte aus seiner Umarmung, setzte sich auf und dehnte theatralisch den Rücken.

»Mir tut immer noch alles weh von der Fahrt.«

Er knetete ihre Schultern so fest, dass sie schreien wollte.

»Du hast die Chance, mit deiner Mutter ins Reine zu kommen«, sagte er. »Früher wart ihr einander nahe.«

»Sie hat mir nie verziehen, dass ich weggegangen bin.«

»Kannst du ihr das übel nehmen?«

Er war lauter geworden, und sie passte sich seiner Tonlage an.

»Ich wünschte einfach, sie hätte verstanden, warum ich gehen musste. Mein Vater hat es verstanden.«

»Ich habe dich lange gehasst«, sagte Nathan. »So wie du die Dinge zurückgelassen hast … das war nicht richtig.«

Fast hätte sie gesagt, dass sie ihn jetzt noch manchmal hasste, aber sie beherrschte sich.

»Ich hasse Lucy immer noch«, sagte sie stattdessen.

»Mir tut sie leid. Sie war ein Wrack.«

Emma wischte sich mit dem Mantelärmel über die Augen. Sie hatte nicht gemerkt, dass sie weinte.

»Nathan, erinnerst du dich an die Beerdigung von Lucys Mutter?«

»Als Beverly starb, waren wir in der vierten Klasse. Das ist lange her.«

»Ja, aber du erinnerst dich bestimmt.«

Nathan schwieg lange. Er verschränkte die Hände im Schoß, als er endlich sprach.

»Ich erinnere mich an Kleinigkeiten. Ich werde nie vergessen, wie ich Onkel Caleb weinen sah. Ich dachte, Männer weinen nicht. Und die kleine Lucy war so stürmisch in ihrer Trauer. Meine Mutter musste sie festhalten, um ihr das Kleid anzuziehen.«

»Du hast so ernst ausgesehen in deinem Anzug.«

»Ich musste vor der halben Stadt ein Gedicht vorlesen.« Er lachte. »Ich hab mir vor Angst in die Hosen gemacht.«

»Lucy und ich waren damals noch nicht eng befreundet. Unsere Mütter zwangen uns zwar immer, zusammen zu spielen, aber wir mochten uns nicht.«

»Sie war ein Wildfang und du eine Prinzessin.« Er hielt ihre manikürte Hand hoch. Ihre Fingernägel waren lang und blassrosa lackiert. »Manches ändert sich nie.«

»Alles ändert sich.«

Er flocht seine Finger in ihre. »Jedenfalls«, fuhr er fort, »habe ich mich immer gewundert, dass sie sich an dem Tag von allen ausgerechnet dich ausgesucht hat.«

»Ich hatte ihr in der Kirche ein Bonbon gegeben, um sie zu trösten. Im nächsten Moment stehe ich mitten im Winfrey-Clan am Grab. Irgendwann hatte Lucy meine Hand genommen.« Emma schüttelte den Kopf. »Ich habe gar nicht mitbekommen, was sie vorhatte, bis sie losgerannt ist.«

»Erst wollte sie mit mir wegrennen, aber ich habe mich geweigert.«

»Es war März. Wir hätten erfrieren können.«

»Aber ihr seid nicht erfroren. Du hast sie sicher und gesund nach Hause gebracht.«

»Es war nicht leicht«, sagte Emma. »Sie hat sich mit Händen und Füßen gewehrt. Hätte ich gewusst, dass die nächsten zehn Jahre so sein würden, hätte ich sie da draußen gelassen.«

»Die halbe Stadt hat nach euch gesucht. Caleb hatte gerade Beverly verloren. Er war krank vor Wut und Sorge.«

»Lucy sagte, sie würde weglaufen, um ihren richtigen Vater zu finden.«

»Sie hat Caleb immer solches Zeug an den Kopf geworfen. Ich weiß nicht, wie er das aushielt.«

Emma zitterte, und Nathan bemerkte es.

»Willst du reingehen?«, fragte er. »Du frierst bestimmt. Es ist eiskalt.«

»Ich sollte versuchen zu schlafen. Ich bin wie unter Strom, seit ich hier bin.«

»Ich leiste dir Gesellschaft«, sagte er. »Besser als die ganze Nacht allein herumgeistern.«

Ihre Hände waren immer noch verschränkt. Seine Handflächen waren voller Schwielen.

Er sprach leise. »Bereust du je, dass du weggegangen bist?«

Sie zog die Hand weg, als sie aufstand.

»Emma?«

»Manchmal, aber selten.«

Emma behielt den Mantel ihres Vaters an, obwohl es warm im Haus war. Sie füllte den Kessel mit Wasser und stellte ihn auf den Gasherd.

»Ich mache Tee. Möchtest du auch welchen?«

»Kaffee wäre mir lieber.«

Sie öffnete den Küchenschrank. »Wir haben nur löslichen.«

»Kaffee ist Kaffee.«

»Darüber könnten wir die ganze Nacht streiten.«

»Lieber nicht.«

Sie stellte zwei Becher auf den Tisch und setzte sich ihm gegenüber. »Ich bin überrascht, dass du noch nicht verheiratet bist.«

»Das kommt schon noch. Und bei dir?«

»Ich bin nicht scharf darauf«, sagte sie.

»Willst du keine Kinder?«

»Muss nicht sein.«

»Ach, komm. Alle wollen Kinder.«

Sie sprach die Worte mit Bedacht aus. »Vielleicht bin ich nicht wie alle.«

Er beobachtete sie über den Kaffeebecher. »Kann sein.«

»Meine Mutter erinnert mich auch schon, dass die biologische Uhr tickt.«

»Sie macht sich eben Sorgen, dass du niemanden hast.«

Emma sah ihn an. »Woher weißt du das?«

»Buschtrommeln. Ich habe auch gehört, du hattest eine Art Zusammenbruch.«

»Das ist eine grobe Übertreibung. Ich hatte eine schwere Zeit. Das ist nicht ganz dasselbe.« Sie setzte den Becher ab, wobei sie darauf achtete, dass er sich ins Blumenmuster auf der Tischdecke einfügte. »Drei Jahre und zwei Städte später, und ich bin geheilt.«

»Du ziehst ziemlich viel um.«

»Wenn meine Firma eine andere Firma aufkauft, schicken sie ein Team hin, um den Übergang zu managen.«

»Das heißt, du feuerst Leute.«

»Ich kläre, wie sich die Strukturen effizienter gestalten lassen. Im Allgemeinen versuchen wir, Arbeitsplätze zu erhalten.«

»Wir sind so verschieden«, sagte Nathan. »Kaum zu glauben, dass wir mal drei Jahre zusammen waren.«

»Wenn du Beweise brauchst, geh in mein Zimmer. Da ist ein richtiger Schrein der Highschool-Liebe. Überall hängen Fotos von uns.«

Er griff wieder nach ihren Händen. »Emma, das war ein Witz. Ich brauche keine Beweise.«

Sie musste sich anstrengen, um seinem Blick standzuhalten. »Tut mir leid, wie ich mit den Dingen umgegangen bin. Ich hätte offen zu dir sein müssen. Das letzte Jahr hier war schwer für mich.«

»Ich habe gespürt, dass du nur Zeit geschunden hast, bist du wieder abhauen kannst. Ich will nicht lügen. Es hat wehgetan.«

»Als ich in der Elften nach England ging, dachte ich, Lucy würde sich in der Zwischenzeit ein bisschen beruhigen. Aber als ich zurückkam, war es noch schlimmer. Ich hatte das Gefühl, ich müsste ihr ständig beweisen, dass ich noch ihre Freundin bin.« Emma schloss für einen Moment die Augen. »Sie hat immer mehr von mir verlangt. Als wollte sie mich dafür bestrafen, dass ich weg gewesen war. Sie hat einfach nicht über ihren Tellerrand hinausgesehen.«

»Als du weg warst, hat Lucy angefangen, ziemlich viel zu feiern. Es gab Gerede, dass sie Scheiße baute. Es wurde so schlimm, dass Caleb ihr die Autoschlüssel wegnahm, damit sie nicht mehr losziehen konnte.«

»Das hätte sie nicht aufgehalten. Wenn Lucy sich etwas in den Kopf gesetzt hat, hat sie es auch durchgezogen.«

»Anscheinend«, sagte er, und seine Stimme wurde rau, »hatte sie dich im Kopf.«

Emma sah ihre Hände an. Sein Griff war so fest, dass es wehtat. Sie versuchte, nüchtern zu sprechen.

»Das Zeug, das in ihrem Tagebuch stand … Ich schwöre, es ist nie passiert.«

»Das hättest du mir vor zwölf Jahren sagen sollen. Jetzt ist es ein bisschen zu spät.«

Eine lange Zeit schwiegen beide. Die Welt draußen lag in tiefem Schatten. An den Küchenfenstern klebten Insekten auf der Suche nach Licht. Ein starker Ostwind wehte durch die Kirschplantage, wirbelte die duftenden Blüten auf und zerrte an dem kleinen Haus.

»Nathan«, sagte sie mit Blick auf ihre weißen Fingerspitzen. »Könntest du bitte loslassen? Du drückst mir das Blut ab.«

Nathan schob die Hände in die Hosentaschen und sah zu, wie Emma die Becher abräumte.

»Ist das alles, was du zu sagen hast?«, fragte er.

»Tut mir leid«, stotterte sie. »So vieles … Ich meine, ich hätte anders damit umgehen sollen. Ich war jung. Wenn ich die Vergangenheit ändern könnte, würde ich es tun.«

Nathan schob den Stuhl mit so viel Wucht zurück, dass er fast umfiel. »Du hast nie ein Wort gegen Calebs Behauptungen gesagt. Du hast es einfach hingenommen.«

»Weil ich mir die Schuld gegeben habe. Vor der Nacht, als Lucy gestorben ist, hat sie mit mir gesprochen. Sie hat mich angefleht, am Abend zu ihr zu kommen.« Ohne Nathan aus den Augen zu lassen, stellte Emma behutsam die Becher in die Spüle. »Ich bin nicht hingegangen, und dann hat sie sich das Leben genommen.«

»Das konntest du nicht wissen.«

Sie verschränkte die Arme. »Ich wusste, dass sie dazu in der Lage war.«

Nathan ging zur Tür und starrte hinaus in die Nacht.

»Es ist lange her. Vielleicht sollten wir alle nach vorn blicken.«

»Was denkst du, was ich die ganzen Jahre getan habe?«

Er legte die Hand an den Türrahmen. »Weglaufen ist nicht dasselbe. Du hättest bleiben können und das Chaos aufräumen helfen, das Lucy hinterlassen hat. Alle haben erfahren, was in ihrem Tagebuch stand, und ich stand da wie ein Idiot.«

»Du warst auch bei Lucys Beerdigung. Du hast gesehen, was passiert ist. Von wegen nichts sagen. Du hättest damals für mich einstehen sollen, und du hast es nicht getan.«

»Eine Beerdigung ist weder der richtige Ort noch der richtige Zeitpunkt für so was.« Er stand über ihr. »Ich glaube, du hast nur auf einen Grund gewartet, abzuhauen, und Caleb hat ihn dir geliefert.«

»Dein Onkel hat mich vor der ganzen Stadt verleumdet, und du tust so, als hätte ich eine Wahl gehabt!«

»Es gibt immer eine Wahl. Du hast nur die falsche getroffen.«

Sie wandte sich ab. »Ich gehe ins Bett. Du weißt ja, wo es rausgeht.«

Nathan packt sie am Arm und drehte sie zu sich.

»Rede nicht so mit mir«, sagte er.

»Nathan«, gab sie zurück und machte sich los. »Ich bin keine achtzehn mehr. Ich lasse mich von dir nicht einschüchtern.«

»Du hast keine Ahnung, wie tief du mich verletzt hast.«

»Nathan, ich verstehe, dass du sauer bist, aber das ist nicht die richtige Art, damit umzugehen.«

»Tut mir leid«, sagte er und hob kapitulierend die Hände. »Ich weiß auch nicht, was in mich gefahren ist.«

»Wir haben uns lange sehr nahegestanden. Ich weiß, es ist schwer, loszulassen, aber das musst du. Es ist nicht gesund, dass du immer noch daran hängst, was vor all den Jahren zwischen uns passiert ist.«

Nathan nahm sie fest in den Arm und drückte ihr die Lippen aufs Haar. Seine Worte waren gedämpft.

»Manchmal lasse ich Lucys Beerdigung noch einmal vor mir ablaufen. Ich hätte etwas sagen sollen. Jetzt ist es zu spät.«

»Vielleicht war es immer schon zu spät«, sagte sie, schloss die Augen und ließ sich von ihm halten.

Emma rührte sich nicht. Sie fühlte sich mehr gefangen als geliebt. Sie hatte Angst, er würde versuchen, sie zu küssen, falls sie sich bewegte, und sie wusste nicht, was sie dann täte. Außerdem hatte auch sie Zweifel. Sie hatte ihn und Walleye weit hinter sich gelassen, aber sie konnte sich nicht die Hand aufs Herz legen und schwören, dass sie deswegen glücklicher war. Sie war so erschöpft von der Trauer, dass sie nicht klar denken konnte. Es wäre leicht, sich in ihre gemeinsame Vergangenheit fallen zu lassen, aber sie wusste, am Ende würde sie ihn nur wieder verlassen. Nathan hatte sich nicht geändert und sie sich auch nicht. Sie konnte immer noch mit dem Finger schnipsen, und er kam. Er hatte wirklich jeden Grund, sie zu hassen.

Irgendwann löste sie sich von ihm.

»Nathan«, sagte sie. »Du gehst lieber, bevor wir eine Dummheit machen.«

»Ich rufe dich morgen an«, sagte er, ließ sie los und wandte sich ab.

Emma lauschte, wie die Haustür hinter ihm ins Schloss fiel.

»Jetzt weißt du ja, wo du mich findest«, murmelte sie.

6

Die Leiterin des Flathead-Valley-Therapiezentrums für Opiatabhängigkeit führte Macy in einen kleinen Konferenzraum, in dem sich die Therapeuten zusammensetzten, um über die Patienten zu sprechen. Von Osten flutete die Morgensonne durch die Fenster, und in der Ecke gluckerte eine Kaffeemaschine. Julia Price war eine stämmige Frau mit runden Wangen und krausem grauem Haar. Sie bot Macy einen Stuhl am Fenster an.

»Entschuldigt die Störung«, sagte Julia in den Raum, während sie die Falten ihres weiten Rocks raffte und sich an das Kopfende des Konferenztischs setzte. »Detective Macy Greeley hat uns etwas mitzuteilen.«

»Guten Morgen!«, sagte Macy. »Soweit ich weiß, war Carla Spencer seit einer Weile hier in Behandlung.«

Ein schmaler Mann mit Bürstenschnitt hob die Hand. »Carla Spencer ist meine Patientin.«

»Merle Hepworth?«

»Ja«, sagte er, und sein Blick wanderte zu seinen Akten. Die von Carla lag oben auf. »Ich habe am Vormittag einen Termin mit ihr. Wir sprechen gerade über ihre Entwicklung. Carla hat letzte Woche die Gruppentherapie versäumt.«

»War das ungewöhnlich?«

»Bis jetzt hat sie nie gefehlt.«

»Wie sah ihre Therapie aus?«

»Pro Woche einmal Einzeltherapie und einmal Gruppentherapie. Außerdem muss sie jede Woche vier Meetings des Zwölf-Schritte-Programms der Narcotics Anonymous besuchen.«

Macy machte sich Notizen. »Bekam sie Methadon?«

Julia Price meldete sich wieder zu Wort. »Unserer Erfahrung nach ist Buprenorphin als Substitutionsmittel wirksamer. Wenn sie nicht zu ihren Meetings gehen, bekommen die Patienten ihre Medikamente nicht.«

Macy zeigte auf die Aktenstapel vor jedem der Therapeuten. »Wie viele Patienten sind hier in Behandlung?«

»Im Moment haben wir das Maximum von hundert Patienten pro Mitarbeiter erreicht. Die Wartezeit für einen Platz im Programm beträgt bis zu drei Monaten. Aber die Finanzierung für drei weitere Mitarbeiter steht, wir können also expandieren.«

Merle Hepworth hob wieder die Hand. »Darf ich fragen, worum es hier geht?«

»Ich muss Ihnen leider mitteilen, dass Carla Spencer und ihr Mann Lloyd allem Anschein nach gestern am frühen Morgen an einer Überdosis gestorben sind.«

»Schmerzmittel?«

»Wir gehen davon aus, dass es Heroin war.«

Merle ließ Carlas Akte auf den Tisch fallen. »Ich war mir so sicher, dass wir Fortschritte machten.«

»Wir können nicht ausschließen, dass Fremdeinwirkung im Spiel war.«

»Sie denken, sie wurde ermordet?«

»Wir haben Grund zu der Annahme, dass eine dritte Person beteiligt war, aber vielleicht war ihr Tod trotzdem ein Unfall. Heute Nachmittag erfahren wir von der Rechtsmedizin mehr. Ich muss wissen, mit wem sie in der Gruppentherapie in Kontakt war. Wir werden auch mit ihrem Mentor beim Zwölf-Schritte-Programm sprechen. Aber im Moment geht es darum, ob Carla Spencer sich hier mit jemand angefreundet hat. Jemand, der vielleicht mehr darüber weiß, was passiert sein könnte.«

»Tut mir leid«, sagte Merle. »Das sind meine Patienten. Ohne Gerichtsbeschluss kann ich Ihnen keine Namen nennen.«

»Das ist in Ordnung«, sagte Macy. »Sie müssen keine Namen nennen. War da jemand in der Gruppe, der Ihnen Sorgen gemacht hat? Vielleicht jemand mit Vorstrafen? Jemand, der in den letzten Wochen ebenfalls ein paarmal gefehlt hat?«

Er nickte. »Ich wüsste da jemanden.«

Julia Price ging den Aktenstapel durch, der vor Merle lag.

»Joel Edwards«, sagte sie und hielt die Akte hoch. »Er ist gerade aus dem Programm geflogen, weil er gegen seine Bewährungsauflagen verstoßen hat. Er hat sich zwei Wochen lang nicht bei seinem Bewährungshelfer gemeldet.«

Merle Hepworth lehnte sich zurück. »Warum hat mir niemand Bescheid gesagt?«

»Ich habe die E-Mail selbst erst vor zwei Minuten bekommen.«

Macy notierte sich den Namen. »Was ist dieser Joel Edwards für ein Typ?«

Merle kratzte sich am Kopf. »Er hat eine Praxis überfallen und den Arzt mit einer Waffe bedroht, als er high von einem

Cocktail aus Oxy und Xanax war. Nachdem er die Strafe abgesessen hatte, wurde er rückfällig. Dann wurde er wegen Drogenbesitz verhaftet und vor die Wahl gestellt: entweder Gefängnis oder Therapie.«

»Haben Sie mitbekommen, ob er und Carla einander näher kannten?«

»Ja, sie waren befreundet. Ich weiß, dass sie manchmal nach der Sitzung Kaffee trinken waren. Er hatte Probleme, aber ich hatte den Eindruck, dass Carla ihn moralisch unterstützte. Sie schien fest entschlossen, clean zu werden, was ihren Tod noch tragischer macht. Sie nahm Buprenorphin. Eigentlich hätte sie keinen Suchtdruck haben dürfen.«

»Aber sie hat eine Sitzung versäumt.«

»Sie rief an, um sich zu entschuldigen, und ich habe organisiert, dass sie ihre Medikamente in einer Apotheke abholen konnte.«

»Ist es üblich, derart starke Mittel zu verschreiben, ohne den Patienten zu sehen?«

Julia Price antwortete für ihn. »Manche unserer Patienten müssen über zwei Stunden zum Therapiezentrum fahren. Es gibt Autopannen. Manchmal kommt der Medikamententransport nicht. Wir können einen Patienten nicht über Gebühr bestrafen, wenn er einen triftigen Grund hat, eine Sitzung zu versäumen.«

»Was war Carlas Entschuldigung?«

Merle warf einen Blick in die Akte. »Ihr Ehemann und ihr Sohn hatten eine körperliche Auseinandersetzung. Sie hatte das Gefühl, sie könne die beiden nicht allein im Haus lassen. Da sie bis dahin keine einzige Sitzung versäumt hatte, sah ich keinen Grund, ihre Worte anzuzweifeln.«

»Hat sie in den Therapiesitzungen über ihre Ehe gesprochen?«, fragte Macy.

»Sie wollte ihren Mann verlassen, aber ich habe nicht daran

geglaubt, dass sie es schaffen würde. Ich hatte den Eindruck, sie hatte Angst vor ihm. Er nahm weiterhin Drogen, was ihr den Ausstieg erschwerte.«

»Kommt es bei Abhängigen häufig vor, dass sie von Schmerzmitteln auf Heroin umsteigen?«

»Leider ja«, antwortete Julia. »Da beide auf Opiaten basieren, ist es eine natürliche Steigerung, und jetzt, da opioide Schmerzmittel schwerer zu bekommen sind, wird es richtig zum Problem. Früher gab es Heroin nur in den Innenstädten, aber jetzt kommt es in den Vororten, Schulen und ländlichen Gemeinden an. Heroin ist billiger und viel gefährlicher. Das Positive an verschreibungspflichtigen Schmerzmitteln ist, dass man genau weiß, welche Dosis drinsteckt.«

Macy begann ihre Sachen zu verstauen. »Sie haben mir enorm geholfen. Ich wünschte, ich hätte bessere Neuigkeiten gehabt.«

Julia Price brachte Macy zur Tür. »In unserer Branche müssen wir uns ein dickes Fell zulegen. Glücklicherweise hatten wir in letzter Zeit ein paar Erfolgsgeschichten, und ich bilde mir ein, dass es endlich wieder aufwärtsgeht.«

Macy schüttelte ihr die Hand. »Danke für die Arbeit, die Sie hier leisten. Ich bin mir ganz sicher, dass Sie etwas bewirken.«

Auf dem Rückweg zum Polizeirevier blieb Macy vor dem Schaufenster eines Spielzeugladens auf der Main Street stehen und nahm sich fest vor, während der Öffnungszeiten wiederzukommen, um Luke ein Mitbringsel zu kaufen. Sie hatte darüber nachgedacht, wie es ihrem Sohn wohl gefallen würde, mehr Zeit im Flathead Valley zu verbringen. Aiden hatte sie eingeladen, im Sommer ein paar Wochen bei ihm zu wohnen. Macy hatte ihm daraufhin ausführlich erklärt, was es hieß, ein zweieinhalbjähriges Kind zu haben. Sie konnten Luke nicht allein lassen. Das bedeutete, sie konnten nicht bis zwei Uhr morgens in Murphy's Tavern sitzen. Genauso wenig konnten sie mountainbiken, klettern oder ausschlafen, wie sie wollten. Aiden hatte ihr versichert, all das mache ihm nichts aus, aber Macy hatte ihre Zweifel, ob er bereit für die Vaterschaft war, sei es vorübergehend oder ganz. Mit Ausnahme seines Berufs, den er sehr ernst nahm, schien Aiden in seinem Leben nur wenige Kompromisse eingehen zu müssen.

Ehrlich gesagt, verstand Macy nicht ganz, warum Aiden so willig war, Freiheiten aufzugeben, nach denen sie sich manchmal zurücksehnte. Selbst wenn Luke fünfhundert Kilometer entfernt und gut betreut war, vergaß Macy keine Sekunde, dass sie seine Mutter war. Die Tatsache beeinflusste jede Entscheidung, die sie traf. Sie machte sich solche Sorgen, als Mutter nicht gut genug zu sein, dass sie überkompensierte. Im Moment kam Luke zuerst und ihr Beruf dahinter. Sie fragte sich, wie zufrieden Aiden mit dem dritten Platz wäre.

Es hupte, und als Macy sich umsah, strahlte Gina sie hinter dem Steuer ihres Streifenwagens an.

»Soll ich dich zum Revier mitnehmen?«, fragte Gina.

»Es sind nur ein paar Schritte. Ich glaube, das schaffe ich.«

Gina ließ den Motor aufheulen. »Mal sehen, wer schneller ist.«

»Lou wird nicht begeistert sein, wenn du auf der Main Street Rennen fährst.«

»Lou frisst mir aus der Hand.«

Macys Rippen schmerzten, als sie lachte. »Na, dann los.«

Gina erwartete Macy auf der Eingangstreppe. Sie hatte den Morgen damit verbracht, Sean Spencers Freunde abzuklappern. Die meisten hatten noch im Bett gelegen, als sie vor der Tür stand.

»Unglaublich, wie viel Schlaf Teenager brauchen«, sagte sie.

»Hat sich die Reise gelohnt?«

Gina hielt eine Liste von Mikrobrauereien hoch.

»Ein Freund war hilfreich. Er sagt, Sean habe vor, während des Studiums bei einer Mikrobrauerei in Bozeman zu jobben. Soweit er weiß, wollte sich Sean diese Woche dort vorstellen.«

»Warum eine Mikrobrauerei?«

»Anscheinend interessiert sich Sean schon länger dafür.«

Macy warf einen Blick auf die Liste. »Da stehen mindestens fünfzig Brauereien.«

»Ja, aber manche sind eingekreist, also fange ich dort an. Hattest du in der Entzugsklinik Glück?«

»Vielleicht, aber lass uns drin darüber reden. Ich will auch Lou auf den neuesten Stand bringen.«

»Ich habe vor ein paar Minuten mit ihm gesprochen. Er ist auf der Suche nach Seans leiblichem Vater. Anscheinend hat Scott Walker eine Hütte südlich von Darby Lake. Lou meinte, er wird eine Weile nicht erreichbar sein.«

Gina und Macy saßen sich an den zwei Schreibtischen gegenüber, die man ihnen zur Verfügung gestellt hatte. Ginas Seite war voll mit leeren Snack-Packungen. Sie hielt eine Schachtel Donuts hoch.

»Hunger?«

Macy sagte, sie habe schon gegessen. »In Carlas Therapiegruppe war ein Mann namens Joel Edwards. Anscheinend haben sich die beiden angefreundet. Vielleicht ist es Zufall, aber Edwards hat die letzten beiden Treffen mit seinem Bewährungshelfer geschwänzt.«

Gina tippte bereits. Sie beugte sich vor und starrte auf den Bildschirm. »Hier ist eine Fahndungsmeldung. Klingt nett. Er saß wegen bewaffneten Raubüberfalls im Knast.«

»Er hat eine Arztpraxis überfallen.« Macy sah auf die Uhr. »Wir haben nicht viel Zeit. Wann sollen wir mit Ron Forester reden?«

»Ich habe dem zuständigen Beamten gesagt, dass wir gegen halb vier dort sind.«

»Dann müssen wir uns wieder trennen. Ich fahre zum Haus der Longs und befrage die Witwe, und du versuchst, so viel wie möglich über diesen Joel Edwards und Sean Spencers Mikrobrauereien herauszufinden. Wenn ich wieder da bin, machen wir uns auf den Weg nach Deer Lodge.«

Gina zögerte, bevor sie Macy die Wagenschlüssel gab.

»Bist du dir sicher, dass du selbst fahren kannst?«, fragte sie. »Du hattest einen schweren Autounfall. Keiner hier würde sich wundern, wenn du dich noch nicht hinters Steuer setzen willst.«

»Gina, du machst dir zu viele Sorgen. Ich schaffe das schon.«

Macy parkte den Streifenwagen vor dem Haus, das Philip Long mit seiner Frau Francine bewohnt hatte, und kämpfte gegen das Verlangen an, sich unter dem Armaturenbrett zu verkriechen. Die Zuversicht, mit der sie das Polizeirevier verlassen hatte, hatte sich an der ersten Kreuzung in Luft aufgelöst. Als die Ampel auf Grün schaltete, hatte sie auf die Straße gestarrt, statt loszufahren. Erst als jemand hupte, trat sie aufs Gas und hätte beinahe einen Fußgänger mitgenommen, der nicht schnell genug auf dem Bürgersteig war. Glücklicherweise trug sie ihre Sonnenbrille, und niemand konnte sehen, dass sie weinte.

Macy griff nach dem Handy, aber dann überlegte sie es sich anders. Irgendwann hatte sie angefangen, jedes Mal, wenn sich irgendein Problem auftat, Aiden anzurufen. Jetzt schloss sie für ein paar Sekunden die Augen. Ray war nie da gewesen, wenn sie ihn brauchte, und es überraschte sie immer noch, wenn Aiden ans Telefon ging. Sie wusste nicht mehr, was normal war. Bevor sie Ray kennengelernt hatte, hatte sie nie jemanden um Hilfe gebeten. Sie war sehr gut allein zurechtgekommen. Macy nahm den Laptop und die Akte aus der Tasche. Sie war sowieso schon zu spät dran, auf ein paar Minuten kam es auch nicht mehr an. Das Letzte, was Francine Long gebrauchen konnte, war eine Polizistin, die vor ihrer Tür in Tränen ausbrach.

Macy überflog ihre E-Mails und las die, die mit Philip Long zu tun hatten. Sie runzelte die Stirn. Die Reifenabdrücke vom Tatort stimmten nicht mit Sean Spencers Motorrad überein. Das hieß nicht, dass Sean Philip Long nicht getötet hatte. Es hieß nur, dass er, falls er es gewesen war, ein anderes Motorrad benutzt hatte. Macy schob den Computer wieder in die Tasche und sah in den Spiegel. Nichts konnte ihr Aussehen retten. Sie setzte sich wieder die Sonnenbrille auf, um die roten Augen zu verbergen. Falls sie gefragt wurde, würde sie einfach behaupten, sie hätte Heuschnupfen.

Der bescheidene zweistöckige Bungalow war durch einen leuchtend grünen Rasen und bunte Blumenbeete von der Straße getrennt. Ein dicker Cadillac Escalade stand quer vor einer älteren Limousine und einem roten Kleinwagen. Bei näherem Hinsehen zeigte das Haus ein paar Schäden. Die Farbe blätterte von den Balken ab, und durch den Putz lief ein Riss. Philip Long mochte eine lokale Berühmtheit gewesen sein, aber reich war er nicht. Laut seinen Bankunterlagen hatte er kürzlich auf das Haus eine zweite Hypothek aufgenommen.

Macy drückte die Klingel und wartete. Sie hörte Schritte. Die junge Frau, die sie begrüßte, trug eine teuer aussehende cremefarbene Seidenbluse, dunkelblaue Hosen und Ballerinas. Sie hatte das dunkle Haar zu einem straffen Pferdeschwanz gebunden und war besorgniserregend dünn. Sie war nicht unbedingt hübsch, aber sie war beeindruckend.

»Hallo«, sagte Macy und hielt ihre Marke hoch. »Ich bin Detective Macy Greeley. Francine Long erwartet mich.« Sie sah zu, wie die Frau ihre Marke studierte.

»Tut mir leid, dass ich mich verspäte«, sagte Macy.

Statt zu antworten, öffnete die Frau die Fliegengittertür und trat heraus. Der Wind frischte auf, und aus ihrem Pferdeschwanz lösten sich ein paar Strähnen. Sie strich sie zurück und richtete sich auf. Dann sagte sie mit fester Stimme: »Es waren schon den ganzen Tag Leute hier. Meine Mutter ist erschöpft.«

»Sie müssen Emma sein.« Macy hielt ihr die Hand hin. »Ich habe Ihren Vater sehr bewundert.«

»Das ist nett von Ihnen.« Emma Longs blaue Augen sahen zurück zur Tür. »Ich brauche einen Moment. Sie können schon reingehen, wenn Sie möchten.«

»Ich kann warten.«

Emma verschränkte die Arme. »Nicht dass Sie es bereuen. Ich bin im Moment keine gute Gesellschaft.«

»Ich habe gehört, Sie sind nach langer Zeit zum ersten Mal wieder in Walleye Junction.«

»Ich war zwölf Jahre weg.«

»Haben Sie Ihre Eltern in der Zwischenzeit gesehen?«

»Ich habe mich einmal im Jahr mit meinem Vater getroffen. Meine Mutter habe ich weniger gesehen.«

»Sie leben in San Francisco?«

»Ja.« Sie klang müde. »Es war eine lange Fahrt.«

Emma überquerte die Terrasse und starrte auf die Berge.

»Meine Mutter ist nicht nur traurig. Sie ist verwirrt. Ich mache mir Sorgen, dass etwas mit ihr nicht stimmt.«

»Meinen Sie, sie hat Sie deswegen nicht früher benachrichtigt?«

Emma drehte sich zu Macy um. »So erkläre ich es mir. Wir hatten unsere Differenzen, aber sie hätte mich nie ausgeschlossen, wenn es um wirklich wichtige Dinge ging.«

Macy zeigte auf die Einfahrt. »Ist das Ihr Cadillac?«

»Nein, so was würde ich nicht mal fahren, wenn ich alles

Geld der Welt hätte. Mein Wagen ist der rote.« Sie nickte zum Haus und seufzte. »Meine Mutter hat Besuch. Ihr früherer Chef und seine dritte Frau sind da. Ich weiß, dass meine Mutter die Frau nicht bei sich im Haus haben will, aber sie gibt sich alle Mühe, die perfekte Gastgeberin zu spielen. Allerdings kommt sie an ihre Grenzen. Die beiden sind schon seit fast einer Stunde hier.«

»Ich müsste mit Ihrer Mutter allein sprechen.«

»Das wäre ein guter Grund, um sie loszuwerden. Es ist bestimmt gut gemeint, aber sie machen es nur noch schlimmer.«

Dr. Whitaker reichte Macy seine Visitenkarte, bevor er die Vorstellungsrunde übernahm. Macy erkannte sein Gesicht von den Werbetafeln an der Route 93, wo er mit einem wohlmeinenden Lächeln, Arztkittel und Stethoskop an der Bundesstraße wachte. Den Anzeigen zufolge konnte Dr. Whitaker Wunder bewirken. Doch als Macy ihn in seinem glänzenden blauen Jogginganzug und Tennisschuhen sah, fand sie ihn weniger vertrauenerweckend. Seine Frau Sharon war eine knackige Brünette, deren Perlenkette zum leuchtenden Weiß ihrer Zähne passte. Während er Mitte sechzig sein musste, sah Sharon keinen Tag älter als dreißig aus. Mit der manikürten Hand klammerte sie sich an ein Smartphone, als ginge es um ihr Leben, und sobald sie sich unbeobachtet fühlte, starrte sie auf das Display. Das Ehepaar war stark gebräunt. Macy nahm an, sie machten viel Urlaub.

Dr. Whitaker und seine Frau hatten Francine Long auf dem Sofa eingekesselt. Gegen die goldene Bräune der beiden wirkte sie grau. Silberne Strähnen rahmten ihr mit feinen Linien durchzogenes Gesicht. Sie trug kein Make-up, und ihre blauen Augen waren vom Weinen gerötet. Sie nahm Macy kaum wahr, als sie vorgestellt wurde. Der Arzt und seine Frau erhoben sich, als Francine Anstalten machte, aufzustehen.

»Ich brauche ein paar Minuten«, sagte sie, während sie sich auf Dr. Whitakers Hand stützte. »Ich muss mich frisch machen.«

Unbeholfen umarmte Francine ihre Gäste zum Abschied, die ihrerseits versprachen, bald wiederzukommen. Mehrere Hilfsangebote wurden ausgesprochen, und die dritte Mrs. Whitaker erklärte, wie der Auflauf aufzuwärmen sei, den sie in die Küche gestellt hatte. Offenbar war er glutenfrei.

Macy brachte Dr. Whitaker und Sharon zur Tür. Der Arzt war ein Hüne und überragte Macy, als er mit ihr sprach.

»Wenn wir Francine irgendwie helfen können, geben Sie uns bitte Bescheid«, sagte er. »Sie bedeutet uns viel.«

Sharon hatte ein Taschentuch in der Hand, aber ihre Augen waren knochentrocken. »Wir haben extra unseren Urlaub unterbrochen, als wir das von Philip hörten.«

»Bei dem Gedanken, was Francine durchmachen muss, hätten wir es keinen Moment länger auf dem Kreuzfahrtschiff ausgehalten.« Dr. Whitaker schüttelte noch einmal Macys Hand. »Die Ärmste.«

Emma öffnete ihnen die Haustür. »Vielen Dank, dass Sie gekommen sind.« Sie traten hinaus, blieben jedoch auf der Terrasse noch einmal stehen. Macy schnappte Fetzen des Gesprächs auf.

Es ist wirklich gut, dass du in dieser schweren Zeit bei deiner Mutter bist.

Wo sollte ich sonst sein?, fragte Emma.

Die Stimme des Arztes dröhnte. *Wie lange ist es her? Zwölf Jahre? Diese tragische Geschichte mit Lucy scheint Ewigkeiten zurückzuliegen. Bestimmt haben die Leute alles vergessen.*

Oben knarrten Dielen, und die Toilettenspülung war zu hören. Unten fiel die Fliegengittertür zu, und als Emma hereinkam, wirkte sie traurig und wütend zugleich.

»Möchten Sie was trinken?«, fragte sie auf dem Weg zur

Küche. »Ich habe im Supermarkt etwas gefunden, das entfernt wie Kaffee aussieht.«

»Nur, wenn es keine Mühe macht.«

Emma sprach durch die offene Tür. »Sie sind nicht von hier, oder?«

»Nein, ich bin in Helena aufgewachsen. Da wohne ich auch noch, aber als Sonderermittlerin arbeite ich für den Staat und werde immer dahin geschickt, wo ich gebraucht werde.«

»Dann sammeln Sie viele Meilen.«

»Zu viele. Montana ist groß.«

»Wie trinken Sie Ihren Kaffee?«

»Flüssig.«

»Das ist meine Spezialität.«

Als Macy im Wohnzimmer stand, hatte sie das Gefühl, sie wäre in einem Möbelkatalog aus den sechziger Jahren gelandet. Der kleine Flachbildfernseher schien das einzige Zugeständnis ans 21. Jahrhundert zu sein, zu dem Philip und Francine sich hatten hinreißen lassen. Der Sofabezug war hellblau und passte zu den bodenlangen Vorhängen. Doch trotz des Alters wirkte alles gepflegt. Macy ließ den Blick über die Bücherregale hinter dem Ledersessel schweifen. Philip Long hatte offenbar gern Spionagethriller gelesen. Sie nahm einen zerlesenen Band von John le Carré von dem Bücherstapel auf dem Beistelltisch.

Der hochrangige Diplomat Magnus Pym ist verschwunden, wahrscheinlich übergelaufen. Die Jagd beginnt: nach dem vermissten Ehemann, liebenden Vater und Geheimagenten. Wie sich herausstellt, ist Pyms Leben ein Gerüst von Geheimnissen.

Macy spürte, dass sie beobachtet wurde. Sie sah zur Treppe. Francine Long hatte sich umgezogen. Sie trug ein senfgelbes Kleid mit Gürtel, das ihr bis unters Knie reichte. Ihr Haar war nicht mehr offen, sondern zu einem Knoten hochgesteckt.

»Mein Mann war hier der Bücherwurm«, sagte sie, nahm Macy das Buch aus der Hand und legte es an seinen Platz zurück. »Wenn er die Nase in ein Buch steckte, ließ er sich von nichts mehr stören.«

Francine ordnete die Kissen, bevor sie sich in einen geblümten Sessel setzte. Macy nahm auf dem Sofa Platz und zog für Francine eine Visitenkarte aus der Tasche.

»Es tut mir sehr leid, dass ich Sie in dieser schweren Zeit stören muss, aber ich dachte, es wäre das Beste, wenn ich vorbeikomme und mich persönlich vorstelle.«

Ein paar Sekunden lang war Francines Gesicht von Trauer verzerrt. Sie sprach leise.

»Ich weiß nicht, wie ich Ihnen helfen kann. Ich verstehe wirklich nicht …«

Emma kam mit einem Tablett herein. Sie berührte die Schulter ihrer Mutter. »Mom, ich habe Tee und Kaffee gemacht. Ich wusste nicht, was dir lieber ist.«

»Tee wäre schön.«

Macy dankte Emma für den Kaffee. Er war so stark, dass fast der Löffel darin stecken blieb.

»Mom«, sagte Emma. »Möchtest du, dass ich dabei bin, wenn du mit der Ermittlerin redest?«

Francine nickte kaum merklich. Ihr Blick huschte durchs Zimmer und blieb an dem leeren Ledersessel ihres verstorbenen Mannes hängen. Emma ging auf dem Weg zum Sofa daran vorbei.

Macy nahm ihr Notizbuch heraus und konzentrierte sich einen Moment. Sie musste die Sache langsam angehen.

»Noch einmal vielen Dank, dass Sie mit mir sprechen«, sagte Macy. »Ich weiß, es ist schwer. Bitte sagen Sie es, wenn Sie müde sind. Dann komme ich ein andermal wieder.«

Mit einer Geste, die an ihre Tochter erinnerte, drückte Francine die Schultern durch. »Ich möchte lieber wissen, was los ist. Die Ungewissheit ist schwer zu ertragen. Ich habe Angst …«

Beinahe hätte Macy Francine die Hand auf den Arm gelegt, aber dann hielt sie sich zurück. Francine Long wirkte wie ein Mensch, der bei der kleinsten zärtlichen Geste zusammenbrechen konnte.

»Ich spreche mit Polizeichef Lou Turner, wenn Sie möchten, dass jemand das Haus im Auge behält«, sagte Macy. »Ich weiß, dass er ohnehin regelmäßig eine Streife vorbeischickt.«

»Danke«, sagte Francine und suchte den Blick ihrer Tochter Emma. »Ich … wir wären sehr froh darüber.«

»Wir gehen verschiedenen Spuren nach, aber da es für die Entführung und Ermordung Ihres Mannes kein offensichtliches Motiv gibt, kann es sein, dass die Ermittlungen einige Zeit in Anspruch nehmen.« Macy hielt inne. »Ich darf mit Ihnen nicht über alles sprechen, aber ich sage Ihnen, so viel ich kann. Ich fürchte, dass manche der Informationen, die ich Ihnen mitteilen muss, beunruhigend sein können.«

Francine drückte sich ein Kissen an die Brust und schloss die Augen.

Macy wählte ihre Worte sorgfältig.

»Gestern Morgen wurde ein Ehepaar aus der Gegend tot aufgefunden. Es sieht so aus, als wären sie an einer Überdosis Drogen gestorben. Der Beamte vor Ort wurde misstrauisch, als er feststellte, dass ihr Fahrzeug auf die Beschreibung des Wagens passte, mit dem Ihr Mann entführt wurde. Die Tatortermittler nahmen Fingerabdrücke und verglichen sie mit denen aus dem Haus, in dem Ihr Mann festgehalten wurde. Sie stimmen überein.«

Francines kornblumenblaue Augen wurden größer. »Wer waren die Leute?«

Macy hielt zwei Führerscheinfotos hoch. »Die Toten wurden als Carla und Lloyd Spencer identifiziert. Haben Sie die Namen schon einmal gehört?«

»Nein.« Francine schüttelte nachdrücklich den Kopf.

»Bitte lassen Sie sich Zeit. Sie müssen sich ganz sicher sein«, sagte Macy.

Francine drückte das Taschentuch an den Mund und schüttelte noch einmal den Kopf. Macy sah in ihre Aufzeichnungen.

»Carla und Lloyd Spencer haben ihr ganzes Leben in Walleye Junction verbracht. Es gibt viele Gelegenheiten, bei denen sich Ihre Wege gekreuzt haben könnten. Lloyd war Dachdecker. Vielleicht hat er einmal für Sie und Ihren Mann gearbeitet? Carla hatte verschiedene Jobs. Sie war bei einer Computerfirma angestellt und hat später als Kellnerin in einem Frühstückscafé gearbeitet. Zuletzt hat sie Pizza ausgetragen.«

Als sie keine Antwort bekam, legte Macy ein Foto von Sean Spencer auf den Tisch.

»Was ist mit diesem jungen Mann? Er hat letztes Jahr hier den Highschool-Abschluss gemacht.«

Francine nahm das Foto in die Hand. Ihre Hände zitterten. »Wer ist das?«

»Das ist der Sohn, Sean Spencer. Er ist vor ein paar Tagen verreist, und wir konnten ihn noch nicht finden.«

»Glauben Sie, er hat …«

»Im Moment möchten wir nur mit ihm sprechen. Es gibt keine Spuren, die ihn mit einem der Tatorte in Verbindung bringen.«

»Aber er ist noch so jung.«

»Er ist neunzehn.«

»Tut mir leid«, sagte Francine und gab Macy das Foto zurück. »Ich kenne diese Leute nicht.«

Macy legte die Bilder auf den Tisch, wo Francine sie sehen konnte. Emma griff nach dem Foto von Carla und starrte es an. »Haben sie Verwandtschaft hier im Tal?«

»Carlas Schwester und ihr Mann leben hier, Donna und Jay Miller. Sie haben einen Sohn namens Kyle.«

»Kyle Miller?«

»Kennen Sie ihn?«

»Ich bin mit ihm zu Schule gegangen«, sagte Emma. »Ich schätze, man könnte sagen, wir waren befreundet. Soweit ich mich erinnere, war er ziemlich aufgeweckt.«

»Ich habe gestern mit ihm gesprochen.«

»Er hat nie über seine Familie geredet«, sagte Emma. »Aber wir wussten, dass er aus schwierigen Verhältnissen kam.«

»So ist es noch«, sagte Macy. »Soweit ich weiß, ist Kyle der Einzige in der Familie, der einen festen Job hat. Carla und Lloyd Spencer waren jahrelang drogenabhängig. Sie waren hoch verschuldet und kurz davor, auf der Straße zu landen. Es könnte sein, dass sie Ihren Vater entführt haben, um Geld zu erpressen.«

Emma runzelte die Stirn. »Aber das ist lächerlich. Es gibt jede Menge Leute hier, die viel reicher sind als meine Eltern.«

»Wie gesagt, ohne das Motiv zu kennen, ist es schwer, in die richtige Richtung zu ermitteln.« Macy sah Francine an. »Lou Turner hat angedeutet, Ihr Mann wurde bedroht, nachdem er eine Reihe von Sendungen über den wachsenden Einfluss privater Milizen hier oben gemacht hat.«

Francine nickte. »Es hat Drohungen gegeben. Ein paarmal wurde Philip in der Öffentlichkeit angepöbelt. Ich war der Meinung, er sollte sich eine Pistole zulegen, aber Philip wollte davon nichts wissen.«

Emma mischte sich ein. »Eine Waffe zu kaufen hätte allem widersprochen, wofür Dad stand.«

Francine murmelte etwas, was Macy nicht verstand.

»Mom, ich weiß, dass ich seit zwölf Jahren nicht hier war, aber ich habe trotzdem jede Woche mit Dad gesprochen. Er hätte seine Meinung über Waffen niemals geändert.«

Macy sah von der Tochter zu Mutter. Sie seufzten synchron und ließen die Köpfe hängen. Beide hatten die Hände auf die gleiche Art im Schoß gefaltet, und ihre Münder bildeten die gleiche harte Linie. Sie waren sich so ähnlich und standen doch auf verschiedenen Seiten. Als Macy wieder das Wort ergriff, sahen zwei Paar blaue Augen auf.

»Dann ist es wohl eine Überraschung für Sie beide, zu hören, dass Philip Long einen Waffenschein beantragt und vor drei Monaten erhalten hat. Er war im Besitz einer registrierten Handfeuerwaffe.«

Francine starrte Macy an. »Das ist unmöglich. Er hätte mir doch davon erzählt.«

»Haben Sie hier im Haus irgendwelche Waffen gesehen?«

»Ich hatte keine Ahnung.« Francine sah ihre Tochter an. »Hat er dir irgendwas gesagt?«

Emma wirkte überrumpelt. »Kein Wort.«

»Es kann sein, dass er die Drohungen ernst nahm, aber Sie nicht ängstigen wollte«, erklärte Macy.

Emma nahm das Foto von Lloyd in die Hand. »Hatten diese Leute Verbindungen zu irgendeiner Bürgerwehr?«

»Die Spencers haben vor zwei Jahren ihre eigene Milizgruppe gegründet. Lloyd hat Ihren Vater während einer Sendung angerufen. Seine Sprache war ziemlich deftig.«

»Hat er meinem Vater gedroht?«

»Das könnte man so sagen.«

»Das war's dann wohl«, sagte Francine. »Sie haben die Täter.«

»Einige Fragen sind noch offen«, entgegnete Macy. »Wir haben den Wagen und das Haus der Spencers durchsucht, aber wir haben weder die Mordwaffe noch den Laptop Ihres Mannes gefunden.«

»Vielleicht haben sie die Sachen in den Fluss geworfen oder vergraben.« Francines Stimme war eine Oktave höher gerutscht. »Was für Fragen haben Sie noch?«

Macy schwieg ein paar Sekunden. Möglich, dass Francine recht hatte und es keine anderen Fragen mehr gab, aber Macy würde nicht ruhen, bis sie ganz sicher war.

»Wir müssen ausschließen, dass sie Komplizen hatten. Lloyd Spencer hatte eine Rückenverletzung, er konnte das Motorrad nicht gefahren haben, und bisher gibt es nur einen Zeugen, der Carla Spencer in den letzten zehn Jahren auf einem Motorrad gesehen hat. In der Nacht, als Ihr Mann ermordet wurde, waren die Bedingungen schwierig.« Macy versuchte ruhig zu bleiben. »Es stürmte mit Böen von bis zu hundert Stundenkilometern, und es regnete in Strömen. Nur ein erfahrener Motorradfahrer hätte in so einer Nacht durchs Gelände fahren können.«

Francine rutschte auf ihrem Sessel vor. »Waren Sie die Frau in dem Polizeiwagen?«

»Ja, Ma'am. Ich fürchte, das war ich.«

»Dann haben Sie alles gesehen«, sagte Emma.

»Leider war das Motorrad außerhalb meines Blickfelds, und der Fahrer trug einen Helm, so dass ich ihn nicht erkennen konnte. Aber wir konnten mit meiner Beschreibung des Logos die Marke der Motorradkleidung bestimmen, und wir wissen, dass er durch die Kirschplantage vom Haus zur Route 93 gefahren ist, weil wir Reifenspuren gefunden haben.« Macy blätterte in ihrem Ordner, bis sie das Foto von Philip Longs kaputter Brille fand. »Die haben wir im Haus gefunden. Ihr Mann hat also sehr wenig sehen können in der Nacht, als er starb. Ich glaube, er ist auf die Bundesstraße gelaufen, um ein Auto anzuhalten, aber er hat die Entfernung falsch eingeschätzt.« Sie senkte die Stimme. »Ich habe versucht zu bremsen.«

»Ich habe die Unfallfotos in der Zeitung gesehen.« Auch Francine flüsterte fast. »Sie hatten Glück, dass Sie überlebt haben.«

Macy zögerte, bevor sie auf das Ergebnis des Toxscreens zu sprechen kam. Francine war erschöpft, und Emma sah aus, als würde sie jeden Moment aus dem Haus laufen.

»Der Gerichtsmediziner hat eine toxikologische Routineuntersuchung durchgeführt, und ich fürchte, wir haben ein beunruhigendes Ergebnis.« Macy holte tief Luft. »Ihr Mann hatte Heroin im Blut.«

Francine legte das Gesicht in die Hände. »Mein Mann nahm keine Drogen. Dr. Whitaker wollte Philip nach einer Knieoperation Schmerzmittel verschreiben, aber selbst das lehnte er strikt ab.«

Emma klang gepresst. »Meine Mutter hat recht. Das Zeug müssen ihm seine Mörder verabreicht haben.«

»Das prüfen wir bereits«, sagte Macy. »Ich wollte nur ausschließen, dass er Drogen nahm. In den letzten Jahren ist der Heroinkonsum in der Region stark angestiegen. Viele Drogen kommen auf dem Weg zum Bakken-Ölfeld in North Dakota durch Montana.«

Macy sah von der Tochter zur Mutter. Francine hatte die Augen wieder geschlossen. Ihr Gesicht wirkte ruhig, aber ihre Haltung war alles andere als entspannt. Emma saß leicht abgewandt da. Tränen liefen ihr über die Wangen.

»Entschuldigen Sie, ich fühle mich nicht gut«, sagte sie und stand vom Sofa auf.

Macy erhob sich mit ihr. »Sie haben meine Karte. Bitte melden Sie sich, wenn Sie Fragen haben.«

»Ich gehe in den Garten«, sagte Emma. »Kommen Sie bitte noch mal bei mir vorbei, bevor Sie gehen.«

Francine zuckte zusammen, als die Hintertür ins Schloss fiel. Sie strich sich das Kleid glatt und holte tief Luft.

»Emma war so lange weg. Es ist schwer, sie wieder hier zu haben.«

»Tut mir leid, das zu hören.«

»Ich fürchte, wir sind beide dickköpfiger, als gut für uns ist.«

»Aber Sie haben den Kontakt nicht abgebrochen.«

»Nein, aber es war nicht mehr dasselbe. Früher haben wir jede Woche telefoniert und uns ein paarmal im Jahr gesehen.« Francine richtete ihre blauen Augen wieder auf Macy. »Aber um zu wissen, was in jemandem vorgeht, muss man mehr Zeit miteinander verbringen. Nach einer Weile habe ich aufgehört nachzuhaken.«

»Sie haben Emma nicht mehr besucht?«

»Ich fand, es reichte. Ihre Gründe, nicht nach Hause zu kommen, hatten meiner Meinung nach keinen Bestand mehr. Es war Zeit, dass sie erwachsen wurde und zurückkehrte.«

Durchs Fenster sah Macy, wie Emma durch den Garten ging. Staub und Pollen tanzten in der Sonne. Macy sah auf die Uhr. Es war fast Mittag. Francine räusperte sich.

»Vor ein paar Jahren ist in Chicago etwas geschehen«, sagte sie. »Ich hätte meine Gefühle herunterschlucken und Emma beistehen sollen, aber ich habe es nicht getan. Ich weiß nicht, ob ich das je wiedergutmachen kann.«

»Darf ich fragen, was passiert ist?«

Francine wirkte verwirrt. »Bitte?«

»Sie sagten, in Chicago sei etwas geschehen.«

Francine nickte nachdrücklich. »Emmas Freund starb an einer Hirnblutung.«

»Wie schrecklich.«

Sie nickte wieder. »Er ist bei einem Handgemenge mit ein paar Jugendlichen, die Emmas Handtasche klauen wollten, gestürzt und auf den Kopf gefallen.«

»Das tut mir wirklich sehr leid«, sagte Macy.

»Alles nur wegen einer Handtasche. Mit ihrem Gehalt konnte sie sich hundert neue Handtaschen kaufen, aber er wollte Gerechtigkeit. Ich bin nicht zur Beerdigung gegangen.«

»War Ihr Mann dort?«

»Philip war immer für Emma da, wenn sie ihn brauchte.«

Macy machte sich Notizen. Francines Stimme hatte einen gereizten Unterton. Vielleicht war sie auf Emmas enge Beziehung zu ihrem Vater eifersüchtig gewesen. Alle, mit denen Macy gesprochen hatte, beschrieben die Ehe der Longs als glücklich. Aber vielleicht gab es Risse.

Francine legte sich die Finger an die Lippen. »Ich weiß nicht, warum ich Ihnen das alles erzähle. Ich rede sonst nie darüber. Emma hat schwere Jahre hinter sich, aber sie hat sie überstanden.«

»Wann haben Sie das letzte Mal mit Ihrer Tochter gesprochen?«

»Ist das wichtig?«

»Ich versuche mir ein Bild zu machen, inwieweit Emma in die Ereignisse zu Hause eingeweiht war.«

»Im November sind es sechs Jahre.« Francine griff wieder nach dem Kissen. »Emma telefonierte ein- oder zweimal die Woche mit ihrem Vater, aber ich habe mich immer zurückgezogen, wenn sie anrief. Er berichtete mir dann die Neuigkeiten. Ich habe nie gefragt, was er ihr über mich oder Walleye erzählte.«

»Das reicht mir. Emma lässt es mich bestimmt wissen, falls etwas gesagt wurde, das uns helfen könnte.« Macy zögerte. »Mrs. Long, ihr Mann hatte den Ruf, gerne zu provozieren, wenn er auf Sendung war. War das im Alltag auch so?«

Francine lächelte beinahe. »Alle hier wussten, dass Philip gern stichelte. Das war einfach seine Art von Humor. Aber es kann schon sein, dass es ihm jemand übel genommen hat. Manchmal war er wirklich gnadenlos.«

»Ich habe seine Sendung gehört. Offenbar machte es ihm Spaß, die Leute aus der Reserve zu locken.«

»Manchmal habe ich mich gefragt, was er in mir sah. Ich

bin kein streitbarer Mensch. Ich würde mich mit dem Teufel vertragen, wenn er mich dafür in Frieden lässt.«

»Sie sind kürzlich in Rente gegangen.«

Francines Stimme brach. »Ich habe vierunddreißig Jahre bei Dr. Whitaker am Empfang gearbeitet.«

»Das ist eine lange Zeit.«

»Am Anfang waren es nur er und eine Teilzeitschwester.« Francine seufzte. »Seit die Praxis größer wurde, ging es drunter und drüber. Jetzt hat er ein Dutzend Vollzeitkräfte und einen Wachmann vor der Tür. Sie hatten viel Geduld mit mir. Ich bin mit dem Computersystem nie zurechtgekommen.«

»Es war nett von Dr. Whitaker, Sie zu besuchen. Anscheinend haben Sie viele Freunde, die sich um Sie kümmern.«

Francines Blick glitt zum Fenster. »Ja, das ist ein echter Trost.«

»Sie sehen aus, als könnten Sie ein bisschen Ruhe gebrauchen«, sagte Macy. »Vielleicht könnte ich bald wiederkommen? Ich würde Sie gerne auf dem Laufenden halten.«

Francine nahm Macys Visitenkarte vom Tisch und starrte sie ein paar Sekunden an, bevor sie aufstand. »Bitte sagen Sie Emma, dass ich mich hingelegt habe.«

Macy fand Emma auf der alten Schaukel am Ende des Gartens. Hinter ihr begrenzte ein niedriger Holzzaun das Grundstück. Auf der Wiese hatte sich ein Dutzend Krähen versammelt, die mit scharfen Schnäbeln Erdnussschalen knackten.

Mit gerunzelter Stirn tippte Emma mit den Daumen auf ihr Smartphone ein. Sie sprach, ohne aufzusehen.

»Meine Chefin kennt keine Gnade.«

Macy setzte sich auf die zweite Schaukel und drehte sich so, dass sie zur Whitefish Range sah. Über den tieferen Hängen hingen graue Wolken, doch die Gipfel glänzten in der Mittagssonne.

»Das kenne ich«, sagte Macy.

Ihr graute vor der langen Fahrt nach Deer Lodge, wo sich das Montana State Prison befand. Macy wusste zu gut, dass der Ausflug nichts mit dem Fall zu tun hatte. Ron Forester konnte sie genauso gut per Videoschaltung vernehmen. Macy fuhr nach Deer Lodge, weil sie Ray Davidson sehen wollte. In seinem Fall reichte eine Videoschaltung nicht. Sie wollte, dass er ihr ins Gesicht sah und sagte, dass es ihm leidtat.

Emma entschuldigte sich, dass es so lange dauerte. »Ich muss nur noch diese E-Mail schreiben, dann bin ich so weit.«

Macy sagte, sie könne sich so viel Zeit lassen, wie sie brauche. Sie hatte es nicht eilig. Der einzige Ort, an den sie sich wünschte, war nach Hause zu ihrem Sohn. Sie sah sich Fotos von Luke auf ihrem Telefon an und sagte sich zum tausendsten Mal, dass er glücklich und in guten Händen war. Dann blickte sie hinaus auf die Kirschbaumreihen, die ein geometrisches Muster bildeten. Die Sonne strahlte durch die zarten weißen Blüten, und der ordentlich bestellte Boden darunter war mit Licht und Schatten gesprenkelt. Am anderen Ende der Kirschplantage konnte sie ein Farmhaus und ein paar Scheunen erkennen. Gleich daneben strömte der Fluss. Große schwarze Pappeln standen am Ufer und wiegten sich im Wind.

Emma steckte das Telefon ein. »Meine Chefin meint, wenn ich schon mal hier bin, soll ich mich nach Investitionsmöglichkeiten umsehen. Wie tief kann man sinken?«

Sie erhob sich und ging zu einer Pforte im Zaun, die mit einem Riegel verschlossen war. An der oberen Stange hing ein Kranz aus Gänseblümchen, den jemand geflochten hatte. Sie berührte die Blüten mit den Fingerspitzen.

Macy stand auf und stellte sich neben sie. »Sind die von Ihnen?«

Emma schüttelte den Kopf. »Meine Großcousinen waren

gestern mit ihrer Mutter hier. Wahrscheinlich waren sie es.« Sie öffnete die Pforte. »Machen Sie einen Spaziergang mit mir?«

»Ist das nicht Privatgelände?«

»Das ist in Ordnung. Ich kenne den Besitzer.«

»Nach Ihnen.«

Sie folgten dem Zaun zum Ufer des Flusses. Emma hatte die Hände tief in die Taschen ihres dünnen Mantels geschoben. Ihr langes braunes Haar fiel über ihre Schultern, die sich zu weit nach innen wölbten. Als sie den Fluss erreichten, blieb Macy stehen und sah Emma hinterher, die sich einen Weg durch das dichte Gestrüpp am Ufer des reißenden Flusses bahnte. Stellenweise reichte die Hochwasserlinie bis an die unteren Äste der Bäume. Am Wasser blieb Emma stehen und zeigte auf eine kleine schroffe Insel in der Mitte des Flusses. Die Reste eines Baumhauses hingen im Geäst eines zerschmetterten Baums. Das Rauschen der Strömung war so laut, dass Emma schreien musste.

»Im Sommer habe ich viel Zeit hier draußen verbracht.«

Macy konnte das schiefergraue Wasser nicht ansehen, ohne an den Abflussgraben zu denken, in dem sie im Dunkeln fortgerissen worden war. Sie starrte lieber das Baumhaus an und den grenzenlosen blauen Himmel über den Gipfeln in der Ferne. Am liebsten hätte sie Emma gewarnt, vorsichtig zu sein, aber sie murmelte nur, wie schön es sein musste, in Walleye Junction aufzuwachsen. Emma nahm einen Stein und warf ihn ins tosende Wasser. Dann kam sie zu Macy zurück.

»Ich komme mir albern vor, hier zu sein«, sagte Emma. »Aus irgendeinem Grund hatte ich geglaubt, meine Mutter würde mich brauchen.«

»War Ihre Beziehung schon immer so schwierig?«

»Ich würde sie nicht mal schwierig nennen. Bis vor ein paar Jahren dachte ich, sie hätte Verständnis für meine Gründe, mich von hier fernzuhalten.« Emma schlug einen Pfad ein, der zwischen den Kirschbäumen nach Osten führte. »Ich nehme an, Sie kennen die Geschichte.«

»Ich habe nur gehört, Sie hätten den Ruf, von Beerdigungen wegzulaufen.«

»So gesagt, klingt es wildromantisch.«

»Die ganze Gegend ist wildromantisch.«

Emma zeigte auf die Farm. »Meine beste Freundin Lucy Winfrey hat dort drüben gewohnt.«

»Winfrey von Winfrey Farms?«

»Genau die. Kennen Sie die Familie?«

»Ich habe die Kirschen gegessen. Zählt das?«

»Das ist das Einzige, was zählt. Früher haben wir Lucys Vater Caleb den Kirschenkönig genannt, aber es war nicht nett gemeint. Caleb war ziemlich streng.« Emma seufzte. »Sein Neffe Nathan hat wohl inzwischen die Leitung übernommen. Jedenfalls, um es kurz zu machen, Lucys Mutter Beverly war gut mit meiner Mutter befreundet. Sie haben die Pforte im Zaun einbauen lassen, damit sie sich besuchen konnten, ohne mit dem Auto den Umweg über die Hauptstraße nehmen zu müssen. Lucy und mich haben sie mitgeschleppt, aber eigentlich haben wir uns nicht gut verstanden. Lucy war ein wildes Kind und hatte ständig Ärger. Ich dagegen gab mir alle Mühe, perfekt zu sein.«

»Was ist dann passiert?«

»Als wir neun waren, starb Lucys Mutter. Beverlys letzter Wunsch war, dass ich mich um ihre Tochter kümmere, und ich habe versucht, ihn zu erfüllen. Caleb war nicht der liebevollste Vater, und Lucy hatte nicht viele Freunde. Beim Gottesdienst habe ich ihr ein Bonbon gegeben, um sie zu trösten. Später auf dem Friedhof kam sie zu mir. Dann ist sie weggerannt, und ich bin ihr gefolgt.«

»Wie weit sind Sie gekommen?«

»Nicht sehr weit«, sagte Emma. »Es war März, und es lag

noch Schnee. Aber es hat sich weit angefühlt. An Ende habe ich meinen Vater von einer Tankstelle sieben Kilometer südlich von Walleye angerufen.«

»Sie untertreiben ein bisschen. Hier oben sind sieben Kilometer eine ganz schöne Strecke in der Jahreszeit.«

»Wir waren zum Glück warm angezogen.«

»Es muss schlimm für Ihre Freundin gewesen sein, so früh ihre Mutter zu verlieren.«

Emma warf einen Blick zu der Farm. »In dem Haus war und ist so viel Traurigkeit. Ich habe mir Mühe gegeben, Lucy beizustehen, aber am Ende war das Gewicht zu schwer für mich. Als wir achtzehn waren, ist sie an einer Überdosis gestorben.«

»Drogen oder Medikamente?«

»Sie hat sich eine Mischung von Vicodin und OxyContin gespritzt, aber sie hatte kein Rezept. Es kam nie heraus, wo sie das Zeug herhatte.«

»Der Missbrauch von Medikamenten ist leider ein großes Problem heutzutage. War es ein Unfall?«

Emma zuckte die Schultern. »Die Überdosis wurde als Unfall eingestuft, aber auf der Spritze wurde der Teil eines fremden Fingerabdrucks gefunden. Ich weiß nicht, wie das gehen soll.«

»Vielleicht hat sie sich die Spritzen mit jemandem geteilt.«

Emma hob die Stimme. »Ich habe nicht mal gewusst, dass sie Drogen nahm. Wie es scheint, hat die Polizei genug Schmerzmittel bei ihr gefunden, um daraus zu schließen, dass sie dealte. Lucy war angeblich meine beste Freundin, und ich hatte keine Ahnung, was in ihr vorging. Was sagt das über mich?«

»Das gleiche Problem hatte ich vor kurzem auch. Man fragt sich, ob man überhaupt noch jemandem trauen kann.«

»Na ja, Sie sind Polizistin. Paranoia gehört zu Ihrem Beruf, oder?«

Macy lächelte. »Ich schätze schon. Könnte es ein Selbstmord gewesen sein? Hat sie eine Nachricht hinterlassen?«

»Oh, es gab viele Nachrichten, aber Caleb hat dafür gesorgt, dass sie nicht als Beweismittel herangezogen wurden. Ich kann nicht sagen, dass ich ihm dafür nicht dankbar wäre. Lucy hat einen Pfad der Zerstörung hinterlassen. Jedenfalls«, sagte Emma und sah Macy ins Gesicht, »ist es schwer für mich, wieder hier zu sein. Die ganzen alten Geschichten kommen wieder hoch.«

Etwa zwanzig Meter vor der Farm der Winfreys blieb Emma stehen. Das Gebäude wirkte heruntergekommen. Die Vorhänge waren zugezogen, und es sah aus, als wäre seit einer Weile niemand im Haus gewesen.

»Lucys Vater Caleb ist jetzt in einem Pflegeheim«, sagte Emma. »Die Leute hier denken wahrscheinlich, es spukt.«

»Warum?«

»Beverly und Lucy sind beide zu Hause gestorben. Für Flathead Valley ist das ziemlich unheimlich.«

»Emma, ich muss Ihnen noch ein paar Fragen zu Ihrem Vater stellen.«

»Ich weiß nicht, ob ich Ihnen helfen kann.« Emma drehte der Farm den Rücken zu und schlug den Heimweg ein. »Ich hatte seit einigen Wochen nicht mehr mit ihm gesprochen.«

»War das normal?«

»Nein«, sagte Emma. »Wir haben ziemlich regelmäßig einmal die Woche telefoniert, auch wenn wir keine feste Zeit hatten. Aber vor zwei Wochen sind wir irgendwie aus dem Takt gekommen, und weil ich so viel zu tun hatte, war ich nicht hinterher. Als er sich diese Woche immer noch nicht gemeldet hatte, habe ich angerufen und hatte meine Mutter am Apparat.«

»Welchen Eindruck hat er bei Ihrem letzten Telefongespräch auf Sie gemacht?«

»Er war aufgeregt wegen einer neuen Story, die er für seine

Sendung recherchierte, aber er wollte erst weitere Nachforschungen anstellen, bevor er mir davon erzählte. Es war ihm immer sehr wichtig, die Dinge richtig darzustellen. Er tat zwar nichts lieber, als anderer Leute Missetaten anzuprangern, aber er nahm es mit der Wahrheit sehr genau. Zu mir hat er nur gesagt, es würde einen ziemlich großen Knall geben, wenn die Geschichte ans Licht käme.«

»Ihre Mutter sagt, sie wusste auch nicht, woran er gearbeitet hat.«

»Das ist ungewöhnlich. Normalerweise sprachen die beiden über alles. Was ist mit seinem Computer?«

»Darauf war nichts außer seinen Aufzeichnungen zu älteren Themen, zuletzt zu seiner Geschichte über die Milizen vor ein paar Wochen. Nach allem, was wir bis jetzt gefunden haben, sieht es so aus, als hätte er in den letzten zwei Monaten gar nicht recherchiert.«

»Hatte er vielleicht noch einen Computer?«

»Das vermute ich auch, aber wir haben das Haus und sein Büro beim Sender durchsucht und nichts gefunden«, sagte Macy.

»Vielleicht hatte er ihn bei sich, als er entführt wurde. Haben Sie meine Mutter gefragt?«

»Sie hat zu Lou Turner gesagt, sie wisse nichts von einem zweiten Laptop.«

»Bei jedem anderen Ehepaar kann ich mir das vorstellen, aber meine Eltern standen sich wirklich sehr nahe. Falls er noch einen Laptop hatte, dann hätte sie davon gewusst.«

»Sie waren lange weg«, sagte Macy. »Vielleicht hat sich die Beziehung ihrer Eltern verändert. Ihre Mutter wusste auch nicht, dass Ihr Vater eine Pistole gekauft hat.«

»Stimmt.« Emma pflückte eine Blüte von einem Kirschbaum und zerdrückte sie zwischen den Fingern. »Sie haben gesehen, wie mein Vater starb.«

»Ich wünschte, ich hätte ihm helfen können.«

»Höchstwahrscheinlich werden wir nie erfahren, was wirklich passiert ist.«

»Ich tue mein Bestes, um es herauszufinden.« Macy nahm ihr Telefon heraus und sah die neuen Nachrichten durch. Gina versuchte, sie zu erreichen. »Emma, ich schlage vor, Sie versuchen von Ihrer Mutter mehr darüber zu erfahren, was Ihr Vater in den letzten Monaten gemacht hat. Vielleicht hat sie etwas Wichtiges vergessen.«

»Ich gehe auch seine Papiere durch.«

»Ich dachte, wir hätten alles gesehen.«

»Auf dem Dachboden stehen noch ein paar Kisten«, sagte Emma. »Manche sind Jahre alt. Aber es könnte doch sein, dass er da oben etwas versteckt hat.«

»Sagen Sie mir Bescheid, wenn Sie etwas finden?«

»Ich wäre Ihnen dankbar, wenn Sie das Gleiche für mich tun würden.«

Macy zögerte. »Die Ermittlungen könnten länger dauern. Bleiben Sie eine Weile hier?«

»Falls ich irgendeine interessante Investitionsmöglichkeit für meine Chefin finde, dürfte das kein Problem sein.«

7

Gina sah von ihrem Bildschirm auf und lächelte. »Ich habe uns einen Flug nach Deer Lodge besorgt. Der zuständige Beamte arrangiert den Transfer vom Flughafen. Wenn alles nach Plan läuft, sind wir zu einem späten Abendessen wieder hier.«

»Ich schulde dir einen Drink«, sagte Macy. »Vor der Fahrt hat es mir echt gegraut.«

»Mir auch. Mein Rücken bringt mich um.« Gina setzte sich auf und streckte sich. »Wir müssen in einer halben Stunde am Flughafen sein, also kommen wir in die Hufe.«

Gina hatte die Website des Brauereiverbands von Montana auf ihrem Computer geöffnet. Macy beugte sich über ihre Schulter, um besser sehen zu können.

»Hattest du Glück bei der Suche nach Sean Spencer?«

»Sean hält den Ball flach, aber seine Freundin Xtina feiert sich durch verschiedene Social-Media-Plattformen.«

»Können wir sie bitte Kristina nennen? Es ist mir peinlich, Xtina zu sagen.«

»Dann eben Kristina. Nach dem, was ich im Netz gefunden habe, lebt sie vom Organisieren von Raves.«

»Sean hat Kyle Miller gesagt, sie sei Eventmanagerin.«

»Das ist ein bisschen übertrieben.«

»Hat Sean sein Telefon benutzt?«, fragte Macy.

»Nada. Dasselbe gilt für seine Kreditkarte. Auch sein Pick-up wurde nicht gesehen.« Gina ging die Liste der Brauereien durch. »Ich habe eine gute Spur von Sean in Bozeman. Er hatte ein Vorstellungsgespräch bei einer Brauerei in der Nähe des Uni-Campus.«

»Bridger Brewing«, las Macy und zeigte auf den Bildschirm. »Die kenne ich.«

»Offenbar eine gute. Sean hat sich als Barkeeper beworben. Der Manager mochte Sean, hat ihn aber trotzdem nicht genommen. Es gefiel ihm nicht, dass er seine vorlaute Freundin mit zum Vorstellungsgespräch gebracht hat. Seine Worte, nicht meine.«

»War das Kristina?«

»Der Manager hat sie nicht richtig gesehen, weil sie am anderen Ende der Bar saß, aber er hat sie gehört. Er glaubt, sie war entweder betrunken oder high. Er hat uns einen Screenshot der Überwachungskamera rübergeschickt.« Gina öffnete das Bild auf dem Laptop. »Das ist sie eindeutig.«

Macy starrte das Bild an. »Sie scheint sich extra vor die Kamera gesetzt zu haben.«

»Ihren richtigen Namen haben wir immer noch nicht. Xtina, Kris Kringle und Kiss Kriss sind die Online-Namen, die ich bis jetzt gefunden habe. Sie ist Lettin und möglicherweise illegal hier. Jedenfalls habe ich das ganze Durcheinander den IT-Leuten übergeben. Hoffentlich kriegen die was raus.«

»Wann hatte Sean das Vorstellungsgespräch?«

»Gestern früh. Er kann auf keinen Fall hier oben gewesen sein, als seine Eltern starben.«

»Haben wir seine Adresse in Bozeman? Er muss auf der Bewerbung irgendwas angegeben haben.«

»Eine Adresse zwanzig Kilometer von der Stadt entfernt. Unsere Leute dort sind gerade auf dem Weg dahin.« Gina klappte den Laptop zu und reichte Macy eine Papiertüte. »Ich habe uns Mittagessen besorgt.«

»Was, kein Essen im Flugzeug?«

»Wir fliegen auf Staatskosten, da können wir froh sein, wenn das Flugzeug Tragflächen hat.«

Als Macy aufwachte, setzte die Propellermaschine gerade zum Landeanflug an. Sie spähte aus dem Fenster. Riesige kreisrunde Heufelder musterten das breite Tal, durch dessen Mitte die Route 90 nach Süden verlief. Im Westen flankierten schneebedeckte Berge die Dreitausend-Seelen-Gemeinde Deer Lodge. Vor langer Zeit war Deer Lodge ein wichtiger Verkehrsknotenpunkt gewesen, doch seit sie die Eisenbahnstrecke stillgelegt hatten, war Schluss damit. Heute war das Montana State Prison der größte Arbeitgeber in der Gegend.

Macy rüttelte Gina wach.

»Glaubst du wirklich, dass wir abgeholt werden? Wir können einfach ein Taxi nehmen.«

Gina gähnte. »Nur die Ruhe. Unser zuständiger Beamter hat mir versichert, dass wir am Terminal erwartet werden.«

Macy schlug Ron Foresters Akte auf und las noch einmal, was sie bereits wusste. Er war seit fast einundzwanzig Jahren Steuerberater. Zu seinen Klienten zählten Bürgermeister, Stadträte, Ärzte und Rechtsanwälte. Auch wenn einige von ihnen vor Gericht für ihn ausgesagt hatten, nahm Macy an, dass sie ihn seinem Schicksal überließen, seit er verurteilt war.

»Ich habe ein schlechtes Gewissen.« Macy klappte die Akte zu.

»Warum?«

»Helena ist nur eine Stunde von Deer Lodge entfernt.«

»Denk nicht daran.«

»Ich kann nicht anders. Ich vermisse meinen Sohn.«

»Ach, gibt es nicht immer jemanden, bei dem wir lieber wären?« Gina hielt inne. »Hast du immer noch vor, Ray zu besuchen?«

»Ja.« Ihre Stimme klang zuversichtlicher, als sie war. »Das ist der Plan.«

»Warum tust du dir das an? An deiner Stelle würde ich mich von dem Drecksack fernhalten.«

»Irgendwie habe ich das Gefühl, ich schulde es meinem Sohn. Immerhin ist Ray Lukes Vater.«

»Wenn du mich fragst, nimmst du eine Schuld auf dich, die nicht deine ist«, sagte Gina. »Ray hat das Verbrechen begangen, nicht du.«

»Er hat zwar gestanden, aber er hat noch keine Reue gezeigt. Er bereut nur, dass er erwischt wurde.«

Gina sah Macy streng an. »Du erwartest doch nicht, dass er zu Kreuze kriecht?«

»Ich schätze, ich will, dass er wieder der Mann ist, denn ich einmal kannte und respektiert habe.«

»Das wird nicht passieren. Und wenn, dann nicht an dem Ort, wo er jetzt ist. Er sitzt in Einzelhaft. Seine Mithäftlinge wollen ihn tot sehen, und die Wachen haben ihn auch nicht gerade ins Herz geschlossen.« Gina wischte sich Krümel von der Hose. »Ich habe gehört, sein Antrag auf Verlegung in ein privat geleitetes Gefängnis wurde dreimal abgelehnt. Anscheinend hat keiner Lust, ihm den Aufenthalt angenehmer zu machen.«

»Jedes Mal, wenn er mir leidtut, stelle ich mir vor, wie es gewesen sein muss, in dem Waldbrand zu sterben.«

»Tu, was du tun musst, um die Sache zu verarbeiten, aber lass die Toten ruhen. Das zieht dich nur runter.«

Macy pulte am Etikett ihrer Wasserflasche. »Was wird eigentlich über mich geredet?«

»Macy, das bringt dich auch nicht weiter.«

»Ich kann nichts dafür, dass es mich interessiert.«

»Du musst dir ein dickeres Fell zulegen. Die Leute reden, ob es dir gefällt oder nicht. Dich mit Ray einzulassen war ein Fehler, aber jeder, der einen Tropfen Blut im Leib hat, kann verstehen, wie es dazu kommen konnte. Ich habe meinen Mann auch bei der Arbeit kennengelernt. Wir hatten einen holprigen Start. Und wir hatten verdammtes Glück, dass es geklappt hat.«

»Wie habt ihr das geschafft?«

Gina sah weg. »Er hat nachts gearbeitet und ich am Tag. Es hat sehr lange gedauert, bis wir uns auf die Nerven gehen konnten.«

Das Montana State Prison befand sich wenige Kilometer westlich des Flughafens von Deer Lodge. In dem weitläufigen Gebäudekomplex waren fast fünfzehnhundert Häftlinge untergebracht. Die Landschaft jenseits der Windschutzscheibe war flach und grau. Wolken hingen tief über der Ebene, wo bewohnte Häuser so selten wie Bäume waren. Macy saß allein auf der Rückbank und hörte zu, wie Gina und der Fahrer Smalltalk machten. Als der äußere Zaun des Anstaltsgeländes vor ihnen auftauchte, rief die Leiterin der Rechtsmedizin aus Helena an.

»Macy«, sagte Priscilla. »Die Ergebnisse der toxikologischen Untersuchung sind ziemlich auffällig. Carla und Lloyd Spencer starben beide an einer abnorm hohen Überdosis Heroin. Bei Lloyd fand sich ein Wert von 1,58 Milligramm pro Liter Blut. Carlas Werte lagen leicht darunter, aber immer noch dreimal höher als das, was üblicherweise als tödliche Dosis gilt.«

»Puh. Das klingt extrem.«

»Um solche Werte zu erreichen, hätten sie sich jeweils um die 240 Milligramm spritzen müssen. So was ist zwar schon vorgekommen, aber ich habe es noch nie erlebt.«

»Kann es ein Versehen gewesen sein? Hatten sie andere Substanzen genommen, die ihr Urteilsvermögen getrübt haben?«

»Lloyd hatte einen Blutalkoholspiegel von 1,2 Promille, aber als Alkoholiker wäre sein Urteilsvermögen davon wahrscheinlich noch nicht derart beeinträchtigt. Neben dem Heroin wurde bei der Frau Buprenorphin nachgewiesen, was zu dem passt, was ihr der Therapeut verschrieben hat. Sie hatte nur eine Einstichstelle, während Lloyds Arm aussah, als spritzte er regelmäßig. An der Spritze waren nur Carlas Fingerabdrücke. Dem Anschein nach hat sie ihrem Mann die tödliche Dosis verabreicht, bevor sie sich selbst den Schuss setzte. Aber ich glaube nicht an diese Version.«

»Gab es eine dritte Person?«

»Ja. Ryan hat bestimmt erzählt, dass Sie recht hatten, was die Lage der Leichen betrifft. Sie wurden bewegt. Der Kies an den Hacken von Lloyd Spencers Schuhen stammt vom Parkplatz der Bäckerei. Sieht aus, als wäre der Mann gezogen und die Frau getragen worden. Die Spurenlage weist darauf hin, dass sie im Transporter starben und post mortem ins Gras gelegt wurden. Was auch Zweifel an der Theorie aufkommen lässt, die Überdosen wären ein Versehen gewesen.«

»Nichts deutete auf eine Auseinandersetzung hin.«

»Carla hat handförmige Hämatome an den Oberarmen. Jemand hat sie vor ihrem Tod festgehalten.«

»Sie könnten von Lloyd stammen. Es war bekannt, dass er gewalttätig war.«

»Die Hämatome sind zu klein für seine Hände.«

»Was ist mit DNA-Spuren?«, fragte Macy.

»Wer immer die Leichen bewegt hat, hat Handschuhe getragen. Übrigens hatte Carla auch einen Bluterguss an der Schläfe. Ich habe ihn erst entdeckt, als ich das Haar entfernte. Möglich, dass ihr jemand den Lauf einer Pistole an den Kopf gedrückt hat.«

»Meiner Pistole?«

»Vielleicht. Wenn wir die Waffe finden, können wir den Lauf auf Carla Spencers DNA untersuchen. Falls sie nicht gesäubert wurde, müsste jede Menge da sein.«

»Vielen Dank, Priscilla. Sagen Sie Bescheid, wenn Sie noch was entdecken.«

Als sie endlich ins Büro des stellvertretenden Anstaltsleiters geführt wurden, hatten Macy und Gina bereits über zwei Stunden gewartet. Macy setzte sich auf den Stuhl, der ihr angeboten wurde, und lächelte höflich, auch wenn sie am liebsten geschrien hätte.

Obwohl es warm war, trug Alex Finley einen dunkelblauen Parka, dessen Reißverschluss bis zum Kragen hochgezogen war. Bevor er sich setzte, entschuldigte er sich, dass sie warten mussten. Seine Hände zitterten. Als er sah, dass seine Gäste es bemerkten, lächelte er nervös.

»Ich komme gerade von der Krankenstation«, erklärte er und räusperte sich. »Wir hatten einen Vorfall.«

Fast hätte Macy gefragt, ob Ray Davidson etwas passiert sei, doch Gina kam ihr zuvor.

»Ron Forester?«

Der stellvertretende Leiter wurde bleich. »Er war involviert, aber zum Glück ist er nicht ernsthaft verletzt. Laut den ersten Berichten hat ein Häftling auf dem Sportplatz mehrere andere angegriffen.«

Macy versuchte ruhig zu bleiben. »Wann ist das passiert?«

»Am frühen Nachmittag.«

»Wurde Forester gezielt angegriffen?«

»Das glaube ich nicht. Ein paar andere hat es viel schlimmer erwischt. Der Angreifer wurde von unseren Leuten erschossen.« Er senkte die Stimme. »Es ist viel Blut geflossen.«

»Haben Sie die Waffe gefunden?«, fragte Gina.

»Eine Teppichmesserklinge, die im Griff einer Zahnbürste verborgen war. Wir tun unser Bestes, um Sicherheit zu gewährleisten, aber diese Galgenvögel sind unglaublich erfinderisch.«

»Sie scheinen überzeugt, dass es ein wahlloser Angriff war.«

»Forester ist erst relativ kurz hier, aber er hat schon viele Freunde. Ich kann mir kaum vorstellen, dass jemand etwas gegen ihn hatte.«

»Warum?«, fragte Macy.

»Er ist umgänglich, großzügig, hilft den Leuten, wenn er kann. Er gibt Insassen, die bald rauskommen, Nachhilfe – wie man die Steuererklärung macht, Buchhaltung führt, keine Schulden anhäuft, solche Dinge. Ansonsten verbringt er viel Zeit mit der Vorbereitung seines Berufungsverfahrens.«

Gina sah in ihre Notizen. »Wie konnte das passieren? War Forester nicht im Trakt mit den weniger gefährlichen Häftlingen?«

»Eigentlich schon, aber es hat gebrannt. Wir mussten knapp

dreißig Hochsicherheitsinsassen im Hof parken.« Er breitete die Arme aus. »Der Täter ist auf dem OP-Tisch gestorben, wahrscheinlich werden wir nie erfahren, was dahintersteckte. Er saß lebenslänglich. Vielleicht hatte er einfach die Nase voll.«

Macy blickte durchs Fenster zu dem Wachturm, den sie beim Kommen passiert hatten.

»Was hat Forester abgekriegt?«, fragte sie.

»Abwehrwunden, vor allem an den Händen. Eigentlich sind wir stolz auf unsere Sicherheitsvorkehrungen. Vorfälle wie dieser sind glücklicherweise selten.« Geschäftig schlug der Beamte einen Ordner auf. »Wie ich sehe, haben Sie auch ein Gesuch eingereicht, Ray Davidson zu sehen.«

Macy zögerte. »Ich dachte, er kann uns bei dem Fall unterstützen. Er kennt sich sehr gut mit den privaten Milizen hier im Staat aus und hat vielleicht Informationen, die unsere Ermittlung weiterbringen. Ist es möglich, mit ihm zu sprechen?«

»Im Moment sind wir noch mehr oder weniger im Lockdown, aber ich habe eine Ausnahme gemacht, da es um Amtshilfe geht. Sie können den Konferenzraum nebenan benutzen. Er wartet schon. Mein Assistent sorgt dafür, dass Sie alles haben, was Sie brauchen. Wenn Sie mich jetzt entschuldigen, ich muss zurück nach unten, um die Spurensicherung einzuweisen.«

»Was ist mit Ron Forester?«, fragte Macy. »Können wir ihn auch sprechen?«

»Im Moment wird er noch behandelt, aber in der nächsten Stunde sollte er so weit sein. Können Sie warten?«

»Kein Problem«, sagte Gina.

Als er ihnen zum Abschied die Hand reichte, rutschte der Ärmel seines Parkas hoch. Die Manschetten seines weißen Hemds waren blutgetränkt. Er wurde noch bleicher.

»Ich konnte mich noch nicht mal umziehen.«

Ray saß in einem orangen Overall am Konferenztisch und starrte seine Handschellen an. Seit Macy ihn das letzte Mal gesehen hatte, hatte er sich einen Bart wachsen lassen und deutlich an Gewicht verloren. Sie stand mit dem Rücken an der geschlossenen Tür und beobachtete ihn. Es gab so viele Dinge, die sie gleichzeitig sagen und tun wollte, und alle widersprachen sich. Abstand haltend ging sie an der Wand entlang zum Fenster. Auf dem Hof war die Spurensicherung am Werk. Der stellvertretende Leiter stand mit den Händen in den Taschen daneben und redete mit ein paar Wachleuten in dunklen Sweatshirts und Camouflage-Hosen.

»Als ich hörte, dass etwas passiert ist, hatte ich Angst, du wärst involviert«, sagte sie.

Ray sah zu ihr auf, und sie wich seinem Blick nicht aus. Sie trat an den Tisch, zog den Stuhl hervor und setzte sich ihm gegenüber. Es dauerte ein paar Sekunden, bis sie weitersprechen konnte.

»Die Logik verlangt, dass ich dich hasse, aber meine Reaktion zeigt, dass du mir immer noch wichtig bist. Warum, glaubst du, ist das so?«

Er legte die gefesselten Hände auf den Tisch und beugte sich kaum merklich nach vorn. Es störte sie nicht, dass er nicht antwortete. Sie wusste genau, was sie sagen wollte.

»Es gab eine Zeit, da warst du alles für mich. Du hast mich direkt von der Uni geholt, warst mein Mentor, mein Chef, mein Vertrauter. Und als wir später zusammen waren … Ich will glauben, dass wir glücklich waren. Ich will glauben, dass Luke von zwei Menschen gezeugt wurde, die sich liebten. Dass du in der Lage dazu warst und bist.«

Ray blinzelte.

»Dein Sohn entwickelt sich übrigens prächtig. Wie du weißt, wird er im Dezember drei.« Sie griff in die Tasche und zog ein paar Fotos heraus. »Die sind für dich.«

Sie legte die Abzüge auf den Tisch, wie sie es sonst tat, wenn sie einen Zeugen bat, einen Verdächtigen zu identifizieren. Dann beobachtete sie Rays Reaktion, als er die Fotos nacheinander ansah. Sein Ausdruck wurde mit jedem Bild, auf dem Luke ihn anlächelte, härter.

Macy stützte das Kinn in die Hände. »Zum Glück ist Luke noch so klein. Ich muss ihm nicht erklären, wo sein Vater ist.«

»Lass es.«

»Was soll ich lassen, Ray?«

»Er muss nicht erfahren, dass ich existiere.« Ungelenk schob Ray die Fotos zusammen und gab sie über den Tisch zurück. »Und ich muss nicht daran erinnert werden, was ich verloren habe.« Er sah zu ihr auf. »Das gilt auch für dich. Ich will nicht, dass du herkommst.«

»Du hättest den Besuch ablehnen können.«

Ray starrte zur Decke. »So einfach ist das nicht. Ich konnte dich nicht sehen.«

»Es fällt mir schwer, über dich wegzukommen.«

»Du hättest mir einen Ausweg lassen sollen. Eine kleine Vorwarnung … eine geladene Pistole.« Er rieb sich die Augen. »Damit hätten wir dem Staat eine Menge Zeit und Geld gespart.«

Macy zuckte zusammen. »Dafür kennst du mich zu gut. Mal abgesehen von meinen Gefühlen für dich hätte ich es dir nicht so leicht gemacht.«

»Und doch bist du hier. In diesem Raum mit mir. In diesem Moment. Und erklärst mir, dass du immer noch Gefühle für einen verurteilten Schwerverbrecher hast. Erklärst, dass du es nicht schaffst, mich zu hassen.« Er ließ die Schultern hängen und stützte das Kinn in die Hände. »Vielleicht wäre es besser, wenn du solches Zeug für dich behältst.«

Macy schob die Hände in die Taschen und nahm sich fest vor, sie dort zu lassen. Sie würde ihn nicht berühren.

»Ich glaube an Offenheit«, sagte sie. »Wenn ich Gefühle habe, spreche ich sie aus.«

»Und was fühlst du im Moment?«

»Ich habe Angst.«

»Wovor hast du Angst, Macy? Du bist eine freie Frau. Du kannst hier jederzeit rausspazieren.« Er hielt die gefesselten Hände hoch. »Ich kann dir nichts tun.«

»Ich kann nicht rausspazieren, wenn du in meinem Kopf bist. Ich denke dauernd, dass ich Warnsignale übersehen habe, den Zeitpunkt versäumt habe, als ich dich noch retten konnte.«

»Vorsicht, Macy, du klingst, als hättest du einen Gotteskomplex. Vielleicht steigt dir dein neuer Job im Justice Department zu Kopf.«

»Ich bin weit weg von Gott. Wenn überhaupt, fühle ich mich noch kleiner.« Sie erwiderte seinen Blick. »Woher weißt du von meinem neuen Job?«

»Von meinem Anwalt. Ein kluger Karriereschritt. Sie geben dir mehr Autonomie, als ich es je getan habe.«

»Ich habe ein gutes Team.«

»Falls du vorhast, deinen Ruf wiederherzustellen, lass die Finger von internen Ermittlungen. Wie ist dein neuer Chef?«

Macy lächelte beinahe. »Nett. Ein bisschen langweilig.«

»Ich fürchte, du wirst feststellen, dass er schwieriger zufriedenzustellen ist, als du denkst.«

»Kennst du ihn gut?«

»Gut genug.« Ray gähnte. »Er kennt seine Grenzen, deshalb umgibt er sich mit Leuten, die sie wettmachen. Wenn er dich genommen hat, dann, weil er glaubt, dass du Potential hast.«

»Gut zu wissen, aber ich bin nicht hier, um über meine neue Stelle zu reden.«

»Und ich dachte, ich hätte es geschafft, das Thema zu wechseln.«

»Ray, du warst ein brillanter Mann, und ich war einer der wenigen Menschen, die dir nahe waren. Wenn ich gewusst hätte, was los ist, hätte ich etwas unternommen. Ich bilde mir ein, du hättest mir zugehört.«

»Da bildest du dir zu viel ein. Ich hätte niemandem zugehört.«

»Hörst du jetzt zu?«

Er hob wieder die Hände. »Ich habe keine Wahl.«

»Du hast nie Reue gezeigt. Warum nicht?«

Ray antwortete nicht.

»Ich weiß, dass es dir leidtut um das, was du verloren hast. Aber tut dir auch leid, was in dem Feuer passiert ist?«

»So einfach ist es nicht, Macy. Ich hätte so oder so alles verloren. Ein dummer Fehler, und ich war am Arsch.«

»Ich nehme das als *nein.*«

»Ich wollte sie nur zum Schweigen bringen. Sie wollte einfach nicht ...«

»Die Klappe halten, wie ich es tat? Ich war so naiv, nicht wahr? Deine blauäugige Unschuld vom Lande, bereit, sich jederzeit in die Schusslinie zu werfen.« Macy zögerte. »Du hast gefragt, wovor ich Angst habe, und ich sage es dir. Ich habe Angst, dass ich so sehr darauf abgerichtet bin, Enttäuschungen zu erwarten, dass ich nicht mehr anders kann.«

Macy nahm die Fotos ihres Sohnes, stand auf und knallte den Stuhl zurück an den Tisch.

»Ich bin nicht als Zynikerin zur Welt gekommen. Du hast mich dazu gemacht.« Macy öffnete die Tür. »Und weißt du was, Ray? Es ist Scheiße. Es ist echt Scheiße.«

Ron Forester wirkte eher wie ein Boxer als wie ein Buchhalter. Er hatte dicke Verbände an beiden Händen, und auf seiner geschwollenen Nase klebte ein Pflaster. Die tiefliegenden Augen waren blauschwarz verfärbt. Vor ihm auf dem Tisch stand ein

Plastikbecher mit Orangensaft. Er beugte sich vor, um durch den Strohhalm zu trinken.

»Ich hoffe, Sie legen ein gutes Wort für mich ein«, sagte er.

Macy heuchelte Zustimmung. Ron Forester war wegen schwerer sexueller Nötigung verurteilt. Nichts, was sie sagte, würde einen Unterschied machen.

»Ich tue, was ich kann«, versprach sie.

»Die Frau, die mich beschuldigt, hat erwiesenermaßen psychische Probleme. Das hätte vor Gericht zur Sprache kommen sollen.«

»Haben Sie schon einen Termin für die Revision?«, fragte Macy.

»Ja, aber es dauert viel zu lang.« Er hob die bandagierten Hände. »Ich wäre heute fast draufgegangen.«

»Könnte es sein, dass Sie heute Nachmittag gezielt angegriffen wurden?«

Er schüttelte den Kopf. »Ich glaube, das war bloß ein armer Irrer. Man weiß hier nie, womit man jemandem ans Bein pinkelt. Wenn du einfach nur ins Leere starrst, beschwert sich irgendein Arschloch, du hättest ihn schräg angesehen.«

»Ich muss mit Ihnen über die Ereignisse in Ihrem Haus in der Edgewood Road reden.«

»Ich glaube nicht, dass ich Ihnen noch mehr dazu sagen kann.«

»Soweit ich weiß, sind die Detectives, mit denen Sie zuerst gesprochen haben, mit Ihnen die Tatortfotos durchgegangen.«

»Diese Typen haben ein ganz schönes Chaos angerichtet.«

Macy legte mehrere Fotos von der Küche auf den Tisch, darunter auch die des Kühlschrankinhalts.

»Würden Sie sich im Allgemeinen als ordentlichen Mensch bezeichnen?«

Ron Forster ging die Fotos durch. Dann stutzte er und starrte das Foto des Inneren seines Kühlschranks an. »Ich würde sagen, durchschnittlich.« Er zeigte auf das Bild. »Der Red Bull ist nicht von mir.«

»Ist sonst noch etwas auf dem Foto, das Ihnen seltsam vorkommt?«

Ron beugte sich vor. »Das chinesische Essen?«

»Und der Rest gehört Ihnen?«

Er zuckte die Schultern. »Kann sein. Ich hatte andere Sorgen. Habe ich was Wichtiges übersehen?«

»Sehen Sie irgendwas, was an einer anderen Stelle steht als sonst?«

Er sah sich die Aufnahme noch einmal näher an. »Es ist zu ordentlich.«

»Würde es Sie überraschen, dass Ihre Gewürze alphabetisch sortiert sind?«

Seine Brauen wanderten nach oben. »Das war ich nicht.«

»Was ist mit Ihrer Reinigungskraft? Tut sie manchmal etwas in der Art?«

»Gott, nein. Ich würde sie rauswerfen, wenn sie ihre Zeit damit verschwenden würde, meine Schränke umzuräumen.«

Macy zeigte ihm mehrere Fotos vom Inhalt seiner Schränke.

Er lachte und schauderte gleichzeitig. »Sieht aus wie eine Szene aus *Der Feind in meinem Bett.*«

»Also ordnen Sie Ihre Gewürze nicht nach dem Alphabet?«

»Ganz bestimmt nicht.«

»Kennen Sie jemanden, der solche Neigungen hat?«

»Nicht, dass ich wüsste.«

»Wir sind uns ziemlich sicher, dass irgendein Kontakt zwischen Ihnen und den Tätern bestanden haben muss. Die Leute kannten den Code Ihrer Alarmanlage.«

»Ich habe Ihren Kollegen schon eine Liste von allen gegeben, die den Code haben könnten.«

»Bis jetzt hatten alle ein Alibi. Sie haben einen Vertrag mit Mountain Security?«

Er nickte. »Seit Jahren. Ich vermute, die nehmen ihre Mitarbeiter unter die Lupe, bevor sie sie einstellen.«

Macy dachte an Kyle Millers Aussage, dass die meisten Angestellten bei Flathead Valley Security beim Militär oder der Polizei gewesen waren. Mountain Security hatte ein ähnliches Profil.

»Wir haben das überprüft«, sagte Macy. »Unseres Wissens gibt es keine Verbindung zwischen Ihrem Sicherheitsdienst und den Entführern.«

»Sie wissen, wer die Typen sind?«

»Carla und Lloyd Spencer wurden gestern Morgen tot aufgefunden. Wir haben Grund zu der Annahme, dass sie maßgeblich an der Entführung beteiligt waren.« Macy legte ihm die Führerscheinfotos der Spencers vor. »Kennen Sie die?«

Er starrte Carlas Bild an. »Ich weiß nicht, woher, aber sie kommt mir bekannt vor.«

»Sie hat als Kellnerin in der IHOP-Filiale auf der Main Street gejobbt.«

»Im IHOP?« Er machte ein beleidigtes Gesicht. »Für wie armselig halten Sie mich?«

»Letztes Jahr war sie Pizzabotin.«

Er tippte mit dem bandagierten Finger auf das Bild. »Das war's. Ich erinnere mich, weil es, glaube ich, das letzte Mal war, dass ich mich richtig amüsiert habe. Ein paar Freunde kamen vorbei, und wir haben Pizza bestellt. Einer meiner Gäste hatte ein bisschen viel getankt. Er hat sie eingeladen mitzufeiern.«

»Wie lange ist sie geblieben?«

»Keine Ahnung. Sie war noch da, als ich ins Bett ging.«

»Ich brauche den Namen Ihres Gasts.«

»Das ist ein bisschen heikel. Er ist verheiratet.«

»Wir sind diskret.«

»Bob Crawley.«

Macy verdrehte die Augen.

»Kennen Sie ihn?«, fragte Ron.

»Wir sind uns schon mal begegnet.«

»Dann hat er wahrscheinlich versucht, Sie anzumachen.«

»Es war eine rein berufliche Begegnung.«

»Das stört ihn nicht.«

»Seine Frau war auch nicht sehr glücklich, als ich das letzte Mal mit ihm gesprochen habe.«

»Hoffentlich kriegen Sie ihn dafür dran«, sagte er.

»Ich dachte, Sie wären Freunde.«

»Jetzt, wo ich hier bin, weiß ich genau, wer meine Freunde sind.« Er sah auf seine bandagierten Hände, als wollte er die Zahl seiner Freunde an den Fingern abzählen. »Wie sich herausstellt, habe ich keine.«

Die Nacht war bereits hereingebrochen, als der hell erleuchtete Gefängniszaun im Rückspiegel verschwand. Die Straße zur Stadt war leer bis auf ein Paar stecknadelgroße rote Rücklichter in der Ferne. Nach einer höflichen Vorstellungsrunde war der Fahrer still geworden. Ginas Hand steckte tief in einer Tüte Kartoffelchips.

»Wir haben unseren Rückflug verpasst, deshalb habe ich Plan B in Gang gesetzt.«

Macy schloss die Augen. Die lange Autofahrt nach Walleye Junction war keine angenehme Aussicht.

»Kommt in Plan B ein Glas Wein vor?«, fragte sie. »Ich schulde dir noch einen Drink.«

»Leider nein, aber ich merke es mir. Ich habe uns ein Auto gemietet. Wir fahren nach Helena und fliegen morgen früh von dort.«

»Dann musst du dich mit deiner Schwiegermutter rumschlagen.«

»In kleinen Dosen ist sie nicht so schlimm. Ehrlich gesagt bin ich wahrscheinlich nur neidisch, weil sie mehr Zeit mit den Kindern verbringen kann als ich. Außerdem ist sie wahrscheinlich sowieso auf dem Weg ins Bett, wenn ich komme.«

»Luke wird fest schlafen.«

»Weck ihn auf. Ein bisschen Anarchie hat noch keinem geschadet.«

»Ich weiß nicht, ob die Anarchie mir guttut. Ich wecke ihn lieber morgen früh. Hat die Polizei in Bozeman unter der Adresse auf Seans Bewerbung etwas gefunden?«

»Wahrscheinlich war sie frei erfunden. Der Bewohner sagte, er habe noch nie von Sean Spencer gehört.«

Macy dachte an Kristinas Gesicht auf dem Überwachungsvideo. In der Brauerei gab es nur eine Kamera, und es wirkte fast so, als hätte sie sich vor ihr mit Absicht präsentiert.

»Was ist mit dem Jungen los?«, fragte Macy. »Er und seine Freundin setzen alles daran, zu zeigen, wo sie sind, und dann lösen sie sich in Luft auf.«

»Vielleicht machen sie sich über uns lustig und sind längst wieder im Flathead Valley.«

Macy schloss die Haustür hinter sich ab. Ihre Mutter saß auf dem Sofa im Wohnzimmer. Wie gewöhnlich hatte sie ein Buch in der Hand.

»Hallo, Mom«, sagte Macy, während sie die Jacke auszog und an den Haken hängte.

Ellen legte das Buch zur Seite und nahm die Lesebrille ab. »Ich habe dich heute Abend gar nicht erwartet.«

»Wir waren den ganzen Nachmittag im State Prison in Deer Lodge. Die Vernehmungen haben länger gedauert, und da haben wir beschlossen, nach Helena zurückzukommen.«

»Du musst müde sein. In der Küche steht eine offene Flasche Rotwein.«

»Danke. Ich hole mir ein Glas.« Macy sah, dass das Glas ihrer Mutter fast leer war. »Soll ich dir nachschenken?«

»Nein, danke, eins ist genug.«

Macy ging in die schwach erleuchtete Küche und schenkte sich großzügig ein. Sie war im Auto eingenickt und war immer noch ein bisschen desorientiert. Auf der Arbeitsplatte lag ein Stapel Post, den sie durchsah. Das einzig Nennenswerte war ein Brief von Rays ältester Tochter Nicole. Macy nahm ihn mit ins Wohnzimmer und legte ihn neben ihr Glas auf den Couchtisch.

»Im Kühlschrank steht Pasta vom Abendessen«, sagte Ellen.

Macy setzte sich neben ihre Mutter. Sie trank einen Schluck, doch den Brief öffnete sie nicht.

»Ich wünschte, ich hätte mit dem Essen gewartet«, sagte sie. »Gina hat bei einem mexikanischen Schnellimbiss gehalten. Sie isst gern heiß und fettig.«

»Und sie nimmt kein Blatt vor den Mund. In den fünf Minuten, als du uns gestern früh allein gelassen hast, hat sie mir alle ihre Ansichten mitgeteilt, von der Schwulenehe bis zum Wert eines College-Studiums. Fürs Protokoll, wir waren uns in keinem einzigen Punkt einig.«

»Sie sagt, was sie denkt.«

Ellen sah zum Couchtisch. »Wie ich sehe, hast du Nicoles Brief gefunden.«

Macy schloss die Augen. Es war der vierte Brief, den sie von Rays Tochter bekam, seit ihre Affäre mit ihm bekannt geworden war. Macy glaube zwar nicht, dass die Korrespondenz irgendeinem von ihnen guttat, aber bei einem kurzen Telefongespräch mit Nicoles Therapeutin hatte diese zu ihr gesagt, es sei eine gute Idee, wenn Nicole und ihr Halbbruder Luke eine Beziehung entwickeln könnten.

Nicole glaubt, Luke sei das einzig Positive, das aus dieser schweren Zeit hervorgegangen ist. Als Teil ihrer Therapie habe ich sie ermutigt, mit Ihnen Kontakt aufzunehmen.

Weiß ihre Mutter davon?

Leider ist ihre Mutter nicht bereit, sich in dieser Sache zu engagieren.

Ellen stellte ihr leeres Weinglas neben den Brief. »Machst du ihn auf?«, fragte sie.

»Ich fürchte mich davor.«

»Was stand noch mal im letzten?«

Macy starrte ins Leere. »Vier Seiten Teenager-Koller. Sie hat mich mit jedem erdenklichen Schimpfwort betitelt und mehr. Ich konnte es nicht mal fertig lesen.«

»Falls es ein Muster gibt, müsste das jetzt die Entschuldigung sein.«

»Ich habe ihrer Therapeutin gesagt, wenn sie mich weiter beleidigt, bin ich nicht mehr dazu bereit.«

»Und was hat die Therapeutin geantwortet?«

»Meine Befindlichkeit sei nicht mit Nicoles zu vergleichen. Anscheinend ritzt sich Nicole schon seit einiger Zeit, aber nun ist es noch schlimmer geworden.«

»Wie kann so etwas passieren?«, fragte Ellen. »Ich erinnere mich an Nicole als ein so fröhliches Mädchen.«

»Ray hat gesagt, wenn man sich die Familienfotos ansieht, erkennt man den Wendepunkt genau.«

»Wie alt war sie da?«

»Zwölf. Sie waren im Yellowstone-Nationalpark campen. Er und seine Frau hatten einen Riesenstreit vor den Mädchen. Seitdem war Nicole nicht mehr dieselbe. Die Schnappschüsse aus dem Urlaub sind wie Vorher- und Nachher-Fotos. Gesund an einem Tag, Nervenbündel am nächsten.«

»Sie war alt genug, um zu verstehen, dass die Probleme ihrer Eltern ernst sind«, sagte Ellen.

»Man muss ihre Hartnäckigkeit bewundern. Sie hat sich praktisch selbst zerstört, um die Familie zusammenzuhalten.«

»Wäre es nicht schön, wenn sie die gleiche Energie nach außen lenken könnte statt gegen sich?«

»Ich weiß nicht genau«, sagte Macy und trank einen Schluck. »Es ist ziemlich negative Energie.«

Macy las den Absender. Der Brief war von der Praxis der Therapeutin in Chicago abgeschickt worden. Sie hatten die Abmachung, dass weder Macys noch Nicoles Privatadresse offenbart würden.

»Mir gefällt nicht, dass sie so auf Luke fixiert ist«, sagte Macy. »Das Mädchen ist so manipulativ, wie sie labil ist. Solange keine echte Besserung da ist, will ich nicht, dass sie in Lukes Nähe kommt.«

»Das werde ich dir bestimmt nicht ausreden. Wie war es heute? Hast du mit Ray gesprochen?«

»Ray will mich nicht mehr sehen. Er sagt, Luke braucht nicht zu wissen, dass er existiert.«

»Wahrscheinlich ist es besser so.«

»Irgendwann kommt Luke sowieso dahinter. Ich kann ihn nicht für immer beschützen.«

»Das haben wir doch schon hundertmal besprochen«, sagte Ellen. »Luke kriegt mehr Liebe als sonst ein Kind, das ich kenne. Er schafft das schon.«

Macy drücke ihrer Mutter die Hand. »Ich weiß, dass ich dir nie genug danken kann. Ohne dich hätte ich das alles nicht überstanden. Du warst so toll.«

»Natürlich hättest du es auch allein geschafft.«

»Aber ich hätte nicht arbeiten können.«

»Dann hättest du eben ein paar Jahre lang kürzergetreten.«

»So läuft das bei der Polizei nicht. Entweder ganz oder gar nicht.«

»Ach«, sagte ihre Mutter und stand auf. »Das ist alles Theorie. Ich bin hier, und alles ist gut. Gehst du auch bald ins Bett?«

Macy hielt ihr Glas hoch. »Sobald ich ausgetrunken habe, falle ich um wie ein Stein.«

Ellen nahm den Brief vom Couchtisch, bevor Macy ihn lesen konnte.

»Den nehme ich mit«, sagte sie. »Egal, was drinsteht, ich bezweifle, dass es eine gute Bettlektüre ist.«

Das Licht aus dem Flur fiel auf die weichen Rundungen von Lukes Gesicht. Macy stand in der Tür und sah ihn ein paar Minuten an, bevor sie sich auf die Kante des schmalen Bettchens setzte. Sie beugte sich über ihn und küsste seine Stirn. Er bewegte sich, aber er wachte nicht auf. Sie zog eins seiner Händchen unter der Bettdecke hervor und drückte es sich an die Wange. Es fühlte sich an wie ein heißer Stein. Macy hatte keine Ahnung, was sie zu Luke sagen würde, wenn er alt genug war, um nach seinem Vater zu fragen. In ihren Augen war der Ray, den sie kannte, tot. Sie glaubte nicht, dass sie ihn wiederbeleben könnte, selbst wenn sie wollte.

Macy streckte sich aus und legte den Kopf auf Lukes Kissen. Dann klingelte das Telefon in ihrer Hosentasche. Es war wahrscheinlich Aiden, der wissen wollte, ob alles in Ordnung war. Sie wollte rangehen, aber dann ließ sie es sein. Aiden konnte bis morgen warten. Sie legte den Arm um ihren Sohn und schloss die Augen.

8

Francine Long saß auf dem Beifahrersitz im Wagen ihrer Tochter und hielt sich die Handtasche vor die Brust wie ein Schild.

»Dein Auto ist so klein«, sagte Francine. »Fühlst du dich nicht verletzlich, wenn du so niedrig sitzt?«

Emma legte den Rückwärtsgang ein und fuhr aus der Einfahrt.

»Wo ich lebe, ist es schwer, einen Parkplatz zu finden. Ich habe keine Wahl.«

»Hier oben kämst du mit diesem Wagen nicht durch den Winter.«

»Das hatte ich auch nicht vor.«

Francine sah auf die Uhr. »Vater Kevin hat sich mit der Organisation des Gedenkgottesdiensts so viel Mühe gegeben. Ich möchte mich nicht verspäten.«

»Es sind fünf Minuten bis zur Kirche. Das schaffen wir.«

»Es werden viele Leute erwartet, also wird es wahrscheinlich schwer, einen Parkplatz zu finden.«

»Dann ist ja gut, dass ich einen kleinen Wagen habe.«

Francine zeigte auf eine schmale Seitenstraße. »Bieg hier rechts ein. Auf der Hauptstraße ist immer so viel Verkehr. Wir fahren hintenrum.«

»Wir hätten zu Fuß gehen können«, sagte Emma. »Die frische Luft hätte dir gutgetan.«

»Nein, so ist es besser. Ich fühle mich sicherer.«

Fast hätte Emma ihre Mutter daran erinnert, dass sie eben noch gesagt hatte, sie fühle sich nicht sicher in ihrem Wagen, aber sie hielt sich zurück. Sie warf einen Blick in den Rückspiegel. In einiger Entfernung folgte ihnen ein Streifenwagen.

Francine hielt die Hand vor die Lüftung. »Können wir die Heizung anstellen? Mir ist ein bisschen kalt.«

»Es müsste gleich warm werden.« Emma schwieg einen Moment. »Seit ich zu Hause bin, muss ich viel an Lucy denken. Ich schätze, es ist leichter, als an Dad zu denken.«

»Sie hat mich häufig besucht in dem Jahr, als du weg warst. Neun- von zehnmal stand sie weinend an der Küchentür. Sie und Caleb haben sich ständig gestritten. Wenn der Wind von drüben kam, konnten wir hören, wie sie sich anschrien.«

»Nathan sagte, sie hätte ziemlich viel Unfug angestellt«, sagte Emma.

»Später vielleicht, aber am Anfang wusste sie einfach nicht, was sie mit sich anfangen sollte. Sie hatte immer ihr Skizzenbuch dabei. Das Mädchen hat jedes Mal irgendwas liegen lassen. Ich glaube, es war ihre Art, mit uns verbunden zu bleiben. Auf dem Dachboden steht eine ganze Mappe mit ihren Zeichnungen. Ein paar Monate nachdem du nach England gegangen warst, habe ich Dot ein paar von Lucys Zeichnungen gezeigt.«

Emma ging ihre Kindheitserinnerungen durch. Als sie nichts fand, was mit einer Dot zu tun hatte, nickte sie unbestimmt.

Francine seufzte. »Du erinnerst dich bestimmt an Dot, Dr. Whitakers zweite Frau, vor Sharon? Sie hat als Krankenschwester in der Praxis gearbeitet.«

»Klein, aber oho?«

»Genau die.«

Dot hatte die Kunstmesse organisiert, die jeden Herbst zeitgleich mit dem Kirschenfest stattfand. Sie hatte sich das Malen selbst beigebracht und schuf große, pralle Stillleben und Hirtenszenen im Malen-nach-Zahlen-Stil. Im Sommer sah man sie mit ihrer Staffelei, wo immer sich eine Aussicht bot. Im Winter verschwand sie in ihrem Atelier hinter dem Haus. Sie hatte eine Galerie auf der Main Street, und ihre »Bilderchen«, wie sie sie selbst nannte, verkauften sich gut an Touristen. Eins von Dots Gemälden hing bei Emmas Eltern im Wohnzimmer über dem Kamin. Emma hatte versucht, ihrem Vater das Eingeständnis abzuluchsen, dass er das Bild heimlich hasste, aber wenn es um Dots Kunst ging, war er ungewöhnlich zurückhaltend.

Emma räusperte sich. »Malt Dot immer noch ihre hübschen Bilder?«

»Hübsch ist nicht mehr so ihr Ding.«
»Sag nicht, sie ist auf die dunkle Seite übergewechselt.«
»Sie hat eine schwere Zeit hinter sich.«
»Wann haben sie und Dr. Whitaker sich getrennt?«, fragte Emma.
»Vor acht Jahren.«
»Hat sie das Schloss behalten?«
»Unter anderem. Sie hat auch Anteile der Praxis.« Francine brachte ein Lächeln zustande. »Ich wette, das hält Peter auf Trab.«
Die Whitakers hatten in einer Achthundert-Quadratmeter-Villa in den Hügeln mit Blick über Walleye Junction gewohnt. Das Anwesen wurde von einer Mauer umschlossen, und eine lange gewundene Auffahrt führte zum Haus. Es gab sechs Schlafzimmer und einen Innenpool mit einer beweglichen Abdeckung, die auch als Tanzfläche fungierte. Die Partys bei den Whitakers waren legendär. Emma hatte ein Bild von Dot im Kopf, als sie mit einem Cocktail in einer Hand und einer Zigarette in der anderen auf dem Sprungbrett tanzte.
»Lustig, wie das Gedächtnis arbeitet«, sagte sie. »Vor fünf Minuten hatte ich Dots Gesicht vergessen, und jetzt erinnere ich mich, als wäre es gestern gewesen.«
»Hoffentlich hast du auch ein paar schöne Erinnerungen gespeichert«, sagte Francine. »Manchmal habe ich das Gefühl, du vergisst, dass du hier auch lange glücklich warst.«
Hätte Francine ihr nicht genau diktiert, wo es langging, wäre Emma an dem mehrstöckigen Glas-und-Backstein-Gebäude vorbeigefahren, ohne zu ahnen, dass es sich um eine Kirche handelte. Nachdem die Hauptgasleitung explodiert und die halbe Innenstadt zerstört war, hatte sich die Kirche auch das Grundstück einverleibt, auf dem das Kino gestanden hatte. Jetzt nahm das Gotteshaus den ganzen Häuserblock ein. Ihr Vater hatte gespottet, die Gemeindemitglieder wären der

Illusion aufgesessen, vom Himmel aus sichtbar zu sein sei fast so gut, wie dort zu sein. In jüngerer Zeit war seine Kritik immer ätzender geworden. Er nannte den Klotz *die Schmerzensreiche.* Ihr Vater hatte jede Form von organisierter Religion kritisch gesehen, und seine Kommentare hatten Emma nicht überrascht. Sie hatte ihn nur gewarnt, Francine nicht hören zu lassen, was er sagte.

An der nächsten Kreuzung war ein öffentlicher Parkplatz. Emma parkte rückwärts zwischen zwei Pick-ups, deren Achsen höher lagen als ihr Wagendach. Auf der anderen Straßenseite befanden sich die Bibliothek und der Stadtpark. Die Straßenlaternen ragten ins dichte Laub der verwilderten Bäume, so dass ihr Schein die breiten Bürgersteige kaum erreichte. Lange Schatten fielen auf ein Baseballfeld. Der Platz war leer bis auf ein paar junge Mädchen in Shorts und kurzen T-Shirts, die in der Nähe der Tribüne herumhingen. Ihr schrilles Gelächter durchdrang das Rauschen des Verkehrs. Emma starrte ein paar Sekunden hinüber, bevor sie um den Wagen ging, um ihrer Mutter die Tür zu öffnen.

Francine durchsuchte ihre Tasche nach Taschentüchern.

»Der Gottesdienst ist eine nette Geste, aber ich weiß nicht, wie ich das durchstehen soll.«

Francines Wangen waren tränennass. Emma nahm ein Päckchen Taschentücher aus dem Handschuhfach und gab es ihr.

»Wir warten einen Moment«, sagte Emma. »Sie werden nicht ohne uns anfangen.«

Francine starrte durch die Windschutzscheibe. »Ich hätte kommen sollen, als es dir in Chicago so schlecht ging. Es tut mir leid.«

Emma wusste nicht, was sie sagen sollte. Sie wollte jetzt nicht darüber sprechen, was in Chicago passiert war. Sie warf noch einen Blick zum Park. Inzwischen rannten die Mädchen auf dem Bürgersteig auf und ab. Ihre nackten Beine und Bäuche leuchteten im Scheinwerferlicht der vorbeifahrenden Autos weiß auf.

»Es war mein Stolz, der mich abgehalten hat«, sagte Francine. »Dein Vater war so wütend auf mich. Ich glaube, danach war es zwischen uns nicht mehr so wie früher.«

Emma dachte an den hohen Berg über Daniels Heimatstadt – den Blick von oben auf das Gitter der Straßen mit dem Marktplatz und dem Möbelgeschäft, das seine Familie seit Generationen führte. Darüber hatte man mit ihr und ihrem Vater gesprochen, während sie auf den Beginn der Trauerfeier warteten. Niemand wollte über die Umstände von Daniels Tod reden.

»Stell Dads Liebe nicht in Frage«, sagte Emma.

»Er hatte Geheimnisse.« Francine starrte geradeaus. »Ich dachte, er hätte vielleicht eine Affäre.«

»Wie kommst du darauf?«

»Nur so ein Gefühl.«

»Er war mit etwas anderem beschäftigt. Er hat eine Waffe gekauft. Aus irgendeinem Grund hatte er Angst. Es war keine Affäre.«

Emma hörte einen Schrei und sah wieder zum Park. Mit ausgestreckten Armen und kreischendem Gelächter rannten die Mädchen auf die Straße. Ein Auto hupte. Bremsen quietschten. Ein Mann schimpfte laut.

»Ich glaube, es war vielleicht Dot«, sagte Francine und tupfte sich mit dem Taschentuch die Wangen ab. »Sie ist so strahlend seit der Scheidung. Ich fühlte mich wie eine Vogelscheuche neben ihr.«

»Sag das nicht. Du bist wunderschön, und Dad hat dich geliebt. Er hätte so was nie getan. Außerdem warst du schon vor meiner Geburt mit Dot befreundet.«

»Du hast sie nicht gesehen, als sie Peter ins Visier genommen hat. Die Leute hier scheinen vergessen zu haben, dass er noch mit seiner ersten Frau verheiratet war, als Dot in der Praxis anfing. Er hatte zwei kleine Kinder, und das dritte war unterwegs. Dot hatte keine Skrupel. Warum soll es bei mir anders sein?«

»Bitte, Mom, nicht jetzt. Du redest dir das ein.«

»Ich weiß auch nicht, was mit mir los ist. Früher hatte ich mehr Vertrauen zu den Menschen.«

Emma hielt ihr die Hand hin. »Deine Freunde warten in der Kirche auf dich. Wenn du sie um dich hast, geht es dir besser.«

Emma hatte das Gefühl, als stünde sie vor einer Wand von Fotografen. Jedes Gesicht war wie ein explodierendes Blitzlicht. Jeder Blitz löste einen Wasserfall der Erinnerungen aus. Zum Nachdenken war keine Zeit. Sie schüttelte Hände von Leuten, die sagten, sie hätten Emma in bester Erinnerung, und ertrug die Umarmungen von anderen, die behaupteten, sie kennten sie gut. Ihre Mutter und sie brauchten zwanzig Minuten, um von der Straße zum Foyer der Kirche zu kommen, in dem hinter einer Spiegelglaswand die Büros der Verwaltung untergebracht waren und eine schwebende Treppe nach oben zur Galerie und weiteren Versammlungsräumen führte. Ein sieben Meter hoher Buntglasbogen umrahmte die mächtige eichene Flügeltür, hinter der die Gemeinde bereits in den Bänken saß. Emma holte tief Luft. Es waren wirklich viele Menschen da. Ein diskretes Schild zeigte zu den Damentoiletten. Seit der Highschool hatte Emma kein so verzweifeltes Bedürfnis mehr gehabt, sich auf dem Klo zu verstecken.

Eine ältere Dame zog Emma an sich und drückte sie lange. Sie roch nach Parfum und Haarspray. Ihr Gesicht war gepudert, die Brille kristallklar. Dann hielt sie Emma von sich weg, die starken Hände um ihre Unterarme gelegt.

»Es ist so schön, dich wiederzusehen.«

Emma sah sie verständnislos an. »Vielen Dank, dass Sie gekommen sind«, sagte sie zögernd.

Die Frau legte die warme Hand auf Emmas Wange. »Es war eine solche Freude, dich zu unterrichten.«

Emma lächelte. Vielleicht hatte ihre Mutter doch recht. Es war zu leicht, zu vergessen, dass sie in Walleye Junction auch glücklich gewesen war. Sie erinnerte sich an ihr Klassenzimmer, die Sonne, die durch die hohen Fenster flutete, die ordentlichen Reihen der Tische. Neben ihr saß Lucy, die herumalberte und Emma und Nathan zum Lachen brachte.

Im dunklen Anzug und mit dem typischen wohlwollenden Lächeln stand Dr. Peter Whitaker vor der Gemeinde und hielt sich mit beiden Händen an der Kanzel fest. Der Schein der Deckenlampen brachte sein silbernes Haar zum Leuchten, während er den Blick über den Saal schweifen ließ.

»Wahrhaft gesegnet zu sein heißt, einen Sinn im Leben zu sehen und ein klares Verständnis davon zu haben, warum wir hier sind und wie der Glaube Gott uns und unseren Zielen näherbringen kann. Philip Long glaubte vielleicht nicht an Gott, doch er glaubte an den Sinn des Lebens. Er war ein wahrer Kreuzritter in unserer Mitte, der sich nicht nur der großen, populären Themen annahm, sondern auch der bescheidenen Sorgen unseres täglichen Lebens. Wenn man ihm auf der Straße begegnete und er fragte, wie es einem ging, war das keine Plattitüde, gefolgt von der Floskel, noch einen schönen Tag zu wünschen. Philip war ein Mann, der stehen blieb und zuhörte und dann noch mehr wissen wollte. Unverhofft lud man ihn zu einer Tasse Kaffee ein. Und wenn man großes Glück hatte, auch zum Frühstück.«

Er wartete, bis sich das Lachen gelegt hatte.

»Heute betrauern wir den Verlust eines Menschen, der es sich zur Mission gemacht hatte, die dunkle Seite der Menschheit aufzudecken, damit das Licht in uns allen ein wenig heller scheine. Wir beten für seine Frau Francine, die ich seit vielen Jahren kenne, und für seine Tochter Emma, die nach langer Zeit der Abwesenheit nach Hause nach Walleye Junction zurückgekommen ist.« Wieder ließ der Arzt eine Pause. »Ich glaube, ich spreche in ihrem Sinn, wenn ich denen danke, die den Gottesdienst heute Abend organisiert haben. Es wird lange dauern, bis die Wunde in unserer Gemeinde heilt, aber Abende wie diese sind ein Schritt dahin. Einige von uns sind zu einem kleinen Empfang oben eingeladen. Ich entschuldige mich bei denen, die nicht dabei sein können.« Er sah sich um. »Wir hatten wirklich nicht vermutet, dass der Andrang so groß sein würde, sonst hätten wir uns nach einem größeren Raum umgesehen. Ich bin sicher, dass Francine und ihre Tochter euch aus tiefstem Herzen dankbar sind. Vielleicht können wir nun alle zusammen einen Moment in stiller Einkehr verbringen, bevor ein jeder wieder seiner Wege geht.«

Emma saß neben ihrer Mutter in der ersten Reihe, das Programm umklammert, das ihr jemand beim Eintreten in die Hand gedrückt hatte. Durch die Tränen konnte sie Dr. Peter Whitaker nicht sehen. Sie griff in die Tasche, doch ihre Mutter war schneller. Francine hielt ihr ein Taschentuch hin. In ihrer zitternden Hand flatterte es wie eine Fahne. Emma bedankte sich leise und drückte es sich an die Augen.

In der Reihe hinter ihr flüsterten zwei Frauen.

»Gehst du zum Empfang?«

»Natürlich. Ich habe den ganzen Nachmittag Kanapees geschmiert.«

»Es ist schön, dass Emma für ihre Mutter da ist.«

Die zweite Frau senkte die Stimme. »Sie ist viel zu dünn. Bei der nächsten Windbö knickt sie um.«

Emma und ihre Mutter standen auf, als Peter vom Podium

trat. Peter und Francine umarmten sich lange. Emma dachte, es war schön, ihre Mutter wieder lächeln zu sehen.

»Danke, Peter«, sagte Francine. »Das bedeutet mir viel.«

Peter hielt Francines Hand fest. »Egal, was du brauchst, Francine, ich bin für dich da.«

Emma riskierte einen Blick hinter sich. Sie erkannte die zwei flüsternden Frauen nicht, aber sie entdeckte Peters Exfrau Dot zwei Reihen dahinter. Ihr glänzender blonder Bob sah aus wie aus Marmor gemeißelt. Sie starrte Emma ein paar Sekunden lang an, bevor sie sich zu der Frau neben ihr wandte. Nathan war bei einer Gruppe von Leuten, die sich auf die große Eichentür zubewegte. Emma hoffte, er käme nicht zum Empfang. Er hatte ihr eine SMS geschickt und wollte sie sehen. Zwei Tage in Walleye, und die alten Muster waren wieder da. Mit gesenktem Blick sprach Emma mit einer Freundin ihrer Mutter, während sie aus dem Saal und die Treppe hinauf zu dem Empfangsraum auf dem Dach gingen.

Emma stand an der raumhohen Fensterfront, die auf eine in Flutlicht getauchte Terrasse hinausging. In der Ferne schimmerten die mondbeschienenen Gipfel der Whitefish Range. Das schräge Glasdach spiegelte die Gäste darunter. Die meisten hatten graues Haar, und jeder schien ein Glas Wein zu halten. Trotz der Aussicht hatte Emma das Gefühl, der Raum wäre hermetisch versiegelt. Süßliches Parfum hing schwer in der Luft. Sie spürte, dass sich Kopfschmerzen ankündigten. Sie nippte an ihrem Glas Weißwein und lächelte, wenn Leute auf sie zukamen, um ein paar Worte zu wechseln.

Emma suchte in der Menschenmenge nach dem Kopf ihrer Mutter. Francine stand am anderen Ende des Saals und schien ein intensives Gespräch mit Dot Whitaker zu führen. Emma stellte ihr Glas auf dem Tablett eines Kellners ab. Sie hatte genug. Sie würde unten im Foyer auf ihre Mutter warten. Auf halbem Weg zur Tür blieb sie stehen, als ein alter Mann sie ins Visier nahm.

Caleb Winfrey war alt geworden. Er war ein großer Mann gewesen, doch jetzt war er krumm, vornübergebeugt, als hätte er sich zu lange gegen den Wind gestemmt. Ihr Blick fiel auf seinen Stock. Seine Fingerknöchel waren weiß vor Anstrengung. Das dünne Stück Holz war alles, was ihn auf den Beinen hielt. Am liebsten hätte sie ihm den Stock weggetreten. Mit wässrigen Augen und kahlem Kopf biss er sich auf die Lippen, während er versuchte, aus seinen Gedanken Worte zu formen. Im Saal wurde es still um sie herum. Alle sahen sie an. Emma drückte die Schultern durch. Diesmal war sie gewappnet. Sie wartete geduldig. Das war ihr Tag.

Caleb öffnete den Mund, aber er zögerte. Ein Schleier glitt über seine Züge. Er musterte ihr Gesicht. Dann wurde sein Blick leer, und er blinzelte. Seine Stimme hatte ihren vollen Klang verloren.

»Kenne ich Sie?«, fragte er.

Emma wusste nicht, was sie antworten sollte. Sie starrte Caleb an, und Caleb starrte zurück. Sie wollte nicht unhöflich sein, aber sie wollte ihn auch nicht an ihren Namen erinnern. Die Menge hielt immer noch die Luft an, aber die Spannung kippte ins Unangenehme. Jemand hustete. Nervöses Lachen folgte. Eine Frau, die Emma nicht kannte, stellte sich neben Caleb und nahm ihn am Arm. Sie war korpulent und wirkte so standfest wie ein Pfeiler. Calebs perlweiße Knöchel entspannten sich, als er den Griff um den Stock lockerte. Sein Mund verzog sich zu einem Lächeln. Emma wartete nicht, dass sie einander vorgestellt wurden. Mit gesenktem Kopf trat sie den Rückzug an.

Sie hatte das Gefühl, der Himmel lastete schwer über ihr. Sie stellte sich vor, wie in der Glasdecke ein Netz von Rissen entstand. Es war nur eine Frage der Zeit, bis alles einstürzte.

Emma saß auf einem kleinen Sofa in einer Nische und stützte den Kopf in die Hände. Rechts war das Foyer, und links führte ein Flur zum Notausgang. Sie hatte sich auf dem Klo verstecken wollen, doch dort standen die Frauen Schlange. Emma konnte die Fassade nicht mehr aufrechterhalten. Sie wollte allein sein in ihrer Trauer. Sie vermisste ihren Vater. Ohne ihn ergab nichts einen Sinn.

Am Nachmittag hatte sich Emma in seinem Büro umgesehen. In einem Versteck zwischen einem Bilderrahmen und der Wand hatte sie die Quittung der 9-mm-Handfeuerwaffe und mehrerer Ladungen Munition gefunden. Die Entdeckung bewies, dass Emma und ihr Vater sich weiter voneinander entfernt hatten, als Emma wahrhaben wollte. Doch sie verstand nicht, warum er sich nicht einmal ihrer Mutter anvertraut hatte. Francine hätte nicht hämisch reagiert. Obwohl sie eine vehemente Anhängerin der National Rifle Association und des zweiten Zusatzartikels der Verfassung war, war sie stolz auf die sture Entschlossenheit ihres Mannes, Pazifist zu bleiben. Als Emma ihr die Quittung zeigte, hatte sie geweint.

Ich verstehe das nicht, hatte sie gesagt. *Warum dachte dein Vater, er brauche eine Waffe?*

Emma legte den Kopf zurück auf die gepolsterte Lehne und wartete, dass der Schwindel verging. Sie musste sich ihrer Mutter zuliebe zusammenreißen. In einer Viertelstunde war der Empfang vorbei, und sie konnten nach Hause gehen. Sie wollte sich in ihrem Kinderzimmer verkriechen. Sie wollte morgen früh aufwachen und denken, sie hätte nur schlecht geträumt. Die Millisekunde des Friedens wäre das böse Erwachen wert.

Irgendwo musste eine Außentür aufgegangen sein. Die Luft im Flur wurde merklich frischer. Sie hörte das Verkehrsrauschen im Hintergrund. Sie begann die Benachrichtigungen am Schwarzen Brett zu lesen, das gegenüber der Nische hing. Als sie Nathans Namen entdeckte, stand sie auf.

Offenbar war Nathan verlobt.

Emma las die Ankündigung zweimal, um sicherzugehen, dass es der richtige Winfrey war. In einem Monat würde Nathan Winfrey Cynthia Phelps heiraten. In der Highschool war Cynthia ein Mädchen mit vollen Lippen und wenig Herz gewesen. Es hatte Gerede geben, Nathan hätte mit ihr geschlafen, als Emma das elfte Schuljahr in England verbrachte. Emmas Freunde hatten sie über die Gerüchte auf dem Laufenden gehalten. Schließlich hatte Nathan bei einem Ferngespräch, das ihn ein Vermögen gekostet haben musste, alles abgestritten, und Emma hatte so getan, als würde sie ihm glauben. Manchmal hatte sie das Gefühl, sie wäre nach ihrer Rückkehr aus England nur aus Bosheit mit ihm zusammengeblieben. Sie wusste, dass sie ihn verlassen würde. Es war nur eine Frage der Zeit, bis sie ihm das Herz brechen würde. Dann wieder dachte sie, dass sie mit ihm nur zusammengeblieben war, weil sie so feige war.

Emma hörte Schritte. Jemand stand unter dem Ausgang-Schild am unbeleuchteten Ende des Flurs. Sie sah nur den dunklen Schatten eines Mannes. Emma wich einen Schritt zurück.

»Ich wollte dir keinen Schreck einjagen«, sagte der Mann, als er ins Licht trat und ihr die Hand hinstreckte. »Lange nicht gesehen.«

»Kyle?«, fragte sie und trat noch einen Schritt zurück.

Er lächelte. »Du erinnerst dich an mich?«

»Deine Tante und dein Onkel … die Polizei war heute bei uns.«

Kyle schob die Hände tief in die Taschen. »Ich kann dir nicht sagen, wie leid es mir tut.«

Sie hatte ein merkwürdiges Flattern in der Brust. Das Atmen tat ihr weh. Fast sank sie aufs Sofa, doch sie beschloss, stehen zu bleiben.

»Ich weiß nicht, was ich sagen soll.« Ihre Stimme wurde schrill. »Ich bin so wütend.«

Er nickte in Richtung des Notausgangs, durch den er gerade gekommen war. »Willst du einen Kaffee trinken gehen? Wir könnten reden.«

»Was?«

»Wir müssen nicht über das reden, was passiert ist. Wir können auch einfach über alte Zeiten reden. Dann kommst du auf andere Gedanken.«

Fast hätte sie angefangen zu lachen, doch dann weinte sie. »Kyle, das ist nett gemeint, aber ich bin mit meiner Mutter hier. Sie braucht mich.«

Diesmal wich Kyle zurück. »Natürlich. Ich verstehe.« Er schüttelte den Kopf. »Gott, ich bin so ein Blödmann.«

Emma widersprach nicht.

»Wo ist deine Mutter?«, fragte er.

»Oben auf der Terrasse ist ein Empfang. Ich habe es nicht mehr … Jedenfalls warte ich hier draußen auf sie.«

»Steht dir gut.«

»Wie bitte?«

»Das steht dir gut.«

»Ich habe gehört, was du gesagt hast. Ich weiß nur nicht, was du meinst.«

»Nur, dass du toll aussiehst. Du bist genauso schön wie in der Highschool.«

Emma starrte ihn an. Sie versuchte zu ergründen, ob sie überreagierte oder ob er gerade wirklich etwas völlig Deplatziertes gesagt hatte. Fast fragte sie noch einmal *Wie bitte?*, aber sie bremste sich. Sie musste wirklich damit aufhören, es jedem recht machen zu wollen. Es war nicht ihre Aufgabe, die Welt zu verbessern.

»Kyle, du weißt, was dein Onkel und deine Tante getan haben?«

Er nickte kaum merklich.

»Also kannst du vielleicht nachvollziehen, dass ich im Moment keine Zeit mit ihrem Neffen verbringen will. Das verstehst du doch, oder? Ich will nicht unhöflich sein, aber deine Gegenwart ist mir unangenehm, Kyle. In Ordnung?«

Kyle hob die Hände und wurde rot. Plötzlich erinnerte sich Emma an die Highschool. Kyle war schrecklich schüchtern gewesen, aber eigentlich ein netter Kerl. Er war einer der wenigen, die ihr nach Calebs Szene bei Lucys Beerdigung geschrieben hatten.

Du bist ein guter Mensch, Emma. Vergiss das nicht. Lass uns in Kontakt bleiben. Du bist einer der wenigen hier, denen ich mich nahe fühle.

Er fing zu stottern an, und es war, als hätten sie das Klassenzimmer nie verlassen.

»Ich … ich … ich … wollte nur sagen, wie leid es mir tut. Carla … Lloyd … sie waren keine … guten Menschen.«

Emma sah ihn ein paar Sekunden an. Früher war er ein schmächtiger Streber gewesen, der sich in der Bibliothek versteckte, schlau, aber unfähig, mit jemandem außerhalb des engsten Freundeskreises eine Unterhaltung zu führen. Nathans Clique hatte ihn regelmäßig gequält. Sie waren unnötig grausam gewesen, und Emma hatte sich nicht oft genug eingemischt. Doch Kyle schien sich in den letzten zwölf Jahren gemausert zu haben. Er war auch kräftiger geworden. In der Schule hatte man sie beide wegen ihrer Figur gehänselt. Seine und ihre Strichmännchen waren in Spinde geritzt und auf Hefte gekritzelt worden.

»Tut mir leid, Kyle. Ich sollte es nicht an dir auslassen. Du bist in der Schule immer nett zu mir gewesen.«

»Du warst auch immer nett.«

»Dank dir habe ich Biologie überlebt. Von den Schweineembryos habe ich heute noch Alpträume.«

»Apropos Alptraum«, sagte er und sein Blick glitt zum Schwarzen Brett. »Nathan heiratet Cynthia Phelps.«

»Ich habe es gesehen.«

»Sie hatte schon in der Highschool ein Auge auf ihn.«

Emma zuckte die Schultern. »Das ist lange her.«

»In Walleye fühlt es sich wie lebenslänglich an.«

Emma bemerkte seine Anzugjacke und die Krawatte. Beides wirkte neu. Als Kind hatte er immer die abgelegten Sachen anderer Leute getragen.

»So schlimm kann es nicht sein«, sagte sie. »Du siehst aus, als würde es gut laufen bei dir.«

Er reckte sich ein wenig. »Ich komme zurecht.«

»Das muss eine unmögliche Situation für deine Familie sein.« Aus Gewohnheit kramte sie ihre Visitenkarte aus der Handtasche. »Das Ganze … ich weiß nicht, wie ich mich verhalten soll. Außerdem ist es komisch für mich, wieder hier zu sein nach all der Zeit. Verwirrend.« Sie zeigte zum Foyer. Die Freunde ihrer Mutter kamen die Treppe herunter. Der Empfang war offenbar zu Ende. »Jetzt muss ich aber gehen.«

Kyle steckte ihre Visitenkarte ein. »Wir haben uns immer dienstags in der Bibliothek getroffen. Dort stand dieser Tisch, den alle für verflucht hielten, aber wir saßen trotzdem da.«

Emma sah deutlich vor sich, wie Kyle an einem Tisch hinter den Regalen saß, das Gesicht eine konzentrierte Grimasse, die Brille so dick wie Flaschenböden.

»Du trägst keine Brille mehr.«

»Laserkorrektur«, sagte er und blickte ihr tief in die Augen. »Es ist wirklich schön, dich wiederzusehen, Emma.«

Emma spürte, dass sie rot wurde. Sie wandte sich ab. Ihre Mutter war im Foyer. Sie unterhielt sich mit Dr. Whitaker.

»Es ist wahrscheinlich besser, wenn meine Mutter dich nicht sieht.«

Er trat zurück in den Schatten. »Keine Sorge. Ich weiß, wann ich zu verschwinden habe.«

Emma und ihre Mutter saßen im Wohnzimmer und starrten in den Fernseher. Es liefen Nachrichten, aber sie achteten beide nicht auf das, was auf dem Bildschirm passierte.

»Emma, versprich mir, dass du vergisst, was ich dir über Dot gesagt habe. Das war nur so eine übergeschnappte Idee von mir. Ich weiß auch nicht, was mit mir los war.«

»Du bist in einer Ausnahmesituation. Das ist doch verständlich.«

»Ich habe heute Abend lange mit Dot gesprochen. Sie hat mich sehr getröstet.«

»Das ist schön«, sagte Emma. »Nur so aus Neugier: Was hat sie denn von Lucys Bildern gehalten?«

»Lucys Bildern?«

»Du hast mir doch erzählt, du hättest Dot Lucys Zeichnungen gezeigt.«

»Ach ja, das hatte ich ganz vergessen.« Francine nippte an ihrem Tee. »Sie fand, Lucy hätte Potential. Als sie Lucy als Assistentin einstellte, hatte ich gehofft, dass die Whitakers positiven Einfluss auf sie hätten.«

»Ich wusste gar nicht, dass Lucy bei Dot gearbeitet hat.«

Francine sank tiefer in ihren Sessel. »Als du aus England zurückkamst, hatte sie sie längst wieder entlassen. Ehrlich gesagt war es eine peinliche Situation. Immerhin hatte ich Lucy Dot vorgestellt.«

»Weißt du, was passiert ist?«

»Ich schätze, sie haben sich wegen Lucys Benehmen in die Haare gekriegt. Sie war völlig unzuverlässig. Ständig stand sie vor der Tür, Tag und Nacht. Immer wollte sie Geld. Dein Vater sprach mit Caleb, weil wir uns Sorgen machten. Danach kam sie nicht mehr.«

»Hat die Polizei je herausbekommen, wo sie die Drogen herhatte, die sie verkaufte?«

»Nicht dass ich wüsste. Dein Vater war außer sich. Du weißt, was er von diesen Dingen hielt.«

»Mom«, sagte Emma und beugte sich auf ihrem Platz vor. »Da ist etwas, was ich dir über Dad sagen muss. Er …«

Francine hielt die Hand hoch. »Ich habe vor langer Zeit den Entschluss gefasst, dass ich vom Drogenkonsum deines Vaters in der Vergangenheit nichts wissen möchte.«

Emma lehnte sich zurück. »Du hast es gewusst?«

»Ich hatte keine Wahl, als ihn mit seinen Fehlern zu akzeptieren. Dein Vater hat bis zum Morgen unserer Hochzeit gewartet, bevor er es mir gestand. Aber ich hatte schon so eine Ahnung, dass er etwas zu verbergen hatte.«

»Das muss ein Schock für dich gewesen sein. Du hast bestimmt nicht vermutet, dass er einmal heroinsüchtig war.«

»Nicht in meinen kühnsten Träumen. Er hatte Andeutungen gemacht, dass er nach Walleye Junction gekommen sei, um seine Vergangenheit hinter sich zu lassen. Offen gestanden dachte ich damals, er liefe vor dem Gesetz davon. Ich war jung und romantisch. Der Verdacht hat mich weniger gestört, als er es hätte tun sollen.«

»Glaubst du, er hat dir alles erzählt?«

»Ja, ich hatte volles Vertrauen zu ihm. Er schwor, er würde nie wieder Drogen nehmen und dass er mich mehr liebte als jeden Stoff.« Francine zögerte. »Anscheinend hat er mich nicht genug geliebt. Wenn er in letzter Zeit wieder Drogen genommen hat, würde das sein Verhalten erklären.«

»Er hat dich geliebt, Mom. Mehr als alles auf der Welt.«

»Nicht genug.«

»Ich finde, wir sollten der Polizei nichts davon sagen. Es kann immer noch sein, dass er dazu gezwungen wurde.«

»Dein Vater war ein guter Mann. Ich will seine Erinnerung

nicht beschmutzen. Die Leute würden es nie verstehen. Es würde nur das Wort *Junkie* hängen bleiben.«

Emma begann zu weinen. »Er fehlt mir so.«

Ein paar Minuten saßen sie schweigend da. Die Wettervorhersage kündigte für die nächsten Tage Sonne und Temperaturen um die zwanzig Grad an. Francine starrte auf den Bildschirm.

»Dein Vater hat den Großteil seines Lebens damit verbracht, seine verpfuschte Jugend wiedergutzumachen. Du hättest ihn in den Monaten nach Lucys Tod sehen sollen. Er war so wütend, weil er sich nicht früher eingemischt hat.«

»Manchmal«, sagte Emma, »glaube ich, ich bin schuld an Lucys Tod.«

»Du warst nicht für sie verantwortlich.«

»Ich habe versprochen, mich um sie zu kümmern.«

»Emma, du warst neun, als Lucys Mutter starb, und Beverly … Gott hab sie selig, aber sie hatte kein Recht, dir eine solche Bürde aufzuladen.«

»Es war nicht nur schlimm. Lange Zeit waren wir uns sehr nahe, wie Geschwister.«

»Ja«, sagte Francine, »aber sie hat dich immer runtergezogen. Du hast wirklich dein Bestes geben. Ohne dich und Nathan hätte sie überhaupt keine Freunde gehabt.«

»Ich hätte nicht gedacht, dass du das verstehst.«

»Es war dein Vater, der mir den Kopf gewaschen hat. Du kennst mich ja mit meiner rosaroten Brille. Ich wollte immer nur das Gute in den Menschen sehen.« Francine runzelte die Stirn über etwas, was sie im Fernsehen sah. Im Montana State Prison war ein Häftling erschossen worden, nachdem er mehrere andere Insassen angegriffen hatte. »Aber das ist jetzt vorbei.«

»Es gibt immer noch viel Gutes da draußen. Das haben wir heute in der Kirche erlebt. Es war ein schöner Gottesdienst.

Ich habe mit so vielen Menschen gesprochen, die zu dir halten.«

»Sie halten auch zu dir.«

Emma sah ihre Hände an. Viele dieser Leute waren auch auf Lucys Beerdigung gewesen. Auf Calebs Worte hatten sie mit betretenem Schweigen reagiert. Niemand hatte sie verteidigt.

»Das ist schön zu hören«, sagte sie.

»Sie machen sich Sorgen. Sie meinen, du siehst nicht gesund aus.«

»Mir war schwindlig.«

Francine schnäuzte sich ins Taschentuch. »Kein Wunder. Du gehst jeden Tag laufen, und du isst fast nichts.«

»Deswegen war mir nicht schwindlig.«

»Du bist zu dünn. Es ist genauso wie in der Highschool. Ich habe mir damals Sorgen gemacht. Und ich mache mir heute Sorgen.«

9

Bob Crawley saß am Tisch des einzigen Vernehmungsraums im Polizeirevier von Walleye Junction. Sein blondes Haar war jungenhaft geschnitten, genau wie bei ihrer Begegnung im letzten Sommer. Als Macy hereinkam, stand er auf.

»Detective Greeley.« Sein Händedruck war fest, und er hielt ihre Hand ein paar Sekunden zu lang. »Immer eine Freude.«

Sie zog eine Braue hoch. Ihr gefiel dieses Spielchen nicht, aber sie beschloss, es wäre das Beste, fürs Erste mitzuspielen.

»Wir sollten uns nicht mehr unter diesen Umständen treffen, Mr. Crawley. Was sollen denn die Leute denken?«

Er lachte. »Sollen sie doch denken, was sie wollen.«

»Bitte«, sagte sie und zeigte auf einen leeren Stuhl. »Setzen Sie sich.«

Als der wachhabende Beamte den Raum verlassen hatte, erklärte sie, dass die Vernehmung auf Video aufgezeichnet werde, und belehrte ihn über seine Rechte.

»Ich kenne meine Rechte«, sagte er. »Ich habe Jura studiert.«

»Genau deshalb ist es noch wichtiger, dass wir uns an die Regeln halten.« Macys Lächeln war nicht echt. »Ich habe hier Ihre Aussage. Sie wurden im Zusammenhang mit den Ereignissen befragt, die sich im Haus von Ron Forester zugetragen haben.« Sie reichte ihm das Blatt. »Ich möchte, dass Sie sich das sorgfältig durchlesen und prüfen, ob Sie noch irgendetwas hinzuzufügen haben.«

Crawley setzte sich die Brille auf. »Nein«, sagte er, als er ihr den Text zurückgab. »Es steht alles da. Ron ist ein guter Freund. Ich war öfters dort. Ich habe Ihnen meine Fingerabdrücke gegeben, damit Sie sie abgleichen können.«

»Sie wurden auch nach dem Code der Alarmanlage gefragt.«

»Ron hat ihn mir vor Jahren verraten. Er ist nicht sehr einfallsreich. Es ist der Geburtstag seiner Exfrau. Margot war ein typischer Skorpion.«

»In Ihrer Aussage steht, sie waren bei Ihrem letzten Aufenthalt in dem Haus mit Ron Forester zusammen. Sie haben Poker gespielt und Pizza gegessen.«

»Ja, das stimmt.«

»Offenbar haben Sie viel getrunken.«

»Auch das stimmt.«

»Haben Sie die Nacht dort verbracht?«

»Ja, das habe ich.«

Macy zeigte ihm einen Grundriss von Foresters Haus.

»Können Sie mir bitte zeigen, in welchem Raum Sie geschlafen haben?«

Crawley deutete auf ein Gästezimmer im oberen Stock.

»Das ist interessant.«

»Warum?«

»Wir haben in dem Zimmer Ihre DNA und Ihre Fingerabdrücke gefunden.«

Er zuckte die Schultern. »Weil ich dort übernachtet habe.«

»Das Zimmer wurde im letzten Jahr mehrmals gründlich gereinigt.«

»Dann sollte Ron wahrscheinlich seine Putzfrau feuern.«

»In der Zwischenzeit haben auch andere Gäste in dem Zimmer übernachtet, aber von denen gibt es keine DNA oder Fingerabdrücke.« Sie zeigte auf seine Aussage. »Sind Sie immer noch sicher, dass Sie nicht etwas anfügen möchten? Wir haben nicht nur Ihre DNA in dem Zimmer gefunden.«

Bob Crawley nahm die Brille ab und rieb sich die Augen.

»Haben Sie schon einmal den Namen Carla Spencer gehört?«, fragte Macy. »Wir haben Ihre Visitenkarte bei ihr gefunden.«

»Tut mir leid. Der Name sagt mir nichts.«

Macy legte ein Foto von Carla auf den Tisch.

»Sie hat an dem Abend, als Sie bei Ron Forester übernachtet haben, die Pizza geliefert.«

Bob Crawley nahm das Foto und starrte es an. »Ich war betrunken. Es war einvernehmlich. Was ist hier los? Behauptet sie, ich hätte sie belästigt?«

»Welche Art von Beziehung hatten Sie zu Carla Spencer?«

»Es war ein One-Night-Stand.«

»Wir haben Ihre DNA in einem der Gästezimmer, und die Aufzeichnungen der Alarmanlage belegen, dass das Haus an fünf verschiedenen Tagen betreten wurde, nachdem Ron Forester seine Haftstrafe im Montana State Prison angetreten hatte. Bis jetzt konnten wir die nächtlichen Besuche nicht zuordnen. Haben Sie sich dort mit Carla Spencer getroffen?««

Crawley dachte ein paar Sekunden nach, bevor er antwortete.

»Lassen Sie sich Zeit«, sagte Macy. »Es ist wichtig, dass Sie die Wahrheit sagen.«

»Ja, ich habe mich dort mit Carla getroffen. Aber ich verstehe nicht, warum das relevant sein soll.«

»Haben Sie ihr den Alarmcode mitgeteilt?«

»Vielleicht.«

»Beantworten Sie die Frage.«

»Ja«, sagte Crawley. »Ich habe Carla Spencer den Alarmcode gegeben.«

»Mr. Crawley. Sie sind sich darüber im Klaren, dass wir hier in einem schwerwiegenden Verbrechen ermitteln. Ein Mann wurde entführt und im Haus von Ron Forester festgehalten, bevor er kaltblütig ermordet wurde. Sie haben wertvolle Informationen zurückgehalten, die für die Ermittlung von Bedeutung sind.«

»Übertreiben Sie es nicht. Carla hat Pizza ausgeliefert. Was zum Teufel hat sie mit dieser Sache zu tun?«

»Haben Sie für die Nacht, in der Philip Long ermordet wurde, ein Alibi?«

»Ich war bei meiner Frau.«

»Das wird sie uns bestätigen müssen.«

»Es gibt keinen Grund, sie mit dieser Sache zu belästigen«, sagte Bob. »Sie können meine Angestellten fragen.«

»Ich bin nicht in der Stimmung, es Ihnen recht zu machen. Sie haben die Zeit der Polizei verschwendet, und vielleicht sind Sie mitschuldig am Tod dreier Menschen.«

»Das kann nicht Ihr Ernst sein.«

»Carla hat den Alarmcode benutzt, um sich Zugang zu Ron Foresters Anwesen zu verschaffen«, sagte Macy.

»Sie war in die Entführung verwickelt?«

»Sie, ihr Ehemann und ein unbekannter Komplize.«

»Wenn sie behauptet, ich hätte damit zu tun, dann lügt sie. Ich kannte die Frau kaum.«

»Sie behauptet überhaupt nichts mehr. Carla Spencer und ihr Mann sind tot, womit Sie als Einziger übrig bleiben, Mr. Crawley.«

»Ich war bei meiner Frau«, beharrte er.

»Das heißt nicht, dass Sie nicht mit der Sache zu tun hatten.«

»Ich kannte Philip Long überhaupt nicht. Warum zum Teufel sollte ich so etwas tun?«

»Genau das versuche ich herauszufinden«, sagte Macy. »Sie haben uns über die Art Ihrer Beziehung zu Carla Spencer angelogen, und jetzt müssen wir feststellen, ob Sie uns noch weitere Lügen aufgetischt haben.«

»Ich habe nur gelogen, weil ich nicht wollte, dass rauskommt, dass ich mit ihr geschlafen habe.«

»Fahren Sie Motorrad, Mr. Crawley?«

»Manchmal. Ich habe ein paar Geländemaschinen bei mir in der Garage. Sie können sie sich gerne ansehen.«

»Wir brauchen Ihre Erlaubnis nicht. Wir haben einen Durchsuchungsbeschluss.« Macy sah auf die Uhr. »Wahrscheinlich wird er in diesem Moment vorgelegt.«

»Das kann nicht Ihr Ernst sein.«

Macy sah ihn fest an. Ihr Lächeln war längst verschwunden. »Der Staatsanwalt entscheidet, ob Sie wegen Behinderung der Justiz belangt werden. Ich rate Ihnen, von nun an hundertprozentig zu kooperieren. Außerdem empfehle ich Ihnen und Ihrer Frau, einen HIV-Test machen zu lassen. Carla war drogensüchtig und hat wahrscheinlich jahrelang mit anderen Süchtigen die Spritzen geteilt.« Macy rief den Beamten wieder in den Raum und beendete die Vernehmung. »Bitte begleiten

Sie Mr. Crawley nach Hause. Er soll sich zu Verfügung halten, falls bei der Durchsuchung seines Anwesens weitere Fragen auftauchen.«

Gina reichte Macy den Ausdruck einer E-Mail, als sie den langen Flur des Reviers hinuntergingen.

»Vielleicht ist es nichts«, sagte Gina. »Aber ich dachte, du solltest mal einen Blick darauf werfen.«

Macy sah sich das Datum an. Die E-Mail war vor zwei Tagen an Lou Turner geschickt worden.

»Wie kommt es, dass wir uns das jetzt erst ansehen?«, fragte Macy.

»Mangel an Arbeitskräften. Wir kriegen so viele Hinweise pro Tag, dass wir nicht allen sofort nachgehen können. Wir müssen Prioritäten setzen.«

Die E-Mail begann mit einer Frage. *Woran ist Philip Long wirklich gestorben?*

»Haben wir eine Ahnung, wer der Absender ist?«

»Die IT-Leute versuchen, den Ursprung herauszufinden, aber das E-Mail-Konto wurde sofort nach dem Senden gelöscht. Sieht aus, als wäre die Mail über mehrere Server gegangen, bevor sie in Lou Turners Eingangsbox landete.«

Das Word-Dokument, das an die E-Mail angehängt war, bestand aus einer Liste von zweiundachtzig Namen. Zu jedem Namen waren der Geburtstag, der Todestag und die Todesumstände angegeben. Macy ging die Seiten durch. Manche der Todestage lagen an die fünf Jahre zurück. Der einzige Hinweis auf den Verfasser der E-Mail war eine grobe Zeichnung. Drei Striche, die den Buchstaben A ergaben, in einem Kreis. Eine weitere Erklärung gab es nicht.

Macy runzelte die Stirn. »Der Kreis mit dem A ist das Symbol der Anarchisten.«

»Ich wusste gar nicht, dass es in Montana Anarchisten gibt.«

Macy ging die Namensliste noch einmal durch. »Sieht aus, als wären die Leute auf dieser Liste alle an einer Überdosis verschreibungspflichtiger Schmerzmittel gestorben. Kommen die alle aus dem Flathead Valley?«

»Nein, neun waren aus Idaho, fünf aus North Dakota und mindestens zehn lebten in Wyoming.«

»Das Problem gibt es nicht nur hier oben. Ich habe kürzlich gehört, dass in den USA mehr Menschen durch Medikamente ums Leben kommen als durch Autounfälle. Ich sehe da keine Verbindung zu unserem Fall.«

»Carla Spencer wurde gezwungen, sich und ihrem Mann eine tödliche Dosis Heroin zu verabreichen. Das war kein Unfall. Das war Mord.« Gina zeigte auf die Liste. »Vielleicht war es bei diesen Leuten auch so.«

»Zweiundachtzig Morde? Ich weiß nicht, ob ich für so einen Fall die Kondition habe.«

»Was sollen wir mit der E-Mail machen?«, fragte Gina. »Wir haben nicht die Ressourcen, um jeder Spur zu folgen.«

»Lass überprüfen, ob Querverbindungen zwischen diesen Namen und Ärzten, Praxen oder Krankenhäusern existieren. Bei der Rechtsmedizin in Helena müssten die Daten aller Countys zusammenlaufen. Lass Stichproben machen und nachhaken, ob es irgendwelche Verdachtsmomente gab.«

»Ich bitte Lou, jemanden dranzusetzen. Im Notfall tue ich es selbst. Wie war das Gespräch mit Crawley?«

Macys Miene verfinsterte sich. »Er hat zugegeben, dass er sich mit Carla in Ron Foresters Haus getroffen hat, aber er weist jede Beteiligung an der Entführung und dem Mord zurück. Er sagt, in der Nacht, als Philip Long starb, sei er mit seiner Frau zusammen gewesen.«

»Klingt nach einem echten Schwein.«

»Ein charmantes Schwein. Trotz allem ist es schwer, ihn unsympathisch zu finden.«

»Dein Kumpel Aiden Marsh lässt gerade Crawleys Villa durchsuchen. Es soll ja eine ganz nette Hütte sein«, sagte Gina.

»Ich hatte letztes Jahr schon das Vergnügen. Gleiche Geschichte, andere Frau.«

»Man muss sich schon fragen, warum seine Ehefrau sich das gefallen lässt.«

»Wer weiß, was sich in ihrer Ehe abspielt«, sagte Macy. »Es ist bestimmt kompliziert. Ich rede heute Nachmittag mit ihr, aber ich glaube kaum, dass sie mir Einblicke gewährt. In der Zwischenzeit müssen wir immer noch Sean Spencer finden. Irgendwas Neues?«

»Nichts. Es ist, als hätte er sich in Luft aufgelöst. Bei seiner Freundin sieht es anders aus. Im Internet laufen die Gerüchte heiß. Anscheinend plant sie irgendwann nächste Woche hier oben im Flathead Valley einen ihrer Raves. Nach dem, was Seans Freunde sagen, sind er und Kristina praktisch unzertrennlich. Wenn wir sie finden, müssten wir auch ihn haben.«

»Ein Rave wäre mal eine nette Abwechslung. Ich könnte ein bisschen Spaß vertragen.«

»Apropos Spaß«, sagte Gina. »Wie waren deine zehn Stunden in Helena?«

»Kurz. Ich habe mit Luke gefrühstückt, aber er war nicht in Topform. Meine Mutter meint, es wäre eine Erkältung im Anzug. Konntest du dich an deiner Schwiegermutter vorbeischleichen?«

»Sie hat mich erwischt, als ich heute Morgen das Haus verlassen wollte. Sie gibt mir die Schuld, dass mein Mann langsam dick wird.«

»Erinnere sie daran, in welchem Jahr wir leben.«

»Das habe ich getan. Aber vielleicht habe ich mich nicht so gewählt ausgedrückt. Wir hatten ein Handtaschenduell.«

»Was hat dein Mann dazu gesagt?«

»Nichts. Er war noch nicht von der Nachtschicht zurück.

Aber ich habe mit ihm telefoniert. Er ist auch nicht auf der Höhe. Vielleicht geht die Grippe um.«

»Hoffentlich nicht. Meine Mutter hat mit Luke so schon genug zu tun. Hast du heute mit Lou gesprochen? Weißt du, ob er Sean Spencers richtigen Vater ausfindig gemacht hat?«

»Ja. Scott Walker liegt seit ein paar Wochen mit einem gebrochenen Bein flach. Er ist nicht unser Mann.«

»Hat Sean sich bei ihm gemeldet?«

»Walker behauptet, nein, aber Lou würde nicht drauf schwören, dass er die Wahrheit sagt. Von Joel Edwards haben wir auch keinen konkreten Aufenthaltsort, aber wir haben rausgefunden, dass er früher Mitglied bei einer örtlichen Miliz war.«

Macy sah Gina verständnislos an. »Entschuldige, wer war Joel Edwards noch mal? Ich stehe gerade auf dem Schlauch.«

»Der Ex-Knasti, den Carla beim Entzug kennengelernt hat.«

»Ach ja. Er hat keine Adresse?«

»Er hat in seinem Auto gewohnt.«

»Okay, dann geh bitte der Milizspur nach und überprüfe, ob es eine Verbindung zu Carlas und Spencers Gruppe gab.«

Macy sah auf ihr Telefon. Aiden hatte angerufen.

»Aiden Marsh«, sagte sie. »Vielleicht gibt es was Neues von der Durchsuchung bei den Crawleys.«

Macy ging hinaus und setzte sich an den Picknicktisch, der auf einem Stück Rasen vor dem Revier stand. Sie schloss die Augen und reckte das Gesicht zum Himmel.

Aiden klang außer Atem. »Macy, du solltest besser hierherkommen.«

»Habt ihr was gefunden?«

»Vielleicht. Sieht aus, als hätte jemand Beweismittel vernichten wollen.«

»Die Motorradausrüstung?«

»Genau. Hauptsächlich Asche, aber das Alliance-Logo ist noch zu sehen.«

»War das Zeug im Haus?«, fragte Macy.

»Nein, in einer Feuerstelle unten am Fluss. Aber zum Haus sind es nur zehn Minuten zu Fuß.«

Macy lief zurück ins Revier. »Ist die Feuerstelle auf Crawleys Grundstück?«

»Ja, aber mit einem Boot kann sie auch sonst jeder leicht erreichen.«

»Weißt du, wann die Feuerstelle zuletzt benutzt wurde?«

»Laut dem Vorarbeiter der Ranch irgendwann letzten Herbst.«

»Hat jemand Crawley in der Nähe gesehen?«

»Im Haus und auf dem Gelände arbeiten so viele Angestellte. Wir hatten noch keine Zeit, mit allen zu sprechen.«

»Was ist mit seiner Frau? Crawley sagt, er sei in der Nacht, als Philip Long starb, bei ihr gewesen.«

Aiden klang angespannt. »Bob hat gelogen. Charlotte sagt, er sei nicht nach Hause gekommen.«

»Was hätte Bob Crawley für ein Motiv? Er hat Geld wie Heu.«

»Vielleicht arbeitete Long an einer Story, die etwas mit seinem Software-Unternehmen zu tun hatte.«

»Wir müssen unbedingt Longs Computer finden.«

»Kommst du her?«

Macy sah auf die Uhr. »Ich komme, so schnell ich kann. Ruf an, wenn ihr noch was findet.«

Mehrere Streifenwagen parkten in der mit Pappeln gesäumten Auffahrt der Crawleys, und ein Transporter der Spurensicherung stand neben den Garagen. In der zwei Stockwerke hohen gläsernen Ostfassade spiegelten sich die wolkenverhangenen Gipfel der Whitefish Range. Ein frischer Wind blies Macy die Haare ins Gesicht. Aus dem Haus drang Geschrei. Charlotte

Crawley ließ jeden hören, wie satt sie das Benehmen ihres Mannes hatte.

»Robert, du Vollidiot. Die Frau war ein Junkie, Herrgott noch mal. Dein Verhalten bringt die ganze Familie in Gefahr.«

Als Macy das Haus betrat, wurde Bob Crawley gerade in Handschellen abgeführt. Auf Macys Höhe blieb er stehen.

»Ich bin das nicht gewesen«, sagte er.

»Wenn Sie uns ein hieb- und stichfestes Alibi liefern, glaube ich Ihnen vielleicht.«

Charlotte Crawley war groß und sportlich. Sie hatte schulterlanges kastanienbraunes Haar und trug Jeans, ein T-Shirt und Flipflops. Ihr dunkler Blick fiel auf Macy und blieb dort.

Macy hatte das unangenehme Gefühl, genau beobachtet zu werden, als sie sich durch das Haus bewegte. In Bob Crawleys Arbeitszimmer waren mehrere Spurenermittler am Werk. Macy warf einen Blick hinein.

»Irgendwas Interessantes?«

»Wir schauen uns gerade den Computer an.«

»Sagen Sie Bescheid, wenn Sie was finden.«

Macy sah über die Schulter. Charlotte Crawley starrte sie immer noch an. Auch dem Kollegen von der Spurensicherung fiel es auf.

»Ich glaube, sie mag Sie nicht.«

»Mag sie irgendwen?«, fragte Macy.

Schulterzucken. »Mit Aiden Marsh schien sie ganz gut auszukommen.«

Macy widerstand dem Impuls, Charlottes giftigen Blick zu erwidern. Aiden war mit der Familie befreundet. Macy hatte keinen Grund, ihm irgendetwas zu unterstellen. Was ihre Phantasie jedoch nicht davon abhielt, sich alles Mögliche auszumalen. Man musste blind sein, um nicht zu bemerken, dass Charlotte Crawley eine unglaublich attraktive Frau war.

»Wo ist Sheriff Marsh jetzt?«, fragte Macy.

»Ich weiß es nicht genau. Zuletzt habe ich gehört, dass er zur Garage wollte, um mit Ryan über die Motorräder zu reden, die dort stehen.«

Macy fand Charlotte in der Küche, wo sie in den offenen Kühlschrank starrte. Ihr Blick war nicht sanfter geworden.

»Charlotte Crawley?«, begann Macy.

Charlotte knallte den Kühlschrank zu.

»Können Sie und Ihre Leute nicht endlich gehen?«

»Ihr Mann ist möglicherweise in ein Kapitalverbrechen verwickelt. Wir gehen nirgendwohin, bis wir nicht jeden Stein hier umgedreht haben.« Macy zögerte. »Und bei der Größe des Grundstücks kann das eine Weile dauern.«

»Die unliebsame Kehrseite eines großen Hauses.«

»Ich schätze, davor warnen sie einen in den Immobilienbroschüren nicht.«

»Wer sind Sie überhaupt?«, fragte Charlotte. »Ich habe das Gefühl, ich habe schon mit jedem einzelnen Polizisten in diesem Teil des Landes gesprochen.«

Macy versuchte gar nicht erst, Charlotte die Hand zu schütteln. Sie nahm ihre Marke heraus und hielt sie hoch. »Ich bin Sonderermittlerin Detective Macy Greeley von der State Police in Helena, und ich leite die Ermittlungen im Fall Philip Long. Ich habe ein paar Fragen.«

»Tut mir leid, aber ich habe keine Zeit, noch mehr Fragen zu beantworten.«

»Ich fürchte, die Zeit müssen Sie sich nehmen.«

»Keiner von Ihnen begreift, wie schwierig es ist. Ich muss die Kinder schützen. Wenn die Presse Wind von der Sache bekommt, steht es in allen Zeitungen.«

»Ich kann nachvollziehen, wie unangenehm das alles für Ihre Familie ist, aber ich muss darauf bestehen.« Macy nickte zur Terrasse, wo ein paar Tische neben dem Pool standen.

»Gehen wir raus. Sie sehen aus, als könnten Sie frische Luft gebrauchen.«

Charlotte band sich mit einem Haargummi, das sie am Handgelenk trug, einen Pferdeschwanz. Auf dem Tisch lag ein Päckchen Zigaretten. Sie nahm sich eine und zündete sie umständlich an. Es sah nicht so aus, als würde sie regelmäßig rauchen. Macy beschloss, es wäre das Beste, mit dem unangenehmen Teil zu beginnen.

»Wann haben Sie von der Affäre Ihres Mannes mit Carla Spencer erfahren?«

»Es ist nicht leicht, über so was zu sprechen.«

»Das ist es nie, aber je eher Sie darüber reden, desto schneller sind Sie uns los.«

Charlotte starrte die Tischplatte an.

»Ich habe mich seit einer Weile nicht gut gefühlt. Ich hatte Angst. Krebs liegt bei mir in der Familie, also bin ich natürlich zum Arzt gegangen.« Charlotte lachte nervös. »Wie sich herausstellte, habe ich mich mit Hepatitis C angesteckt.«

»Und Sie sind sich sicher, dass Ihr Mann der Überträger war?«

»Das ist die einzige logische Erklärung. Ich habe einen Privatdetektiv angeheuert. Er hat Fotos von meinem Mann und Carla Spencer in verschiedenen Bekleidungsstadien gemacht. Sie können sie sich gerne ansehen.«

»Haben Sie Ihren Mann darauf angesprochen?«

Charlotte drückte die Zigarette aus, ohne sie geraucht zu haben. »Ich war ohnehin dabei, die Scheidung einzureichen, und man riet mir, die Informationen zunächst für mich zu behalten.«

»Als Sie heute mit Sheriff Marsh gesprochen haben, sagten Sie, Ihr Mann sei in der Nacht von Philip Longs Ermordung nicht zu Hause gewesen. Sind Sie sich da ganz sicher?«

Charlotte nickte kaum merklich.

»War er in den letzten Wochen öfter nicht zu Hause, ohne dass Sie wussten, wo er war?«

»Manchmal ging er aus und kam erst spät wieder. Das ist nicht ungewöhnlich. Wenn Sie Daten und Zeiten brauchen: Ich habe alles aufgeschrieben. Seit ich weiß, was hinter meinem Rücken passiert, führe ich Tagebuch.«

Macy machte sich Notizen. »Hat der Privatdetektiv sonst noch etwas über Ihren Mann herausgefunden, das interessant für uns sein könnte?«

Charlotte versuchte sich noch eine Zigarette aus dem Päckchen zu nehmen, aber ihre Hände zitterten zu stark. Sie zerknüllte das Päckchen und warf es zur Seite.

»Es gab noch weitere Frauen. Außer Carla Spencer waren alle ziemlich jung.« Charlotte holte tief Luft. »Das hat meinem Selbstbewusstsein zugesetzt. Ich werde dieses Jahr vierundvierzig. Ich kann mich nicht mit achtzehnjährigen Mädchen messen.«

»Das müssen Sie auch nicht.«

»Aber ich habe das Gefühl, genau das habe ich in den letzten Jahren getan.« Sie drückte sich ein Taschentuch an die Augen. »Ich schicke Ihnen die Akte.«

»Es tut mir leid«, sagte Macy. »Das muss sehr hart für Sie sein. Ich danke Ihnen für die Hilfe.«

Charlotte sah hinaus auf die sanften Hügel und Kiefernwälder. Hinter den Bäumen wälzte sich träge und breit der Flathead River.

»Man sollte meinen, all das hier wäre genug für einen Menschen«, sagte Charlotte.

»Wie lange sind Sie verheiratet?«

»Im August sechzehn Jahre. Ich weiß nicht, wie ich es den Kindern sagen soll.«

»Sie sind stärker, als Ihnen vielleicht im Moment bewusst ist. Sie finden einen Weg.«

»Aiden hat gesagt, dass Sie nett sind. Dass ich nett zu Ihnen sein soll.« Ihr Blick fiel wieder auf Macy. »Tut mir leid wegen vorhin. Normalerweise bin ich nicht so kratzbürstig.«

»Unter diesen Umständen würde ich von anderen Frauen auch nicht das Beste erwarten.«

»Aber die anderen Frauen sind nicht das eigentliche Problem. Bob hat den Respekt für unsere Ehe verloren. Als das passiert ist, hatten wir keine Chance mehr. Na ja, nun ist es, wie es ist, und ich will nicht mehr über die anderen Frauen reden.«

Macy reichte Charlotte ein Päckchen Taschentücher aus ihrer Tasche.

»Ich muss Sie noch was zu der Feuerstelle unten am Fluss fragen. Haben Sie in letzter Zeit jemanden gesehen, der dort etwas verbrannt hat? Ihr Vorarbeiter sagt, er hätte da unten seit dem Herbst kein Feuer gemacht.«

Charlotte löste den Pferdeschwanz und wickelte das Gummi um ihre Finger. »Manchmal gehe ich mit den Hunden runter, aber mir ist nichts Ungewöhnliches aufgefallen.«

»Hat sich Ihr Mann in den letzten Wochen anders als sonst verhalten?«

»Wir haben uns öfter gestritten, aber das kam eher von mir als von ihm. Er war so umgänglich wie eh und je. Fast hatte ich ein schlechtes Gewissen wegen der Bombe, die ich platzen lassen würde.«

»Wir verstehen noch nicht recht, was für ein Motiv Ihr Mann für Philip Longs Entführung haben könnte. Hatten Sie finanzielle Sorgen?«

»Mein Anwalt hat einen Sachverständigen angeheuert, um Bilanz zu ziehen. Man hat mir versichert, dass unsere Finanzen in bester Ordnung sind.«

»Wissen Sie, ob Ihr Mann beruflich oder privat mit Philip Long zu tun hatte?«

Charlotte schüttelte den Kopf. »Wir haben uns manchmal seine Sendung angehört, aber soweit ich weiß, hat Bob ihn nie persönlich kennengelernt.« Sie zögerte. »Was passiert jetzt?«

»Ihr Mann hat für die Nacht des Mordes ein falsches Alibi angegeben. Solange er uns nicht sagt, wo er wirklich war, bleibt er in Haft. In der Garage stehen mehrere Motorräder, darunter einige Geländemaschinen. Wie oft fährt ihr Mann damit?«

»Manchmal geht er mit unserem ältesten Sohn ins Gelände. Ich kann nicht sagen, dass es mir gefällt. Als Familie verbringen wir überdurchschnittlich viel Zeit in der Notaufnahme.«

»Wo sind Ihre Kinder jetzt?«

Charlotte sah auf die Uhr. »In der Schule. Ich wäre froh, wenn Sie hier fertig wären, bis sie wiederkommen.«

»Wir tun unser Bestes, aber vielleicht wäre es eine gute Idee, ihre Rückkehr so lange wie möglich hinauszuzögern.«

»Brauchen Sie mich hier noch? Ich würde sie gern abholen. Dann kann ich mit ihnen essen gehen.«

»Das ist wahrscheinlich eine gute Idee, aber bitte mailen Sie mir vorher noch die Informationen, die der Privatdetektiv über Ihren Mann zusammengetragen hat. Wir müssen prüfen, ob eine der anderen Frauen mit dem Fall zu tun hat.«

Aiden und Macy folgten einem abschüssigen Pfad zwischen den Hügeln im westlichen Teil des Grundstücks. Wolken jagten mit schwindelerregender Geschwindigkeit über den Himmel. Noch schien die Sonne, und es war der wärmste Tag im Flathead Valley, seit Macy hier war, doch die Wolken am Horizont erzählten eine andere Geschichte. Ein Sturm zog auf.

Bevor der Pfad zu einem dichten Kiefernwäldchen am Fluss steil abfiel, drehte sich Macy um und blickte zum Haus zurück. Sie konnte sich nicht vorstellen, dass die Aussicht je langweilig wurde.

»Wenn jemand die Motorradausrüstung hier unten verbrannt hat, müsste man den Rauch doch vom Haus aus gesehen haben«, sagte Macy.

»Crawley hat es vielleicht nachts getan. Das würde auch erklären, warum einiges übrig geblieben ist.«

»Er ist kein Profi, er hätte also eine Menge Fehler machen können. Ich habe gesehen, wie du mit seiner Frau Charlotte gesprochen hast. Du kennst die Crawleys privat, also hast du bestimmt einen guten Einblick. Was hältst du von seiner Frau? Ist sie wütend genug, um ihrem Mann was anzuhängen?«

»Du meinst, dass sie gelogen hat, als sie sein Alibi platzen ließ?«, fragte Aiden.

»So wie er sich benommen hat, hätte sie allen Grund, sauer zu sein. Sie hat Anwälte, Wirtschaftsprüfer und Privatdetektive konsultiert. Sie weiß, dass sie ihn finanziell bluten lassen kann. Das alleinige Sorgerecht für die Kinder wäre ein zusätzlicher Bonus.«

»Stimmt, aber so was traue ich Charlotte nicht zu. Sie ist ein guter Mensch. Außerdem hat jemand versucht, hier Beweise zu vernichten. Bob hat kein Alibi, und alles scheint für ihn zu sprechen.«

Unter den Bäumen war der Boden mit einer dicken Schicht Kiefernnadeln gepolstert. Das Flatterband der Spurensicherung wand sich durch den Wald und sperrte eine Lichtung von ungefähr dreißig Quadratmetern ab. In der Mitte war die Feuerstelle, um die ein paar Bänke aus längs gespaltenen Holzstämmen standen. Das andere Ende der Lichtung öffnete sich zum Fluss.

Macy bückte sich unter dem Flatterband durch und stellte sich an die leere Feuerstelle. Das Beweismaterial war längst gesichert und abtransportiert worden. Plötzlich hörte sie Stimmen und drehte sich zum Fluss. Ein Boot trieb den Flathead River hinunter. Zwei Männer hatten Angelruten ausgeworfen, ein dritter saß am Steuer. Einer der Männer grüßte, und Macy winkte zurück.

»Du hast recht«, sagte Macy. »Vom Fluss aus kann jeder das Grundstück betreten.«

»Es ist zwar nicht erlaubt, hier anzulegen, aber ich glaube kaum, dass das jemanden abgeschreckt hätte, der vorhatte, Bob Crawley etwas anzuhängen.« Aiden zeigte flussaufwärts. »Drei Kilometer weiter oben gibt es eine öffentliche Bootsrampe.«

»Wie weit muss man den Fluss runterfahren, bis man wieder rauskommt?«

»Etwa sechs Kilometer. In der Hochsaison pendelt zwischen den beiden Stellen ein Bus.«

»Aber es wäre riskant«, sagte Macy. »Vom Fluss ist die Lichtung gut einsehbar. Aus einem Boot hätte man sehen können, wie sie Feuer machten.«

»Die Gefahr ist überschaubar. Die Angelsaison hat noch nicht richtig angefangen, und auf dieser Flussstrecke sind eigentlich erst Ende Juni Angler unterwegs. Ich glaube, das Risiko, von jemandem aus dem Haus entdeckt zu werden, war größer.«

Macy dachte einen Moment nach. »Vielleicht haben sie die Ausrüstung auch woanders verbrannt und hier nur die Reste abgeladen. Das wäre in ein paar Sekunden erledigt«, erklärte sie.

Aiden ging ans Ufer und hob einen Stein auf. »Ich weiß, bis jetzt ist alles Spekulation, aber falls Crawley unschuldig ist: Wen, glaubst du, deckt er dann?«

»Charlotte Crawley hatte einen Privatdetektiv auf ihn angesetzt. Sie hat mir gerade die Liste der Frauen geschickt, mit denen Crawley schlief.« Macy scrollte durch die E-Mail. »Hier stehen fünf Namen, darunter Carla Spencer. Vielleicht war er zu feige, um zuzugeben, dass er bei einer von ihnen war.

Andererseits hätte er seiner Familie viel Ärger erspart, wenn er ein Alibi für die Mordnacht hätte. Wenn er wirklich unschuldig ist, verstehe ich nicht, dass ihm das nicht klar war.«

Aiden ließ den Stein über das Wasser hüpfen. »Nach deinen Erfahrungen mit Ray dürfte dich so was eigentlich nicht überraschen.«

»Anscheinend bin ich auf dem Auge blind.«

»Sieh es ein, Macy. Männer sind Schweine.«

Sie runzelte die Stirn. »Aiden, willst du mir was sagen?«

Er warf noch einen Stein. »Vielleicht.«

»Was heißt *vielleicht*?«

Aiden wischte sich die Hände an der Hose ab und drehte sich zu ihr um.

»Ich glaube, ich will wissen, wie ernst ich das mit uns beiden nehmen soll.«

»Ich weiß es nicht«, sagte Macy.

»Ich finde, es ist Zeit, dass du dir überlegst, was du willst.«

»Wie kommst du plötzlich darauf?«

»Ich habe keine Lust mehr auf dieses Versteckspiel. Es fühlt sich wie eine Affäre an, nicht wie eine Beziehung. Manchmal habe ich das Gefühl, du willst nicht, dass jemand von uns erfährt, weil du dir nicht sicher bist, ob du die Beziehung wirklich willst.«

»Es war ein schweres Jahr für mich. Ich dachte, du hättest dafür Verständnis.«

»Das dachte ich auch«, sagte Aiden. »Aber bald bist du wieder in Helena. In letzter Zeit fühlt es sich an, als hätten wir nur ab und zu einen gestohlenen Tag.«

»Tut mir leid. Mir war nicht klar, dass du es so empfindest.« Sie legte den Kopf in den Nacken und sah hinauf in den Himmel. Eben noch blau, hatte er sich innerhalb von Minuten schwarz zugezogen. »Hast du heute Abend Zeit? Dann können wir reden.«

»Je nachdem, was mit Bob Crawley ist. Wir müssen ihn uns noch mal vornehmen.« Er stellte sich neben sie. »Tut mir leid, dass ich bei der Arbeit mit privaten Dingen anfange.«

»Schon gut. Es ist ja niemand dabei.«

»Ehrlich gesagt, ich weiß nicht, wie das mit uns funktionieren soll. Ich bin hier an meinen Job gebunden, und du hast deine Mutter und Luke in Helena. Wir sind beide nicht der Typ, etwas so Gutes einfach aufzugeben. Aber wir brauchen auch eine Aussicht auf eine gemeinsame Zukunft. Ich habe das Gefühl, ich strampele mich ab, aber wir bewegen uns kein bisschen vorwärts.«

Macy legte ihm die Hand auf die Brust. Das Gefühl, strampeln zu müssen, um nicht unterzugehen, kannte sie nur zu gut. Sie hatte nicht geahnt, dass es ihm auch so ging.

»Aiden«, sagte sie. »Ich glaube, es ist meine Schuld. Ich habe eine Beziehung hinter mir, in der es keine Normalität gab. Ich fürchte, ich habe vergessen, wie so was geht.«

»Es liegt nicht nur an dir. Ich weiß auch nicht genau, was ich will. Aber ich glaube, die dünne Luft, in der wir uns im Moment aufhalten, tut uns beiden nicht gut.«

»Heute Abend reden wir. Versprochen.«

Die Schatten unter den Bäumen waren tiefer geworden. Windböen zerrten an den oberen Ästen. Im verlöschenden Licht schien der Fluss anzuschwellen. Ein Donner rollte in der Ferne.

»Gleich fängt es zu schütten an«, sagte Aiden. »Lass uns lieber einpacken.«

»Einen Moment noch. Ich will mir nur noch mal das Umfeld ansehen.«

Macy zog eine kleine Taschenlampe aus der Tasche und schritt die Lichtung ab. Dann zeigte sie auf ein paar Bäume, die einige Meter flussabwärts am Ufer standen. Irgendetwas glänzte im Licht der Lampe.

»Hast du das gesehen?«, fragte sie.

»Sieht aus wie ein Fort.«

Im dichten Unterholz war der kleine Unterstand aus abgesägten Ästen, die von silbernem Panzerband zusammengehalten wurden, kaum zu sehen.

»Das müssen Crawleys Kinder gebaut haben.«

Macy schob ein paar Äste zur Seite und spähte hinein. Am Boden lag eine in eine Babydecke gewickelte blonde Puppe. Sie hob sie auf und sah sie sich näher an.

»Die Puppe muss einem der Kinder gehören.«

»Drei Jungs und ein Mädchen«, sagte Aiden. »Ich tippe auf Annabel.«

Auf dem Boden lag ein leerer Joghurtbecher.

»Sieh dir das Verfallsdatum an.« Macy leuchtete den Becher mit der Taschenlampe an. »Annabel muss vor kurzem hier gewesen sein.«

»Das heißt nicht, dass sie was gesehen hat.«

»Aber das Fort ist nur ein paar Meter von der Feuerstelle entfernt. Wir müssen mit ihr reden.«

Macy schob den Becher und die Puppe in eine Beweismitteltüte.

Aiden sah sie skeptisch an. »Glaubst du wirklich, dass wir an der Puppe Spuren finden?«

»Nein, aber falls es ihre Lieblingspuppe ist, soll sie nicht nass werden.«

Als sie den Hang vom Flusstal zurück zum Haus hinaufstiegen, peitschte das hohe Gras gegen ihre Beine. Im Norden zuckte ein Blitz über den dunklen Himmel.

Macy musste schreien, um den Wind zu übertönen.

»Unglaublich, dass eben noch die Sonne geschienen hat«, rief sie.

»Das ist Montana. An einem Tag kann man alle Jahreszeiten erleben.«

»Vielleicht sollten wir umsatteln und irgendwo hinziehen, wo es warm ist.«

»Ich glaube, wir lieben diesen Teil des Landes beide zu sehr.«

Die Villa der Crawleys mit den hell erleuchteten Fenstern ragte wie ein Raumschiff über dem Tal auf. Bei ihrem ersten Besuch hier hatte Macy gedacht, die Architektur fügte sich gut in die Landschaft ein. Jetzt war sie sich nicht mehr so sicher. Es hatte etwas mit dem Maßstab zu tun. Irgendwie war das Haus zu viel und doch nicht genug.

»Ich weiß, was du meinst.« Sie blieb stehen und sah nach Norden, wo sich die Sturmwolken ballten. Wieder blitzte es, diesmal näher. »Es ist wunderschön hier oben.«

Er legte ihr die Hand aufs Kreuz und half ihr den Hang hinauf.

»Wahrscheinlich ist das nicht der beste Zeitpunkt, sich mit der Natur zu vereinen. Wenn wir noch lange hier stehen, trifft uns der Blitz.«

Ryan erwartete sie in der Garage. Sie standen im offenen Garagentor und sahen zu, wie der Hagel auf die geparkten Autos einschlug. Ryan musste schreien, um sich über dem Getöse Gehör zu verschaffen.

»Wir haben eine Übereinstimmung der Reifenabdrücke mit einem der Bikes, aber es ist eine verbreitete Marke. Ich habe Proben vom Erdreich in den Profilen genommen um festzustellen, ob die Bikes in der Nähe des Tatorts gefahren wurden.«

»Gab es im Haus irgendwas Interessantes?«, fragte Macy.

»Nada. Aber wir haben uns seinen Laptop angesehen«, sagte Ryan. »Anscheinend stand Daddy Crawley auf Zucker.«

Aiden machte ein finsteres Gesicht. »Sugar-Daddy-Websites?«

»Es sieht aus, als würde Bob Crawley an der University of Montana seine ganz eigenen Stipendien vergeben.«

Macy sah Ryan scharf an. »Ich merke es, wenn du übertreibst.«

»Nicht sehr. Bob Crawley ist Mitglied bei ein paar Websites, die darauf spezialisiert sind, wohlhabende Spender und finanzschwache Studentinnen zusammenzuführen. Sie nennen es Arrangement.« Ryan lächelte. »Wir wissen nur noch nicht, wie viel er gespendet hat.«

»Warum kellnert heute keiner mehr, um sich das Studium zu finanzieren?«, knurrte Macy.

»Der Mindestlohn reicht nicht mehr«, sagte Ryan. »Solche Websites sind heute populärer, als man je für möglich gehalten hätte.«

»Erinner mich, dass ich bald anfange, Geld für Lukes Ausbildung auf die Seite zu legen.«

Aiden zog sich die Kapuze über den Kopf, bevor er rüber zum Haupthaus lief. »Darum würde ich mir keine Sorgen machen. Deine Mutter hat längst ein Konto für ihn eingerichtet«, sagte er. »Ich gehe noch mal rein und sehe nach, wie weit sie dort sind. Bis gleich.«

Ryan zog die Brauen hoch. »Ich wusste gar nicht, dass Aiden sich so gut in deiner Familie auskennt. Willst du mir vielleicht was sagen, was ich mir schon längst gedacht habe?«

»Ist es so offensichtlich?«, fragte Macy.

»Nur für Insider, aber keine Angst, euer Geheimnis ist bei mir sicher – außer natürlich, du willst, dass ich der Überbringer der frohen Botschaft bin. Ich liebe Happy Ends.«

»Dann bleib bei deinen Musicals.« Macy sah, dass Ginas Wagen nicht mehr dastand. »Weißt du, wo Gina ist?«

»Irgendwas war, weswegen sie nach Helena zurückmusste. Ich würde dich ja mitnehmen, aber wie es aussieht, macht Aiden das gerne.«

»Ryan, es reicht.«

»Ich habe den ganzen Nachmittag auf Reifenprofile gestarrt. Das bisschen Spaß musst du mir lassen.«

»Sehr witzig, aber mir ist nicht zum Lachen. Aiden hat mir gerade gesagt, er will wissen, wie es mit uns weitergeht.«

»Oje«, sagte Ryan. »Das heißt, ihr müsst reden.«

»Er will Klarheit.«

»Und wie fühlst du dich in der Hinsicht?«

Macy schloss die Augen. »Diffus.«

»Keine gute Verhandlungsposition«, sagte Ryan.

»Was soll ich tun?«

»Du hast ein gutes Gespür. Verlass dich darauf.«

»Ich weiß nicht, ob ich mich auf mein Gespür noch verlassen kann.«

»Wie lange ist es her, dass du eine richtige Beziehung hattest?« Ryan hob eine Hand. »Ray und dieser hinterwäldlerische Sanitäter aus Collier zählen nicht.«

Macy seufzte. »Sechseinhalb Jahre.«

»Und jetzt willst du einen Typ, den du richtig gut findest, sitzen lassen, weil er bereit für was Ernstes wäre?«

»Wenn du es so sagst, klinge ich wie ein echter Idiot.«

»Ich erinnere dich immer gerne daran.« Ryan grinste. »Aber mal im Ernst: Bloß nichts überstürzen. Du hast ein hartes Jahr hinter dir. Aiden wirkt wie eine sichere Bank, aber auch er wird seinen Ballast mit sich herumschleppen. Das tun wir alle. Du musst dir ehrlich eingestehen, weshalb du zögerst.«

Macy sah die Liste der Frauen aus Charlotte Crawleys E-Mail durch.

»Woher nimmt Bob Crawley überhaupt die Zeit und die Energie für diese ganzen außerehelichen Veranstaltungen?«, fragte Macy. »Ich dachte, er hätte eine Firma zu leiten. Millionen von Dollars zu managen.«

Aiden sah in den Rückspiegel, bevor er auf die rechte Spur zog.

»Charlotte hätte was Besseres verdient.«

»Das hier ist interessant«, sagte Macy. »Die Kleine ist kaum achtzehn. Unglaublich. Aber es wird noch schlimmer.«

»Was?«

»Stacy Shaw geht auf die gleiche Highschool wie Crawleys ältester Sohn.«

»Das ist ziemlich geschmacklos.«

»Falls Crawley in der Tatnacht mit ihr zusammen war, würde das erklären, warum er sein Alibi nicht preisgeben will.«

»Das Schutzalter ist sechzehn, juristisch gesehen ist es also nicht verboten, allerdings glaube ich nicht, dass sich die öffentliche Meinung an Paragraphen hält. Aber wäre eine Affäre mit einer Achtzehnjährigen Grund genug, eine Mordanklage zu riskieren?«

»Wenn er unschuldig ist, hofft er vielleicht, dass es nicht so weit kommt.«

»Ziemlich riskante Strategie.«

»Er sitzt so oder so in der Tinte«, sagte Macy.

»Oder wir haben es mit einer Erpressung zu tun. Wenn er sich mit einem Mädchen aus der Highschool seines Sohnes eingelassen hat, ist er angreifbar. Er hat viel Geld. Könnte sein, dass Carla und Lloyd gedroht haben, ihn bloßzustellen, falls er nicht kooperiert. Es ist nur so ein Gefühl, aber vielleicht solltest du bei der Vernehmung mit Stacy Shaw einsteigen.«

Bob Crawley wartete in demselben Verhörraum, in dem Macy am Morgen mit ihm gesprochen hatte. Sie war ein wenig überrascht, dass er seinen Anwalt noch nicht angerufen hatte. Sie stellte das Aufnahmegerät an und las ihm noch einmal seine Rechte vor. Das Ganze fühlte sich irgendwie zu vertraut an.

»Mr. Crawley, in der Nacht, in der Philip Long entführt und ermordet wurde, waren Sie nicht bei Ihrer Frau. Wenn Sie uns kein wasserdichtes Alibi liefern, müssen Sie mit einer Mordanklage rechnen. Verstehen Sie, was auf dem Spiel steht?«

Crawley kratzte sich an den rauen Stellen seiner Wange. Seine Augen waren blutunterlaufen.

»Ich habe Philip Long weder entführt noch ermordet. Ich bleibe bei dem, was ich gesagt habe«, sagte er. »Ich habe den Mann nie kennengelernt.«

»Wo waren Sie in der Nacht, in der er ermordet wurde?«

»Das kann ich Ihnen nicht sagen.«

Macy zog ein Foto heraus, das der Privatdetektiv aufgenommen hatte. Bob Crawley und Stacy Shaw hatten sich regelmäßig in einem Motel im Süden von Collier getroffen. Er hatte die Hände schon unter ihrem Rock, bevor sie überhaupt die Tür hinter sich zugemacht hatten.

»Erkennen Sie die Person auf diesem Foto?«

Bon Crawley starrte das Bild ein paar Sekunden lang an, dann schloss er die Augen. Er war grau im Gesicht und sah aus, als wäre ihm übel.

Macy legte noch weitere Fotos vor ihn auf den Tisch. Sie dachte daran, wie Charlotte Crawley sich gefühlt haben musste, als sie sie zum ersten Mal sah.

»Wie sind Sie und Stacy Shaw sich begegnet?«, fragte Macy. »War sie bei Ihnen zu Hause, um Ihren Sohn zu besuchen, und hat stattdessen den Vater kennengelernt? Oder sind Sie ihr zufällig bei einer Schulveranstaltung über den Weg gelaufen? Viele Möglichkeiten gibt es nicht. Und eine ist unangemessener als die andere.«

Er schüttelte heftig den Kopf. »Es war ganz anders. Sie war auf einer Website registriert, bei der ich Mitglied bin. Wir haben ein paar E-Mails gewechselt und uns dann in Murphy's Tavern in Collier verabredet. Ich dachte, sie wäre mindestens einundzwanzig. Sie hat gelogen und gesagt, sie sei Studentin an der University of Montana.«

»Wie lange hat es gedauert, bis Sie ihr wahres Alter erfahren haben?«

»Ich habe nichts Illegales getan.«

»Sie ist kaum achtzehn und geht mit Ihrem Sohn zur Schule«, sagte Macy. »Sie müssen eine Heidenangst haben, dass die Sache rauskommt.«

»Wo haben Sie die Fotos her?«

»Ihre Frau hat sie uns gegeben. Offenbar ist sie doch nicht so verständnisvoll, wie Sie dachten. Jeder hat seine Grenzen.« Macy hatte das eindeutigste Foto für den Schluss aufgehoben. Es war mit einem Teleobjektiv aufgenommen. Stacy Shaw saß rittlings auf Bobs Schoß auf dem Vordersitz seines Autos. Im Hintergrund war die Turnhalle der Walleye Junction Highschool zu sehen. »Damit Ihnen eins klar ist: Ich habe meine Grenzen auch fast erreicht. Hören Sie endlich auf, mich zu verarschen. Ich muss wissen, wo Sie in der Tatnacht waren.«

Bob drehte das letzte Foto um. »Ich war mit Stacey zusammen.«

»Die ganze Nacht?«

»Von zehn bis drei.«

Macy musste Philip Longs Todeszeitpunkt nicht in der Akte nachschlagen. Er war kurz vor drei gestorben. Sie war dabei gewesen.

»Mr. Crawley, Sie werden beweisen müssen, dass Sie mit ihr zusammen waren. Wo haben Sie sich mit Miss Shaw getroffen?«

»Im selben Motel wie immer. Das Valley Inn an der Route 93.«

»Haben Sie Zeugen?«

»Vielleicht hat uns der Privatdetektiv meiner Frau aufgelauert und fotografiert.«

»Nicht in dieser Nacht. Hat jemand vom Motel Sie gesehen?«

»Stacy hat uns eingecheckt.«

»Wehe, wenn Stacy Shaw Ihr Alibi nicht bestätigt. Ich habe die Nase gestrichen voll von dem Mist, den Sie von sich geben.«

»Ich hoffe, die Sache bleibt unter uns.«

»Ihre Frau kann mit diesen Fotos tun, was sie will. Ms. Shaw wird ihre eigenen Pläne haben. Vielleicht verkaufen beide ihre Story an die Presse. Es wäre nicht das erste Mal.«

Macy schob die Fotos zur Seite und legte die transparente Plastiktüte mit der Puppe auf den Tisch.

»Erkennen Sie diese Puppe?«

Er drehte die Tüte um. Sein Blick war angespannt, und seine Stimme belegt.

»Sie gehört meiner Tochter Annabel.«

»Wussten Sie, dass sie sie verloren hatte?«

»Ja, sie konnte nicht einschlafen. Wir haben sie überall gesucht.«

»Seit wann genau war die Puppe weg?«, fragte Macy. »Wir haben sie auf Ihrem Grundstück in der Nähe der Feuerstelle am Fluss gefunden. Vielleicht hat Ihre Tochter dort unten beim Spielen etwas gesehen, was sie nicht sehen sollte. Wenn Sie nichts mit Philip Longs Entführung und Ermordung zu tun hatten, gibt jemand sich große Mühe, Ihnen die Sache anzuhängen.«

»Als unsere Tochter vor drei Tagen abends nicht einschlafen konnte, haben Charlotte und ich gemerkt, dass etwas nicht stimmte. Sie hängt sehr an der Puppe, und es kam uns komisch vor, dass sie sie irgendwo liegen gelassen haben soll.«

»Wussten Sie, dass Ihre Kinder unten am Fluss ein Fort gebaut hatten?«

»Da unten dürfen sie eigentlich nicht allein spielen.«

»Wahrscheinlich hat Annabel Ihnen deswegen nicht erzählt, wo sie die Puppe verloren hat. Das Fort ist nur ein paar Meter von der Feuerstelle entfernt. Vielleicht hat Ihre Tochter etwas beobachtet.«

Aiden parkte in der Einfahrt und weckte Macy. Sie war irgendwo zwischen Walleye Junction und Wilmington Creek mitten im Satz eingeschlafen. Soweit sie sich erinnerte, hatte sie ihre unausgegorenen Gedanken über alles Mögliche zum Besten gegeben, von langfristigen Bindungen über das Heiraten bis zum Kinderkriegen. Aiden küsste sie sanft auf den Mund.

»Aufwachen, Schönheit«, sagte er.

Offenbar hatte sie nichts Schlimmes gesagt. Sie schleppte sich aus dem Sitz. Seltsamerweise waren ihre Schmerzen im Brustkorb und dem Rücken stärker als direkt nach dem Unfall.

»Mir tut alles weh«, stöhnte sie.

»Vielleicht nimmst du lieber eine Tablette vorm Ins-Bett-Gehen.«

»Danke«, sagte Macy, »aber ich glaube, ich versuche es ohne.«

Bei Aiden war es so sauber und ordentlich wie immer. Sie versuchte sich das Chaos vorzustellen, das zwangsläufig entstand, sobald Luke auf der Bildfläche auftauchte. Aiden hatte seine eingefahrenen Gewohnheiten, und sie hatte mehr als einmal bemerkt, wie er hinter ihr herräumte.

Er nahm sie in den Arm, und sie lehnte sich an ihn.

»Möchtest du was trinken? Ich könnte eine Flasche Wein aufmachen.«

»Ich würde nach einem Glas umfallen.«

Er ging in die Küche. »Ich habe auch Orangensaft.«

»Am liebsten wäre mir ein Glas Wasser.«

»Also«, sagte er, als er ihr ein Glas Wasser reichte und sie zum Sofa führte. »Hast du über das nachgedacht, was ich heute Morgen gesagt habe?«

Sie schmiegte den Kopf an seine Schulter, und beide streckten die Beine auf dem Couchtisch aus. Sie griff nach seiner Hand.

»Aiden. Ich bin nicht gut im Reden.«

»Lass dir Zeit.«

»Ich fürchte, was Beziehungen angeht, bin ich nicht gut in Übung. In der Vergangenheit war ich hauptsächlich mit Männern zusammen, die nicht zu haben waren.«

»Ironie des Schicksals.«

»Warum?«

Aiden gab ihr einen Kuss auf den Scheitel. »In der Vergangenheit war ich ein Mann, der nicht zu haben war.«

»Ist daran eure Ehe gescheitert?«

»Angeblich war ich mit dem Herzen nicht dabei. Sagt meine Exfrau, nicht ich, aber wahrscheinlich hatte sie recht.«

»Warum hast du sie überhaupt geheiratet?«, fragte Macy.

»Sie hat mir ein Ultimatum gesetzt, und statt zu gehen, habe ich ja gesagt. Ich war noch nie richtig verliebt gewesen. Ich dachte, vielleicht ist es das, vielleicht reicht es, füreinander da zu sein.«

»Sie hätte dich nicht zu der Entscheidung drängen sollen. Man kann niemanden zwingen, etwas zu wollen.«

»Was uns zu uns führt. Ich muss wissen, war wirklich in deinem Kopf vorgeht.«

Macy legte ihm die Hand auf die Brust.

»Ich fürchte, es hat mit Ray zu tun. Manchmal habe ich das Gefühl, er hat verbrannte Erde hinterlassen.«

»Es ist nie eine gute Idee, sich mit einem Soziopathen einzulassen.«

»Davon wusste ich nichts, als es angefangen hat. Niemand wusste das.«

»Ich hätte es dir sagen können«, bemerkte Aiden.
»Ich hätte nicht auf dich gehört.«
»Macy, bist du wirklich über ihn weg?«
»Ich liebe ihn nicht mehr, wenn du das meinst.«
»Was habe ich dann zu befürchten?«
»Ich meinte es ernst, als ich sagte, ich bin nicht in Übung. Als ich mit Ray zusammen war, habe ich ihn fast nie um irgendwas gebeten, weil ich wusste, dass die Antwort immer nein wäre. Ich habe gelernt, so zu tun, als wäre ich unabhängig, bis ich irgendwann wirklich unabhängig war. Ich habe meine Erwartungen zurückgeschraubt, und dann habe ich sie noch mehr zurückgeschraubt. Es waren vier einsame Jahre, aber ich habe mir eingeredet, das wäre normal. Ich war völlig verkorkst.«
Aiden strich ihr das Haar aus dem Gesicht und küsste sie auf die Stirn. Seine Stimme klang tief und träge.
»Also«, sagte er, »was willst du machen?«
»Das wird nicht leicht.«
»Ich weiß.«
»Ich verspreche nichts, aber ich will es versuchen.«
»Bist du dir sicher?«
Sie nickte. »Und was machen wir jetzt?«
»Wir machen Pläne. Ganz einfach.«
»In Kalispell gibt es eine Außenstelle«, sagte Macy. »Ich könnte mich versetzen lassen.«
»Das wäre ein Anfang.«
Macys Telefon summte, und sie angelte es aus ihrer Tasche.
»Ich habe Ginas Anruf vorhin schon verpasst«, sagte sie und stand auf. »Ich muss dringend mit ihr sprechen.«
Sie schlenderte in die Küche und öffnete aus Gewohnheit den Kühlschrank.
»Gina, ich bin's, Macy«, sagte sie und sah sich verschiedene Fertiggerichte an, bevor sie den Kühlschrank wieder schloss. »Alles in Ordnung in Helena?«

»Ja, jetzt geht es wieder. Meine Schwiegermutter ist ausgerutscht und die Treppe runtergefallen.«

»Oje, das ist ja furchtbar. Geht es ihr gut?«

»Sie hat sich die Schulter ausgekugelt und lauter blaue Flecken. Glücklicherweise waren meine Kinder da, als es passiert ist. Als der Notarzt kam, war ihr Blutdruck extrem niedrig. Jede Verzögerung hätte gefährlich werden können. Einen Moment.« Gina hielt ein paar Sekunden das Telefon zu, und Macy hörte nur gedämpfte Stimmen. »Macy, bist du noch da?«

»Ich bin hier.«

»Mein Mann nimmt sich ein paar Tage frei, um seine Mutter zu pflegen, und wie es aussieht, kann meine Schwägerin bei den Kindern helfen, das heißt, ich sollte bald wieder in Walleye sein.«

»Gina, wir haben genug Leute an diesem Fall. Nimm dir lieber die Zeit, die du brauchst.«

»Ich wüsste nicht, wem es hilft, wenn ich auch noch hier rumhänge. Das Haus ist voll.«

»Was passiert, wenn dein Mann wieder arbeitet?«

Gina zögerte. »Ich weiß es noch nicht. Entweder muss ich eine dauerhafte Lösung für die Kinder finden, oder ich muss weniger arbeiten. Immer meine Schwiegermutter einzubestellen, wenn Bedarf ist, funktioniert einfach nicht.«

»Da merke ich mal wieder, was für ein Glück ich habe, dass meine Mutter für Luke da ist.«

»Anscheinend kannst du wirklich kommen und gehen, wann du willst. Wie geht es dir überhaupt?«, fragte Gina. »Ich sollte mich um dich kümmern, nicht umgekehrt.«

Macy setzte sich vor Aiden auf den Couchtisch. Seine Lider flatterten, aber er ließ die Augen zu. Wenn sie mit Aiden zusammenleben wollte, müsste sie Helena verlassen. Doch ohne ihre Mutter als Vollzeitbetreuung wäre es schwer, die Stunden abzuleisten, die sie als Sonderermittlerin arbeitete. Entweder musste sie weniger arbeiten oder den Job wechseln.

»Hier ist alles gut«, sagte Macy. »Ich muss nur ein paar Dinge klären.«

»Meinst du den Fall oder dein Privatleben?«

»Bei meinem Arbeitspensum läuft es fast auf dasselbe hinaus.«

»Wenn du jemanden zum Reden brauchst, weißt du, wo du mich findest.«

»Danke, Gina. Das ist nett. Sag Bescheid, wenn du zurückkommst.«

10

Ein Dutzend Krähen stritten sich um die Überreste einer platt gefahrenen Gophernatter und flatterten auf, als Emma die Straße entlangjoggte. Vor ihrem Elternhaus blieb sie stehen und ging mit den Händen an den Hüften auf dem Bürgersteig auf und ab. Sie war außer Atem. Die Luft war kalt und beißend und in 1500 Meter Höhe auch viel dünner als in San Francisco. Emma warf einen Blick zum Schlafzimmerfenster ihrer Mutter. Die Vorhänge waren noch zu.

Vom Ortszentrum kam ein Fahrrad herauf. Das strampelnde Mädchen war etwa dreizehn. Immer, wenn sie eine Zeitung in eine Einfahrt warf, kippte das Fahrrad gefährlich zur Seite. Sie keuchte ein »Guten Morgen« und warf Emma die Zeitung zu. Emma lächelte zurück, doch ihr Herz klopfte wild. Sie hatte nicht erwartet, auf der Titelseite ein Foto von sich zu sehen. Sie nahm das Gummi ab und faltete die Zeitung auseinander, um den Artikel über den Mord an ihrem Vater und die laufenden Ermittlungen zu überfliegen. Neben dem Text war Emmas Foto. Es war ihr offizielles Firmenfoto, das man einfach von der Website kopiert hatte. Als sie den Namen der Verfasserin unter dem Artikel las, runzelte sie die Stirn. Es war nun schon das zweite Mal, dass Emma den Namen von Nathans Verlobter gedruckt sah. Emma überflog den Artikel und war erleichtert, dass sie bis auf biographische Eckdaten, die ebenfalls von ihrem Firmenprofil geklaut waren, kaum erwähnt wurde. Auf Seite drei war eine kurze Notiz über den Tod von Carla und Lloyd Spencer, die den Kampf gegen die Drogen verloren hatten. Anscheinend wurde die Verbindung zwischen ihnen und dem Mord an ihrem Vater noch zurückgehalten.

Als Emma ins Haus ging, zitterte sie vor Kälte. Sie drehte das Thermostat auf, bis die Heizung ansprang, und machte sich eine schnelle Tasse Tee. Mit der Tasse in der Hand stieg sie so leise wie möglich die Treppe hinauf. Die Tür zum Schlafzimmer ihrer Mutter stand einen Spalt offen, und ein Lichtstreifen fiel in den Flur. Emma wollte gerade klopfen, als sie die Stimme ihrer Mutter hörte. Es klang, als telefonierte sie. Ohne den Zusammenhang ergaben ihre Worte keinen Sinn.

»Ich weiß nicht, was ich noch tun kann … sie weiß nichts.«

Eine Diele knarrte unter Emmas Füßen.

»Emma?«, rief ihre Mutter. »Bist du das?«

Emma steckte den Kopf durch die Tür. Francine saß angezogen auf der Kante ihres ungemachten Betts. Es war kein Telefon in der Nähe. Emma stellte den Tee auf einem Tischchen im Flur ab, wünschte ihrer Mutter einen guten Morgen und trat ein.

»Ich konnte nicht schlafen, deshalb bin ich joggen gegangen«, sagte Emma.

Ihre Mutter sah sie blinzelnd an.

»Mom, ist alles in Ordnung?«, fragte sie, während sie den Blick auf der Suche nach dem Telefon über die Falten der Decke wandern ließ. »Ich dachte, ich hätte deine Stimme gehört. Hast du telefoniert?«

Francine wirkte nervös.

»Ich habe mit mir selbst geredet«, sagte sie.

»Seit wann führst du Selbstgespräche?«

»Seit dein Vater tot ist. Ich kann es einfach nicht fassen.« Francine zerknüllte das Taschentuch, das sie in der Hand hielt. »All die Dinge, die ich hätte sagen sollen. Ich denke dauernd, ich hätte irgendwo, irgendwann etwas anders machen müssen.«

»Mom, ich bin da. Ich will, dass du mit mir redest. Ich will, dass wir uns wieder nahe sind.«

»Geh erst mal duschen«, sagte ihre Mutter und strich die Decke glatt. »Ich decke den Frühstückstisch.«

Emma und Francine saßen sich am Frühstückstisch gegenüber. Seit Emma nach unten gekommen war, redete Francine ohne Punkt und Komma, aber es war nur nervöses Geplapper. Auf der Arbeitsplatte lag die Zeitung. Der Artikel über Carla und Lloyd Spencer war aufgeschlagen.

»Mom, wir müssen darüber sprechen, was mit Dad los war. Vielleicht waren Drogen im Spiel, aber vielleicht steckte doch etwas anderes dahinter. Er muss dir doch anvertraut haben, woran er gearbeitet hat.«

Francine legte die Gabel neben den Teller. Obwohl sie ihr Frühstück nicht angerührt hatte, tupfte sie sich den Mund mit der Serviette ab.

»Philip hat nichts gesagt.«

»Soll ich dir wirklich glauben, du hättest nicht gewusst, was Dad in den letzten zwei Monaten getrieben hat?«

»So war es.«

»Er hat eine Pistole gekauft. Das widerspricht all seinen Überzeugungen. Ihr wart fast vierzig Jahre zusammen. So was hätte er doch nicht vor dir geheim gehalten.«

»Meinst du, ich habe mir diese Gedanken nicht auch schon gemacht?« Francines blaue Augen waren tränentrüb. »Er hatte sich vollkommen zurückgezogen in den letzten Monaten. Wenn wir unterwegs waren, dachte er ständig, er würde verfolgt. Aber da war nie jemand, Emma. *Es sind nur die Krähen*, habe ich immer gesagt. *Sie folgen dir überallhin.*«

»Du hast erzählt, er habe mit Dot gesprochen?«

»Ich habe dir doch gesagt, du sollst vergessen, was ich über Dot gesagt habe. Ich war verwirrt. Was deinem Vater passiert ist, macht mich ganz paranoid.«

»Aber verstehst du nicht, dass er vielleicht recht hatte?«, fragte Emma. »Vielleicht wurde er wirklich verfolgt. Wir müssen rausfinden, woran er gearbeitet hat.«

»Wir sollten die Ermittlungen der Polizei überlassen.«

»Ich kann nicht hier rumsitzen und Däumchen drehen.«

»Emma, versprich mir, dass du dich da raushältst. Mehr als alles andere muss ich mich darauf verlassen können, dass du dich nicht auch noch in Gefahr bringst.«

Emmas Ton wurde sanfter. Es bestand kein Grund, ihre Mutter zu ängstigen.

»Tut mir leid, Mom. Ich verspreche dir, dass ich mich raushalte, wenn es dir so wichtig ist.«

»Danke. Ich weiß, wie schwer es dir fällt, anderen die Verantwortung zu überlassen. Das geht gegen deine Natur.«

Emma sah auf die Uhr. Es war erst kurz vor acht. Der Tag hatte noch so viele Stunden, und sie hatte keine Ahnung, was sie damit anfangen sollte. Bei ihrer Mutter in der Küche herumzusitzen war keine Option, aber mit Nathan Mittag zu essen ebenso wenig. Er hatte ihr eine Nachricht geschickt, dass er reden wollte. Emma fiel nichts ein, worüber sie reden könnten, ohne die alten Wunden aus der Highschool aufzureißen. Sie konzentrierte sich wieder auf ihre Mutter.

»Ich habe gehört, du arbeitest ehrenamtlich für eine Organisation, die Obdachlose unterstützt.«

»Nachdem ich jahrelang auf einem Bürostuhl saß, wollte ich den Menschen etwas zurückgeben.«

»Du hast in einer Arztpraxis gearbeitet. Dort hast du auch etwas für die Menschen getan.«

Francine betastete den Henkel ihrer Teetasse. In ihren Augen standen Tränen.

»Das ist lieb von dir«, sagte sie. »Aber so hat es sich nicht angefühlt. Dein Vater war immer der Idealist von uns beiden. Ich war die mit dem Gehaltsscheck.«

»Es ist nichts dagegen zu sagen, das Brot zu verdienen. Aber ich kann mich gar nicht erinnern, dass es in Walleye Obdachlose gegeben hat, als ich noch hier war.«

»Die Wirtschaftskrise hat die Familien hier oben hart getroffen. Selbst wenn sie es gerade noch schafften, die Kreditraten für ihre Häuser aufzubringen, konnten sich viele den Unterhalt nicht mehr leisten. Die Organisation sammelt Geld für Reparaturen, aber manche Häuser sind unbewohnbar geworden. Vor ein paar Wochen war ich bei einer Kontrolle dabei. Eine Familie lebte seit sechs Monaten ohne fließendes Wasser, und das Dach war so undicht, dass alle in einem Zimmer schliefen.«

»Nathan hat erzählt, es wären hauptsächlich Drogensüchtige.«

»Ich gebe nicht viel auf Nathan Winfreys Meinung. Leute wie er machen es uns schwer, Spenden zu sammeln. Wenn wir nur den leisesten Verdacht haben, dass jemand Drogen nimmt, bekommt er nichts von uns.«

Emma trank einen Schluck Kaffee. »Und was ist deine Aufgabe?«

»Ich helfe bei der Organisation und beim Spendensammeln. Ich kenne fast jeden hier im Tal. Wenn man die Leute nur richtig anfasst, geben sie gerne. Und wie es aussieht, habe ich ein Händchen dafür.«

»Hat Dad dir je geholfen?«

»Manchmal kam er mit, wenn wir Häuser renovierten.« Francine lächelte ein bisschen. »Auf der Baustelle lieferten sich die Männer immer einen richtigen Wettstreit.«

»Ein bisschen gefährlich, wenn alle mit Hämmern bewaffnet sind. Ich nehme nicht an, dass Nathan je Hand angelegt hat.«

»Ich habe ihn um Hilfe gebeten, aber weder er noch sein Onkel Caleb wollten etwas davon wissen.« Francine faltete die Hände im Schoß. »Wann hast du mit Nathan gesprochen?«

»Er kam vor zwei Tagen abends vorbei, als du schon geschlafen hast.«

»Wenn du mich fragst, hast du Glück, dass du den Jungen losgeworden bist.«

»Wie meinst du das?«

»Als ihr in der Highschool wart, haben alle schon die Hochzeitsglocken läuten gehört. Ich weiß, dass ihr Freunde seid, deshalb will ich nicht schlecht über ihn reden, aber dein Vater und ich waren von der Idee nicht gerade begeistert.«

»Ihr habt nie was gesagt.«

»Du konntest – kannst – so eigensinnig sein. Wir hatten Angst, dass du auf stur stellst, wenn wir unsere Einwände vorbringen. Außerdem hatten wir auch nichts Konkretes an ihm auszusetzen. Wir mochten ihn einfach nicht.«

»Er war nicht der Mensch, für den ich ihn gehalten habe. Ich habe es nur nicht gemerkt, bis es zu spät war.«

»Nathan war einer der Gründe, warum dein Vater und ich unbedingt wollten, dass du die elfte Klasse in London absolvierst. Wir haben gehofft, ihr würdet euch auseinanderleben, aber als du zurückkamst, wart ihr wieder ein Paar.«

»Ich habe nur Zeit geschunden.« Emma hob das Kinn. »Wusstest du, dass er vielleicht in Calebs Haus zieht? Wenn wir zusammengeblieben wären, würde ich nur ein paar hundert Meter von dir entfernt wohnen.«

»Ich glaube, manchmal verstehst du mich falsch. Ich habe deine Entscheidung, wegzuziehen und Karriere zu machen, immer gutgeheißen. Ich konnte nur nicht verstehen, warum du nicht zurückgekommen bist. Ich weiß, dass Caleb schlimme Dinge gesagt hat, aber das ist eine Ewigkeit her. Außerdem ist er bloß ein einzelner Mann und ein ziemlich unangenehmer dazu. Wenn es nach den Leuten hier ginge, würden sie die Straßenseite wechseln, um ihm nicht die Hand schütteln zu müssen. Und wen kümmert es, ob dich jemand für lesbisch hält oder nicht? Die Leute hier akzeptieren so gut wie alles, solange du sonntags in die Kirche gehst.« Francine hielt inne. »Du gehst doch in die Kirche, oder?«

»Jeden Sonntag«, log Emma.

»Braves Kind.«

»Beeindruckend, dass du nach allem, was passiert ist, den Glauben nicht verloren hast.«

»Er kommt und geht«, sagte Francine. »In der letzten Woche hatte ich viel Unterstützung. Sogar Dr. Whitakers schreckliche dritte Frau hat es riskiert, mich zu besuchen. Normalerweise macht sie einen Bogen um Dots Freundinnen.«

»Mit gutem Grund. Du hast ihren Auflauf weggeschmissen. Ich habe ihn im Mülleimer gesehen.«

»Wahrscheinlich hat sie ihn sowieso nicht selbst gemacht.« Francine zog ein Schlüsselbund aus der Pullovertasche und legte ihn auf den Tisch.

»Was ist das?«, fragte Emma.

»Die Schlüssel zu Calebs Haus. Philip hat dort nach dem

Rechten gesehen, seit Caleb im Pflegeheim ist. Gibst du ihn bitte Nathan zurück? Ich will die Verantwortung nicht.«

Emma nahm die Schlüssel und wog sie in der Hand. Der Schlüsselanhänger war ein metallenes Herz, in das ein *L* eingraviert war. Es war seltsam, etwas zu berühren, das Lucy gehört hatte.

»Ich habe heute Morgen beim Joggen ein paar Obdachlose gesehen«, sagte Emma. »In Zelten in der Nähe der Fußgängerbrücke.«

»Ich habe vergessen, dich zu warnen. Die Hiesigen halten sich von da fern.«

»Du hast doch gerade gesagt, die meisten Obdachlosen wären Familien.«

»Ja«, sagte Francine, »aber es gibt auch Drogenabhängige und Menschen mit psychischen Problemen.«

»Dann sind die Typen da oben entweder das eine oder das andere.«

»Ich fürchte, ja. Wir sind nicht herzlos. Wir bieten ihnen Beratung und eine warme Mahlzeit an. Leider wollen sich die meisten nicht helfen lassen. Dort oben sind es vor allem die Kriegsveteranen, die mir am Herz liegen.« Francine stand auf und ließ das Frühstück unberührt stehen. »Komm mit. Ich will dir etwas zeigen.«

Gemeinsam breiteten sie den Inhalt von Lucys Kunstmappe auf dem Wohnzimmerboden aus. Die Arbeiten waren nicht so perfekt, wie Emma sie in Erinnerung hatte. Zwischen Skizzen der Landschaft und Bauernhoftieren lagen ein halbes Dutzend Porträts von Emma aus der Schulzeit. Sie erinnerte sich nicht, Lucy Modell gesessen zu haben. Die Bilder hatten beinahe eine voyeuristische Qualität. Emma nahm eine Skizze in die Hand, die Lucy gezeichnet haben musste, während Emma schlief. Sie hielt sie Francine hin.

»Jetzt, wo wir wissen, was damals in Lucys Kopf vorging, tut es weh, so was zu sehen«, sagte Emma.

Francine ging die Blätter durch. »In meiner Erinnerung waren sie besser.«

»So geht es mir auch.«

Die letzte Zeichnung war abstrakter als die anderen, die Striche schwer. Stellenweise war das Papier unter dem Druck gerissen. Ein Mann stand mit dem Rücken zum Betrachter. Es sah aus wie bei Nacht.

»Meinst du, das ist ein Bild von Caleb?«, fragte Emma.

»Er sieht breitschultriger aus als Caleb.«

»Er trägt einen Koffer. Vielleicht ein Besucher.« Emma hielt das Bild ins Licht. Es sah eher aus wie ein Werkzeugkasten als wie ein Koffer. »Ich dachte, ich gehe mal bei Dot Whitaker vorbei und rede mit ihr.«

»Ich habe dich doch gebeten, zu vergessen, was ich gesagt habe.«

»Es hat nichts mit Dad zu tun. Ich wollte sie fragen, wie es damals war, als Lucy ihre Assistentin war.« Emma lehnte sich an den Couchtisch. »Wenn ich meine Probleme aufarbeite, fällt es mir vielleicht leichter, öfter zu Besuch zu kommen.«

Ausnahmsweise widersprach ihre Mutter nicht.

Dots Villa war nicht so beeindruckend, wie Emma sie in Erinnerung hatte. Die Fassade war eine sonderbare Mischung von verschiedenen Architekturstilen. Die korinthischen Säulen passten nicht zu der Redwood-Verkleidung, und der große, von griechischen Statuen gekrönte Portikus war in Montana völlig fehl am Platz. Emma parkte neben einem Brunnen, in dem eine spärlich bekleidete steinerne Nymphe Wasser in einen Seerosenteich goss. Emma hatte sich schick gemacht und trug einen Rock und ein tailliertes Jackett, aber ihr Gesicht im Rückspiegel wirkte bleich. Sie tupfte sich Rouge auf die Wangen und blies die Backen auf. Sie hatte es satt, dass alle ihr sagten, sie sei zu dünn. Es war auch eins der letzten Dinge, die ihr Vater zu ihr gesagt hatte, als sie am San Francisco International Airport in der Schlange vor dem Check-in-Schalter warteten. Ein Teil der Wand war mit Spiegeln verkleidet, und sie hatten nebeneinandergestanden und sich angesehen.

Ich mache mir Sorgen um dich, Emma. Du bist viel zu dünn.

Sie hatte ihren Vater trotzig angeblickt.

Ich esse genug, hatte sie gesagt. *Du hast mich beim Mittagessen gesehen. Einen ganzen Hamburger. Ich habe sogar die Pommes frites gegessen.*

Das reicht nicht, wenn du so viel Sport treibst. Er hatte ihre Hand gedrückt. *Versprich mir, dass du besser auf dich achtest. Wenn du so weitermachst, wirst du noch krank.*

Die Türklingel hallte durchs Haus. Emma wartete auf der überdachten Veranda, die vorne am Haus entlanglief. In Nischen standen gepolsterte Bänke mit Blick über die abschüssige Wiese. Emma entdeckte Dot, die von ihrem Atelier die Auffahrt heraufschlenderte. Sie trug ein übergroßes Flanellhemd, das voller Farbe war und nach Terpentin roch. Dot begrüßte Emma mit einem Lächeln und streifte sich die alten Clogs ab.

»Ich habe ganz die Zeit vergessen«, sagte Dot. »Wartest du schon lange?«

»Ich bin gerade gekommen.«

Sie führte Emma in die hohe Eingangshalle und zeigte auf eine offene Flügeltür. »Ich bin gleich da. Warte dort im Wohnzimmer.«

Emma hatte sich an dunkle Paneele und schwere Brokatmöbel erinnert, doch die Wände und die Einrichtung waren ganz in Weißtönen gehalten. An einer Wand hing eine Serie gerahmter Ölbilder. Emma stellte sich davor, um sie aus der Nähe zu betrachten. Sie war überrascht, als sie unten am Rand

Dots Signatur entdeckte. Francine hatte recht. Dot war auf die dunkle Seite gewechselt.

Auf den bis ins feinste Detail gemalten Gemälden war ein Mädchen an der Schwelle zum Frausein zu sehen. Sein Gesicht wurde von einem Vorhang aus pechschwarzem Haar mit einzelnen schneeweißen Strähnen verdeckt. Auf einem Bild sah man nur ein Auge, auf einem anderen die roten Lippen. Es hatte eine Stupsnase und messerscharfe geschwungene Brauen.

Emma sah sich die Bilder mehrmals der Reihe nach an, aber irgendwie fügten sich die Gesichtsteile nicht zu einem Ganzen zusammen. Auf dem ersten Bild trug das Mädchen ein enges rotes Kleid mit Peter-Pan-Kragen. Es saß auf den Stufen eines Wohnwagens und schälte mit der gezackten Klinge eines Jagdmessers einen glänzenden roten Apfel. Seine nackten Füße waren schmutzig, und hinter dem Fliegengitter stand eine alte Frau und sah mit scharfem Blick auf das Mädchen herab. Obwohl es dem Betrachter zugewandt war, sah man nur seinen Mund. Auf einem anderen Bild trug es ein rotes Krankenhausnachthemd, aber diesmal hielt es in der einen Hand das Messer und in der anderen ein blutiges Herz. Das Haar hing ihm wie ein Schleier vor dem Gesicht. Nur ein Auge war zu sehen. Auf dem dritten Bild hatte es ein rotes Babydoll-Nachthemd an. Es stand im Profil vor einem verschlossenen Gartentor und sprach mit einem alten Mann, der rote Rosen in einer Hand und eine Bibel in der anderen hielt. Es schneite. Auf dem nächsten Bild lief dasselbe Mädchen barfuß durch einen verschneiten Wald und folgte einer Fußspur, die nicht seine sein konnten. Auf dem letzten Bild ging es in einem roten Mantel und roten Stiefeln auf den Betrachter zu. Das Haar peitschte ihm ins Gesicht. Im Hintergrund brannte der Wohnwagen orange und rot vor einem schwarzen Himmel.

Emma studierte jedes Gemälde genau. Alle Details, vom

Haar bis zum Schmutzrand unter den abgebrochenen Fingernägeln, waren mit größter Präzision gemalt. Die Hyperrealität, die an Surrealismus grenzte, erinnerte Emma an die Bilder von Andrea Kowch. Es steckte eine Geschichte dahinter, doch Emma konnte sie sich nicht zusammenreimen.

Sie war so in die Bilder versunken, dass sie Dot nicht kommen hörte.

»Gefallen sie dir?«, fragte Dot.

»Ja, sehr«, sagte Emma. Sie trat einen Schritt zurück und stellte sich neben Dot. »Sie erinnern mich an eine moderne Version von Schneewittchen, aber ich verstehe nicht alle Zitate. Ich muss auch an die Schriftstellerin Angela Carter denken und an die Arbeiten von Andrea Kowch und Andrew Wyeth.«

»Oh, das ist kein Märchen. Grace Adams ist sehr echt. Ihr Schicksal hat mich so berührt, dass ich es irgendwie verarbeiten musste. Deswegen die Bilder.«

»Wer ist sie?«, fragte Emma.

»Sie wuchs in Collier auf, aber ich glaube, sie lebt nicht mehr dort. Faszinierende Geschichte. Ihre Mutter wurde ermordet, und plötzlich hat sich die Büchse der Pandora geöffnet. Wer hätte gedacht, dass in dieser Stadt so viel Böses steckt? Wie sich herausstellte, hat ein Netzwerk von Pädophilen und Menschenhändlern von dort aus seit Jahren sein Unwesen getrieben.«

»Und das Mädchen war mittendrin?«

»Sie hat Glück gehabt«, sagte Dot. »Soweit ich weiß, lebt sie noch. Als der Ring aufflog, gab es kein anderes Thema mehr. Es war die Sensation, aber mich hat vor allem die allegorische Seite der Verbrechen fasziniert. Eine Geschichte, die seit Anbeginn der Zeit erzählt wird.« Sie zeigte auf den alten Mann und das Mädchen an dem Tor. »Der Tod und das Mädchen. Kaum atmet sie das erste Mal Freiheit, steht schon der Tod bereit, um sie zu holen.«

»Sie sind so anders als die Bilder, die du früher gemalt hast.«

Dot rückte den Rahmen gerade, vor dem sie stand. Ein wehmütiger Blick lag in ihren Augen.

»Früher habe ich gemalt, weil ich Anerkennung brauchte. Jetzt male ich für mich.«

»Hast du noch deine Galerie?«

»Nur um andere örtliche Künstler zu unterstützen. Hin und wieder zeige ich meine Arbeiten, aber ich verkaufe sie nicht mehr.«

Sie aßen im Wintergarten zu Mittag. Der Raum war von getupftem Licht erfüllt. Zwei graue Katzen fläzten auf einem Sessel, der in der Sonne stand. Gegen Emmas Protest schenkte Dot beiden ein Glas Weißwein ein.

»Mir zuliebe«, sagte Dot. »Ich möchte nicht als jemand gelten, der allein trinkt.«

Emma nahm einen Schluck. »Danke«, sagte sie und hielt das Glas gegen das Licht. »Ich bin beeindruckt, wie du dein Leben in die Hand genommen hast.«

»Meine Scheidung von Peter war der Tritt in den Hintern, den ich gebraucht habe. Endlich konnte ich tun, was ich wollte. Deine Mutter hat erzählt, du bist noch nicht in festen Händen.«

»Sie denkt, ein Mann wäre das Einzige, was mir zum Glück fehlt.«

»Ich hoffe, du glaubst diesen Quatsch nicht.«

»Eine Weile habe ich es geglaubt«, sagte Emma. »Jetzt weiß ich es nicht mehr so genau. Ich habe verheiratete Freunde, die sehr glücklich sind, und ich habe verheiratete Freunde, die sehr gut darin sind, so zu tun, als wären sie sehr glücklich. Trotzdem scheinen alle zu glauben, dass ich ein tolles Leben führe, also scheine auch ich ganz gut darin zu sein, so zu tun als ob.«

»Ich nehme an, irgendwo da draußen lauert der Richtige.«

»Das klingt wie ein Stalker.«

»Vielleicht würde ein Stalker zu dir passen. In den Zeitschriften steht, man solle für alles offen sein.«

»Das merke ich mir«, sagte Emma. »Und du? Ich bin überrascht, dass du nach der Scheidung hiergeblieben bist. Das Haus steckt doch sicher voller Erinnerungen.«

Dot starrte Emma ein paar Sekunden zu lange an. Es war der gleiche dunkle Blick, den Emma beim Gottesdienst gesehen hatte.

»Dot?«

Ihr Blick wurde weicher. »Tut mir leid, ich war gerade eine Million Lichtjahre entfernt. Das passiert mir manchmal. Ich sehe in eine Richtung und denke in die andere. Ich arbeite gerade an einer Serie von Bildern. Die Ideen kommen und gehen. Was hast du gerade gesagt?«

»Ich habe gefragt, warum du nach der Scheidung hiergeblieben bist. Hier müssen viele Erinnerungen sein.«

»Es war nicht leicht, aber ich habe hier meine Kinder großgezogen. Ich möchte, dass sie immer nach Hause zurückkehren können. Auch wenn die Instandhaltung aufwändig ist und ich ziemlich kämpfen musste, um alles in Schuss zu halten.«

»Wie geht es deinen Kindern?«

»Sie sind erwachsen. Du warst mit meinem Sohn Alex in der Schule, wenn ich mich recht erinnere.«

»Ich habe lange nicht an ihn gedacht.«

»Er hat nicht so viel aus sich gemacht wie die beiden älteren, aber auf seine Art kommt er gut zurecht. Für Peter, seinen Vater, ist er eine Riesenenttäuschung. Ich sehe das pragmatischer.«

Emma versuchte sich Alex als Mann vorzustellen, aber es gelang ihr nicht. In der Schule war er immer hinterhergehinkt.

»Das ist immer das Beste«, sagte Emma.

»Jedenfalls bin ich zwar nicht ausgezogen, aber ich habe so viel verändert, wie ich konnte. Ich habe sozusagen die Kanten abgeschliffen. Peter war ein großer Mahagonifan. Ich habe alles weiß gestrichen.« Dots Hände flatterten in Richtung einer großen Wand. Man sah die Maserung der Malerbürste. »Na ja, ich nehme nicht an, dass du hier bist, um über Inneneinrichtung zu sprechen.«

Emma faltete ihre Serviette und legte sie neben den Teller.

»Weil ich es nicht schaffe, mich damit auseinanderzusetzen, was meinem Vater passiert ist, habe ich beschlossen, mich in etwas anderes zu verrennen.«

»Und was ist das Objekt deiner Leidenschaft?«

»Es geht um Lucy Winfrey. Nach all den Jahren muss ich endlich versuchen zu verstehen, was damals geschehen ist.«

Dot griff nach der Weinflasche. »Ich glaube, dafür brauchst du noch ein Glas Wein.«

Emma wartete ab, während Dot einschenkte. Sie hatte gar nicht gemerkt, dass ihr Glas schon leer war. Sie nahm sich vor, ab jetzt langsamer zu trinken.

»Meine Mutter hat erwähnt, dass Lucy mal für dich gearbeitet hat.«

»Es wundert mich, dass du nichts davon wusstest«, sagte Dot.

»Anscheinend habe ich einiges über Lucy nicht gewusst. Als ich aus England zurückkam, war sie wie ein anderer Mensch. Nach elf kurzen Monaten war sie fast nicht mehr wiederzuerkennen.«

»Hatte sie immer Geheimnisse vor dir?«

Emma strich die weiße Tischdecke glatt.

»Am Anfang nicht«, sagte Emma. »Bis zum zweiten Halbjahr der zehnten Klasse verstanden wir uns gut. Aber Lucy war sehr nachtragend. Sie dachte, ich ginge nach England, um sie loszuwerden.«

»Und? Stimmte das?«

»Das war nicht der entscheidende Grund, aber es kam mir eindeutig gelegen. Lucy war meine beste Freundin. Wir standen uns nahe wie Schwestern, aber es gab ständig Dramen. Für Lucy ging es immer um alles oder nichts. Manchmal war es mir einfach zu viel.« Emma trank einen Schluck. »Aber es war nicht nur sie. Ich bekam hier einfach keine Luft.«

»Was hast du gegen Walleye Junction? Walleye ist genauso wie jede andere kleine Stadt, die ich gesehen habe. Ich glaube nicht, dass das Leben jenseits der County-Grenze anders ist.«

»Es war auch schwierig mit meinem damaligen Freund. Alle erwarteten, dass wir heiraten würden. Aber ich war einfach nicht bereit dazu, und in einer Kleinstadt wie Walleye ist es schwer, sich anderweitig zu entfalten. Ich wusste nur, dass ich hier wegwollte. Wegzugehen schien mir einfacher, als Schluss zu machen.«

»Redest du von Nathan Winfrey?«

»Ja«, sagte Emma. »Wir waren über drei Jahre zusammen.«

»Dann bist du weniger vor Walleye geflohen als vor den Winfreys.«

»Scheint so.«

»Nathan und mein Sohn Alex waren in derselben Clique. Sie haben viel Ärger gemacht, und ich bin mir sicher, dass meistens Nathan der Anstifter war. Er tat immer wie jedermanns Liebling, dabei konnte er eine echt fiese Ratte sein. Alex hat jetzt nichts mehr mit ihm zu tun. Er gibt ihm die Schuld für vieles, das schiefgelaufen ist.«

»Das tut mir leid.«

»Die Winfreys sind ein seltsamer Clan. Haben wahrscheinlich alle zu viele Kirschen gegessen.« Dot lachte. »Diese Früchtchen.«

»War Lucy ein Früchtchen?«

Dot wartete ein paar Sekunden, bevor sie antwortete. »Ich

habe Gerüchte über Lucy gehört, andererseits habe ich auch Gerüchte über dich gehört. Was Caleb auf der Beerdigung gesagt hat. Die Leute haben sich jahrelang das Maul darüber zerrissen.«

»Es hat nicht gestimmt.«

Dots Braue sprang nach oben. »Kein bisschen?«

»Lucy und ich waren eng, aber nicht auf die Art.«

»Dann war sie wirklich ein schräges Huhn«, sagte Dot. »Ich habe gehört, sie hätte in ihrem Tagebuch bis ins kleinste Detail über eure sexuellen Intimitäten geschrieben.«

Emma wollte nicht, dass Dot oder sonst jemand merkte, wie weh es ihr immer noch tat. Sie sprach mit ruhiger Stimme. Lächelte sogar.

»Lucy hatte alles frei erfunden«, sagte Emma. »Es ist nie was passiert.«

»Schon gut.« Dot streckte die Hand aus und drückte Emmas Arm. »Ich glaube dir. Ich habe Lucy auch von einer anderen Seite erlebt, als sie für mich arbeitete. Ich nehme an, deine Mutter hat dir erzählt, dass ich sie entlassen habe.«

»Ja, aber sie wusste nicht, warum.«

Dot lehnte sich zurück und trank einen Schluck.

»Es ist alles so lang her«, sagte sie.

»Hatte es mit Drogen zu tun?«

»Das hat sicher eine Rolle gespielt. Wahrscheinlich brauchte sie Geld. Zuerst verschwanden Kleinigkeiten, Schmuck. Ich fing an, Alex oder die Haushälterin zu verdächtigen.« Dots Hände flatterten wieder. »Man beginnt das Vertrauen in die Leute um einen herum zu verlieren. Und es ist schwer, es wiederzugewinnen.«

»Lucy hat geklaut?«

Dot schluckte den Wein hinunter. »Unter anderem.«

»Sie hat meine Eltern um Geld angebettelt. Es wurde so schlimm, dass sich mein Vater an Caleb gewandt hat.«

»Caleb hatte die Dinge nicht im Griff. Lucys Abstieg untergrub sein Überlegenheitsgefühl. Das war wahrscheinlich der Grund, warum er dich angegriffen hat. Er brauchte einen Sündenbock, sonst hätten die Leute auf ihn gezeigt.«

»Meinst du, Caleb hatte etwas mit ihrem Tod zu tun?«, fragte Emma.

»Nein, nicht direkt, aber er ist ein schwieriger Mensch. Gott weiß, was Beverly in ihm sah. Sie war einer der fröhlichsten Menschen, die ich kannte. Ich war wirklich überrascht, als sie sich für ihn entschied. Manchmal glaube ich, sie wusste damals schon, dass sie krank war. Caleb war ein alter Griesgram, aber er war auch grundsolide. Und das muss man ihm lassen, er hat sich bis zu ihrem Tod rührend um Beverly gekümmert.« Dot schwenkte den Inhalt ihres Glases. »Nur Lucy konnte er nicht lieben. Weißt du, ich habe nicht ein Mal gesehen, dass Caleb ihr in irgendeiner Form seine Zuneigung zeigte.«

»Irgendwie ist das keine Überraschung. Lucy zu lieben war schwer.«

Dots Augen wurden groß. »Du mochtest sie nicht?«

»Es war komplizierter. Ich liebte sie wie eine Schwester, aber ich mochte sie nicht sonderlich als Mensch. Sie war so fordernd. Manchmal habe ich sie richtig gehasst.«

»Und mit Nathan ging es dir genauso?«

»Ja.«

»Sag mir eins, Emma.« Dot beugte sich vor. »Bleibst du heute immer noch bei Menschen, obwohl sie dich unglücklich machen?«

»Ich bin auf das andere Extrem verfallen. Jetzt lasse ich eigentlich jeden sitzen.«

»Meinst du, du bist aus Pflichtgefühl mit Lucy befreundet geblieben?«, fragte Dot.

»Gewohnheit, Pflichtgefühl und ein vollkommener Mangel an Phantasie. Als ich klein war, bestand meine Welt aus zwei

Häusern und den Kirschwiesen dazwischen. Ich wusste nicht, dass die Zukunft noch mehr zu bieten hatte.«

»Zu schade, dass so ein Schatten über deinem Aufbruch lag.«

»Ich hätte bleiben und Caleb zur Rede stellen sollen, aber ich hatte das Gefühl, es wäre sinnlos gewesen. Ihn interessierte meine Version der Geschichte nicht. Und auf eine Art bin ich ihm sogar dankbar. Er hat die Brücken hinter mir verbrannt.«

»Hast du überlegt, jetzt mit Caleb zu sprechen? Ich könnte dich zum Altersheim begleiten.«

»Ich habe ihn gestern Abend gesehen. Ich kann keinen Mann zur Rede stellen, dem die Realität entglitten ist. Das wäre grausam.«

»Er hat sich nicht an dich erinnert?«

»Umso besser, wenn er mich vergessen hat.«

»Aber Emma.« Dot legte die Hände auf den Tisch. »Wenn nicht Caleb, wen willst du dann wegen dem, was passiert ist, anschreien?«

»Mir fällt niemand ein, bei dem es sich lohnen würde.«

»Was ist mit Nathan? Er läuft noch frei herum.«

Emma lächelte. »Ich kann keinen Mann zur Rede stellen, dem die Realität entglitten ist.«

Dot lachte so laut, dass sie sich fast an ihrem Wein verschluckte. »Du hast sicher gehört, dass er Cynthia Phelps heiraten wird.«

»Ich hoffe für ihn, dass sie sich seit der Highschool verändert hat. Sie konnte ziemlich fies sein. Vor allem Lucy hatte sie im Visier.«

»Cynthia hat mich ein paarmal für die Lokalzeitung interviewt. Glaub mir, eine große Leuchte ist sie nicht. Außerdem könntest du deine Joggingrunden um sie herum drehen, so dick ist sie geworden.«

»Sie kann Nathan haben. Ich bin nicht mehr interessiert.«

»Zu schade. Es wäre schön gewesen, dich in der Nähe zu haben.«

»Nicht so. Ich bin jetzt eine andere«, erklärte Emma, als würde sie ein Gelübde aussprechen. »In dieses Leben könnte ich niemals zurückkehren.«

»Aber es wäre schön, wenn du deine Mutter öfter besuchen würdest. Sie braucht dich.«

»Meine Mutter stößt mich mal weg, dann soll ich ihr wieder ganz nahe sein. Ich weiß selbst nicht genau, woran ich im Moment bei ihr bin.«

»Das kommt mir bekannt vor«, sagte Dot. »Deine Mutter und ich sind auch nicht mehr so eng, wie wir mal waren. Wenigstens haben wir beim Gedenkgottesdienst miteinander geredet. Mal sehen.«

»Ich versuche ihr Verhalten im Zusammenhang mit den Ereignissen zu sehen, aber es fällt mir schwer, klar zu denken. Der Tod meines Vaters hat uns beide tief getroffen.«

»Natürlich.«

»Anscheinend war meine Mutter seit einer Weile beunruhigt. Sie hatte das Gefühl, mein Vater verberge etwas vor ihr.« Emma beobachtete Dot. »Sie hatte sogar den Verdacht, er hätte eine Affäre.«

Dots Augen weiteten sich. Sie legte sich die Hand auf die Brust.

»Mit mir?«

Emma nickte.

»Das erklärt einiges«, sagte Dot.

»Tut mir leid, aber ich muss dich fragen, ob es stimmt.«

Dot sah traurig aus. »Nein, natürlich nicht. Dein Vater und ich waren gute Freunde. Er hat mich sehr unterstützt. Es ist schwer, allein zu sein. Man muss immer so viele kleine Entscheidungen treffen. Vielleicht habe ich ihn ein bisschen zu häufig um Hilfe gebeten. Aber ich wollte niemandem zu nahetreten. Arme Francine.«

»Du bist nicht böse?«

»Nein, gar nicht.« Dot legte ihre Serviette neben den Teller. Sie sah aus, als wäre sie den Tränen nahe. »Ich bin frustriert. Nur weil ich Single bin, halten mich manche Leute für ein Raubtier. Frauen verstecken ihre Männer vor mir. Und dann die Gerüchte. Wenn ich mit einem Mann gesehen werde, denken die Leute sofort, ich würde mit ihm schlafen. Das kennst du wahrscheinlich.«

»Leider ja.«

»So viel zur Frauensolidarität.«

»Hat mein Vater dir erzählt, woran er arbeitete, bevor er starb?«, fragte Emma. »Die Polizei glaubt, es könnte mit seiner Entführung zu tun haben. Aber sein Laptop ist verschwunden, und meiner Mutter hat er sich nicht anvertraut.«

»Tut mir leid, aber da kann ich auch nicht helfen. Wir haben eigentlich nie über die Arbeit gesprochen.« Dot zögerte. »Ich weiß nicht, ob du das wusstest, aber dein Vater liebte Gerüchte. Der Mann schien den Finger an jedem Puls im Valley zu haben. Und er hatte einen großartigen Sinn für schwarzen Humor.«

»Ich vermisse ihn.«

»Ich auch. Er war ein guter Mensch.«

Emma sah auf die Uhr. Sie hatte versprochen, sich mit Nathan zu treffen. Wenn sie jetzt nicht ging, würde sie zu spät kommen.

»Tut mir leid«, sagte sie und griff nach ihrer Tasche. »Ich muss los.«

»Bist du verabredet?«

»Ich treffe mich mit Nathan.«

»Klingt grauenhaft. Ruf an und sag ab. Wir könnten stattdessen einen Spaziergang durch den Garten machen.«

»Ich habe ihm schon dreimal abgesagt.«

»Dann kommt es auf einmal mehr nicht an. Außerdem«, sagte Dot und zeigte auf Emmas leeres Weinglas, »hast du zu viel getrunken. Es dauert eine Weile, bis du wieder fahrtüchtig bist.«

11

Stacy Shaws Mutter starrte Macy durch die halb geöffnete Tür ausdruckslos an. Macy hielt ihre Marke ein wenig höher.

»Mrs. Shaw, können Sie mir sagen, wann Ihre Tochter nach Hause kommt?«

Die Frau sah über Macys Schulter. Macy hatte sich Aidens Pick-up ausgeliehen, und er blockierte die schmale Vorortstraße. Die Morgensonne schien. Es war kurz vor neun.

»Hat Stacy Ärger?«, fragte Mrs. Shaw.

»Nein, Ma'am. Ich möchte ihr nur ein paar Fragen stellen.«

»Das haben die Cops, die gestern Abend hier waren, auch gesagt. Anscheinend steckt doch mehr dahinter, wenn Sie heute früh schon wieder da sind.«

Die Frau trat auf die Veranda und richtete sich zu voller Größe auf. Sie war fast eins neunzig und ungesund dünn und trug ein Flanellhemd über den Jeans. Das wenige Haar, das sie noch hatte, steckte unter einem rotkarierten Kopftuch. Die offenen Schnürsenkel ihrer schweren Arbeiterstiefel schleiften hinter ihr her, als sie die Veranda entlangging. Sie klopfte eine Pfeife am Geländer aus, bevor sie ein Tütchen mit Marihuana aus der Hemdtasche zog.

»Ich hoffe, das ist medizinisches Cannabis«, sagte Macy.

Mrs. Shaw hielt Macy die Tüte hin.

»Ich mache mir Sorgen um Stacy«, sagte sie dann.

»Gibt es einen bestimmten Anlass dafür?«

»Sie hat irgendeine Geldquelle.« Mrs. Shaw zerkrümelte eine Marihuanablüte und stopfte die Pfeife damit. Sie riss ein Streichholz an. »Sie sagt, es käme vom Babysitten, aber ich weiß, dass sie lügt. Niemand zahlt so viel.«

»Wir haben eine Liste ihrer Freunde von der Schule. Können Sie mir sagen, mit wem Sie sonst noch Zeit verbringt?«

Mrs. Shaw lehnte sich ans Geländer. Im Licht sah sie jünger aus. Sie hatte ein grünes und ein blaues Auge. Sie nahm einen tiefen Zug aus der Pfeife und hielt die Luft an. Macy zählte im Stillen die Sekunden, bis Mrs. Shaw wieder ausatmete.

»Vor ein paar Wochen war ich in der Stadt, um einen Couchtisch abzuholen, den jemand ausrangiert hatte.« Mrs. Shaw nickte in Richtung des Schuppens. »Ich restauriere Möbel und verkaufe sie. Deshalb bin ich immer auf der Suche nach Sperrmüll. Ich hatte das Ding gerade in den Transporter gehievt, als ich eine Frau über den Bürgersteig schlendern sah. Es war schon dunkel, aber sie wirkte so vertraut, also wartete ich. Als sie näher kam, merkte ich, dass es Stacy war. Aber so, wie sie angezogen war, hätte ich meine eigene Tochter fast nicht erkannt.«

»Was hatte sie denn an?«

»Ein enges Kleid und Stöckelschuhe. Zu Hause hat sie solche Klamotten nicht, also musste sie sich irgendwo umgezogen haben. Ich sagte hallo, aber sie sah einfach durch mich hindurch. Dann stieg sie in ein Auto und fuhr weg.« Mrs. Shaws Stimme verlor sich. »Seitdem habe ich ihr nicht mehr viel zu sagen.«

»Wie sah der Wagen aus?«

»Es war ein großer dunkler SUV, dunkelblau oder schwarz, nehme ich an. Die Marke habe ich nicht erkannt. Er stand schon da, als ich kam. Ich fand es gleich komisch, weil es keine Straße war, wo man teure Autos sieht.«

»Haben Sie den Fahrer gesehen?«, fragte Macy.

»Ich dachte erst, der Wagen wäre leer, aber als ich Stacy ansprach, blendete er auf. Da konnte ich nicht viel sehen.« Sie setzte die Pfeife wieder an die Lippen, doch sprach sie weiter, bevor sie zog. »Ich wünschte wirklich, ich könnte Ihnen Genaueres sagen.«

»Haben Sie Ihre Tochter gefragt, mit wem Sie an dem Abend zusammen war?«

»Als sie am nächsten Tag nach Hause kam, habe ich versucht, mit ihr zu reden, aber wir haben beide nur geschrien. Natürlich hat sie mir nichts erzählt.«

»Wann haben Sie Stacy zuletzt gesehen?«

»Vor ein paar Tagen war sie da, aber sie blieb nicht lange. Die Schule hat angerufen. Dort war sie auch nicht.«

»Hat sie ein Auto?«

»Ihr Dad hat ihr eins zum sechzehnten Geburtstag geschenkt. Ich wollte, dass er wartet, bis sie bessere Noten schreibt, aber er war anderer Meinung. Egal, was ich sage oder tue, am Ende bin immer ich die Böse.«

»Ist ihr Vater da?«, fragte Macy.

»Nein. Er arbeitet in den Ölfeldern in North Dakota. Er kommt erst in ein paar Monaten wieder. Es bricht mir echt das Herz. Wissen Sie, früher war sie so ein liebes Kind, sie ging gern in die Schule und war immer zu Hause. Jetzt ist sie wie eine schlecht gelaunte Fremde, die Türen schlagend durchs Haus stampft. Ich bin seit einem Jahr krank, und sie hat es kaum bemerkt.«

»Nimmt sie Drogen?«

»Das würde ihre Veränderung erklären. Sie kann so manipulierend und herzlos sein. So habe ich sie nicht erzogen, aber das ist dabei rausgekommen.«

Lou Turner bat Macy in sein Büro ganz hinten im Polizeirevier von Walleye Junction. Er schob ein Bündel Papier über den Tisch.

»Gestern Nacht haben wir eine weitere anonyme E-Mail erhalten«, sagte Lou. »Sieht aus, als stamme sie von derselben Anarchistentruppe, die uns die Liste mit den Überdosis-Opfern geschickt hat.«

Die E-Mail begann mit einer Frage. *Warum braucht ihr so lange, um die Sache aufzudecken? Es sterben immer noch Leute.*

»Hatten Sie Zeit, die E-Mail zu lesen?«, fragte Macy.

Lou trank einen Schluck Kaffee. »Sie hat mehrere Anhänge. Ein Word-Dokument enthält eine Zusammenfassung von Fällen, in denen Ärzte wegen unterschiedlicher Delikte verurteilt wurden, darunter Handel mit verschreibungspflichtigen Medikamenten, illegale Tablettenherstellung und Austausch von Rezepten gegen sexuelle Gefälligkeiten. Die anderen Dokumente sind PDF-Dateien mit den dazugehörigen Zeitungsartikeln. Es ist alles hier in diesem Stapel.«

»Sind auch Ärzte aus Montana dabei?«

»Nein, die Fälle sind bundesweit«, sagte Lou.

»Was wollen sie uns damit sagen? Waren die Überdosis-Toten aus der ersten E-Mail nicht hauptsächlich aus Montana?«

Lou nickte. »Vielleicht haben wir in Montana die gleichen Probleme und wissen es nur noch nicht. Die IT-Leute hoffen, dass sie in dem Word-Dokument irgendeine Spur finden, die auf den Verfasser schließen lässt. Gina hat sich doch die erste E-Mail angesehen. Wissen Sie, ob sie irgendwas gefunden hat?«

»Ich weiß nicht, wie weit sie gekommen ist. Ich rufe sie gleich mal an.«

»Wo ist sie denn?«, fragte Lou. »Normalerweise ist sie vor mir hier.«

»Sie musste nach Helena. Ich kann nicht garantieren, dass sie zurückkehrt.«

»Das wäre schade. Sie ist gut. Wie kommen Sie jetzt von Ort zu Ort?«

Macy hielt Aidens Autoschlüssel hoch. »Ich habe mir ein Auto geliehen.«

Lou lehnte sich in seinem Stuhl zurück. »Die E-Mails fühlen sich jedenfalls nicht an wie ein Scherz. Die Fälle sind echt. Wir müssen nur rausfinden, wie alles zusammenhängt.«

»Meinen Sie, man füttert uns häppchenweise mit Philip Longs letzter Story?«, fragte Macy.

»Das wäre ziemlich umständlich, aber möglich ist es.«

»Ich habe mir seine Sendungen angehört. Es wäre genau die Art von Skandal, wie er sie gerne aufdeckte. Er hatte schon viele Gespräche mit Anrufern über den Missbrauch von Medikamenten.«

»Das würde heißen, dass jemand Philip Longs verschwundene Arbeitsmaterialien in der Hand hat.«

»Carlas Sohn Sean käme in Frage. Seine Freundin Kristina gibt sich als Hacker-Girl. Das würde zu dem anarchistischen Logo passen.«

»Ich weiß gar nicht, was ein Hacker-Girl ist«, gab Lou zurück.

»Kristina führt die IT-Spezialisten in der Zentrale in Helena an der Nase herum. Es sieht aus, als würde sie außerhalb der sozialen Medien gar nicht existieren.«

»Falls Sean hinter den E-Mails steckt, muss er mit dem Mist aufhören und sich stellen.« Lou rieb sich die Augen. »Dieses Soziale-Medien-Zeug ist mir so fremd, dass ich nichts damit anfangen kann.«

»Vielleicht hat Carla Sean um Hilfe gebeten. Falls Philip Long seinen Laptop dabeihatte, als er entführt wurde, hat sie vielleicht die Dateien kopiert und an Sean weitergegeben. Sie haben gesagt, Carla hätte mal bei einem Elektronikkonzern gearbeitet. Sie hätte sie problemlos auf einen USB-Stick laden können.«

»Aber warum?«

»Ich kann nur raten«, sagte Macy. »Carla hatte Angst vor ihrem Mann. Vielleicht hat er sie gezwungen, bei der Entführung mitzumachen, und sie wollte eigentlich gar nicht.«

»Das sind interessante Spekulationen, aber sie bringen uns nicht weiter. Falls Sean sich nicht traut, nach Hause zu gehen, könnte er einfach anrufen. Aber nun sitzt Bob Crawley in einer Zelle, und es gibt jede Menge Indizien, die ihn mit dem Tatort in Verbindung bringen. Ich schlage vor, wir lassen ihn wegen Entführung und Mord anklagen und machen Feierabend.« Lou lehnte sich zurück.

»Klingt verführerisch, aber damit sollten wir noch ein paar Stunden warten. Ich bin gerade auf dem Weg zu seiner Frau«, sagte Macy. »Sie hat uns die Erlaubnis erteilt, die Kinder zu vernehmen. Plötzlich ist sie fest entschlossen, ihren Mann rauszuboxen.«

»Gestern hätte sie ihn am liebsten hängen sehen. Wie kommt es zu dem Sinneswandel?«

»Sie sagt, es sei das Beste für die Kinder, aber ich habe eher das Gefühl, es hat mit den Gesetzen des Marktes zu tun. Bob Crawley leitet eine Aktiengesellschaft. Nachdem gestern Abend seine Verhaftung bekannt wurde, sind die Aktien seines Unternehmens heute Morgen um zwanzig Prozent gefallen. Falls sie weiterabstürzen, würde sich das negativ auf die finanzielle Einigung auswirken, auf die sie bei der Scheidung hofft.«

»Nichts geht über eine Ehefrau, die ihre eigenen Interessen verfolgt. Gibt es eigentlich was Neues von Stacy Shaw?«

»Ich habe mit ihrer Mutter gesprochen. Stacy war seit drei Tagen nicht zu Hause.«

»Die Beamten, die in Murphy's Tavern nach Bob Crawley gefragt haben, haben rausgefunden, dass Stacy Shaw seit sechs Monaten Stammgast dort war.«

»Stacey ist Crawleys Alibi«, sagte Macy. »Ohne sie ist er geliefert.«

Es klopfte an die Tür. Ein Officer in Uniform trat ein und entschuldigte sich für die Störung.

»Sie haben Joel Edwards' Wagen im Parkverbot in einer Gasse hinter der Main Street gefunden. Wie es aussieht, steht er seit gestern dort. Anscheinend hat Edwards auf dem Rücksitz geschlafen.«

»Beschlagnahmen, und lassen Sie die Gegend absuchen. Er muss irgendwo in der Nähe sein.« Der Officer ging, und Lou rieb sich wieder die Augen. »Ich frage mich, was Joel Edwards treibt. Es könnte auch reiner Zufall sein, dass er zu genau derselben Zeit verschwunden ist, als der ganze Mist passierte.«

»Auf jeden Fall war er mit Carla befreundet. Es wäre schön, mit jemandem zu sprechen, der vielleicht eine Ahnung hat, was passiert sein könnte.«

»Das stimmt«, sagte Lou.

Macy nahm das Bündel Papiere an sich. »Darf ich das behalten?«

Lou nickte. »Ich dachte, wir könnten uns heute Abend alle bei mir zum Essen treffen und den Fall durchsprechen. Es wäre schön, die ganze Mannschaft an einem Tisch zu versammeln. Ich habe auch Aiden Marsh Bescheid gesagt. Gina ist natürlich auch eingeladen, wenn sie bis dahin zurück ist.«

»Gute Idee. Kann ich was mitbringen?«

»Nur gute Laune. Meine Frau erwartet uns um sieben.«

»Klingt wie eine Vorladung.«

»So ist es auch gemeint«, sagte Lou. »Kommen Sie bloß nicht zu spät.«

Adam, Finn und Annabel Crawley saßen wie die Orgelpfeifen auf dem Wohnzimmersofa und starrten Macy mit unterschiedlich großem Interesse an. Ihre Mutter Charlotte hatte sie in der Schule entschuldigt, doch der freie Tag machte sie eher nervös als glücklich. Sie wussten, dass irgendetwas nicht stimmte. Die Ankunft von zwei Polizeibeamten trug auch nicht gerade zu ihrer Beruhigung bei. Dabei schien sie die Abwesenheit ihres Vaters noch am wenigsten zu stören. Der älteste der drei hatte kurz gesprochen, um sich als Adam vorzustellen. Er suchte den Blick seiner Mutter, bevor er erklärte, dass sein Vater *mal wieder* geschäftlich unterwegs sei. Annabel drückte ihre gerettete Puppe fest an sich. Sie hatte geweint, als Macy sie ihr gab. Unter Tränen hatte sie sie von unten herauf angelächelt, als wäre Macy die Schutzheilige der verlorenen Spielsachen. Der Mittlere blieb dagegen argwöhnisch. Finn ließ sich nicht von Macys glänzender Marke oder ihrer Freundlichkeit blenden. Etwas war faul, und es gefiel ihm kein bisschen. Der Älteste der vier Geschwister war oben in seinem Zimmer. Nachdem er die Tür zugeschlagen hatte, hörte Macy das laute Wummern von Bässen. Der Vierzehnjährige hatte nichts zu dem Gespräch beizutragen, also verbarrikadierte er sich, nachdem er einen wütenden Abschiedsblick in Richtung seiner Mutter abgeschossen hatte.

Du und Dad, ihr macht immer alles kaputt.

Macy konnte nachfühlen, wie erschöpft Charlotte Crawley sein musste. Sie saß ein Stück entfernt, weil die Kinder während der Befragung keinen Blickkontakt aufnehmen sollten. Nachdem sie den Kindern versichert hatte, dass sie sie lieb hatte, egal, was passierte, und dass sie immer die Wahrheit sagen sollten, war sie still geworden. Doch ihr Gesicht war angespannt. Bevor Macy in Walleye Junction aufgebrochen war, hatte sie kurz mit ihr telefoniert. Charlotte machte sich Sorgen. Annabel hatte schon wieder schlecht geschlafen. Als ihre Mutter nachhakte, hatte sie anklingen lassen, dass sie am Fluss ein unangenehmes Erlebnis gehabt habe.

Macy lächelte den Kindern aufmunternd zu und stellte ihnen Margaret vor, die Kinderpsychologin der Staatsanwaltschaft. Nach einem einstündigen Strategiegespräch mit Charlotte waren sie übereingekommen, dass es in Ordnung war, wenn Macy die Befragung leitete, aber Margaret war streng.

»Kinder sind sehr beeinflussbar, also keine Suggestivfragen. Lassen Sie sie ihre Version der Ereignisse erzählen. Wenn ich den Eindruck habe, dass sie sich unter Druck gesetzt fühlen, schalte ich mich ein.«

Das Gespräch wurde auf Video aufgenommen. Macy hatte Adams neugierigen Blick zu der Kamera gesehen. Er war wahrscheinlich der Kooperativste der drei und mit fast neun wahrscheinlich auch der zuverlässigste Zeuge auf dem Sofa. Sie fing bei ihm an.

»Adam, wann habt ihr das Fort unten am Fluss gebaut?«

Adam sprach jeden Gedanken, der ihm durch den Kopf ging, aus. Zuerst hatte es eine Planungsphase gegeben, die mehrere Tage dauerte, bevor sie mit dem Bau begannen. Material wurde gesammelt. Termine abgestimmt. Zweimal mischte sich Finn ein, indem er ihm etwas ins Ohr flüsterte, doch Adam ignorierte seinen kleineren Bruder und schüttelte ihn ab. »Am Samstagmorgen haben wir es aufgebaut.«

»Es ist ein schönes Fort«, sagte Macy. »Hattet ihr Hilfe?«

»Annabel hat Schmiere gestanden.«

»Warum brauchtet ihr jemanden, der Schmiere steht?«

Wieder flüsterte Finn etwas, und Adam sah sich nach seiner Mutter um. Charlotte sagte, es sei in Ordnung. Sie sei nicht ärgerlich. Adam starrte seine Hände an.

»Wir dürfen da unten nicht allein spielen«, sagte Adam.

»Und warum, glaubst du, dürft ihr das nicht?«, fragte Macy.

»Dad sagt, im Frühling ist im Fluss Hochwasser wegen des Schnees, der schmilzt. Das ist gefährlich.«

Macy sah auf ihre Notizen. Plötzlich hatte sie wieder das Rauschen des Wassers im Ohr. Ihr war kalt. Sie schwieg ein paar Sekunden.

»Wart ihr am Wasser?«, fragte sie dann.

»Nur, um Steine zu werfen«, sagte Adam. »Ich schwöre, wir sind nicht reingegangen.«

»Hat euch jemand vom Haus dort unten gesehen?«

»Daddy hat uns gesucht, aber wir haben uns im Fort versteckt.«

»Habt ihr ihn beobachtet?«

»Ja, Ma'am.«

»Was hat er getan?«

»Er hat uns gerufen. Nach ein paar Minuten ist er wieder gegangen.«

»Hat er sonst noch etwas getan?«

»Nein, Ma'am.«

»Hat sonst noch jemand nach euch gesucht?«

»Nein, Ma'am.«

Annabel vergrub das Gesicht im Haar ihrer Puppe. Ihre Stimme war ein atemloses Flüstern.

»Da waren zwei Männer«, sagte Annabel.

»Anna, das dürfen wir nicht sagen«, sagte Finn, der endlich sein Schweigen brach. »Sie haben gesagt, sie tun uns sonst weh.«

Adam legte den Arm um seinen kleinen Bruder.

»Ist schon okay, Finn.«

Jetzt war es Finn, der seinen Bruder abschüttelte.

»Das kannst du nicht wissen«, sagte er.

Macy gab Annabel ein Taschentuch. Sie weinte wieder. Im Augenwinkel sah Macy Charlotte. Sie hatte das Gesicht in den Händen vergraben.

»Finn«, fuhr Macy fort. »Würdest du dich sicherer fühlen, wenn die Männer im Gefängnis wären?«

Finn nickte.

»Willst du uns helfen, sie zu fangen?«

»Ja, Ma'am.«

Adam rutschte zur Sitzkante vor und wirkte aufgeregt. Fast meldete er sich mit der Hand, um aufgerufen zu werden. Macy berührte ganz leicht Finns Knie.

»Ich möchte, dass Adam uns erzählt, was passiert ist. Bist du damit einverstanden?«

Annabel stand auf. »Ich will meine Mommy.«

»Das ist in Ordnung, Liebes. Setz dich ruhig zu deiner Mommy.« Macy lächelte Adam zu. »Adam, wenn du so weit bist, kannst du anfangen.«

»Soll ich von dem ganzen Nachmittag erzählen oder nur von dem Teil, als wir die Männer gesehen haben?«

»Vielleicht fängst du am besten an der Stelle an, kurz bevor ihr die Männer gesehen habt. Was habt ihr gemacht, du, Finn und Annabel? Versuch es dir im Kopf vorzustellen, wenn dir das hilft.«

»Wir haben im Wald gespielt. Wir waren im Fort, aber dann wollten wir die Gegend erforschen. Annabel war noch im Fort, weil ihre Puppe geschlafen hat.«

Finn flüsterte etwas in Adams Ohr.

»Wir haben Tierfährten gesucht«, sagte Adam.

»Habt ihr welche gefunden?«

»Ja, Ma'am.«

»Wo habt ihr gesucht?«, fragte Macy.

»Zwischen den Bäumen in der Nähe vom Weg. Wir konnten von der Stelle, wo wir Fährten gelesen haben, den Fluss und die Feuerstelle sehen. Finn hat das Boot zuerst entdeckt. Wir haben beobachtet, wie sie es ans Ufer zogen.«

»Was für ein Boot war das?«

»Ein Kanu.«

»Erinnerst du dich an die Farbe?«

»Braun, glaube ich.«

»Was haben die Männer getan?«

»Sie sind aus dem Kanu gestiegen und haben sich umgesehen. Vor dem Gesicht hatten sie Masken wie die Skimasken, die wir im Winter tragen müssen, wenn es richtig kalt ist. Sie hatten einen Müllsack dabei. Den haben sie an der Feuerstelle ausgeleert.«

»Haben sie euch dabei gesehen?«

Adam schüttelte den Kopf. »Annabel war im Fort. Sie hat nicht gemerkt, dass die Männer da waren. Dann ist sie rausgekommen, und die Männer haben Annabel gesehen.« Jetzt redete er schneller. »Sie haben gerufen, Annabel soll näher kommen und mit ihnen reden, und dann habe ich gerufen, dass sie doch selber kommen sollen. Ich und Finn sind losgerannt, und sie sind hinter uns her. Einer war langsamer, weil er hinkte.«

»Haben sie euch erwischt?«

»Ja, Ma'am. Der Erste hat Finn gepackt, und da bin ich auch stehen geblieben. Er hat gesagt, wenn wir irgendwem erzählen, dass wir sie gesehen haben, kommen sie zurück und holen uns. Sie wissen ja, wo wir spielen.«

»Haben sie euch wehgetan?«, fragte Macy.

Finn schob den Ärmel hoch. An seinem Unterarm waren fünf blaue Fingerabdrücke zu sehen. Seine Augen waren groß und ängstlich.

»Er hat mir den Arm umgedreht, als ob er ihn brechen will.«

»Das hat bestimmt sehr wehgetan. Geht es dir jetzt besser?«

Finn ließ die Schulter kreisen.

»Es tut nur noch ein bisschen weh.«

Macy wandte sich wieder an Adam.

»Seid ihr zurückgegangen, um Annabel zu holen?«

»Wir haben gewartet, bis die Männer weg waren, und dann sind wir zu ihr gegangen, aber sie war nicht mehr unten an der Feuerstelle. Sie ist nach Hause gelaufen. Sie hat sich in ihrem Schrank versteckt.«

»Ihr wart alle sehr tapfer«, sagte Macy. »Meint ihr, ihr könnt mir noch ein bisschen mehr darüber sagen, wie die Männer aussahen? Ich weiß, dass sie Masken trugen, aber vielleicht erinnert ihr euch, wie sie angezogen waren?«

»So wie Leute beim Angeln immer angezogen sind.«

»Also haben sie bis auf die Masken so ausgesehen, als würden sie angeln gehen?«

»Ja, Ma'am.«

»Finn, fällt dir noch was ein?«

Finn überlegte zwei Sekunden lang. »Er und der andere Mann haben sich gestritten.«

Adam blickte finster. »Die Stelle mag ich nicht.«

»Adam«, sagte Macy, »es ist wichtig, dass du uns alles erzählst.«

»Der Mann, der Finn geschnappt hat, wollte uns in den Fluss werfen, aber der Mann mit dem Hinkebein sagte, er wollte uns nicht umbringen. Er hat gesagt, wir wären brave Kinder und würden tun, was man uns sagt. Wir mussten versprechen, dass wir nichts erzählen.«

»Ihr habt euer Versprechen sehr lange gehalten.«

»Ja, Ma'am, aber wir hatten solche Angst. Vor allem Anna.«

»Meint ihr, es wäre besser gewesen, wenn ihr euren Eltern gleich alles erzählt hättet?«

»Anna wollte, aber wir haben sie nicht gelassen.«

Lloyd Spencer hinkte, seit er mit dem Quad verunglückt war. Er war nachweislich in die Entführung verwickelt, also war die Wahrscheinlichkeit hoch, dass er einer der beiden Männer war, die versucht hatten, Crawley Beweisstücke unterzuschieben. Macy beschloss, Finns Arm fotografieren zu lassen. Es war weit hergeholt, aber vielleicht passte der blaue Fleck an seinem Arm zu dem, den sie bei Carla gefunden hatten.

»Ihr könnt uns noch einen Gefallen tun«, sagte Macy. »Ich möchte, dass ihr versucht, euch zu erinnern, wie ihr an dem Tag angezogen wart. Es war sicher kalt unten am Fluss. Vielleicht hattet ihr einen Fleecepullover an oder eine Jacke oder eine Mütze.«

Finn unterbrach sie. »Ich hatte mein Lieblingssweatshirt an. Es ist oben. Wenn Sie wollen, hole ich es.«

»Wurde es gewaschen?«

Finns Gesicht verfinsterte sich. »Mommy darf es nicht waschen.«

»Darf ich es mir vielleicht ausleihen? Ich brauche es für wichtige Polizeiarbeit, und ich verspreche dir, dass wir gut darauf aufpassen.«

»Wenn's sein muss«, murmelte Finn.

»Ich hätte auch gern, dass ein besonderer Polizeiarzt herkommt und Fotos von deinem Arm macht. Ist das in Ordnung?«

Finn war einverstanden.

Macy nahm ein Blatt Papier heraus und schrieb ganz groß ihren Namen und ihre Telefonnummer darauf.

»Hier ist meine Telefonnummer«, sagte sie und hoffte, die Kinder damit zu beruhigen. »Ich gebe sie eurer Mutter. Falls ihr Angst habt oder euch noch etwas einfällt, das mit den Männern in dem Kanu zu tun hatte, sagt ihr, dass sie mich anrufen soll. Könnt ihr das für mich tun?«

Adam streckte die Hand hoch. »Meinen Sie, Sie werden sie fangen?«

»Würde es euch beruhigen, wenn ich euch sage, dass wir einen vielleicht schon haben?«

»Welchen?«

»Den mit dem Hinkebein. Das heißt, dass ich nur noch einen finden muss.«

Diesmal streckte Finn den Finger nach oben. »Gibt es eine Belohnung, wenn beide gefangen werden?«

Es brach Macy das Herz, aber sie brachte ein Lächeln zustande. Annabel war auf dem Schoß ihrer Mutter eingeschlafen, und die Jungs lümmelten auf dem Sofa und sahen sehnsüchtig zum Fenster hinter Macy. Nachdem es die ganze Nacht gestürmt hatte, kam endlich wieder die Sonne heraus. Macy spürte, dass sie rausgehen und spielen wollten.

»Ich weiß nicht, ob es eine Belohnung gibt, aber weißt du, was ich mache?«, sagte Macy. »Ich sorge dafür, dass der Polizeichef von Montana euch einen Brief schickt, um sich bei euch zu bedanken. Fändet ihr das gut?«

Adam nickte, und Finn fragte: »Kann er uns auch einen Orden schicken?«

»Wer weiß?«, sagte Macy. »Ich lege auf jeden Fall ein gutes Wort für euch ein. Könntet ihr mir dafür noch einen Gefallen tun?«

»Ja, Ma'am.«

»Ich möchte, dass ihr auf eure Eltern hört.«

»Ja, Ma'am.«

»Sie haben recht mit dem Fluss. Um die Jahreszeit ist er sehr gefährlich.«

Macy saß an einem der hinteren Tische im Café und aß ein Sandwich. Auf dem Laptop hatte sie die erste der beiden anonymen E-Mails geöffnet. Auch beim zweiten Lesen waren die Kurzbiographien der Menschen, die an verschreibungspflichtigen Medikamenten gestorben waren, nicht weniger verstörend. Macy hatte sich angewöhnt, Todesopfer als Teil von Statistiken zu sehen. Aber diese Leute waren aus Fleisch und

Blut. Sie hinterließen Angehörige. Manche von ihnen waren bei ihrem Tod noch sehr jung gewesen.

Ein zweiundzwanzigjähriger Jurastudent, dem nach einer Knieoperation Vicodin verschrieben worden war, ging an Weihnachten zu Bett und wachte nicht mehr auf. Er hatte nicht gewusst, dass er mit den Schmerzmitteln keinen Alkohol trinken durfte. Eine junge Mutter, die seit Jahren unter chronischen Rückenschmerzen litt, wurde bewusstlos im Auto vor der Schule ihrer Kinder gefunden. Als ihr Arzt die Dosierung reduziert hatte, hatte sie sich Ärzte in Wyoming und Idaho gesucht, die ihre Vorgeschichte nicht kannten und ihr weitere Rezepte ausstellten. Sie wachte nicht mehr auf und starb zwei Tage später im Krankenhaus. Einen fünfundfünfzigjährigen Mann namens Nelson hatten viele Jahre Schwerstarbeit in den Ölfeldern zum Krüppel gemacht. Er starb nach der tödlichen Kombination von Angstlösern und opiathaltigen Schmerzmitteln, die alle vom selben Arzt verschrieben worden waren.

Manche der aufgeführten Patienten hatten in der Vergangenheit Drogenprobleme oder seelische Leiden gehabt, aber die meisten waren ganz normale Menschen, die nach einer Verletzung oder OP zu ihrem Hausarzt gingen. Sie hatten Schmerzen und brauchten Hilfe. Sie waren zwischen neunzehn und zweiundsiebzig Jahre alt. Es waren Studenten und Hausfrauen, Rentner und ganz gewöhnliche Angestellte. Keiner von ihnen war aktenkundig.

Gina hatte die Liste der Überdosis-Opfer an verschiedene Behörden geschickt, darunter die Zentren für Krankheitskontrolle und Prävention, und angefragt, ob einer der Todesfälle Verdacht erregt habe, aber bisher hatte sie nur eine vorläufige Antwort von der Gerichtsmedizin in Helena erhalten. Keine der Medikamenten-Überdosen in Montana war als verdächtig eingestuft worden, aber man hatte eine andere interessante

Feststellung gemacht: Häufig hatten sich Menschen, die an überdosierten Medikamenten starben, die Tabletten illegal verschafft. Was diese Liste von anderen unterschied, war, dass alle Opfer zum Zeitpunkt ihres Todes in ärztlicher Behandlung waren und von ihrem Arzt Schmerzmittel der Stufe II wie Vicodin, OxyContin und Methadon verschrieben bekommen hatten.

Macy hörte Ryan, bevor sie ihn sah. Das Mädchen hinter der Theke klang so gelangweilt wie er ungeduldig. Er betonte jedes Wort.

»Einen großen vierfachen extraheißen Soja-Cappuccino mit Schaum, der so trocken ist, dass er staubt.«

Das Mädchen hielt einen Pappbecher und einen Stift hoch. »Tut mir leid, können Sie das noch mal sagen?«

»Einen großen … vierfachen … extraheißen … Soja … Cappuccino mit Schaum, der so trocken ist, dass er staubt.« Er zeigte auf ihren Stift. »Schreibst du das auf?«

»Das muss ich nicht. Name?«

»Ryan.«

»Können Sie den bitte buchstabieren?«

»Im Ernst? Sonst ist hier doch keiner.«

»Bitte.«

»R.Y.A.N.« Er zeigte auf Macys Tisch. »Ich sitze bei der Rothaarigen in der Ecke.«

Das Mädchen hatte ihm bereits den Rücken zugewandt. »Muss ihr Glückstag sein.«

Ryan sank gegenüber von Macy in den Stuhl. Er ließ sich seit einem Jahr einen Bart stehen, und seit der in voller Pracht wuchs, wechselte er fast wöchentlich den Bartstil. Heute hatte er die Schnurrbartenden aufgezwirbelt.

»Wie hast du diese Kaschemme aufgespürt?«, fragte er.

»Ich habe Carla Spencers Neffen vor ein paar Tagen hier vernommen.«

»Sie haben sogar ganz guten Kaffee.« Ryan sah der Bedienung entgegen, die auf sie zukam. »Hoffentlich wissen sie auch, wie man ihn kocht.«

Als der Kaffee vor ihm stand, starrte er den Becher an. Ryan hieß nun Bryan. Er runzelte die Stirn.

»Ich habe es ihr sogar buchstabiert.«

»Ist das wichtig?«, fragte Macy.

»Natürlich ist es wichtig. Sehe ich aus wie ein Bryan?«

»Vielleicht solltest du den Kaffee kosten, bevor du dein Urteil sprichst.«

Ryan trank einen Schluck und dann noch einen.

»Überraschend gut«, sagte er.

»Na also. Heißt das, wir können dich ab sofort Bryan nennen?«

»Manchmal vergesse ich ganz, wie witzig du sein kannst, Macy.«

»Ich habe dich nicht herbestellt, um dich zum Lachen zu bringen. Konntest du dir die E-Mails schon ansehen, die ich dir weitergeleitet habe?«

Er hob die Hand. »Die Arbeit muss warten. Wie läuft es bei dir und Aiden?«

»Ich weiß es nicht genau. Im Moment versuche ich mich an eine Art von Normalität zu gewöhnen, aber anscheinend bin ich ziemlich gestört.«

»Deswegen würde ich mir keine Sorgen machen. Wir sind alle ein bisschen gestört.«

»Das ist wahr. Jedenfalls habe ich zu Aiden gesagt, ich bin bereit, es zu probieren, und ein paar Sekunden später habe ich es schon wieder bereut.«

Ryan rührte in seinem Kaffee. »Du darfst mit Aiden keine Spielchen spielen. Warum hast du ihm gesagt, du probierst es, wenn du dir nicht sicher bist?«

»Ich weiß es wirklich nicht.« Macy sah in ihre Unterlagen.

»Lass uns lieber über den Fall reden. Die Arbeit ist das Einzige, wobei ich einen klaren Kopf habe.«

»Dann musst du anscheinend an dir arbeiten.«

Macy versuchte noch einmal, das Thema zu wechseln. »Hast du dir die E-Mails überhaupt angesehen?«

»Kurz. Die Rechtsmedizin hatte mich heute Morgen ins CC gesetzt.«

Macy trank einen Schluck Kaffee. »Ich fürchte, ich brauche einen Crashkurs in Medikamentenmissbrauch.«

»In unserem Land werden genug Schmerzmittel verschrieben, um jeden Erwachsenen vier Wochen lang rund um die Uhr außer Gefecht zu setzen. Es ist eine hausgemachte Epidemie …«

Macy unterbrach ihn.

»Ich kenne die Statistik.« Sie zeigte auf die E-Mail mit der Liste der Todesfälle. »Was diese Liste so interessant macht, ist, dass es sich bis auf ein paar Ausnahmen um Leute handelt, denen man niemals ein Drogenproblem zugetraut hätte. Sie starben an Schmerzmitteln, die ihnen ihr Arzt verschrieben hatte.«

»Hast du die Artikel in der zweiten E-Mail schon gelesen?«

Macy nickte.

»Dann weißt du, dass nicht alle Ärzte nette Menschen sind. Es wurden schon viele wegen illegalen Medikamentenhandels verurteilt, andere haben sich Rezepte mit Sex bezahlen lassen. 2007 wurden siebenundvierzig von dreiundfünfzig Millionen verschriebenen OxyContin-Dosen in Florida von unseriösen Ärzten ausgestellt. Dabei wandern schwindelerregende Summen von Hand zu Hand.«

»Meinst du, dasselbe passiert gerade in Montana?«, fragte Macy.

»Alles ist möglich. Aber es gibt tausend Faktoren, die man in Betracht ziehen muss, bevor man anfängt, mit dem Finger auf Ärzte zu zeigen. Den Schmerzlevel eines Patienten einzuschätzen ist extrem schwer. Patienten, die nach opiathaltigen Schmerzmitteln süchtig werden, belügen ihre Ärzte, um zu kriegen, was sie brauchen. Oder sie gehen zu verschiedenen Ärzten. Oder sie drohen Ärzten mit einem schlechten Feedback im Internet, wenn sie ihnen kein Rezept geben.«

»In Montana gibt es doch ein Register für verschreibungspflichtige Medikamente. Verhindert das nicht, dass man sich Rezepte von verschiedenen Ärzten holen kann?«

»Doch«, sagte Ryan, »aber es existiert noch nicht sehr lange, und die Staaten sind noch nicht untereinander vernetzt, so dass man einfach über die Grenze fahren und sich dort versorgen kann.«

»Was ist mit den Patienten, die nicht süchtig sind? Warum gibt es auch Tote, die sich genau an die verschriebene Dosis gehalten haben?«

»Opiate sind sehr starke Schmerzmittel, aber durch die Gewöhnung verlieren sie bis zu dreißig Prozent ihrer Wirkung. Die Leute nehmen mehr, um die Symptome zu bekämpfen, ohne sich bewusst zu sein, dass die Nebenwirkungen, zum Beispiel die Verlangsamung lebenswichtiger Funktionen wie Herzfrequenz und Atmung, unvermindert sind. Je höher die Dosis, desto wahrscheinlicher passiert irgendwann ein Fehler. Dazu nur ein bisschen zu viel Alkohol oder ein Angstlöser, und man spielt russisches Roulette. Auf jede tödliche Überdosis kommen dreißig Einlieferungen in die Notaufnahme. Es ist ein sehr gefährliches Spiel.«

Macy tippte auf das Papier. »Lou und ich glauben, das könnte Philip Longs Story gewesen sein. Vielleicht hatte er etwas über einen bestimmten Arzt oder bestimmte Ärzte herausgefunden. Wie du gesagt hast: Es geht um viel Geld. Sie würden nicht wollen, dass die Geschichte ans Licht kommt.«

»Wir müssen rausfinden, wer in jedem dieser Fälle der verschreibende Arzt war. Ich wäre nicht überrascht, wenn es sich um eine relativ kleine Zahl von Ärzten handeln würde. In letzter Zeit gab es viel dazu in der Presse, und der Staat fängt an, sich einzumischen. Immer mehr Ärzte schrecken davor zurück, ihren Patienten Opiate zu verschreiben.«

Lou Turner wohnte nicht weit von Macys Hotel entfernt, also ließ sie Aidens Pick-up auf dem Parkplatz stehen und ging zu Fuß. Sie freute sich auf ein hausgemachtes Abendessen und Gespräche, die sich nicht ausschließlich um die Arbeit drehten. Lous Frau war Ärztin und arbeitete als Geburtshelferin im Collier County Hospital. Sie hatte Macy zwar nicht betreut, als Luke zur Welt kam, aber Macy kannte sie von der Station.

Sie hatte den halben Weg zurückgelegt, als Emma Longs Wagen neben ihr hielt.

»Kann ich Sie mitnehmen?«, fragte sie durchs offene Fenster.

Macy sah die Einkaufstüte auf dem Beifahrersitz. Törtchen und Kekse fielen fast heraus. Emma griff nach der Tüte und stellte sie auf den Rücksitz.

»Ich habe es nicht weit«, sagte Macy und nahm beeindruckt zur Kenntnis, dass Emma offenbar problemlos Süßigkeiten essen konnte, ohne dick zu werden.

»Ist wirklich kein Problem«, sagte Emma. »Außerdem wollte ich Ihnen noch etwas erzählen.«

Der Beifahrersitz war in einem gnadenlos steilen Winkel eingestellt. Macy saß kerzengerade da, die Knie an die Brust gedrückt.

»Tut mir leid«, sagte Emma. »Ich habe gestern Abend meine Mutter gefahren. Sie ist, sagen wir mal, speziell.«

Macy schob den Sitz zurück und stellte die Lehne ein.

»Wie geht es Ihrer Mutter?«, fragte sie.

Emma schaltete in den Leerlauf und legte die Hände in den Schoß.

»Gestern Abend war ein Gedenkgottesdienst in der großen Kirche auf der Main Street.«

»Dem Glas-und-Stahl-Kasten?«

Emma nickte. »Mein Vater hat sie *die Schmerzensreiche* genannt. Ich dachte immer, er ätzte damit gegen die organisierte Religion, aber vielleicht meinte er bloß die Architektur. Lauter spitze Winkel und scharfe Kanten.«

»Wie war der Gottesdienst?«

Emma dachte kurz nach. »Ich glaube, er hat geholfen. Meine Mutter wirkt ruhiger.«

»Tut mir leid, dass ich nicht da war. Ich wäre gern gekommen.«

»Schon gut. Die Polizei war gut vertreten.«

»Ich bin gerade auf dem Weg zu Lou Turner, dem Polizeichef.«

Emma sah Macy nicht in die Augen.

»Ich habe viel über das Verhalten meines Vaters bei seinem letzten Besuch in San Francisco nachgedacht.« Emma griff nach einer Zeitschrift, die in der Sitztasche steckte, und verscheuchte eine Wespe, die durchs offene Fenster hereinfliegen wollte. »Wenn ich gewusst hätte, dass es das letzte Mal war, wäre ich aufmerksamer gewesen.«

»War da irgendwas an seinem Verhalten, was sie auffällig fanden?«

Emma zögerte mir der Antwort. Die Pause zog sich hin.

»Emma«, sagte Macy.

Emma sah erschrocken auf.

»Sie wollten mir etwas von Ihrem Vater erzählen.«

»Tut mir leid. Es ist schwer, darüber zu reden.«

»Ich glaube nicht, dass Lou was dagegen hat, wenn ich mich

ein bisschen verspäte«, sagte Macy und schlug Lous Warnung, pünktlich zu kommen, in den Wind.

»Mein Vater war schon immer paranoid, aber in den letzten Jahren ist es schlimmer geworden. Bei seinem letzten Besuch haben wir darüber gesprochen. Ich hatte ein bisschen Angst, dass er durchdreht.«

»Haben Sie mit Ihrer Mutter darüber geredet?«

»Ich ging davon aus, dass Francine von seinen Sorgen wusste, aber nein, wir haben nicht darüber geredet.« Emmas Stimme blieb gefasst, doch sie sprach lauter. »Und jetzt habe ich herausgefunden, dass er Geheimnisse vor ihr hatte. Er hat ihr nicht anvertraut, woran er arbeitete. Er hat hinter ihrem Rücken eine Waffe gekauft.«

»Haben Sie unter seinen Sachen irgendetwas gefunden?«, fragte Macy. »Sie sagten, Sie würden noch mal nachsehen.«

»In seinem Archiv war nichts Verdächtiges, aber ich bin auf die Quittung für die Waffe und die Munition gestoßen. Er hatte sie in seinem Arbeitszimmer versteckt. Die Waffe selbst kann ich nicht finden, und es gibt nicht den kleinsten Hinweis darauf, woran er gearbeitet haben könnte.«

»Sie sagten, er sei schon immer paranoid gewesen. Wie hat sich das geäußert? Ist er je gewalttätig gewesen?«

»Nein, nie.« Emma starrte beim Sprechen geradeaus. Ihre Augen waren trocken, aber sie wirkte, als wäre sie den Tränen nahe. »Mein Vater vermittelte gern den Eindruck, er wäre ein entspannter Typ, aber in Wirklichkeit fühlte er sich nur wohl, wenn er alles unter Kontrolle hatte.«

»Eine anstrengende Art zu leben.«

»Ich fürchte, er hat es auf die Spitze getrieben«, sagte Emma. »Er war besessen davon, Informationen über seine Mitmenschen zu sammeln. Er machte sich Notizen, belauschte Leute, und wenn nötig, verfolgte er sie sogar. Alles, was er herausfand, notierte er in einem Tagebuch.«

»Das würde ich gern sehen.«

»Das ist es ja«, sagte Emma. »Ich kann es nicht finden. Ich habe praktisch das ganze Haus auf den Kopf gestellt, aber es ist nicht da. Ich fürchte, jemand hat es an sich genommen. Es könnte sein, dass mein Vater den Falschen ausspioniert hat.«

»Wusste Ihre Mutter von diesem Tagebuch?«

»Nach dem, was mein Vater mir erzählt hat, glaube ich nicht. Ich habe es auch nur gefunden, weil ich als Kind rumgeschnüffelt habe.«

»Warum haben Sie mir nicht schon früher davon erzählt?«, fragte Macy.

»Ich dachte, es wäre nicht wichtig, bis ich gemerkt habe, dass es weg ist. Ich bin in einer großen Stadt zu Hause, wo die Menschen in relativer Anonymität leben. Hier ist das anders. Hier eckt man leicht an. Es ist schwer, alles richtig zu machen.«

»Wissen Sie etwas Konkretes, was darin stand?«

»Tut mir leid, aber als ich es das letzte Mal in der Hand hatte, war ich zwölf. Ich erinnere mich nicht an Namen. Es ging hauptsächlich um Affären, Ehekrisen und Geldgeschichten.«

»Das wäre ein anderes mögliches Motiv. Ich werde es auf jeden Fall im Kopf behalten.«

»Sind Sie mit den Ermittlungen weitergekommen?«

»Nicht wirklich. Wir sind auf der Suche nach einem Mann, den Carla Spencer beim Entzug kennengelernt hat. Er ist vorbestraft und wurde seit der Entführung nicht mehr gesehen. Auch Carlas Sohn konnten wir noch nicht finden. Es gibt noch andere Spuren, aber wir müssen erst prüfen, ob sie relevant sind.«

»Das ist nicht viel, oder?«

Macy schloss die Augen. Emma hatte recht. Macy griff in ihre Tasche und zog den Ausdruck der anonymen E-Mails heraus. Es konnte nicht schaden, Emma die Liste zu zeigen. Vielleicht kannte sie eins der Opfer.

»Jemand schickt uns anonyme Mails«, sagte sie, als sie Emma die Seiten gab. »Die erste listet Patienten aus der Region auf, die in den letzten fünf Jahren an einer Überdosis verschreibungspflichtiger Medikamente gestorben sind. Die zweite enthält Zeitungsartikel über Ärzte, die wegen illegalen Medikamentenhandels schuldig gesprochen wurden. Wir haben den Verdacht, dass uns jemand die Aufzeichnungen Ihres Vaters zukommen lässt. Hat Ihr Vater je über dieses Thema gesprochen? In letzter Zeit wird in den Medien häufiger davon berichtet. Sie haben bestimmt schon mal mit ihm darüber geredet.«

Emma blätterte langsam durch die Seiten. »Das Thema hat ihn auf jeden Fall interessiert. Ich erinnere mich, dass er einmal ausführlich davon erzählt hat. Aber er hat nie erwähnt, dass er konkret recherchierte.«

»Kommen Ihnen irgendwelche Namen bekannt vor?«

»Es ist eine lange Liste.«

»Bitte, lassen Sie sich Zeit.«

»Tut mir leid«, sagte Emma schließlich, als sie Macy den Ausdruck zurückgab. »Keiner der Namen sagt mir etwas.«

Von hinten näherte sich ein Streifenwagen. Macy warf einen Blick in den Rückspiegel und erkannte Aiden am Steuer. Sie sah auf die Uhr. Wenn sie sich nicht bald auf den Weg machte, käme sie viel zu spät zum Abendessen.

»Emma«, sagte sie, »auch wenn der Mord an Ihrem Vater vielleicht nichts damit zu tun hat, wäre es gut, wenn Sie sein Tagebuch fänden, damit wir das ausschließen können.«

»Glauben Sie mir«, sagte Emma und legte den Gang ein. »Ich suche überall.«

Macy sah auf ihr Telefon. »Irgendwo habe ich Lou Turners Adresse.«

»Schon gut«, sagte Emma. »Ich weiß, wo die Turners wohnen.«

Macy war überrascht, als ihr Gina bei den Turners die Tür öffnete. Sie hielt eine Schüssel in einer Hand und ein Glas Wein in der anderen. Sie lachte.

»Schau nicht so entsetzt, Macy. Du hast doch nicht gedacht, dass du mich so schnell loswirst, oder?«

»Wie geht es deiner Schwiegermutter?«

»Sie hat ihr Lager fürs Erste auf dem Sofa aufgeschlagen.«

Macy trat ein und schloss die Tür hinter sich. Der Eingangsflur war voll mit Mänteln, Stiefeln und Sportausrüstung. Lous zwei Söhne waren bei der Armee und im Ausland stationiert, aber seine Tochter lebte mit ihrem Mann und ihren kleinen Kindern in der Nähe.

»Wo sind denn alle?«

»Lou und Aiden sind im Garten und kümmern sich um den Grill. Lous Frau musste ins Krankenhaus. Eine ihrer Patientinnen hatte vorzeitige Wehen.« Gina spähte über Macys Schulter. »Wie bist du hergekommen? Ich dachte, ich hätte durchs Küchenfenster einen roten Kleinwagen gesehen.«

»Emma Long hat mich mitgenommen.«

»Wie geht es ihr?«

»Den Umständen entsprechend, würde ich sagen.«

»Ich habe gehört, sie ist ziemlich verspannt.«

»Sie hat auch guten Grund dazu.«

Von der hinteren Veranda sah man auf eine bunt blühende Blumenwiese. Weiter hinten glitzerte ein See im Abendlicht. Es war nicht windig, aber kühl. Lou trug eine Schürze, die er von einer Italienreise mitgebracht hatte. Michelangelos *David* hätte nicht unpassender sein können. Er legte die Grillzange weg und schenkte Macy ein großes Glas Weißwein ein.

»Aiden hat mir gerade von der Angelhütte erzählt, die er bauen will, wenn er in Rente geht.« Lou prostete Macy mit der Bierflasche zu. »Angeln Sie auch?«

Macy fing Aidens Blick auf. »Mein Vater ist früher mit mir

angeln gegangen. Ich kann nicht sagen, dass mir das Angeln besonderen Spaß gemacht hätte, aber es war schön, Zeit mit ihm zu verbringen.«

»Das freut mich. Ich bin früher mit meinen Jungs angeln gegangen. Meine Tochter hat es nie interessiert.«

»Mein Bruder hatte ein schwieriges Verhältnis zu meinem Vater«, sagte Macy. »Es wäre gefährlich gewesen, die beiden mit Angelhaken allein zu lassen.«

»So schlimm?«

»Noch schlimmer.«

»Angeln Sie immer noch mit Ihrem Vater?«

»Leider nicht. Er ist vor drei Jahren gestorben.«

Lou hielt sein Bier hoch. »Dann stoßen wir auf ihn an. Er wäre bestimmt sehr stolz auf Sie.«

Macy blickte hinaus auf das friedliche Wasser des Sees. An einem Holzsteg lag ein Kanu. Unwillkürlich registrierte sie, dass es nicht braun war wie das, das die Crawley-Kinder beschrieben hatten. Macys Vater hatte ein Drift Boat und ein paar Kajaks gehabt, die sie zu jedem Campingplatz mitgeschleppt hatten. Ihre schönsten Erinnerungen an ihn waren auf dem Wasser, ob im Sommer oder im Winter.

»Danke, Lou«, sagte Macy und lächelte traurig. »Meinem Vater hätte es hier bestimmt gefallen. Sie haben ein wunderschönes Haus.«

Lou wandte sich wieder dem Grill zu. »Das ist das Werk meiner Frau. Als wir uns kennenlernten, lebte ich zufrieden in einem Wohnwagen. Aiden, du solltest Macy mal zum Fliegenfischen mitnehmen.«

Aiden lehnte sich ans Geländer. »Liebend gern, aber ich weiß nicht, ob das ihr Ding ist. Hast du nicht mal gesagt, dein Vater war groß im Eisfischen?«

Macy nickte. »Er kam aus Minnesota. Er ist mit dem Eisfischen aufgewachsen, doch wir haben alles Mögliche geangelt. Aber im Fliegenfischen hätte ich auf jeden Fall gern mal eine Trainingsstunde.«

Lou reichte Aiden die Grillzange. »Ab jetzt hast du die Verantwortung, also bau keinen Mist. Ich gehe rein und sehe nach, ob Gina in der Küche zurechtkommt.«

Macy stellte sich neben Aiden.

»Ich glaube, Lou hat uns durchschaut.«

Er berührte ihren Arm mit den Fingerspitzen.

»Ist das ein Problem?«

Sie drückte seine Hand. »Ich muss gestehen, es ist mir ein bisschen unheimlich.«

»Mir auch.«

Sie aßen auf der überdachten Veranda. An einem Ende war ein Außenkamin, und das Feuer brannte hell, doch es war trotzdem kalt. Lou lieh Macy einen dicken Fleecepullover, der wahrscheinlich einem seiner Söhne gehörte. Die Schultern fielen ihr bis zu den Ellbogen.

»Ich habe heute mit Emma Long gesprochen«, sagte Macy. »Sie sagt, ihr Vater habe sich schon eine Weile vor seinem Tod seltsam verhalten.«

»Was hat sie damit gemeint?«, fragte Aiden.

»Anscheinend spionierte er gern das Privatleben anderer Leute aus. Was er herausfand, schrieb er in ein Tagebuch. Sie wusste keine Einzelheiten, aber offenbar stand dort einiges über außereheliche Affären und Geldgeschäfte. Das Tagebuch ist verschwunden.«

Gina zog die Braue hoch. »Mit so was kann man sich ziemlich viel Ärger einhandeln.«

»Genau das dachte ich auch«, sagte Macy.

Lou tat Macy Salat auf. »Was ist mit dem Medikamentenmissbrauch? Hat Philip Long gesagt, ob er eine Story darüber machen wollte?«

»Das Thema interessierte ihn, aber er hat nicht erwähnt, dass er konkret daran arbeitete«, antwortete Macy. »Emma ist sein Dachbodenarchiv durchgegangen, um zu sehen, ob er dort etwas verstaut hatte, aber bis jetzt ist nichts aufgetaucht. Dafür hat sie die Quittung eines Waffenladens in Collier gefunden, die er in seinem Arbeitszimmer versteckt hatte. Ihre Mutter Francine ist ein Fan der National Rifle Association, daher war Emma überrascht, dass ihr Vater den Kauf vor ihr geheim hielt.«

Gina goss sich noch ein Glas Wein ein und wollte auch Macy nachschenken, doch diese hob ablehnend die Hand. Aiden blieb beim Bier, also reichte Gina die Flasche an Lou weiter.

»Ich glaube nicht, dass Emma Long ihre Eltern oft genug sah, um deren Beziehung zu durchschauen. Ehepaare leben sich auseinander«, sagte Gina. »Lou, was war das eigentlich für eine Geschichte, die man sich über Emma erzählt? Es heißt, sie hätte Walleye Junction bei Nacht und Nebel verlassen.«

»Eher bei Nacht, Nebel und Donnerschlag.«

Macy starrte auf ihren Teller. Es war ihr unangenehm, hinter Emma Longs Rücken über ihr Privatleben zu sprechen. Sie wusste, wie es sich anfühlte, wenn die Leute über einen redeten.

»Ist Emma Longs Vergangenheit relevant für unseren Fall?«, fragte sie.

»Die Geschichte ist zwölf Jahre her, ich wüsste nicht wie.« Lou trug immer noch die Schürze. Es sah aus, als hätte Goliath ein paar Treffer gelandet. Davids marmorne Brust war mit dunkelroter Barbecue-Sauce verschmiert. »Ein paar Wochen bevor Emma den Highschool-Abschluss machte, starb ihre Freundin Lucy Winfrey an einer Überdosis. Lucy war seit der elften Klasse immer weiter abgerutscht. Schuleschwänzen, Alkohol, Drogenbesitz – das ganze Programm. Die meisten Teenager überleben ihre rebellische Phase. Lucy nicht. Emma hat Lucys Leiche gefunden. Soweit ich mich erinnere, hatte sie eine Mischung aus Vicodin und OxyContin im Blut. Sie hatte einen Teil gespritzt und den Rest geschluckt. Wir haben in ihrem Zimmer Bargeld und eine erhebliche Menge Schmerzmittel gefunden. Ich glaube, der geschätzte Straßenverkaufswert damals betrug zwischen vier- und fünftausend Dollar. Es gab keinen Hinweis auf Fremdeinwirkung bis auf einen nicht identifizierten Teilfingerabdruck auf der Spritze.«

»Was war mit dem Fingerabdruck?«, fragte Aiden. »Vielleicht war sie an dem Abend nicht allein.«

»Viele Süchtige teilen sich ihre Spritzen, und der Rechtsmediziner hat sich offensichtlich nicht viel dabei gedacht. Aber mir ging der Abdruck nicht aus dem Kopf«, sagte Lou. »Ich lasse ihn immer noch ab und zu durch das System laufen. Bis jetzt gab es keinen Treffer.«

Gina begann die nächste Weinflasche zu öffnen. »Und warum hat man Emma die Schuld an Lucys Tod gegeben?«

»Caleb hat die Tagebücher seiner Tochter gelesen. Er war ziemlich entsetzt, als er herausfand, dass Lucy dort detailliert über eine jahrelange sexuelle Beziehung mit Emma geschrieben hatte.«

Macy zog die Brauen hoch. »Ich nehme an, das kam nicht gut an.«

»Caleb war und ist ein Konservativer, sowohl moralisch als auch politisch. Auf Lucys Beerdigung hat er Emma öffentlich an den Pranger gestellt. Caleb hat allen Anwesenden klipp und klar erklärt, dass Emma eine rücksichtslose Kampflesbe sei, die seine Tochter seit Jahren ausgenutzt habe. Er hat sie direkt für Lucys Tod verantwortlich gemacht.«

»Kein Wunder, dass Emma zwölf Jahre wegblieb«, sagte Macy.

Lou fuhr fort: »Wir standen alle da wie Idioten. Ein paar Tage später verließ Emma die Stadt. Sie hat sogar die Abschlussfeier der Highschool sausen lassen und alles, was damit einherging. Dabei hätte sie die Abschlussrede halten sollen.«

Gina runzelte die Stirn. »Stimmte es denn, was in dem Tagebuch stand?«

»Wer weiß?«, sagte Lou. »Es war alles ziemlich verworren.«

»Haben Sie rausgefunden, wo Lucy die Drogen herhatte?«, fragte Macy.

»Es gab eine umfassende Untersuchung«, erklärte Lou. »Wir haben festgestellt, dass Lucy Winfrey die Highschool-Schüler im ganzen Tal mit Medikamenten versorgte. Aber irgendjemand musste sie rekrutiert haben. Es ging um eine Menge Geld. Damals war ein Vorrat wie der, der bei ihr gefunden wurde, ziemlich ungewöhnlich.«

Aiden hatte den ganzen Abend nicht viel gesagt. Macy wusste nicht, ob er müde war oder ob er sich auch so unbehaglich fühlte wie sie. Er knüllte die Papierserviette zusammen und warf sie auf den Tisch.

»Vielleicht sollten wir uns Lucy Winfreys Tod noch einmal ansehen. Auch Carla und Lloyd Spencer waren süchtig.« Aiden sah Macy an. »Ist Lucy Winfreys Name bei den Ermittlungen im Fall Philip Long aufgetaucht?«

»Nur im Gespräch mit Emma Long.«

Lou setzte sich auf. »Glaubt Emma, es bestehe eine Verbindung zum Tod ihres Vaters?«

»Nur darin, dass beide Tode tragisch waren. Ich habe den Eindruck, ihr lässt immer noch keine Ruhe, was ihrer Freundin zugestoßen ist. Es muss schlimm gewesen sein, sie zu finden.« Macy zögerte. »Ich schließe mich Aiden an. Wir sollten uns die Sache ansehen. Den Fingerabdruck auf der Spritze. Damit fangen wir an.«

»In den E-Mails, die wir bekommen haben, geht es nur um Todesopfer, die in ärztlicher Behandlung waren. Das war bei Lucy Winfrey nicht der Fall«, wandte Lou ein.

Macy nickte. »Sie haben wahrscheinlich recht, Lou, aber ich würde mir trotzdem gern die Akte ansehen. Es dürfte nicht lang dauern, einen Zusammenhang auszuschließen. Übrigens habe ich mit der Rechtsmedizin in Helena gesprochen. Sie überprüfen die Patientenakten für uns. Bis morgen sollten wir die Namen aller Ärzte in Montana haben, deren Patienten auf der Liste stehen. Vielleicht ist jemand dabei, bei dem es gehäuft Todesfälle gab. Nicht dass das aus juristischer Sicht unbedingt ein Problem sein müsste. Keiner der Fälle wurde als verdächtig eingestuft.«

»Irgendeine Spur von Stacy Shaw, Bob Crawleys Alibi?«, fragte Aiden.

»Nichts«, sagte Gina. »Wir überwachen ihr Konto, ihre Profile im Netz, ihr Handy, aber es tut sich nichts.«

»Nachdem ich mit Crawleys Kindern gesprochen habe, glaube ich nicht mehr, dass Bob Crawley in die Sache verwickelt ist, aber ich möchte trotzdem mit Stacy Shaw sprechen«, sagte Macy. »Sie hätte sich keinen günstigeren Moment aussuchen können, um unterzutauchen. Ihr Verschwinden hält unsere Ermittlungen wirklich auf.«

»Du denkst nicht, dass Bob unser Mann ist?«, sagte Gina.

»Die Aussagen der Kinder waren überzeugend. Sie haben gesehen, wie zwei Männer Beweismittel auf Crawleys Grundstück deponierten. Ich bin fast sicher, dass einer davon Lloyd Spencer war.«

»Und der andere?«, fragte Gina.

»Wir haben Hämatome am Arm eines der Kinder, die in der Größe mit dem Handabdruck übereinstimmen, den wir auf Carla gefunden haben. Wir haben auch ein Sweatshirt, an dem es vielleicht DNA-Spuren gibt. Es wird gerade im Labor untersucht.«

»Könnte der andere Mann Sean Spencer gewesen sein?«, fragte Aiden.

»Wir wissen, dass er am Morgen, als seine Eltern starben, in Bozeman war«, sagte Macy. »Ob er mit seinem Stiefvater auf dem Crawley-Grundstück gewesen ist, wird sich zeigen.«

»Sean hat sich nun schon eine Weile in Luft aufgelöst«, sagte Gina. »Die IT-Leute kommen nicht weiter. Niemand weiß, wo er ist. Laut den sozialen Netzwerken hat seine Freundin Kristina vor ein paar Tagen einen Rave in der Nähe von Bozeman veranstaltet, was vielleicht der Grund ist, warum sie dort waren. Die Polizei geht einer Party nach, die in einer verlassenen Lagerhalle stattgefunden hat.«

»Irgendwelche Festnahmen?«, fragte Aiden.

»Nein, aber ein paar Kids sind im Krankenhaus gelandet.«

Lou schenkte sich noch ein Glas Wein ein. »Habt ihr auch manchmal das Gefühl, ihr würdet immer wieder dieselbe Sauerei aufwischen?«

»Ständig«, sagte Gina.

»Ach ja«, sagte Lou, »ich habe endlich mit Joel Edwards' Bewährungshelfer gesprochen. Sie hatten sich über seine Fortschritte beim Entzug unterhalten. Joel hat Carla ein paarmal erwähnt. Er meinte, sie wäre eine echte Stütze bei seiner Therapie.«

»Konnte er etwas zu Edwards' Hintergrund sagen?«, fragte Macy.

»Ziemlich traurige Geschichte. Anscheinend liegt die Suchtproblematik in der Familie. Vor ein paar Jahren starb seine Schwester an einer Überdosis, und seitdem ging es abwärts mit ihm. Der Bewährungshelfer meint, er habe eine Todessehnsucht.«

»Ist er selbstmordgefährdet?«, fragte Macy.

Lou dachte ein paar Sekunden nach. »Schwer zu sagen. Vielleicht geht er einfach gerne Risiken ein. Laut dem Bewährungshelfer hat er dreimal in der Notaufnahme zu atmen aufgehört.«

Gina runzelte die Stirn. »Er wurde verurteilt, weil er einen Arzt mit der Waffe bedroht hat, um an Medikamente zu gelangen. Wie kommt es, dass er nicht länger hinter Gittern war?«

»Der Richter war der Meinung, eine Therapie wäre wirksamer als der Knast«, erklärte Lou.

»Aber es bleibt ein bewaffneter Raubüberfall«, entgegnete Gina.

»Soweit ich mich erinnere, gab es mildernde Umstände«, sagte Lou.

»Hat der Bewährungshelfer eine Ahnung, wo er sein könnte?«, fragte Macy.

»Nördlich der Stadt gibt es am Fluss ein Obdachlosencamp«, sagte Lou. »Sobald es hell wird, schicken wir ein paar Einheiten raus. Falls er da ist, finden wir ihn.«

»Habt ihr nicht seinen Wagen beschlagnahmt?«, fragte Macy. »Vielleicht kommt er ohne den gar nicht ins Camp zurück.«

»Doch, der Wagen wurde beschlagnahmt. Ryan hat versprochen, ihn sich morgen anzusehen.«

»Ich glaube, ich mache mich auf den Heimweg«, sagte Aiden seufzend. »Die letzten Tage waren lang.«

Macy begann die Teller abzuräumen. »Ich bringe dich raus.«

Kaum waren sie außer Sichtweite des Hauses, nahm Aiden Macy in die Arme. Sie lehnten an seinem Streifenwagen.

»Ich bin müde«, sagte er. »So gern ich dich heute Nacht bei mir hätte, ich glaube, es ist besser, wir schlafen getrennt.«

»Wie es aussieht, muss ich Gina zum Hotel fahren.« Macy warf einen Blick zurück zum Haus. In der Küche bewegten sich Schatten. »Ich weiß nicht, wie lange es dauert, sie loszueisen.«

»Der Wein scheint ihr heute Abend zu schmecken.«

»Oh, ich gönne ihr den Spaß«, sagte Macy. »Ich glaube, bei ihr zu Hause ist es im Moment etwas anstrengend.«

»Ehekrise?«

»Nein«, sagte Macy. »Ihr Mann scheint ein Heiliger zu sein. Ich schätze, sie ist erschöpft davon, Karriere und Familie unter einen Hut zu bringen. Ein Tag hat nur vierundzwanzig Stunden.«

Aiden hielt sie ein wenig fester.

»Machst du dir Sorgen, ob du hier zum Arbeiten kommst ohne deine Mutter, die auf Luke aufpasst?«

»Ja, das tue ich.«

Er zögerte. »Du könntest weniger arbeiten. Vielleicht etwas Neues ausprobieren.«

»Ich könnte.«

»Aber du willst nicht.«

Macy trat einen Schritt zurück, um ihm in die Augen zu sehen. »Aiden, ich liebe meinen Job. Wenn wir eine gemeinsame Zukunft haben wollen, dann müssen wir einen Weg finden, dass ich meinen Job behalten kann.«

»Also keine Kompromisse?«

»Ich lasse mein Leben in Helena zurück. Wenn du mich fragst, ist das ein großer Kompromiss.«

Aiden nahm ihre Hand. »Ich glaube, wir sind beide zu müde, um jetzt darüber zu reden.«

Macy hatte nichts einzuwenden.

Er gab ihr einen Gutenachtkuss.

»Ich sollte wieder reingehen, bevor Gina die nächste Flasche köpft«, sagte Macy. »Wir reden morgen weiter.«

Macys Telefon klingelte, als sie die Hotelzimmertür öffnete.

»Was gibt's, Lou?«, fragte Macy. »Hat Gina Ihre beste Flasche Wein mitgehen lassen?«

Lou lachte nicht. »Tut mir leid, dass ich so spät anrufe, aber es gibt eine Entwicklung.«

Macy ließ die Tasche von ihrer Schulter aufs Bett rutschen.

Sie hätte sich gerne danebengelegt, aber sie ahnte, dass sie besser auf den Füßen blieb.

»Ich habe gerade einen Anruf von den Kollegen aus Kalispell erhalten«, sagte Lou. »Sie haben Stacy Shaw gefunden. Sie ist in einem Hotel vor der Stadt. Laut Empfangschef wurde das Zimmer für eine Woche auf Stacey Shaws Namen gebucht und bar bezahlt.«

Macy schrieb sich die Adresse auf. »Ich fahre gleich hin.«

»Vielen Dank«, sagte Lou. »Ich habe ein paar Gläser zu viel intus, um heute Nacht noch vernünftige Arbeit zu leisten.«

»Keine Sorge. Ich sage Bescheid, wenn ich was Interessantes rausfinde.«

Macy öffnete eine Diet Coke, die im Minikühlschrank des Hotelzimmers gebunkert waren, und starrte aus dem Fenster. Die Straßenlaternen beleuchteten die Main Street wie eine Bühne, aber sobald man die Innenstadt verließ, war es stockfinster. Auf dem Weg nach Kalispell würde sie an der Stelle vorbeikommen, wo der Unfall geschehen war. Macy sah vor sich, wie Philip Long barfuß durch den strömenden Regen taumelte. Er hatte ihr etwas sagen wollen in dieser Nacht. Sie musste herausfinden, was.

Macy angelte Ginas Autoschlüssel aus der Tasche und überlegte, ob sie allein fahren sollte. Gina mitzunehmen fiel aus – sie hatte noch mehr Wein getankt als Lou. Macy trank einen Schluck Diet Coke und beschloss, dass auch Aiden keine gute Option wäre. Macy war nicht in der Lage, ein ernstes Gespräch zu führen, und die Fahrt nach Kalispell würde ihnen viel zu viel Zeit zum Reden geben. Also nahm Macy ihre Tasche und ging allein hinaus in die Nacht.

Die Landschaft rollte als Abfolge von Werbetafeln und Ausfahrtschildern an Macy vorbei. Ihr Blick war fest auf die Straße gerichtet, doch in Gedanken war sie weit weg. Ihre

Beziehung mit Aiden fühlte sich stabil an, aber wie sie es auch drehte und wendete, sie wusste einfach nicht, wie sie die Hindernisse aus dem Weg räumen konnten, die zwischen ihnen standen. Macy würde bei ihrer Mutter in Helena ausziehen müssen. Sie müsste jemand Fremdes anheuern, der sich um ihren Sohn kümmern würde. Ihre Karriere würde leiden. Sie müsste Kompromisse machen. Sie hatten noch nicht über weitere Kinder gesprochen. Vielleicht wünschte sich Aiden eigene. Macy wusste nicht, was sie davon halten sollte.

Nach der Hälfte der Strecke bremste Macy und schaltete den Warnblinker ein. Ein paar Dutzend Wapiti-Hirsche standen wie erstarrt vor ihr im grellen Scheinwerferlicht. Sie stellte den Motor ab und wartete. Erst waren es wenige, dann wurden es immer mehr; vorsichtig überquerte eine riesige Herde den Highway. Irgendwann war der Wagen von Hunderten von Wapitis umringt. Die Hufe trappelten über den Asphalt, und aus ihren Nüstern stieg Dampf auf. Mit großen, dunklen, ängstlichen Augen spähten sie durch die Scheiben, während sie sich drängelnd und rempelnd am Auto vorbeischoben. Macy lehnte sich im Sitz zurück. Niemand sonst war unterwegs. Sie schloss die Augen und döste weg. Als sie wieder aufwachte, war der Highway leer.

Nach so viel Dunkelheit leuchtete Kalispell vor ihr wie die Morgendämmerung. Macy ließ sich vom Navi zu einer Ausfahrt im Norden der Stadt lotsen. Die Straße wurde schmaler und wand sich zwischen Gruppen stämmiger Kiefern hindurch. Hin und wieder erhaschte Macy einen Blick auf Putting Greens und Fairways, die so kurz gemäht waren, dass sie im Sternenlicht wie Glas glitzerten. Sie passierte das Golfhaus und das Hotel und machte sich auf die Suche nach Nummer achtundsechzig der Ferienapartments, die weit verstreut auf dem Golfplatz verteilt waren.

Stacy Shaw hatte sich geweigert, das Schlafzimmer der Maisonettewohnung tief im Wald in der Nähe des dreizehnten Lochs zu verlassen.

»Ich habe nichts Illegales getan«, sagte Stacy. »Das Zimmer ist bezahlt, ich bleibe hier.«

Da sie nicht tatverdächtig war, sondern nur Zeugin, hatte Macy ihrer Logik nichts entgegenzusetzen, aber das hielt sie nicht davon ab, Aggressionen gegen das Mädchen zu entwickeln.

In einem Aspekt hatte Bob Crawley recht: Stacy Shaw sah viel älter aus als achtzehn. Sie lag, nur mit einem weißen Frotteebademantel bekleidet, auf dem Bett. Langes braunes Haar fiel ihr auf die Schultern, und ihr Make-up war dick, aber perfekt aufgetragen. Schamgefühl schien sie keines zu besitzen. Seit fast einer Stunde war sie allein mit zwei männlichen Polizisten und hatte es nicht für nötig gehalten, sich etwas anzuziehen. Macy nahm ein Fläschchen Nagellack vom Tisch. Es war eine Drogeriemarke.

»Ms. Shaw«, sagte Macy. »Wer zahlt für das alles hier?«

Stacy wirkte gelangweilt. »Im Internet nennt er sich Max. Er spielt gerne Golf, ist verheiratet und hat eine Schwäche für Brünette.«

»Das ist nicht viel Information.«

»Mir reicht es.«

»Vielleicht für eine Verabredung zum Kaffee, aber das hier sieht nach was anderem aus. Ihnen ist klar, dass Sie eingewilligt haben, eine Woche mit einem vollkommen Fremden in einem Hotel zu verbringen?« Macy schob den Vorhang zur Seite und sah hinaus. »Das Clubhaus ist fast zwei Kilometer entfernt. Niemand würde merken, wenn Sie Hilfe bräuchten.«

Stacys Blick glitt zu dem stumm geschalteten Fernseher. Es lief ein Musikvideo. Sie hatten verabredet, dass der Fernseher anbleiben durfte, solange der Ton aus war.

»Es ist mir egal, wenn Sie ein Problem mit meinem Lebensstil haben«, sagte Stacy. »Ich tue nichts Verbotenes, sonst hätten Sie mich verhaftet.«

»Wann genau hätte Max hier auftauchen sollen?«

»Vor drei Tagen. Er hat mir eine Nachricht geschickt, dass er sich verspätet, aber dass ich ruhig allein hierbleiben sollte. Zwischen den Spa-Behandlungen sehe ich fern und lasse den Zimmerservice kommen. Es ist wie im Paradies.« Stacy räkelte sich im Bett wie eine Katze. »Und alles ist bezahlt.«

»Haben Sie Fotos von Max?«

»Nur das von der Website. Und das habe ich euch schon gegeben.«

»Es muss ziemlich langweilig sein, allein hier rumzusitzen.«

Stacy kontrollierte ihre Fingernägel. »Ich muss hier sein, wenn er kommt.«

»Ihre Mutter macht sich Sorgen.«

»Wie Sie sehen, geht es mir gut.«

»Wir müssen uns über Ihre Beziehung mit Bob Crawley unterhalten«, sagte Macy.

»Ich kenne keinen Bob Crawley.«

Macy zeigte ihr ein Foto.

»Ach, der«, sagte Stacy.

»Welchen Namen hat er Ihnen genannt?«

»Steve.«

»Wann haben Sie ›Steve‹ das letzte Mal gesehen?«

»Das geht Sie nichts an.«

»Bob alias Steve wird wegen Mord angeklagt, wenn er uns kein Alibi liefert. Er sagt, er sei in der fraglichen Nacht mit Ihnen zusammen gewesen.«

»Von welchem Datum reden wir?«, fragte Stacy.

»Das würde ich gern von Ihnen wissen.«

Stacy verdrehte die Augen und streckte die Hand aus. »Geben Sie mir mal mein Telefon.«

Macy warf dem Mädchen ein mit Strass verziertes Smartphone zu.

Stacy scrollte den Kalender durch. »Das letzte Mal habe ich ihn am Dienstag, den zwölften Mai, gesehen. Ist das das Datum, das Sie meinen?«

»Ja, das ist es. Ich brauche die Details.«

Als Stacy sich wieder in die Kissen zurücklehnte, verrutschte der Bademantel und entblößte ihre Brust. Macy forderte sie auf, sich zu bedecken, was Stacy ignorierte.

»Steve steht auf Rollenspiele«, sagte Stacy. »Cheerleader, ungezogenes Schulmädchen, solches Zeug. An dem Abend sollte ich so tun, als wäre ich eine Schulkameradin seines Sohnes und bräuchte jemanden, der mich heimfährt. Das war natürlich unser interner Witz. Wir haben es dreimal gemacht, soweit ich mich …«

Macy unterbrach sie. »Stacy, das reicht. Ich möchte wissen, wo Sie Bob Crawley getroffen haben und von wann bis wann Sie zusammen waren.«

Stacy sah wieder auf ihr Telefon. »Im Valley Inn südlich von Collier. Ich habe um zehn für uns beide eingecheckt. Er ging irgendwann nach drei. Ich bin bis zum Morgen geblieben.«

»Sind Sie sich ganz sicher, dass Steve und Bob Crawley dieselbe Person sind?«

»Absolut.« Stacy griff nach dem Hoteltelefon, das auf dem Nachttisch stand. »Haben Sie Hunger? Ich kann den Zimmerservice kommen lassen. Die Küche ist die ganze Nacht geöffnet.«

»Danke, aber ich habe schon gegessen.«

Macy sah sich noch einmal um. Sie hatte sich Ferienwohnungen im Flathead Valley angesehen, die lange nicht so schick waren wie diese. Ein Apartment mit zwei Schlafzimmern auf einem Golfplatz kostete mindestens 500 Dollar pro Nacht.

»Ist es normal, dass Männer, die Sie im Internet kennenlernen, so spendabel sind?«

Stacy griff nach der Fernbedienung und zappte durch die Programme.

»Völlig«, sagte sie. »Ich habe schon in besseren Hotels übernachtet.«

»Stacy, ich brauche noch ein paar Sekunden Ihre Aufmerksamkeit.«

Stacy lachte über etwas, das sie im Fernsehen sah. Es war eine Szene, in der ein Zeichentrickpferd vorkam. Dann wurde Werbung eingeblendet, und sie sah Macy wieder an.

»Ich bin ganz Ohr.«

Macy legte ihre Visitenkarte neben das Nagellackfläschchen.

»Im Moment kommt Ihnen das hier vielleicht wie ein tolles Leben vor, aber die Dinge können sich ändern. Rufen Sie mich an, wenn Sie in Schwierigkeiten geraten.«

Stacy hielt Macys Blick stand, während sie mit einem manikürten Finger die Visitenkarte vom Nachttisch schnippte. Sie flatterte zu Boden.

»Ich denke darüber nach«, antwortete Stacy.

12

Das Restaurant an der Liftstation war renoviert worden, seit Emma das letzte Mal hier gewesen war. Vor den Fenstern färbte sich im Osten die Whitefish Range rosa, während über den grasigen Hängen im Westen die dunkle Silhouette des Skilifts aufragte. Sie fand einen Tisch im Barbereich, nicht zu weit vom Eingang entfernt, und hängte ihre Jacke und den Schal über die Stuhllehne. Dann setzte sie sich und versuchte sich zu entspannen. Sie hatte gehofft, dass es außerhalb der Saison ruhig hier oben wäre, aber im zugehörigen Hotel war eine Hochzeitsgesellschaft abgestiegen, und die Bar war voll besetzt. Die Kellnerin, die Emma irgendwann entdeckte, wand sich genervt zwischen den Tischen durch.

»Was kann ich Ihnen bringen?«

Emma bestellte ein Glas Weißwein.

»Essen Sie auch?«

»Später vielleicht. Ich warte noch auf jemanden.«

An der Bar wurde es laut, und ein Barhocker polterte zu Boden. Die Kellnerin sagte etwas, aber Emma verstand sie nicht.

»Wie bitte?«, fragte sie.

»Nehmen Sie sich vor den Typen in Acht«, sagte die Kellnerin. »Die trinken seit Mittag.«

»Reizend.«

»Ich hoffe, Sie hatten nicht vor, einen ruhigen Abend hier zu verbringen.«

Emma riskierte einen Blick zur Bar. Die ganze Gruppe war übergewichtig, bärtig und trug weite T-Shirts. Ein paar hatten Baseballkappen auf. Keiner von ihnen war noch sicher auf den Beinen.

»Ich komme schon zurecht«, sagte Emma.

»Gut. Aber sagen Sie Bescheid, wenn Sie sich belästigt fühlen. Ich warte nur auf einen Grund, sie rauszuschmeißen.«

Emma ging ihre E-Mails durch und behielt dabei die Bar und die Tür im Auge. Nathan war spät dran, aber nachdem sie die Verabredung viermal verschoben hatte, konnte sie sich schlecht beschweren. Sie stellte sich vor, wie er mit Cynthia zu Abend aß. Wahrscheinlich redete sie von der Hochzeit, während er seine Flucht plante.

Plötzlich fiel ein Schatten über Emmas Tisch. Der Mann wartete nicht auf eine Einladung. Er nahm sich einen Stuhl und setzte sich.

Emma sah nicht von ihrem Telefon auf. »Der Platz ist besetzt.«

»Ich schlage vor, du kommst zu uns an die Bar und trinkst was mit uns.«

»Ich warte auf jemanden.«

Er drehte sich um und brüllte seinen Freunden zu: »Sie wartet auf jemanden. Was soll ich jetzt machen?«

Emma antwortete für seine Freunde, aber sie sprach leise. »Ihre Freunde wollen, dass Sie zurück an die Bar gehen und mich in Ruhe lassen.«

Er versuchte, ihr das Telefon wegzunehmen. »Was ist an dem Ding so interessant?«

Sie funkelte ihn an. »Bitte gehen Sie.«

»Mir gefällt's hier aber.«

Sie griff nach ihrer Tasche, und er griff nach ihrem Arm.

»Wo willst du hin?«

Emma zog den Arm weg. »Lassen Sie mich los.«

Dann mischte sich einer seiner Freunde ein. »Joe, was soll das? Hörst du schlecht? Sie ist nicht interessiert.«

Joe ließ Emmas Arm los und drehte sich beleidigt zum Fenster.

»Tut mir leid«, sagte der andere. »Er hat ein bisschen zu viel getrunken.«

»Schon gut«, sagte Emma und ließ ihr Weinglas unberührt stehen. »Ich wollte ohnehin gerade gehen.«

»Es wird schon dunkel. Soll ich Sie zum Auto bringen?«

Emma zog ihren Mantel an. »Nein danke, das schaffe ich schon.«

Allein überquerte Emma den schlecht erleuchteten Parkplatz, die Autoschlüssel in der Hand. Bis auf einen Pick-up in der Nähe ihres Kleinwagens waren nur wenige Autos da. Einen Moment dachte sie, vielleicht wäre es Nathans Wagen, doch als sie näher kam, sah sie das Logo von Flathead Valley Security an der Tür. Sie seufzte erleichtert, als sie sah, dass jemand auf dem Fahrersitz saß. Dann hörte sie Schritte und drehte sich um. Der Betrunkene, der an ihren Tisch gekommen war, war ihr nach draußen gefolgt. Er hatte entschuldigend die Hände erhoben. Emma forderte ihn auf, stehen zu bleiben, wo er war. Er zeigte mit dem Daumen zurück zur Bar.

»Ich hab mich schrecklich benommen … dadrin.« Er torkelte ein paar Schritte auf sie zu. »Ich muss mich entschuldigen.«

Emma öffnete ihre Wagentür. »Nicht nötig. Alles in Ordnung.«

»Sei doch nicht so. Die Jungs haben mir ins Gewissen geredet. Ich soll mich entschuldigen.«

»Ich brauche Ihre Entschuldigung nicht. Lassen Sie mich in Ruhe.«

Plötzlich war er bei ihr und hielt die Wagentür fest, bevor sie sie zuziehen konnte. Er stank nach Zigaretten und Whiskey. Sein rotes Gesicht war nur Zentimeter vor ihrem.

»Hör zu, ich will nur …«

Im nächsten Moment kippte sein Kopf zur Seite, und er sackte kurz auf ihren Schoß, bevor sich ein Arm um seinen Hals legte und er weggezogen wurde.

Emma sprang aus dem Wagen. Zuerst verstand sie nicht, was vor sich ging. Der Mann lag mit dem Gesicht nach unten auf dem Asphalt. Kyle Miller stand über ihm und trat zu, immer wieder. Das blonde Haar fiel ihm über die Augen, und sein Mund war eine harte Linie.

»Kyle!«, rief Emma. »Hör auf! Das reicht!«

Keuchend trat Kyle zurück. Blut strömte ihm aus der Nase. Er wischte es sich mit dem Ärmel ab, bevor er wieder auf den Mann losging. Als er mit dem Bein ausholte, hielt Emma ihn fest und zog ihn weg. Kyle spuckte Blut.

»Du bist verletzt«, sagte Emma und führte ihn zu ihrem Wagen.

Kyle hielt sich die Nase zu. »Nichts passiert. Das Arschloch hat mich mit dem Ellbogen erwischt.«

Emma öffnete den Kofferraum, nahm eine Mullbinde aus dem Verbandskasten und drückte sie an Kyles Nase.

»Ich mach das schon«, sagte er.

»Er hat mein Nein einfach nicht verstanden.« Emma vergewisserte sich, dass der Mann noch auf dem Boden lag. »Ich will nicht wissen, was passiert wäre, wenn du nicht gekommen wärst.«

»Das ist bloß ein besoffener Idiot.«

Emma schüttelte den Kopf. »Früher dachte ich, Walleye Junction wäre der sicherste Ort der Welt.«

»Meistens stimmt das auch«, sagte Kyle und beugte den Kopf nach vorn. Blut tropfte auf den Boden. »Hast du nicht mal in Chicago gelebt?«

Emma brachte das Ja kaum heraus.

»Im Vergleich dazu ist Walleye Junction ein Ponyhof.«

Emma versuchte sich Kyles Verletzung genauer anzusehen. »Du solltest zum Arzt gehen. Sieht gebrochen aus.«

»Emma, ich habe nur Nasenbluten.«

»Man kann nicht vorsichtig genug sein.«

Kyle nahm die Mullbinde weg. »Siehst du, es blutet nicht mehr. Alles in Ordnung.«

Emma trat auf den Mann zu, der ihr auf den Parkplatz gefolgt war. Er lag ziemlich still am Boden. Sie stieß ihn mit dem Fuß an, und er rollte sich stöhnend auf die Seite.

»Wir sollten hier weg, bevor jemand kommt«, sagte Emma.

»Ich habe nichts getan«, sagte Kyle. »Ich gehe nirgendwohin.«

Er lehnte sich an ihr Auto, und sie stellte sich neben ihn.

»So was hätte ich dir gar nicht zugetraut«, sagte sie und zeigte auf den Mann.

»Was meinst du?«

»Früher hast du dich immer in der Bibliothek versteckt. Diese Seite von dir kenne ich gar nicht. Du hast ihn richtig vermöbelt.«

Er zögerte. »Ich war selbst überrascht.«

»Du meinst, das ist nicht deine übliche Masche?«

»Gott bewahre. Ich weiß auch nicht, was in mich gefahren ist. Eben habe ich noch E-Mails geschrieben, und im nächsten Moment habe ich den Kerl von dir weggezerrt.«

Der Mann am Boden stöhnte, und Kyle sagte ihm, er solle den Mund halten. Dann glitt ein Paar Scheinwerfer über den dunklen Parkplatz. Ein Pick-up fuhr auf sie zu und blieb wenige Meter vor ihnen stehen. Kyle hob trotzig das Kinn.

»Da kommt dein Freund zu deiner Rettung.«

»Nathan ist nicht mein Freund«, sagte Emma.

»Ich habe gehört, er habe Cynthia gesagt, dass er Zweifel hat.«

»Das hat nichts mit mir zu tun.«

»Ich fürchte, es hat sehr viel mit dir zu tun«, erwiderte Kyle.

Nathan betrachtete den Mann am Boden.

»Atmet er noch?«, fragte Nathan.

Kyle spuckte Blut.

»Nur, weil Emma mich zurückgehalten hat.«

Nathan lachte.

»Was ist daran so witzig?«, fragte Kyle.

»Nichts. Alles.« Nathan wandte sich an Emma. »Tut mir leid, dass ich so spät bin. Kommst du oder gehst du gerade?«

»Ich wollte gehen.« Emma zeigte auf den Mann, der auf dem Asphalt lag. »Er hat mich belästigt.«

Nathan berührte ihn mit dem Schuh.

Der Mann fluchte.

»Ich würde sagen, er atmet noch.« Nathan sah zum Hotel. »Sollen wir wieder reingehen?«

»Er hat viele Freunde dadrin«, bemerkte Emma.

»Dann ist es vielleicht keine gute Idee.«

»Ich kümmere mich drum«, sagte Kyle.

»Bist du sicher?«, fragte Emma. »Ich will nicht, dass du Schwierigkeiten kriegst. Ich kann erklären, was passiert ist.«

»Keine Sorge. Es ist …«

Nathan unterbrach ihn. »Komm, wir gehen, Emma. Das ist sein Job. Er ist Nachtwächter, verdammt noch mal.«

Emma dachte an den Pick-up, der in der Nähe stand. Sie hatte das Logo des Sicherheitsdiensts gesehen.

»Kyle, arbeitest du hier?«

Kyle stammelte. »Warum … warum sollte ich sonst hier sein?«

Nathan lachte und legte den Arm um Emma.

»Das ist der Kyle, an den ich mich erinnere. Ich wusste, so sehr kann er sich nicht verändert haben.«

»Nathan.« Emma wand sich aus seiner Umarmung. »Wir sind alle erwachsen. Bitte benimm dich auch so.«

Kyle ging auf seinen Wagen zu.

»Hey, Kyle.« Nathan folgte ihm. »War nicht so gemeint. Ich weiß, du hast es zur Zeit nicht leicht.« Er klang herablassend. »Ich habe von der Sache mit deinem Onkel und deiner Tante gehört.«

Kyle drehte sich um, und sie standen sich direkt gegenüber. Kyles Scheitel reichte kaum bis an Nathans Kinn.

»Es interessiert mich nicht, wie du es gemeint hast.«

»Siehst du, Emma«, sagte Nathan, ohne den Blick von Kyle zu wenden. »Alles ist gut. Ich nehme dich mit. Ich bringe dich später zu deinem Auto zurück.«

»Ich will mein Auto nicht hier stehen lassen«, entgegnete Emma. »Du kannst mir hinterherfahren.«

»Kommt darauf an, wo wir hinwollen.«

»Hast du Angst, dass deine Verlobte uns sieht?«

»Nein«, sagte Nathan. »Ich würde nur gern an einem ruhigen Ort reden.«

Der Mann, der Emma gefolgt war, setzte sich auf. Mit schmerzverzerrtem Gesicht betastete er seinen Brustkorb.

»Ich glaube, du hast mir die Rippen gebrochen«, stöhnte er.

»Ich schätze, das ist passiert, als du die Treppe runtergefallen bist. Verstehst du, was ich meine?«

Er nickte.

»Und jetzt hau ab, bevor ich die Polizei hole«, sagte Kyle.

Sie sahen ihm nach, als er im Slalom über den Parkplatz taumelte. Emma legte Kyle die Hand auf den Arm, doch er schüttelte sie ab.

»Emma«, sagte Kyle. »Ich habe doch gesagt, ich regle das.«

»Ich wollte nur danke sagen.«

Kyle drehte sich um und spuckte noch einmal Blut. »Nicht nötig. Wie Nathan gesagt hat: Ich mache nur meinen Job.«

Emma fuhr durch die Ausläufer der Whitefish Range, den grellen Schein von Nathans Scheinwerfern in ihrem Rückspiegel. Das Tor des Friedhofs von Walleye Junction stand weit offen, und im Innern beleuchteten ein paar Laternen den Weg, der den Friedhof von Ost nach West durchschnitt. Emma kramte die Taschenlampe aus dem Handschuhfach und probierte sie aus, bevor sie die volle Supermarkttüte und den Blumenstrauß vom Beifahrersitz nahm. Sie ging auf den Hauptweg des Friedhofs zu. Nathan blieb am alten Eisentor stehen.

»Ist es dir hier ruhig genug?«, rief sie.

»Was soll das, Emma?«

»Ich will Lucy meinen Respekt erweisen. Beim letzten Mal haben sie mich nicht gelassen.«

»So was macht man besser bei Tageslicht.«

Emma ging weiter. »Lucy ist tot. Ihr ist es egal, wie viel Uhr es ist.«

Nathan bewegte sich nicht. »Es ist zu dunkel. Du findest ihr Grab nie.«

»Glaubst du im Ernst, ich hätte vergessen, wo Lucy beerdigt ist?«

Emma lief den Kiesweg entlang. Auf halbem Weg stand eine Bank. Dort wartete sie auf Nathan, der mit tief in die Taschen geschobenen Händen hinter ihr hertrottete. Sie leuchtete ihm mit der Taschenlampe ins Gesicht und lachte nervös. Er machte eine Grimasse, doch sie nahm das Licht nicht weg.

»Emma«, sagte er und beschirmte die Augen mit der Hand. »Was ist mit dir los? Hast du getrunken?«

Emma ging weiter. »Ich bin früher mit Lucy oft hergekommen. Wir haben auf Beverlys Grab gepicknickt.«

»Das ist morbid.«

»Lucy war vom Tod fasziniert. Sie hat ständig über ihre Mutter geredet.«

»Mit dir vielleicht, aber nicht mit mir.«

»Ich war heute bei Dot Whitaker.«

»Ach ja?« Er blieb stehen, um die Inschrift auf einem Grabstein zu lesen. »Was hatte die alte Saufnase zu sagen?«

Emma wartete wieder auf ihn. »Warum bist du immer so gemein?«

»Ich bin nicht gemein. Ich spreche nur aus, was keiner laut sagt. Es wundert mich, dass du dich nicht daran erinnerst.«

»Soweit ich weiß, hat sie gerne Spaß gehabt. Das ist nicht verboten.«

»Ich war gut mit ihrem Sohn Alex befreundet. Sie hat immer seine Freunde angebaggert. Irgendwann wurde es so peinlich, dass er uns nicht mehr zu sich nach Hause eingeladen hat«, sagte Nathan.

»Daran erinnere ich mich nicht.«

»Offenbar erinnerst du dich an vieles nicht.«

»Ich erinnere mich, dass Alex meistens high war. Kaum eine zuverlässige Quelle.«

»Hast du dich nie gefragt, wo er die ganzen Pillen herhatte?«

»Du meinst, Dot hat sie ihm gegeben?«

»Wer sonst?«

»Was ist mit seinem Vater? Dr. Whitaker? Er war der mit dem Rezeptblock. Immer sollen die Frauen an allem schuld sein.« Emma zögerte. Sie war versucht, Nathan zu erzählen, dass Dot ihn verdächtigte, ihren Sohn vom rechten Weg abgebracht zu haben, aber sie beschloss, das Fass nicht aufzumachen. »Was ist aus Alex geworden?«

»Er hat zu Jesus gefunden, und zwar richtig. Jetzt hält er in einem Zelt vor Collier Erweckungsversammlungen ab. Ich habe ihn seit Jahren nicht gesehen.«

Emma warf Nathan einen kurzen Blick zu. »Komisch, dass man sich so nahe gewesen ist, und dann ist es, als würde man sich kaum kennen.«

»Redest du von uns?«

Emma ließ den Schein der Lampe über die Grabsteine gleiten.

»Vielleicht.«

Sie ging eine kleine Steintreppe hinauf, aber Nathan blieb, wo er war.

»Denkst du das wirklich?«, fragte er.

Emmas Blick wanderte über die Reihe der Grabsteine zu ihren Füßen. »Ich schätze schon.« Sie begann leise vor sich hin zu zählen, während sie die Gräber abschritt. Wenn Beverly der fünfzehnte Grabstein war, war Lucy der sechzehnte. »Lucy und Beverly sind irgendwo hier«, stellte sie fest.

»Was habe ich dir getan?«, fragte Nathan.

Emma blieb vor einem großen Marmorstein stehen, der aussah, als wäre er erst vor kurzem gereinigt worden.

LUCINDA WINFREY,
LIEBENDE TOCHTER UND FREUNDIN.
ES GIBT KEINEN KUMMER AUF ERDEN,
DEN DER HIMMEL NICHT HEILEN KANN.

Sie stellte die Lebensmitteltüte zwischen die Gräber von Beverly und Lucy. Eine Schachtel mit einer Kirschsahnetorte fiel heraus. Emma wickelte das Papier von den Blumen und legte sie vor Lucys Grabstein.

»Ich habe Lucy und Beverly gefunden«, sagte sie. Sie berührte Beverlys Grabstein mit den Fingerspitzen. Ihre Stimme war rau. »Ich fürchte, ich habe keine guten Nachrichten. Sie sind immer noch tot.«

»Emma«, sagte Nathan. »Ich habe dich was gefragt.«

»Ich weiß. Ich versuche gerade zu entscheiden, ob ich darauf antworten soll.«

»Du tust so, als wäre ich eine Art Monster.«

Emma legte die Taschenlampe ins Gras.

»Nathan, ich will, dass du mich gut ansiehst, und ich will, dass du mir sagst, was du siehst.«

Er zögerte. »Ich sehe eine wunderschöne Frau.«

Emma streckte die Arme aus. »Findest du mich zu dick?«

»Sei nicht albern. Wenn überhaupt, bist du zu dünn.«

»In der Highschool habe ich fünf Kilo weniger als jetzt gewogen.«

»Das kann ich mir kaum vorstellen.«

»Versuch's.«

»Warum fängst du jetzt damit an?«, fragte Nathan.

»Du hast mir immer gesagt, ich sei zu fett.«

»Habe ich nicht.«

Emma blieb hart. »Doch.«

»Ich erinnere mich nicht.«

»Du hast gesagt, ich wäre dick. Du hast gesagt, ich wäre hässlich. Du hast sogar gesagt, ich wäre dumm. Ich hatte einen Notendurchschnitt von 1,0 und habe 48 Kilo gewogen. Ich habe bis heute Probleme wegen der Dinge, die du mir damals eingeredet hast.« Emma setzte sich auf Lucys Grab und begann die Tüte auszupacken. »Erinnerst du dich jetzt?«

»Das war ein Witz.«

Emma sah hinauf in den Nachthimmel. Seit Jahren stellte sie sich diese Unterhaltung vor. Im Kopf hatte sie sich tausend Szenarien ausgemalt. Aber niemals wäre sie auf die Idee gekommen, dass Nathan sagen könnte, es sei ein Witz gewesen. Emma starrte ihn an. Sie wollte schreien, aber sie gönnte ihm die Genugtuung nicht, wenn sie die Beherrschung verlor.

»Ein Witz dauert keine drei Jahre«, sagte sie. »Du warst mein Freund. Du hast behauptet, du würdest mich lieben. Du hättest der Mensch sein sollen, der mein Selbstvertrauen stärkt, statt mich ständig klein zu machen. War das eine langfristige Strategie? Wolltest du mir Komplexe einreden, damit ich es nicht wagen würde, dich zu verlassen?«

»Hör auf damit, Em. Du übertreibst. Das ist ewig her.«

»Und jetzt heiratest du Cynthia Phelps«, sagte Emma. »In der Highschool hast du sie auch zu dick gefunden. Du hast ständig Witze über sie gemacht. Sie muss zwanzig Kilo mehr gewogen haben als ich. Ich habe immer in den Spiegel gesehen und mich gefragt, wie viel ich noch abnehmen muss, damit ich dir endlich gefalle.«

Emma legte die Torte, die Kekse und die Schokoriegel in einer ordentlichen Reihe vor sich hin. Ihr Plan war, sich von links nach rechts durchzufressen. Sie riss eine Packung Schokomuffins auf und stopfte sich einen in den Mund. Kauend redete sie weiter.

»Das hier werde ich alles essen.«

Nathan bückte sich und griff nach einer Packung Twinkies.

»Ich wusste gar nicht, dass es die noch gibt«, sagte er.

»Manchmal habe ich mich so hässlich gefühlt, dass ich nicht mehr leben wollte«, sagte sie.

Nathan nahm ein Twinkie aus dem Zellophan und roch daran.

»Riecht noch genauso wie früher«, sagte er. »Wie kann das sein?«

Emma richtete sich auf und nahm es ihm weg. »Lass die Finger von meinen Twinkies, verdammt noch mal.«

Nathan wandte sich ab. Die Taschenlampe warf lange Schatten über das Gras. Winzige Insekten flogen durchs Licht.

»Ich weiß nicht, was ich sagen soll.«

Emma warf das halb gegessene Twinkie zur Seite und griff nach der Kirschsahnetorte.

»Du kannst nicht viel sagen.« Emma riss die Schachtel auf. »Es ist zu spät.«

Seine Stimme war rau. »Ich habe das Gefühl nicht ertragen, dass du mich nicht brauchtest. Ich ertrage es immer noch nicht.«

»Nathan, ich weiß nicht mal ansatzweise, wie ich darauf antworten soll.«

»Ob du's glaubst oder nicht, es tut mir leid«, sagte er. »Es ist kein schöner Gedanke, schuld zu sein, dass es dir all die Jahre schlecht ging.«

»Es ist nicht mehr deine Schuld«, sagte Emma. »Ich habe die Verantwortung für meine Probleme vor langer Zeit selbst übernommen.«

Nathan ließ sich ins Gras fallen und sah hinauf in die Bäume. »Ich würde gern die Zeit zurückdrehen. Ich vermisse die

Highschool. Das ganze Leben lag vor mir. Es hat sich angefühlt, als wäre alles möglich.«

Emma hatte Kirschsoße an den Fingern und wischte sie an seinem T-Shirt ab. Er versuchte ihre Hand festzuhalten, aber sie zog sie schnell zurück.

»Ich glaube, du bist der einzige Mensch auf der Welt, der zugibt, dass er die Highschool vermisst.«

»Damals war ich wer. Die Leute hatten Respekt«, sagte Nathan. »Nach der Highschool war ich nur noch irgendjemand.«

»Mach die Augen auf, Nathan. So läuft es in der Welt. Es interessiert keinen, ob du der Quarterback der Schulmannschaft an der Walleye High warst. Lass es hinter dir. Und hör auf, andere Leute runterzumachen, um dich besser zu fühlen.«

»Das tue ich nicht.«

»Du hast es gerade mit Kyle getan.«

»Kyle ist ein Arschloch«, sagte Nathan. »Nach dem, was sein Onkel und seine Tante gemacht haben, wundert es mich echt, dass du ihn in deine Nähe lässt.«

»Kyle kann nichts dafür. Soweit ich weiß, hat er sich vor Jahren von ihnen losgesagt. Woher weißt du überhaupt, dass sein Onkel und seine Tante damit zu tun haben? Bisher war es nicht in den Medien.«

»Cynthia schreibt für die Zeitung. Sie weiß solche Sachen.«

»Ich hoffe, sie erzählt es nicht rum. Die Polizei will noch nicht, dass es bekannt wird.«

Nathan stand auf und ging ein paar Schritte.

»Ich fasse es nicht, dass du Kyle Miller verteidigst.«

»Was hast du eigentlich gegen ihn?«

Nathan sah sie an, als würde er gleich loslachen. »Schau dir seine Familie an«, sagte er. »Was erwartest du?«

»Für seinen Hintergrund hat es Kyle erstaunlich weit gebracht.«

»Spinnst du, Emma? Er ist bei keiner Eliteeinheit, verdammt. Er ist ein blöder Nachtwächter.«

»Nathan, begreifst du nicht, dass er nicht die Voraussetzungen hatte, die wir hatten? Die Firma deines Onkels ist dir praktisch in den Schoß gefallen. Wenn Lucy noch leben würde, wäre sie jetzt dein Boss.«

»So einen miesen Spruch hätte ich nicht mal dir zugetraut.«

»Was soll das denn heißen?«

»Manchmal hat man das Gefühl, du hast ein kaltes Herz.«

Emma begann ihren Müll einzusammeln. Ein Streit mit Nathan war das Letzte, was sie wollte. Sie wusste selbst nicht, warum sie Kyle verteidigte. Wie Nathan war er ein Geist aus der Vergangenheit. Keiner von beiden war den Ärger wert.

»Ich habe kein kaltes Herz, Nathan. Ich bin ein guter Mensch. Ich habe Freunde. Ich habe Menschen in meinem Leben, die mich lieben.« Emma kam auf die Füße und klopfte sich die Hose ab. »Tut mir leid, was ich gesagt habe. Das war ungerecht. Du hast immer hart für Caleb gearbeitet. Du hast die Leitung von Winfrey Farms verdient, und wir wissen beide, dass Lucy die Firma nie hätte übernehmen können. Sie hatte weder die Fähigkeit noch das Interesse.«

Nathan stand mit dem Rücken zu ihr. Seine Hände steckten wieder tief in den Hosentaschen.

»So habe ich mir den Abend nicht vorgestellt«, sagte er. »Ich weiß überhaupt nicht, wie ich mit dir reden soll. Bei uns scheint immer alles zu Streit zu führen.«

»Ich weiß nicht, was du meinst. Wir haben uns in den letzten zwölf Jahren genau zweimal unterhalten.«

Er drehte sich um und starrte sie an. »Wer bist du?«

»Was ist das für eine Frage?«

»Du bist nicht die Emma, die ich kannte. Du ähnelst ihr nicht einmal.«

»Das nehme ich als Kompliment.«

»So war es nicht gemeint.«

»Gute Nacht, Nathan.«

»Ich kann dich hier draußen nicht allein lassen.«

Emma verschränkte die Arme. Für sie war die Unterhaltung zu Ende.

»Gute Nacht, Nathan«, wiederholte sie.

Nathan stampfte quer über die Gräber davon, ohne auf die Wege zu achten. Nach ein paar Minuten hörte sie das Tuckern seines Motors. Emma sah seinen Rücklichtern nach, bis sie zwischen den Bäumen, die über der Straße zusammenwuchsen, verschwunden waren. Erst dann machte sie sich auch auf den Heimweg.

13

Macy hielt das Telefon in den grauen Morgenhimmel. Sie hatte kein Netz. Laut den Koordinaten, die Lou Turner in der Gruppen-E-Mail verschickt hatte, war sie genau da, wo sie sein sollte. Aber es fühlte sich nicht richtig an. Sie hatte keine Menschenseele gesehen, seit sie Aidens Pick-up am Anfang des Wanderwegs stehen lassen hatte. Langsam befürchtete sie, falsche Informationen zu haben. Von den Beamten, die eine Stunde vor ihr zum Obdachlosencamp am Flathead River aufgebrochen waren, fehlte jede Spur.

Das Gebiet befand sich nahe der nördlichen Ortsgrenze, doch es kam ihr vor, als wäre sie weit weg von allem. Die Morgensonne schimmerte durch den tief hängenden Nebel, der über dem breiten Flussbecken klebte. Zitterpappelgruppen funkelten wie geschliffenes Glas, und in einem Meer aus weißen Kirschblüten stand eine malerische rote Scheune. Macy war so in den Ausblick versunken, dass sie fast gestolpert wäre. Der Wanderweg war von Motocross-Rädern aufgewühlt und hatte an manche Stellen tiefe Furchen. Sie warf einen Blick zum Fluss, um abzuschätzen, wie weit sie gekommen war. Falls Lou und sein Team in der Nähe waren, hätte sie sie längst hören müssen, aber der Wald und das Flussufer waren menschenleer.

Nach der nächsten Wegbiegung entdeckte sie eine Fußgängerbrücke, die über dem Flathead River hing wie ein schiefes Lächeln. Vorsichtig bahnte sie sich den Weg durch Dornen und Giftefeu. Dünne Rauchfahnen stiegen auf. Durch die Bäume fing sie Gesprächsfetzen auf. Den Geräuschen folgend, duckte sie sich unter Ästen weg und stieg einen steilen Hang hinauf. Der Pfad führte zu einer etwa sieben Meter breiten Lichtung. Am anderen Ende war eine dunkle Öffnung zwischen den Bäumen, wo der Weg weiterging. Die Erde war feucht von den jüngsten Frühlingsschauern. In der Luft hing der schwere Geruch von nasser Vegetation und getrocknetem Klee. Irgendwo knackten Äste. Macy drehte sich um. Etwas bewegte sich im dichten Unterholz. Sie starrte in den undurchdringlichen Schatten. Bären waren in Montana keine Seltenheit. Und nach dem langen Winter hätten sie einen Bärenhunger.

Ohne den Blick vom Unterholz zu nehmen, zog sie die Pistole aus dem Holster.

»Ist da jemand? Lou? Gina?«, fragte sie hoffnungsvoll.

Sie drehte sich langsam um sich selbst und suchte zwischen den Bäumen nach Bewegungen und am Boden nach Tierspuren. Der Weg zum Fluss war an den Fußabdrücken zu erkennen, alle menschlich und alle viel größer als ihre. Auf der Lichtung stand hüfthohes Gras, das an keiner Stelle niedergetreten war. Macy entspannte sich. Wahrscheinlich nichts Bedrohlicheres als ein Hase.

In der Ferne pfiff ein Zug.

In der Nähe knurrte etwas.

Macy wandte sich gerade noch rechtzeitig um, um zu sehen, wie ein großer schwarzer Hund aus dem Gebüsch brach. Mit hochgezogenen Lefzen und gefletschten Zähnen bellte er sie mehrmals scharf an. Macy warf einen Stein, der vor den Pfoten des Tiers landete.

Dann hob sie die Waffe und zielte.

»Hau ab! Verschwinde!«

Im nächsten Moment tauchte ein Mann mit dem Arm voll Feuerholz auf der Lichtung auf. Eine Hand war verbunden. Durch den Mull sickerte Blut. Er pfiff durch die Zähne, und der Hund zog sich zurück.

»Zurück, Junge! Komm her!«

Der Mann war älter, wahrscheinlich Mitte bis Ende fünfzig, hatte einen dunklen Teint und traurige mandelförmige Augen. Er sah aus, als wäre er irgendwie unter die Räder gekommen; seine Gesichtsknochen waren schief, und eine breite Narbe lief über seinen Kiefer. Die Knie seiner Hose waren fleckig, und der dicke Fleecepullover hing lose von seinen schmalen Schultern. Sein tiefer Bariton passte nicht zu seinem schmächtigen Äußeren.

»Tut mir leid«, sagte er und befahl seinem Hund, sich zu setzen. »Leroy denkt manchmal, er müsste sein Gebiet verteidigen.«

Macy zog ihre Marke heraus. »Lassen Sie Ihre Hände da, wo ich sie sehen kann.«

»Ich habe gesagt, es tut mir leid.«

»Ihr Hund hätte mich beinahe angefallen«, sagte Macy.

»Aber er hat es nicht. Sie sind heil geblieben.« Der Mann ging in die Hocke, um auf Augenhöhe mit seinem Hund zu sein. »Sie können die Knarre jetzt einstecken. Ich werde Ihnen nichts tun und Leroy auch nicht.«

Macy trat einen Schritt zurück, doch sie behielt die Waffe in der Hand. »Wenn Ihr Hund nicht hört, sollten Sie ihn anleinen.«

»Ich werd's mir merken.« Er grinste. »Haben Sie sich verirrt oder so was?«

»Ich habe mich nicht verirrt.«

»Ich glaube aber schon.«

Macy hörte einen scharfen Unterton in seiner Stimme und biss sich auf die Zunge, bevor sie eine unbedachte Bemerkung machte. Das Letzte, was sie gebrauchen konnte, war eine Auseinandersetzung. Im Wald war es wieder still. Durch die Bäume waren keine Stimmen mehr zu hören. Sie waren allein. Macy beschloss, in ihrem eigenen Interesse einen Gang zurückzuschalten.

»Ich wollte zur Fußgängerbrücke«, sagte sie und zeigte auf die niedrige Öffnung im Dickicht. »Da vorn.«

Seine Stimme war tief und träge. »Sie scheinen sich aber nicht ganz sicher zu sein.«

Macy sah zurück zu dem Pfad, auf dem sie gekommen war. Der Mann versperrte ihr den Rückzug, und das machte sie nervös. Offenbar erriet er, was in ihr vorging. Er trat ein Stück zurück und wich nach rechts aus. Leroy folgte ihm und blieb gehorsam bei Fuß. Der Mann lächelte sie schief an.

»Sie kommen ein bisschen zu spät zur Party«, sagte er. »Der Rest der Truppe ist vor zwanzig Minuten abgefahren.«

Macy steckte die Waffe ins Holster. »Sie waren auf der Suche nach Joel Edwards. Kennen Sie ihn?«

»Joel hat vor ein paar Tagen die Zelte abgebrochen. Soweit ich es mitbekommen habe, hat er alles, was er besaß, verschenkt. Ich schätze, er geht davon aus, dass er da, wo er hinwill, nicht viel braucht. Schlechtes Zeichen, wenn Sie mich fragen.«

»Warum sagen Sie das?«

»Joel hatte nicht viel, und jetzt hat er gar nichts mehr. Da kommt einem der Gedanke, er will Schluss machen.«

»Sie meinen Selbstmord?«

Der Mann zuckte die Schultern. »Wär 'ne Möglichkeit.«

»Wie gut kennen Sie ihn?«

»Gut genug, um zu wissen, dass er nicht ganz richtig im Kopf ist. Seit Wochen geistert er durch die Gegend und brabbelt vor sich hin.«

»War irgendwas davon zu verstehen?«

»Er hat immer vom Tod seiner Schwester geredet. Hat dem System die Schuld gegeben.«

»Hat er irgendwelche Namen genannt?«

»Ich habe keine gehört. Aber ich habe auch das Interesse verloren, als er mit irgendwelchen Verschwörungstheorien anfing.«

»Campen Sie hier draußen?«, fragte Macy.

»Nennen Sie es ruhig campen, wenn Sie das beruhigt.«

»Tut mir leid. Das war taktlos.« Macy zeigte auf seine verbundene Hand. »Das sieht schlimm aus. Hat da mal jemand draufgesehen?«

Er nickte. »Einmal die Woche kommen ein paar Leute von der Kirche vorbei. Meistens ist ein Arzt dabei. Der schaut sich das an.«

»Sind Sie mal einem Mann namens Kyle Miller begegnet? Jung aussehender Typ Mitte dreißig. Blonde Haare.«

»Ja, jeder hier kennt Kyle. Seit er mitgekriegt hat, dass ich im Irak gekämpft habe, kümmert er sich um mich. Er hört sich gern meine Kriegsgeschichten an. Sorgt dafür, dass ich meine Veteranenrente bekomme, ich kann mich also nicht beschweren. Versucht mir 'ne Wohnung zu organisieren.«

»Ich habe gehört, Wohnungen sind knapp hier oben.«

»Hängt vom Budget ab. Nicht weit von hier bauen sie eine neue Siedlung, aber ich kann mir da nichts leisten.« Er kraulte den Hund hinter den Ohren. »Aber mal im Ernst, Sie sollten vorsichtig sein. Hier draußen leben Junkies, und die sind zu allem fähig. Wenn die auf die Idee kommen, dass Sie irgendwas von Wert bei sich haben, dann lassen sie sich auch von Ihrer Pistole nicht abschrecken.«

Macy wusste, dass er recht hatte. Sie hatte schon beschlossen, dass sie den Fluss nicht überqueren würde, sondern lieber zurück zu ihrem Wagen ging. Der Mann machte eine Bewegung, und fast hätte sie wieder die Waffe gezogen.

»Hören Sie«, sagte er und lächelte. »Ich will nur zurück zu meinem Lager, bevor sich jemand an meinen Sachen vergreift.«

Macy trat zurück und ließ ihn und seinen Hund vorbei. Leroy knurrte noch einmal, bevor er vorauslief.

»Sie schießen mir nicht in den Rücken, oder?«, fragte er.

»Ich schieße überhaupt nicht.« Macy ging die Fotos auf ihrem Telefon durch, bis sie das von Carla fand. »Ich habe noch eine kurze Frage. Erinnern Sie sich, ob Sie diese Frau vielleicht mal hier draußen gesehen haben?«

Er ließ sich Zeit. »Nein, die habe ich nie gesehen.«

»Sie ist Kyle Millers Tante. Vielleicht haben Sie gesehen, wie die beiden miteinander geredet haben. Sie war wahrscheinlich mit einem Mann unterwegs. Beide auf Motocross-Bikes.«

»So eine schöne Frau hätte ich bestimmt nicht vergessen.«

»Sind Sie sich ganz sicher? Es könnte schon ein paar Wochen her sein.«

»Ganz sicher.«

Macy steckte das Telefon wieder ein.

»Kommen Sie mit?«, fragte er. »Wenn Sie bei mir bleiben, macht Sie im Camp keiner an.«

Macy schüttelte den Kopf. »Ich glaube, ich gehe lieber den Weg zurück, den ich gekommen bin.«

Der Mann bückte sich, um dem Pfad durch die dunkle Öffnung zu folgen.

»Passen Sie auf sich auf«, rief er. »Ich melde mich, falls ich Joel sehe.«

»Sie haben mir nicht gesagt, wie Sie heißen«, sagte Macy. »Vielleicht muss ich noch mal mit Ihnen sprechen.«

»Mike Samson«, sagte er. »Ich bin immer hier.«

Macy sah ihm nach, als er davonging. Nicht nur sein Gesicht war schief. Sein ganzer Körper neigte sich nach rechts. Dann ging sie eilig den Weg zurück, den sie gekommen war, und behielt dabei aufmerksam die Umgebung im Auge. Zehn Minuten später trafen mehrere Nachrichten von Gina auf ihrem Telefon ein. Sie machte sich Sorgen, dass Macy vielleicht allein zum Fluss gefahren war. Macy rief zurück, sobald Aidens Pick-up wieder in Sichtweite war.

»Gina«, sagte sie. »Ich bin's.«

»Wo steckst du? Du klingst außer Atem.«

»Ich gehe gerade zum Wagen zurück. Anscheinend habe ich euch verpasst.«

»Tut mir leid. Ich habe gehört, dass du gestern Nacht noch nach Kalispell musstest, und wollte dich ausschlafen lassen.«

»Schon gut«, sagte Macy. »Ein bisschen Bewegung kann wirklich nicht schaden. Habt ihr irgendwas über Edwards rausgefunden?«

»Die sind nicht sehr gesprächig da draußen, aber der Konsens ist, dass er vor ein paar Tagen seine Sachen gepackt hat«, sagte Gina.

»Ich habe gehört, er hat alles verschenkt, was er hatte, bevor er die Zelte abgebrochen hat. Klingt, als hätte er nicht vor zurückzukommen.«

»Mit wem hast du gesprochen?«

»Mit einem obdachlosen Irak-Veteranen namens Mike Samson. Er kennt Kyle Miller von den Besuchen der Kirchengruppe. Das heißt, Kyle Miller und Joel Edwards sind sich höchstwahrscheinlich auch begegnet.«

»Lou hört sich mal bei dieser Kirchengruppe um. Hoffentlich weiß irgendwer, wo wir Joel Edwards finden können. Hast du den Typ auch nach Carla Spencer gefragt?«

»Er erinnert sich nicht, sie da draußen gesehen zu haben.«

»Vielleicht hat er die Spencers verpasst.«

»Kann sein«, sagte Macy. »Wo bist du? Ich bin am Verhungern.«

»Ich wollte gerade im Diner neben dem Hotel frühstücken. Treffen wir uns dort?«

»Ich brauche noch zwanzig Minuten.«

»Kein Problem. Ich werde mich schon nicht langweilen.«

Bis auf die zwei Hilfskellner, die die Tische abräumten, war der Diner fast leer. Macy hatte sich eine Nische weiter gesetzt, um Gina nicht beim Telefonieren zu stören, aber es war schwer, die Diskussion auszublenden, die Gina mit ihrem Mann führte. Sie redeten über Geld. Anscheinend war es knapp. Beide mussten Vollzeit arbeiten, wenn sie das Haus behalten wollten. Mehr Geld aufzutreiben, um sich die Kinderbetreuung leisten zu können, würde schwierig werden.

Macy ging ihre E-Mails durch. Eine war vom rechtsmedizinischen Institut in Helena. Sie hatten die Liste der Überdosis-Toten mit ihren Daten verglichen. Macy trank einen Schluck Kaffee, während der Anhang auf ihren Computer geladen wurde. Sekunden später las sie die Ergebnisse.

In den letzten drei Jahren waren achtzehn der Patienten auf der Liste an Schmerzmitteln gestorben, die Dr. Whitaker ihnen verschrieben hatte. Es war die zweithöchste Todesrate eines praktizierenden Arztes in ganz Montana. Die Leiterin der Rechtsmedizin hatte sich mit der Gesundheitsbehörde in Verbindung gesetzt. Trotz dreier ausstehender Verfahren wegen ärztlicher Fehlbehandlung hatte Dr. Whitaker eine weiße Weste und durfte weiterarbeiten und Medikamente verschreiben. In den letzten drei Jahren hatte er sich in sechs Fällen außergerichtlich mit den Angehörigen geeinigt, denen er insgesamt rund 2,4 Millionen Dollar gezahlt hatte. Alle Familien hatten ihre Anklagen wegen fahrlässiger Tötung gegen seine Praxis fallen lassen. Laut den Daten, die von den Apotheken erhoben wurden, stammten fast fünfzig Prozent aller in den letzten zehn Jahren in Montana ausgestellten Rezepte für opiathaltige Schmerzmittel von ihm und zwei anderen Ärzte.

Mit dem Wissen, welche Fälle zu Dr. Whitakers Praxis gehörten, ging Macy die Liste der Toten noch einmal durch. Bei manchen war Dr. Whitaker der einzige Arzt, der die Medikamente verschrieben hatte, bei anderen war er einer von vielen. Vier Opfer, die unter seiner Obhut gestorben waren, hatten in der Vergangenheit psychische Probleme gehabt und waren drogensüchtig gewesen.

Macy warf den Stift auf den Tisch. Keine der tödlichen Überdosen war als verdächtig eingestuft worden, und in der Nacht, als Philip Long starb, war Whitaker außer Landes gewesen. Ohne einen Zeugen, der den Mund aufmachte, war es schwierig, festzustellen, inwieweit Dr. Whitaker in den Tod von Philip Long verwickelt war.

Vor dem Diner raste ein Streifenwagen mit heulenden Sirenen vorbei, und im selben Moment klingelte ihr Telefon. Lou Turner klang, als rannte er um sein Leben.

»Macy«, rief Lou. »Es kam gerade einen Notruf. Joel Edwards wurde beim Betreten einer Arztpraxis gesehen. Es sind Schüsse gefallen.«

»Die Praxis von Dr. Whitaker?«

»Ja, genau die. Elm Street, Nummer 45. Das ist direkt hinter der großen Kirche auf der Main Street.«

»Wir sind gleich um die Ecke.«

»Die Kollegen sind unterwegs. Ich bin in fünf Minuten da.«

Macy sammelte ihre Papiere ein, warf den Laptop in die

Tasche und lief zu Gina. Draußen heulte der nächste Streifenwagen über die Main Street.

Macy legte Gina die Hand auf die Schulter. »Wir müssen los. Joel Edwards wurde gerade gesehen, wie er hier in der Nähe eine Arztpraxis betrat. Es sind Schüsse gefallen.«

Als Macy und Gina auf die Praxis mit der Glasfront zuliefen, parkten bereits drei Einsatzwagen davor, und Lou marschierte gerade ins Haus. Auf der anderen Straßenseite standen etwa ein Dutzend Leute auf einem leeren Parkplatz herum. Ein paar telefonierten. Andere wirkten verstört. Eine Frau kniete neben einem Mann, der auf dem Bordstein saß. Er verbarg sein Gesicht in den Händen, an seinem Hosenbein war Blut. Eine andere Frau drückte einen kleinen dunkelhaarigen Jungen an sich. Macy schnappte nach Luft. Für den Bruchteil einer Sekunde hatte sie das Kind für Luke gehalten. Im nächsten Moment blieb ein Notarztwagen vor der Praxis stehen. Die Sirenen waren ohrenbetäubend schrill. Ein Polizist aus dem Gebäude lief den Sanitätern entgegen.

»Dr. Whitaker blutet stark«, sagte er. »Was mit dem anderen ist, weiß ich nicht genau. Ein Schuss in den Kopf, er reagiert nicht.«

Macy stand in einem wirren Durcheinander blutiger Fußabdrücke auf dem Asphalt, die in alle Richtungen führten. Im Haus knieten zwei Sanitäter neben einem Mann in dunklen Hosen und festen Schuhen. Weiter links lag ein zweiter Mann, dessen Beine in einem unnatürlichen Winkel abgeknickt waren. Um ihn kümmerte sich niemand. Zwei weitere Sanitäter liefen an Macy vorbei. Sie kamen einer Frau zu Hilfe, die auf einem Stuhl neben dem Empfangstisch saß. Sie drückte sich die Hand an die Brust und sprach mit den Polizisten, die zuerst da gewesen waren.

Lou Turner kam herüber und stellte sich neben Macy.

»Das ist eindeutig Joel Edwards. Sieht aus, als hätte er auf Whitaker geschossen, bevor er die Waffe gegen sich selbst gerichtet hat«, sagte Lou. »Als der erste Streifenwagen eintraf, war er schon tot. Die Frau am Empfang wird wegen Verdacht auf Herzinfarkt behandelt.«

»Wie geht es Dr. Whitaker?«, fragte Macy.

»Sieht aus, als hätte die Kugel das Schlüsselbein durchschlagen. Er blutet stark, aber er ist bei Bewusstsein.« Sein Blick glitt zu den Überwachungskameras. »Ich lasse mir so schnell wie möglich die Videoaufzeichnungen geben.«

Macy sah Lou an. »Ich habe den Namen des Arztes nicht erfahren, den Joel Edwards beim letzten Mal überfallen hatte. War das auch Dr. Whitaker?«

Lou schloss die Augen. »Ja. Ich hätte nicht gedacht, dass er so dumm ist, es noch ein zweites Mal zu versuchen.«

Macy zuckte die Schultern. »Er ist drogensüchtig. Für einen Junkie ist das kein untypisches Verhalten.«

Lou holte tief Luft. »Es ist fast drei Jahre her. Warum ist er ausgerechnet jetzt zurückgekommen?«

»Das ist die Frage, die wir beantworten müssen«, sagte Macy. »Was für eine Waffe hat er benutzt?«

»Eine Achtunddreißiger«, sagte Lou. »Es war nicht Ihre.«

»Gott sei Dank.« Macy rief Gina, und zu dritt gingen sie nach draußen. Macy sagte leise: »Heute Morgen hat sich die Leiterin der Rechtsmedizin in Helena gemeldet. Achtzehn Patienten der Liste aus unserer ersten E-Mail haben ihre Medikamente von Dr. Whitaker verschrieben bekommen. Es ist reine Spekulation, aber falls Philip Long vorhatte, Dr. Whitaker öffentlich der groben Fahrlässigkeit zu bezichtigen, hätte Whitaker ein Motiv gehabt, ihn zum Schweigen zu bringen.«

»Aber das passt nicht zusammen«, wandte Gina ein. »Falls Edwards der dritte Entführer war, warum sollte er den Mann töten, in dessen Auftrag er gehandelt hat?«

»Vielleicht haben sie sich gestritten«, sagte Lou. »Die Sache verlief nicht nach Plan.«

»Oder es war ein tragischer Zufall«, sagte Macy. »Carla hat Joel Edwards beim Entzug unterstützt. Vielleicht ist er nach ihrem Tod rückfällig geworden.«

Kurz sahen sie den Sanitätern zu. Anscheinend waren sie fast abfahrbereit. Dr. Whitaker lag auf der Trage. Er hatte die Augen offen, aber er war sehr blass. Er hielt den Daumen hoch und lächelte matt.

»Als Long entführt und ermordet wurde, war Whitaker auf einem Kreuzfahrtschiff vor Baja California«, sagte Gina.

»Aber er hätte der Drahtzieher der Entführung sein können, um Philip Long Angst einzujagen«, sagte Lou. »Der Mann hat viel Geld.«

»Von wie viel Geld reden wir?«

Lou zeigte auf den riesigen Glas-Stahl-und-Backstein-Bau der Kirche, der die Main Street beherrschte. »Genug, um den Neubau der Kirche zu finanzieren.«

Macy starrte das Gebäude an. »Ist das die Kirche, in der Philip Longs Gedenkgottesdienst stattgefunden hat?«

Lou nickte.

»Philip Long hat sie *die Schmerzensreiche* genannt«, sagte Macy.

»Woher weißt du das?«, fragte Gina.

»Emma Long hat es mir erzählt«, erklärte Macy. »Sie dachte, ihr Vater lästerte wie üblich über die Kirche, aber vielleicht meinte er auch etwas anderes. Dr. Whitaker ist auf Schmerztherapie spezialisiert.«

»Meinst du, er hat Rezepte an Drogensüchtige verkauft?«, fragte Gina.

»Er wäre nicht der Erste«, sagte Macy.

Über ihnen kreiste ein Rettungshubschrauber. Der breite Rumpf verdeckte die Sonne.

»Sie fliegen Dr. Whitaker ins Collier County Hospital«, sagte Lou. »Er wird sofort operiert, es dauert also eine Weile, bis wir ihm Fragen stellen können.«

Macy trat zur Seite, um Dr. Whitakers Trage vorbeizulassen. Ein paar Sekunden lang war er zwischen ihr und Lou. Er griff nach Lous Hand.

Die Stimme des Arztes war schwach. »Lou«, sagte er. »Es war wieder Joel Edwards. Er hätte im Knast bleiben sollen, wo er hingehört. Ich habe alle gewarnt, dass er gefährlich ist.«

»Hat er etwas zu Ihnen gesagt?«, fragte Macy.

Whitaker verzog das Gesicht, als die Sanitäter ihn wegschoben. »Er hat nur gefaselt«, sagte er. »Wahrscheinlich war er wieder voll mit Drogen …«

Der Rest von Whitakers Worten wurde vom Geheul der Sirenen verschluckt.

»Ich sorge dafür, dass sich Ryan sofort Joel Edwards Wagen ansieht«, sagte Macy. »Wir brauchen handfeste Beweise, die Joel mit Philip Longs Entführung in Verbindung bringen. Gina, ich möchte, dass du noch mal mit ein paar Beamten in das Obdachlosencamp fährst. Ich will wissen, ob Joel Edwards in den letzten Monaten mit irgendwelchen Außenseitern gesprochen hat, mit Philip Long zum Beispiel. Und such einen Mann namens Mike Samson. Er scheint Durchblick zu haben.«

»Angenommen, Carla und Lloyd Spencer haben Philip Long in Whitakers Auftrag entführt, dann müsste es doch eine Verbindung zwischen ihnen und dem Arzt geben. Privat werden sie sich wohl kaum gekannt haben«, sagte Lou.

»Ich sehe mir Lloyd Spencers Krankenakte an. Vielleicht war er irgendwann mal bei Dr. Whitaker in Behandlung«, sagte Macy.

Lou senkte die Stimme. »Wir müssen behutsam vorgehen.

Peter Whitaker ist ein hochrespektiertes Mitglied der Gemeinde. Solange wir keine Beweise gegen ihn haben, müssen wir uns an die Unschuldsvermutung halten.«

14

Francine hatte Emma einen Zettel auf die Küchentheke gelegt, sie käme erst nach dem Mittagessen nach Hause. Auf dem Tisch lag die aufgeschlagene Zeitung. Die Beteiligung von Carla und Lloyd Spencer an der Entführung ihres Vaters war die Titelgeschichte. Emma überflog den Artikel und zuckte zusammen, als sie sah, dass auch Kyle Miller mehrfach erwähnt wurde. Er hatte sich zwar geweigert, mit den Journalisten zu sprechen, aber das hielt sie nicht davon ab, sein Foto zu veröffentlichen und seinen Arbeitgeber nach ihm auszufragen. Auch seine Mutter hatten sie interviewt. Sie gab Lloyd Spencer die Schuld am Niedergang ihrer Schwester und ließ sich über jedes hässliche Detail ihrer Ehe aus inklusive häuslicher Gewalt. Es hatte einen Vorfall gegeben, als Kyle zehn gewesen war. Der Junge hatte das Wochenende bei Carla und Lloyd verbracht. Lloyd war betrunken nach Hause gekommen und hatte Kyle erwischt, als er in der Küche Milch aus dem Karton trank, woraufhin er ihm den Arm ausgekugelt und ihn anschließend bewusstlos geschlagen hatte.

Ich habe meine Schwester gewarnt, dass es mit Lloyd ein schlimmes Ende nehmen würde, aber sie ist trotzdem bei ihm geblieben. Ich habe nie verstanden, was sie in dem Mann sah.

Der Artikel endete mit einem kurzen Statement von Macy Greeley. Die Ermittlerin wies darauf hin, dass die Arbeit der

Polizei noch lange nicht abgeschlossen sei. Die Behörden gingen davon aus, dass bei der Entführung und Ermordung von Philip Long noch eine dritte Person beteiligt war. Sie wandten sich mit einer Bitte an die Öffentlichkeit: Carlas und Lloyds Sohn Sean Spencer sei zwar kein Tatverdächtiger, doch er werde als wichtiger Zeuge gesucht. Jeder, der irgendetwas über seinen Aufenthaltsort wisse, wurde gebeten, sich so schnell wie möglich an die Polizei zu wenden. Außerdem wurde nach einem Mann namens Joel Edwards gesucht, der mit Carla Spencer Entzug gemacht hatte und sich seit zwei Wochen nicht bei seinem Bewährungshelfer gemeldet hatte.

Emma legte die Zeitung zur Seite. Jetzt, da bekannt war, dass Kyles Familie mit dem Mord zu tun hatte, musste sich Kyle auf einiges gefasst machen. Emma dachte daran, wie Kyle auf dem Parkplatz mit blutender Nase über dem Betrunkenen gestanden hatte. Im Dunkeln hatte Emma nicht alles gesehen, aber es war klar, dass Kyle den Mann fast bewusstlos geschlagen hatte. Falls der Mann ihn in der Zeitung wiedererkannte, ging er vielleicht zur Polizei und zeigte Kyle wegen Körperverletzung an. Emma suchte die Telefonnummer der Bar an der Liftstation heraus. Es klingelte ein paarmal, dann sprang der Anrufbeantworter an. Sie zögerte, bevor sie sprach. Eigentlich war es nicht ihr Stil, sich ins Leben anderer Leute einzumischen.

»Hallo«, sagte sie und fühlte sich immer unbehaglicher. »Ich heiße Emma Long, und ich rufe wegen des Zwischenfalls auf dem Parkplatz vor Ihrem Lokal gestern Abend an. Ich fürchte, einer Ihrer Gäste hatte zu viel getrunken und ist mir nach draußen gefolgt. Er ist zudringlich geworden. Ich wollte nur sagen, wie dankbar ich bin, dass Ihr Sicherheitsdienst zur Stelle war. Und ich wollte erklären, dass der Wachmann absolut verantwortlich gehandelt hat. Falls er einen Zeugen braucht, bin ich gerne zu einer offiziellen Aussage bereit.«

Sie hinterließ ihre Telefonnummer und legte auf. Sie bereute jetzt schon, dass sie angerufen hatte. Nathan hatte gesagt, Kyle habe nur seinen Job erledigt. Er würde Emma vorwerfen, dass sie sich zu viele Gedanken machte, wie immer schon. Sie sah auf ihr Display. Sie hatte noch keine Nachricht von Nathan, aber es war noch früh. Früher hatten sie sich geliebt, und auch wenn die Liebe nicht mehr da war, bestand immer noch eine Verbindung zwischen ihnen. Es machte sie traurig, dass sie über all die Jahre nur die Fähigkeit bewahrt hatten, einander wehzutun.

Emma zog den Mantel ihres Vaters über den Pyjama und wanderte mit einer Tüte Erdnüsse für die Krähen und einer Tasse Kaffee hinaus in den Garten. Die Krähen krächzten und umkreisten sie, manche so waghalsig, dass sie praktisch nach ihren nackten Füßen pickten. Sie leerte den Rest der Erdnüsse aus und schlenderte zum hinteren Zaun, wo sie ihren Kaffee trank und zum Dachfirst der Winfreys hinüberblickte. Ihre Mutter hatte ihr die Schlüssel gegeben. Nichts hinderte sie daran, sich dort umzusehen. Obwohl sie gehört hatte, dass Caleb alles, was Lucy besaß, verbrannt hatte, gab sie die Hoffnung nicht auf, irgendetwas in dem Haus zu finden, was ihr zu verstehen half, was in der Nacht, als Lucy starb, passiert war. Aber noch war sie nicht bereit, der Sache auf den Grund zu gehen.

Emma kippte den letzten Schluck Kaffee auf die Wiese und kehrte ins Haus zurück. Sie musste den Kopf frei bekommen. Sie hängte den Mantel ihres Vaters an den Haken und ging nach oben, um sich zum Joggen umzuziehen.

Emma fand erst ein paar Kilometer südlich von Walleye Junction in ihren Rhythmus. Die breite Kiesstraße folgte der sachten Biegung des Flathead River. Die Ufer waren von Felsbrocken, Pappeln und Büscheln roter und gelber Wildblumen gesäumt. Eine Reihe von Anglern stand in unregelmäßigen Abständen in Watstiefeln im kalten Wasser und warf ihre Angeln aus. Ihre Autos parkten vor dem Anfang eines beliebten Wanderwegs. Emma joggte auf der Stelle, um sich das Brett mit den Hinweisen anzusehen. Früher war sie oft mit ihren Eltern von hier aus wandern gegangen. Oberhalb der Baumgrenze hatten sie Picknick gemacht. Als sie weiterlief, rannte ein Springer Spaniel auf sie zu, klitschnass vom Flusswasser, und wollte sie begrüßen. Vor Aufregung brachte er sie fast zu Fall. Als sein Besitzer pfiff, machte der Hund kehrt und lief zum Ufer zurück.

Nach einem knappen Kilometer blieb Emma stehen, um die Aussicht zu bewundern. Aus der Höhe konnte sie die Ausläufer ihres Heimatorts erkennen. Auf der anderen Flussseite entstand mitten auf der grünen Wiese eine neue Wohnsiedlung. Bunte Fähnchen flatterten über nagelneuen Musterhäusern und leeren Straßen. Hohe Zäune umgaben kleine Rasenstücke, und die glatten Oberflächen von Betonfundamenten leuchteten in der Mittagssonne.

Die Highschool von Walleye Junction befand sich ein Stück näher an der Stadt. Emma sah das leuchtend blaue Dach der großen Turnhalle und die Sportfelder drum herum, nur die Gebäude mit den Klassenzimmern, der Bücherei und der Verwaltung waren hinter einer dichten Wand aus Kiefern verborgen. Der Kindergarten, die Grundschule und die Middle School befanden sich auf den benachbarten Grundstücken, und ein Stück hangaufwärts führte eine lange, von Bäumen gesäumte Straße zum Friedhof. Im Umkreis von wenigen Kilometern kam man sicher von der Wiege bis ins Grab. Emma sah auf die Uhr. Wenn sie es bis zum Friedhof und wieder zurück schaffen wollte, durfte sie nicht trödeln. Sie setzte sich wieder in Bewegung und entspannte sich, als sie ihr Tempo erreichte.

Ein Wagen kam die Straße entlang und wurde hinter ihr langsamer. Sie warf einen kurzen Blick über die Schulter. Die Sonne spiegelte sich in der Windschutzscheibe und auf der Motorhaube und blendete. Emma konnte weder das Fahrzeug noch den Fahrer erkennen. Sie winkte das Auto vorbei, aber es blieb dicht hinter ihr. Der Weg war breit und gut befahrbar, nur die Böschung zum Fluss war tief und steil. Auf der anderen Seite wäre reichlich Platz zum Überholen, und Emma konnte nicht weiter ausweichen. Sie lief schneller den Hang hinauf. Alles, was sie hörte, war das Brummen des Motors und das Klopfen ihres Herzens. Sie bekam Angst. Ihr gingen alle möglichen Szenarien durch den Kopf. Keins davon war gut.

Plötzlich entdeckte Emma eine Lücke zwischen den Bäumen und floh nach rechts. Der Wagen gab Gas und rauschte an ihr vorbei, während sie einen steilen Pfad zum Fluss hinunterstolperte. Das Gelände war zerklüftet, und sie musste sich an den niedrigen Ästen festhalten. Insekten umschwärmten sie. Sie spürte den sengenden Schmerz eines Bremsenstichs an der Schenkelinnenseite. Verschwitzt, klebrig und in Tränen erreichte sie das Flussufer. Sie sah hinauf zur Straße. Der Wagen war verschwunden. Mit dem dringenden Bedürfnis, wieder unter Menschen zu sein, wandte sich Emma stromaufwärts in Richtung der Angler, die sie gesehen hatte. Erschöpft kletterte sie über Felsen und umgefallene Bäume. Dann folgte sie einem Wildwechsel, bis sie auf den Kiesstrand stieß, den sie suchte. Der Spaniel von vorhin lag träge in einem Sonnenfleck. Als sie ins Licht trat, spitzte er die Ohren. Ein Mann kramte mit dem Rücken zu ihr in einem Angelkasten, und als der Hund aufsprang, um Emma zu begrüßen, drehte er sich um. Als er Emma sah, lächelte er und winkte. Sie blinzelte ins Gegenlicht. Sie erkannte ihn nicht. Dann nahm er die Mütze ab und lächelte wieder.

»Kyle?«, fragte sie.

Er stand auf. »Emma, was tust du denn hier unten?«

Sie sah zur Straße hoch. Bis auf eine Staubwolke war von dem Wagen, der sie verfolgt hatte, nichts mehr zu sehen. Der Hund umkreiste ihre Füße wie ein Satellit.

»Ich war joggen«, sagte sie.

Kyle berührte ihren Arm. »Du zitterst ja. Alles in Ordnung?«

Emma begann wieder zu weinen. Sie zeigte zur Straße. »Jemand hat mich mit dem Auto verfolgt.«

Kyle blickte ein paar Sekunden zu der leeren Straße. »Bist du dir sicher?«

»Ganz sicher.«

Kyle sah aus, als wollte er etwas sagen, doch er behielt es für sich.

»Kyle«, sagte Emma, »hast du etwas gesehen?«

Er kratzte sich am Kopf. »Emma, vor ein paar Minuten ist Nathan hier vorbeigekommen. Kann er es gewesen sein?«

Sie schüttelte den Kopf. »Die Sonne hat mich geblendet. Ich konnte nichts erkennen. Hast du außer Nathan noch jemanden gesehen?«

»Nein, tut mir leid. Habt ihr euch gestern gestritten?«

»Ja, aber das erklärt nicht, warum er mir gefolgt sein soll.«

»Selbst für Nathan wäre es ziemlich schäbig, dir Angst einzujagen.« Er klappte den Angelkasten zu. »Ich fahre dich heim.«

»Das brauchst du nicht.«

»Ich will aber.«

Gemeinsam stiegen sie zur Straße hinauf. Kyle zog die Watstiefel aus und warf sie sich über die Schultern. Sein Pick-up stand im Schatten in der Nähe des Wanderwegs. Er warf die Ausrüstung auf die Pritsche.

»Trink.« Er hielt ihr eine Flasche Saft aus seiner Kühlbox hin. »Du bist ja fix und fertig.«

Emma dankte ihm. Er öffnete ihr die Tür, und sie kletterte hinein. Der Wagen roch nagelneu.

»Schönes Auto.«

Er wurde rot. »Ich habe ihn gerade gekauft.«

»Dein Arbeitgeber scheint gut zu zahlen.«

»Es war ein gutes Jahr. Ich habe einen hübschen Bonus bekommen.«

»Was meintest du, als du gesagt hast, selbst für Nathan wäre es ziemlich schäbig?«

»Ach, nichts.«

»Jetzt sag schon.«

»Es gibt Dinge, die du über Nathan nicht weißt. Dinge, die rauskamen, als du weggegangen bist.«

»Was für Dinge?«

»Es waren nur Gerüchte, aber nach dem, was Lucy passiert ist, war vielleicht was dran. Es hieß, Nathan hätte gedealt ... Er und Lucy hätten unter einer Decke gesteckt.«

»So ein Quatsch. Das hätte ich gewusst.«

»Wusstest du, was Lucy trieb?«

Emma zögerte. »Ich wusste, dass sie Drogen nahm. Ich wusste nicht, dass sie dealte.«

»Nach Lucys Tod waren hier nicht weniger Drogen in Umlauf. Wenn überhaupt, dann eher mehr.«

»Ich muss mit Nathan sprechen«, sagte Emma. »Ich muss ihn fragen, ob er mich verfolgt hat.«

»Ich will keinen Ärger«, gab Kyle zurück. »Sag ihm bitte nicht, dass du es von mir hast.«

»Keine Angst«, sagte sie. »Ich halte deinen Namen da raus.«

Erst als sie losgefahren waren, sprach ihn Emma auf den Zeitungsartikel an.

Kyle zuckte zusammen. »Ich wurde gewarnt, also war ich darauf vorbereitet.«

»Falls es ein Trost ist: Deine Mutter war ziemlich überzeugend. Lloyd Spencer muss echt ein Fiesling gewesen sein.«

»Ich war mir nicht sicher, ob ich Ma mit der Zeitung reden lassen sollte, aber ich finde, sie hat es gut gemacht. Es sollte den Leuten zeigen, dass der Rest der Familie nicht kriminell ist.«

»Hast du dir deswegen heute freigenommen?«

»Ich dachte, ich verstecke mich mit meiner Angel am Fluss, bis der Sturm vorbeigezogen ist.«

»Kann sein, dass du eine Weile angeln musst.«

»Dann fange ich wenigstens viele Fische.«

»Gut, dass dir der Humor nicht vergangen ist.«

»Kommt immer auf die Gesellschaft an«, sagte Kyle. »Wie geht's dir sonst? Die Begegnung gestern Abend war ziemlich unangenehm.«

»Das war das Letzte, was ich brauchte. Wahrscheinlich hat mich das Auto deswegen so erschreckt. Ich bin ziemlich am Ende. Aber ich bin froh, dass ich dich getroffen habe. Ich wollte dir noch mal dafür danken, dass du mich gestern gerettet hast. Ich hatte Angst, du würdest deswegen Ärger bekommen. Du hast diesen Idioten ganz schön zugerichtet.«

»Kein Problem. Ich bin reingegangen und habe erklärt, was passiert ist. Er hat zugegeben, dass er dir nachgestellt hat, und wurde rausgeworfen.« Kyle zuckte die Schultern. »Alles in Ordnung.«

Emma fror und hatte eine Gänsehaut.

Kyle blickte starr auf die Straße. »Was habt ihr noch gemacht, Nathan und du?«

»Wir haben geredet. Es war nicht schön.«

»Das heißt, ihr seid nicht wieder zusammen?«

»Ich kann mir nicht vorstellen, dass er die Möglichkeit ernsthaft in Betracht gezogen hat.«

Kyle hielt vor ihrem Elternhaus. In der Einfahrt stand nur

Emmas roter Wagen. Sie sah auf die Uhr. Ihre Mutter würde noch ein paar Stunden weg sein.

»Komm doch mit rein«, schlug sie vor. »Du hast mir so viel geholfen. Dich auf einen Kaffee einladen ist das Mindeste, was ich für dich tun kann.«

»Ich glaube nicht, dass deine Mutter erbaut wäre, wenn sie mich bei euch in der Küche fände.«

»Sie ist erst in ein paar Stunden wieder zurück.« Emma legte die Hand auf seinen Arm. »Du hast nichts verbrochen. Du musst dich nicht verstecken.«

Er stellte den Motor aus und nahm die Sonnenbrille ab. Ein Auge war schwarzblau verfärbt und die Nase leicht geschwollen.

»Oje«, sagte Emma und berührte seine Wange. »Das sieht ja schlimm aus.«

»Tut nur ein bisschen weh.«

Er hielt ihre Hand fest, und ein paar Sekunden saßen sie schweigend da.

»Bist du sicher, dass deine Mutter erst in ein paar Stunden zurückkommt?«

»Ganz sicher.« Emma zog die Hand zurück. Sie sah ihn an, bevor sie die Tür öffnete. »Komm, trink eine Tasse Kaffee mit mir. Ich habe keine Lust, allein zu sein.«

15

Macy schnappte sich die Chipstüte von Ginas Schreibtisch und ging in der Einsatzzentrale auf und ab, wobei sie eine Fährte von Krümeln hinterließ. Es war kurz vor eins, und das

Revier war fast leer. Lou war noch in Dr. Whitakers Praxis, und Gina war mit mehreren Beamten raus zum Obdachlosencamp gefahren, um die Bewohner über Joel Edwards auszufragen.

Nach der dritten Runde blieb Macy an ihrem Schreibtisch stehen. Sie musste noch einmal mit Francine Long sprechen. Über Dr. Whitakers Tisch waren große Mengen an Schmerzmitteln gegangen, was zu der Frage führte, ob er mehr Dealer als Arzt war. Francine hatte vierunddreißig Jahre für ihn gearbeitet. Sie konnte nicht völlig ahnungslos sein. Vielleicht hatte sie ihrem Mann etwas anvertraut.

Als Macy vor Francine Longs Haus parkte, traten gerade Emma und Kyle auf die Veranda. Emma hatte Jeans und ein T-Shirt an, während Kyle Anglerhosen trug. Macy sah in den Rückspiegel. Die Straße war leer. Sie griff nach ihrer Tasche und öffnete die Tür. Nachdem bekannt geworden war, dass sein Onkel und seine Tante an der Ermordung Philip Longs beteiligt waren, war Kyle Miller der Letzte, den Macy bei Emma erwartet hätte.

Weder Kyle noch Emma winkten, als Macy die Einfahrt hinaufging. Emma beugte sich vor und sagte etwas zu Kyle. Macy glaubte, *sei tapfer* gehört zu haben. Kyle lächelte ein wenig.

»Detective Greeley.« Emma hielt ihr die Hand hin. »Sie kennen Kyle Miller sicher schon.«

»Ja.« Macy bemerkte, dass Emmas Haar nass war. »Emma, ich müsste noch einmal mit Ihrer Mutter sprechen. Wissen Sie, wann sie zurück ist?«

»Ich rechne jeden Moment mit ihr.« Emma nickte in Richtung Haustür. »Wir haben gerade in den Nachrichten gehört, was bei Dr. Whitaker passiert ist. Kommt er wieder auf die Beine?«

»Er liegt auf der Intensivstation, aber die Prognose sieht gut aus.«

Emma wirkte erleichtert. »Es heißt, der Täter hätte die Praxis schon einmal überfallen, um an Medikamente zu gelangen. Man würde meinen, sie hätten einen Sicherheitsdienst oder so was.«

Macy bemerkte, dass Kyle ein wenig unbehaglich wirkte. Sein Blick wanderte immer wieder zur Straße. Wahrscheinlich befürchtete er, dass Francine nach Hause kam.

»Es wäre traurig, wenn Arztpraxen wie Festungen bewacht werden müssten«, sagte Macy. »Kyle, ich weiß, dass die Polizei Ihnen diese Frage zehnmal am Tag stellt, aber haben Sie inzwischen etwas von Ihrem Cousin Sean gehört? Wir brauchen dringend seine Aussage. Je länger er fort ist, desto verdächtiger macht er sich.«

»Ich mache mir auch Sorgen«, sagte Kyle. »Ich weiß nicht, was mit ihm los ist. Ich habe ihm zehn SMS geschickt und ihn angefleht, nach Hause zu kommen, aber er meldet sich einfach nicht.«

Alle drei blickten auf, als ein Wagen vorbeifuhr.

»Ich muss los«, sagte Kyle. Er sah Emma an. »Danke für den Kaffee.«

»Danke fürs Heimfahren«, gab Emma zurück.

»Jederzeit«, sagte er und schüttelte noch einmal Macys Hand, bevor er die Veranda verließ.

Die Sonne schien ihm ins Gesicht. Macy bemerkte, dass er ein blaues Auge hatte.

»Sie haben ein hübsches Veilchen«, sagte sie.

Kyle lächelte kurz, als er auf den nagelneuen Pick-up zuging, der am Straßenrand stand.

»War meine Schuld«, sagte er. »Ich bin einem Betrunkenen gegen den Ellbogen gelaufen.«

Emma und Macy saßen am Küchentisch und tranken Kaffee, während sie auf Francines Rückkehr warteten. Die Gartentür stand offen, und eine frische Brise wehte durchs Haus. Über einem Stuhl hing ein feuchtes Badetuch. Zwei Frühstücksgedecke standen neben der Spüle. Kyle hatte Emma offenbar nicht nur nach Hause gefahren, sondern war auch hiergeblieben, während sie duschte, und hatte mit ihr gefrühstückt. Macy hätte gern gefragt, was Kyle hier zu suchen hatte, aber sie wusste es besser. Kyle war kein Tatverdächtiger. Emmas Privatleben ging sie nichts an.

»Ich weiß, was Sie denken«, sagte Emma.

Emma hielt den Kaffeebecher in einer Hand und das Smartphone in der anderen. Macy hatte den Verdacht, das war ihre Standardpose. Macy griff nach ihrer Tasse und trank einen Schluck.

»Ich bin in keiner Position, um mir über andere Leute eine Meinung zu bilden.«

Emma grinste. »Sie denken, zwischen uns läuft was.«

»Der Gedanke war mir gekommen.«

»Sie liegen falsch. Wir sind bloß Freunde.«

»Ich sage Ihnen nur, wie es aussieht. Wie andere Leute es sehen würden.«

»Zwei Menschen können sich unterhalten«, sagte Emma. »Das muss nichts heißen.«

Macy wusste nicht, wo das Gespräch hinführte. Aus irgendeinem Grund hatte Emma das Bedürfnis, Macy die Situation zu erklären, dabei sollte sie sie lieber Kyle erklären. Etwas an Kyles Auftreten ließ Macy vermuten, dass er mehr von Emma wollte als nur reden. Er hatte versucht, es sich nicht anmerken zu lassen, aber er hing an ihren Lippen und hatte nur Augen für sie.

»Wie gesagt«, sagte Macy, »es geht mich nichts an. Aber ich habe gesehen, wie Kyle Sie ansah. Vielleicht ist er für Sie nur ein Freund, aber ich habe den Eindruck, sein Interesse ist stärker.«

Die Haustür öffnete sich, und Francine trat ein. Sie ging zu ihrer Tochter und nahm sie fest in den Arm.

»Es ist vorbei, mein Schatz«, sagte Francine. »Der Mann, der in Peters Praxis ums Leben gekommen ist, wurde im Zusammenhang mit den Ermittlungen gesucht.«

Emma sah Macy an. »Stimmt das?«

Macy runzelte die Stirn. Sie hatte gehofft, Joel Edwards Name würde noch nicht bekannt werden, aber da Francine lange für Dr. Whitaker gearbeitet hatte, lag es nahe, dass man sie eingeweiht hatte. Macy wählte ihre Worte mit Bedacht.

»Joel Edwards wurde gesucht, weil er vorbestraft und mit Carla Spencer befreundet war. Er hatte sich seit der Entführung nicht bei seinem Bewährungshelfer gemeldet. Aber wir haben keinen konkreten Beweis, der ihn mit der Ermordung Ihres Vaters in Zusammenhang bringt.«

Francine stellte die Handtasche auf den Tisch und zog die Jacke aus. Ihre Wangen waren gerötet.

»Alle sagen, er ist der dritte Entführer«, sagte sie.

»Ich würde den Fall auch gern abschließen«, sagte Macy. »Aber wir müssen uns ganz sicher sein.«

Sie entschuldigte sich, dass sie ohne Ankündigung vorbeigekommen war.

»Es hat ein paar Entwicklungen gegeben«, sagte Macy. »Ich wollte noch einmal mit Ihnen reden.«

»Ich muss ins Krankenhaus, um nach Peter zu sehen«, entgegnete Francine.

»Peter Whitaker liegt auf der Intensivstation. Nicht mal ich darf mit ihm sprechen. Wir haben erfahren, dass Ihr Mann möglicherweise an einer Sendung über den Missbrauch verschreibungspflichtiger Schmerzmittel gearbeitet hat. Diesbezüglich haben wir zwei anonyme E-Mails erhalten. Die Quelle deutet an, dass die Recherchen Ihres Mannes der Grund für seine Entführung und Ermordung gewesen sein könnten.«

Francine nahm den Schal ab und setzte sich auf den leeren Stuhl.

Macy fuhr fort: »Emma hat bestätigt, dass sich Ihr Mann für das Thema interessierte.«

Francine nickte. Sie war blass geworden.

»In den letzten drei Jahren sind achtzehn von Dr. Whitakers Patienten an Medikamenten gestorben, die er ihnen verschrieben hatte. Das ist die zweithöchste Todesrate im Staat Montana. Mit sechs Familien hat er außergerichtliche Vergleiche in Höhe von 2,4 Millionen Dollar geschlossen.«

»Das wusste ich nicht«, sagte Francine.

Emma meldete sich zu Wort. »Aber die Sache scheint doch klar zu sein. Offensichtlich hatte Joel Edwards etwas damit zu tun. Wahrscheinlich brauchte er Geld für Drogen. Die Tatsache, dass mein Vater vielleicht an einer Story über Dr. Whitaker arbeitete, spielt doch überhaupt keine Rolle mehr.«

»Im Moment halte ich verschiedene Szenarien für möglich«, sagte Macy. »Aus juristischer Sicht hat sich Dr. Whitaker nicht strafbar gemacht. Keiner der Tode seiner Patienten wurde als verdächtig eingestuft. Ich versuche im Moment herauszufinden, ob die Ereignisse in der Praxis heute Morgen mit der Entführung zusammenhängen oder ob es sich um einen tragischen Zufall handelt. Laut dem Therapeuten der Entzugsklinik hat Carla Spencer Joel Edwards sehr unterstützt. Vielleicht hat ihr Tod ihn aus der Fassung gebracht.«

Francine knetete ihren Schal, während Macy sprach.

»Mom«, sagte Emma, »ist da irgendwas, das du uns nicht erzählt hast?«

Francine sprach leise. »Manchmal wurde mir bei der Arbeit in der Praxis angst und bange. Zwielichtige Gestalten kamen herein. Sie haben ihr Glück versucht. Ich glaube, man nennt das ›Medikamente shoppen‹. Sie suchen verschiedene Praxen auf, bis sie einen Arzt finden, der ihnen Schmerzmittel verschreibt, obwohl keine medizinische Notwendigkeit besteht. Diese Leute konnten ziemlich unangenehm sein. Peter hatte viel Bargeld in der Praxis, daher musste er immer vorsichtig sein.«

»Warum hatte er so viel Bargeld?«

»Viele Patienten zahlen in bar.« Francines Lächeln war matt. »Manchmal hatte ich das Gefühl, in einer Bank zu arbeiten statt in einer Praxis.«

»Was tat Whitaker, wenn Patienten zum ›Shoppen‹ kamen?«

»Er hört sie immer an. Einmal hat er mir gesagt, ohne gründliche Untersuchung sei es unmöglich, festzustellen, ob jemand echte Schmerzen habe oder nur eingebildete.«

»Und gab er ihnen, was sie wollten?«

»Wenn Peter zu dem Schluss kam, dass sie echte Schmerzen hatten, verweigerte er ihnen die Hilfe nicht.«

Es klingelte.

»Das wird meine Freundin Sarah sein.« Francine stand auf. »Wenn Sie mich entschuldigen, ich muss los. Sie fährt mich nach Collier. Auch wenn ich Peter nicht besuchen kann, habe ich das Bedürfnis, für ihn da zu sein.« Sie schlang sich den Schal wieder um den Hals und griff nach ihrer Jacke. »Emma, ich rufe dich später an und sage dir, wann ich nach Hause komme.«

Sobald Macy im Auto saß, wählte sie Lou Turners Nummer.

»Sind Sie noch in Whitakers Praxis?«, fragte sie.

»Ich packe gerade zusammen.«

»Ich habe eben mit Francine Long gesprochen. Sie sagt, es seien häufig zwielichtige Gestalten in die Praxis gekommen, die die Ärzte abklapperten, um Schmerzmittel zu ›shoppen‹.«

»Vielleicht ist das der Grund, warum Whitaker normalerweise einen Wachmann vor der Tür hat.«

»Und wo war der heute Morgen?«

»Er hatte einen Platten und rief an, dass er sich verspäten würde«, sagte Lou. »Vor einer Stunde tauchte er mit seinem Ersatzreifen hier auf. Es gibt keinen Grund, seine Geschichte anzuzweifeln.«

»Wir sollten das trotzdem überprüfen. Für welche Firma arbeitet er?«

»Flathead Valley Security.«

»Kyle Miller arbeitet auch da.«

»Kyle Miller ist kein Verdächtiger. Er hat ein wasserdichtes Alibi.«

Macy ließ den Motor an und fuhr los.

»Ich fahre gerade bei den Longs los«, sagte Macy. »Interessanterweise war Kyle hier, als ich kam. Emma und Kyle scheinen sich nahezustehen.«

»Es überrascht mich, dass Francine ihn ins Haus gelassen hat.«

»Als Francine nach Hause kam, war er schon weg.«

»Hat er irgendetwas Verdächtiges gesagt oder getan?«

»Vielleicht. Als Emma fragte, was in der Praxis passiert sei, tauchte auch die Frage nach den Sicherheitsvorkehrungen auf. Emma wunderte sich, dass die Praxis keinen Wachdienst hatte. Kyle stand daneben und sagte nichts. Er musste doch wissen, dass seine Firma für Whitakers Praxis arbeitet.«

»Vielleicht hat er aus einem anderen Grund geschwiegen«, sagte Lou. »Falls Kyle klar war, dass Flathead Valley Security Mist gebaut hat, wollte er sich vielleicht nicht die Blöße geben.«

»Kann sein, aber Kyle Miller hat Verbindungen zu den Kidnappern und zu Dr. Whitaker, und wahrscheinlich kannte er Joel Edwards von den Besuchen der Kirchengruppe im Obdachlosencamp. Wir sollten uns die Sache noch mal näher ansehen. Hatte der Wachmann den Verdacht, dass jemand sein Fahrzeug mit Absicht beschädigt hat? Vielleicht hat er was gehört. Vielleicht hat jemand was gesehen.«

»Vielleicht hat ihm Joel Edwards die Luft rausgelassen«, sagte Lou. »Wenn der Wachmann zu spät zur Praxis kam, hatte er freie Bahn.«

»Haben Gina und die Kollegen Neuigkeiten vom Obdachlosencamp?«

»Bis jetzt noch nicht, aber ich habe gehört, dass sie auf dem Rückweg sind.«

»Gut«, sagte Macy. »Treffen wir uns in einer halben Stunde auf dem Revier und tauschen uns aus. Ich will mir noch die Aussagen der Zeugen aus der Praxis durchlesen.«

»Ich komme nach«, sagte Lou. »Ich glaube, ich unterhalte mich noch mal mit dem Wachmann. Rufen Sie an, falls Gina was rausgefunden hat. Als ich das letzte Mal mit Ryan gesprochen habe, steckte er hüfttief in Joels Wagen. Vielleicht hat auch er was zu berichten.«

Macy hörte ihre Mailbox ab, während sie im Slalom durch die Tische im Polizeirevier von Walleye Junction ging. Aiden versuchte schon seit gestern, sie zu erreichen, aber sie hatte noch keine Zeit gehabt, ihn zurückzurufen. Ihr Telefon klingelte, als sie ihm eine Nachricht schrieb.

»Einen Moment, Mom«, sagte Macy.

Sie betrat den Einsatzraum. Dort sank sie auf einen Stuhl und schloss die Augen.

»Macy«, fragte Ellen. »Bist du noch da?«

»Gerade so. Ich habe kurz die Augen zugemacht und wäre fast eingenickt.«

»Ich war gerade mit Luke beim Arzt.«

Macy riss die Augen auf.

»Geht es ihm gut?«

»Ja, reine Routine. Grippe-Impfung.«

»Ich habe total vergessen, dass der Termin diese Woche war. Wie hat er es verkraftet?«

»Wie ein Indianer«, sagte Ellen. »Im Eiscafé war schon wieder alles vergessen.«

»Braves Kerlchen«, sagte Macy.

»Besteht Hoffnung, dass der Fall bald gelöst ist? Wäre schön, dich wieder zu Hause zu haben.«

»Uns gehen langsam die Verdächtigen aus, es ist also nur eine Frage der Zeit.«

Ellen lachte. »Nimmst du immer den fest, der übrig bleibt?«

»So ungefähr.« Macy sah auf. Ryan stand im Flur vor der Scheibe und schnitt Grimassen.

Macy war todmüde, aber sie lächelte trotzdem. »Mom, ich muss weitermachen«, sagte sie. »Ich rufe dich später an. Drück Luke von mir. Und keine Sorge. Ich komme bald heim.«

»Ich hab dich lieb, mein Schatz.«

»Ich hab dich auch lieb.«

Ryan stürmte ins Büro und nahm sich den Stuhl neben Macy. Er trank einen Schluck aus einem großen Pappbecher, auf den die Kellnerin in Großbuchstaben IAN geschrieben hatte.

»Jemand hat Macy lieb«, sagte Ryan und rückte näher. »War das Aiden am Telefon, oder bist du schon beim Nächsten?«

»Ryan, du bist widerlich. Das war meine Mutter.«

Ryan wirkte enttäuscht. »Schade. Über Ellen darf ich keine Witze machen. Sonst lädt sie mich nicht mehr zu Thanksgiving ein.«

»Wir haben dich noch nie zu Thanksgiving eingeladen.«

»Ein Versäumnis, dass ihr im kommenden November hoffentlich nachholt.«

»Ist notiert. Was gibt's Neues vom Abschlepphof? Konntest du schon einen Blick in Joel Edwards' Auto werfen?«

Ryan zog einen Hefter aus der Tasche und knallte ihn vor Macy auf den Tisch.

»Wenn wir bei den Kriminellen nicht bald ein Upgrade kriegen, kündige ich, das schwöre ich dir«, sagte er. »Die Karre war ein Saustall. Der Mann hat gehaust wie ein Tier.«

»Er war obdachlos«, erinnerte ihn Macy. »Wahrscheinlich hat er es so gut gemacht, wie er konnte.« Sie blätterte die Akte durch, dann schob sie sie zur Seite. »Ich habe keine Zeit, das alles zu lesen. Hast du was gefunden, das uns weiterbringt?«

Ryan legte eine durchsichtige Tüte auf den Tisch. Philip Longs Visitenkarte steckte darin. Sie war auf Fingerabdrücke untersucht worden.

»Es ist zwar kein Beweis, dass sie sich begegnet sind, aber die Karte lag in Joel Edwards' Wagen. Es sind die Fingerabdrücke von beiden darauf.«

Macy entdeckte Gina in der offenen Tür und hielt die Visitenkarte hoch.

»Was meinst du?«, fragte Macy. »Kannten sich Philip Long und Joel Edwards?«

Gina nickte. »Das sagt jedenfalls dein Freund bei den Obdachlosen.«

Ryan grinste. »Oh, Macy, du bewegst dich in interessanten Kreisen.«

Macy ignorierte ihn. »Du hast mit Mike Samson gesprochen?«

Gina kam herein und lehnte sich an die Wand. »Er sagt, er habe Philip Long Joel Edwards vorgestellt.«

»Tja, das sticht meine Visitenkarte aus«, seufzte Ryan und schob den Stuhl vom Tisch. »Ich habe einen Haufen Papierkram zu erledigen, also wenn es euch nichts ausmacht, suche ich mir ein ruhiges Café zum Schreiben.«

»Melde dich, wenn es was Neues gibt«, sagte Macy.

»Lieber würde ich dir einen ausgeben«, entgegnete er auf

dem Weg zur Tür. »Falls es jemanden interessiert, ich sitze ab acht in der Hotelbar.«

»Man kann seine Energie nur bewundern«, stellte Macy fest.

»Wenn ich Ryan sehe, muss ich immer an einen gewissen rosa Plüschhasen denken.« Gina setzte sich auf den Stuhl, den Ryan gerade verlassen hatte. »Philip Long wurde vor circa einem Monat in dem Obdachlosencamp gesehen. Er hat Joel Edwards gesucht. Sie haben etwa eine Stunde miteinander geredet, aber als Mike Samson Joel Edwards danach fragte, sagte er nur, dass es um seine Schwester ging.«

»Die Schwester, die an einer Überdosis starb?«

»Ich nehme es an. Meinst du, sie steht vielleicht auf der Liste?«

»Ich erinnere mich an kein Opfer, das Edwards hieß, aber vielleicht hatte sie geheiratet und trug den Namen ihres Mannes.«

Gina ging Joel Edwards' Akte durch, die auf dem Tisch lag, bis sie die Info fand, die sie brauchten. »Sagt dir Wendy Martin etwas?«

Macy nahm sich die E-Mail vor.

»Volltreffer«, erklärte sie. Sie blätterte die Liste durch. »Hier ist sie.«

Joel Edwards' Schwester starb mit fünfunddreißig Jahren.

Wendy Martin hatte einen schweren Autounfall. Nach einer lebensrettenden Operation und mehreren Folgeeingriffen, darunter Hauttransplantationen, Gesichtsrekonstruktion und die Versteifung zweier Wirbelkörper, litt Wendy unter chronischen Schmerzen. Als letzten Ausweg verschrieb ihr Dr. Whitaker Fentanylpflaster. Wendy war dankbar, weil sie zum ersten Mal seit dem Unfall schmerzfrei war. Drei Monate später kam sie zur Routineuntersuchung in Dr. Whitakers Praxis. Auf dem Heimweg erhielt sie in ihrer Apotheke gegen Rezept Xanax und Hydrocodon. Später am selben Tag wurde sie tot auf dem Wohnzimmersofa gefunden. Nach Befund hatte sie hohe Konzentrationen von Xanax, Fentanyl und Hydrocodon im Blut.

»Denkst du, Joel Edwards ging in Whitakers Praxis, um ihn wegen des Todes seiner Schwester zur Rede zu stellen?«, fragte Gina.

»Ich habe die Zeugenaussagen noch nicht gelesen, ich habe keine Ahnung, was drinsteht.«

»Ich rufe mal schnell bei Lou an und frage, ob er was weiß.«

Macy scrollte durch ihre ungelesenen E-Mails und blieb an einem Videolink der Überwachsungskamera aus der Praxis hängen. Sie öffnete ihn und sah sich das Video an. Der Ton war zu verzerrt, um etwas zu verstehen. In der rechten oberen Bildschirmecke sah man Joel Edwards und Dr. Whitaker. Es sah aus, als stritten sie.

Gina legte das Telefon weg. »Lou sagt, nur die Empfangsdame war mit Edwards und Whitaker im Wartezimmer, und sie wurde noch nicht vernommen.«

Macy drehte den Laptop um, so dass Gina den Bildschirm sehen konnte. »Da war eindeutig noch jemand im Raum. Siehst du die Frau, die an der Tür sitzt? Sie stand draußen auf der anderen Straßenseite, als wir dort ankamen.« Macy erinnerte sich genau an den Jungen, den sie im ersten Moment für Luke gehalten hatte. »Sie hatte ein Kind im Arm.«

Gina griff nach dem Telefon. »Ihr Name müsste in Whitakers Terminkalender stehen. Dann haben wir sie.«

Zwanzig Minuten später fuhren Gina und Macy zu einer Adresse am Rand von Walleye Junction. Sie parkten hinter einem Minivan in der Einfahrt. Die Tür auf der Fahrerseite stand weit offen, und der Schlüssel steckte noch im Zündschloss.

Macy klingelte und wartete vor der Tür. Durchs Fenster sah sie eine Frau, die im Wohnzimmer saß. Sie klingelte noch einmal.

»Mrs. Butler«, rief Macy. »Ich bin Detective Macy Greeley. Ich muss mit Ihnen über den Vorfall in Dr. Whitakers Praxis heute Morgen sprechen. Ich weiß, dass Sie auch dort waren.«

Langsam ging die Tür auf. Die Frau wirkte wie betäubt. Sie sah Macys Marke kaum an, bevor sie sie hereinließ.

»Ich kann nicht aufhören zu weinen«, sagte sie.

»Wo ist Ihr Sohn?«, fragte Macy. Sie blickte sich nach dem kleinen Jungen um.

»Ich habe ihn hingelegt.«

»Ist es in Ordnung, wenn meine Kollegin Gina nach ihm sieht?«, fragte Macy.

»Wenn Sie meinen«, sagte Mrs. Butler. »Er ist oben in seinem Zimmer.«

Gina ging die Treppe hinauf, und Macy folgte Mrs. Butler in die Küche.

»Mrs. Butler, wurden Sie heute Morgen von einem Polizeibeamten vernommen?«

Die Frau lehnte sich an die Arbeitsplatte. Das Haar fiel ihr ins Gesicht, als sie den Kopf senkte.

»Ich weiß nicht mehr«, sagte sie. »Alles ist so verschwommen. Ich wollte nur meinen Sohn in Sicherheit bringen.« Ihre Hände zitterten. »Ich erinnere mich nicht mal an die Rückfahrt.«

»Das kann passieren«, sagte Macy. »Sie stehen unter Schock.«

Gina kam mit dem kleinen Jungen auf dem Arm die Treppe herunter. Das Kind streckte die Arme nach seiner Mutter aus.

»Setzen wir uns ins Wohnzimmer«, schlug Macy vor.

Sie führte Mrs. Butler am Ellbogen zum Sofa. Als sie saß, setzte Gina ihr das Kind auf den Schoß.

»Bevor ich Ihnen ein paar Fragen zum Geschehen stelle, möchte ich wissen, wie es Ihnen geht«, begann Macy. »Sind Sie oder Ihr Sohn verletzt?«

Mrs. Butler drückte sich ein Taschentuch an die Augen und schüttelte den Kopf. Sie rang nach Luft. Macy legte ihr die Hand aufs Knie.

»Alles ist gut. Sie und Ihr Sohn sind in Sicherheit.«

Heiße Tränen liefen ihr über die roten Wangen. Sie brachte kein Wort heraus. Der kleine Junge starrte Macy mit offenem Mund an. Er war zu klein, um zu verstehen, was los war, aber er spürte, dass etwas nicht stimmte. Dann vergrub er das Gesicht in der Armbeuge seiner Mutter.

»Wie heißt Ihr Sohn?«, fragte Macy.

»William«, antwortete die Frau.

»Er sieht genauso alt wie mein Sohn aus.«

»Er ist gerade drei geworden.«

»Luke ist zweieinhalb.«

Das Gesicht der Frau hellte sich auf. »Mein älterer Sohn heißt Luke.«

Ein langer Schluchzer kam tief aus der Brust des Jungen. Seine Mutter hielt ihn noch fester.

»Er hat immer noch Angst«, sagte Mrs. Butler.

Macy fand einen roten Lutscher in der Handtasche, den sie immer für Luke dabeihatte, und begann ihn auszuwickeln. Der Junge beobachtete sie genau.

»Unter den Umständen würde ich sagen, er hat ihn nötiger als ich.« Macy sah die Mutter des Jungen entschuldigend an. »Ich hoffe, das ist okay. Ich hätte Sie vorher fragen sollen.«

Der Junge schloss die Faust um den Lutscher und schob ihn in den Mund.

»Ein bisschen Zucker ist unser kleinstes Problem. Was ist bloß aus der Welt geworden?«

»Auch wenn Sie wahrscheinlich nicht mehr daran denken wollen: Es ist wichtig, dass Sie mir genau erzählen, was heute Morgen passiert ist.«

Die Frau strich ihrem Sohn das Haar aus dem Gesicht und küsste ihn sanft auf die Stirn.

»Ich habe nicht mitgekriegt, wie er reingekommen ist. Ich saß im Wartezimmer und las eine Zeitschrift, und William war in der Spielecke beim Empfangstresen. Der Mann setzte sich neben mich und fing an, auf mich einzureden, als würden wir uns kennen. Ich weiß noch, dass ich genervt war, weil das Wartezimmer so gut wie leer war. Er hätte sich sonst wo hinsetzen können.«

»Hat er gesagt, warum er da war?«

»Er sagte, er wollte mit Dr. Whitaker über seine Schwester sprechen, Wendy, glaube ich.«

Macy zog Joel Edwards' Foto heraus.

»War das der Mann, der mit Ihnen gesprochen hat?«

Die Frau zuckte zusammen. »Ja, das ist er.«

»Ich möchte nur, dass Sie mir sagen, woran Sie sich erinnern. Sonst nichts.«

Die Frau schob das Kind auf ihrem Schoß zurecht.

»Er kam mir harmlos vor, auch wenn er nicht aufhörte zu reden. Er sagte, er hätte keine Familie mehr in Walleye und dass seine Nichte mit ihrem Vater nach Denver gezogen wäre.« Sie überlegte kurz. »Vielleicht habe ich das verwechselt. Vielleicht war es Chicago.«

»Schon gut. Sie machen das toll.«

»Die Schwester des Mannes war irgendwann gestorben. Er hat darauf beharrt, dass es kein Unfall gewesen wäre. Am Ende hat er irgendwas von einer Verschwörung gesagt.« Ihre Stimme verlor sich.

»Was ist dann passiert?«

»Dr. Whitaker kam herein, und der Typ stand auf und ging zu ihm. Ich erinnere mich, dass ich sein Verhalten schrecklich unhöflich fand. Erst habe ich ihm die ganze Zeit zugehört, und dann steht er auf und drängelt sich vor.«

»War er bewaffnet?«

Ihre Augen weiteten sich. »O Gott, er muss die Pistole die ganze Zeit bei sich gehabt haben. Er hatte sie in der Hand. Klar und deutlich. Er ging zu Dr. Whitaker und hielt ihm die Pistole vors Gesicht.«

»Hat er noch etwas gesagt?«

»Ich weiß nicht, ob ich mich an alles richtig erinnere … Ich hatte solche Angst. William krabbelte praktisch zu seinen Füßen herum. Ich konnte sonst nirgends hinsehen.« Die Frau drückte sich das Taschentuch an die Augen. »Der Mann hat Dr. Whitaker beschuldigt, er hätte seine Schwester auf dem Gewissen.«

»Wie hat Dr. Whitaker reagiert?«

»Er hat gesagt, ihr Tod wäre ein tragischer Unfall gewesen oder so und er hätte sein Bestes getan. Aber der Mann ist ausgerastet. Er hat herumgeschrien und mit der Pistole herumgefuchtelt. Er sagte, Dr. Whitakers Name hätte auf den Pillen gestanden, die seine Schwester umgebracht hatten, und Philip Long hätte gesagt, es wäre kein Einzelfall gewesen.«

»Sind Sie sicher, dass er den Namen Philip Long erwähnt hat?«, fragte Macy.

»Ja, Ma'am. Und dann ging die Schießerei los.« Die Frau zog am T-Shirt ihres Sohnes und begann wieder zu weinen. »O Gott, mein Junge hat immer noch Blut an der Kleidung.«

Macy, Gina und Lou trafen sich auf dem Revier. Es war fast zehn, und sie waren seit dem Morgengrauen im Einsatz. Macy war so müde, dass sie kaum noch einen klaren Gedanken fassen konnten.

»Jetzt ist es offiziell«, sagte Macy. »Ich verstehe überhaupt nichts mehr.«

»Die IT-Leute haben gerade angerufen«, sagte Gina. »Sean Spencer und seine Freundin Kristina sind wieder in Flathead Valley.«

»Wie können sie da so sicher sein?«, fragte Lou.

»Kristina hat auf Twitter ein Foto aus einer Bar in Collier gepostet. Der Geschäftsführer bestätigt, dass sie gestern Abend da waren.«

»Wir müssen so schnell wie möglich mit Sean Spencer sprechen«, sagte Macy. »Ich bin überzeugt, dass ihm seine Mutter Longs Dateien zugespielt hat.«

»Wir behalten Kristinas Accounts im Auge«, sagte Gina. »Anscheinend wachsen die Gerüchte, dass sie einen neuen Rave plant. Wenn es so weit ist, finden wir sie.«

»Ich habe Neuigkeiten aus dem Collier County Hospital. Dr. Whitaker ist wach«, sagte Lou. »Wir können ihn morgen früh vernehmen. Seine Aussage widerspricht dem, was die Zeugin Mrs. Butler ausgesagt hat.«

»Er lügt, und ich will wissen, warum«, sagte Macy. »Was ist mit der Mitarbeiterin am Empfang?«

»Sie behauptet, sie kann sich an nichts erinnern«, sagte Lou.

»Wie praktisch für Whitaker«, stellte Gina fest. »Morgen früh fahre ich nach Missoula und überprüfe noch mal Kyle Millers Alibi. Die Kollegen haben sicher alles richtig gemacht, aber es kann nicht schaden, Kyle Millers Freunden noch einmal auf den Zahn zu fühlen.«

»Gute Idee, Gina«, sagte Macy. »Ich weiß, dass Kyle Miller bisher nicht auf unserer Liste stand, aber ich finde auch, wir sollten ihn genauer unter die Lupe nehmen. Lou, was hat der Wachmann gesagt, als Sie nachgehakt haben?«

»Er hält es für möglich, dass letzte Nacht jemand bei ihm vorm Haus gewesen ist. Gegen ein Uhr früh hat der Hund des Nachbarn angeschlagen. Derselbe Nachbar bestätigt, gesehen zu haben, wie der Wachmann heute Morgen den Reifen wechselte.«

Macy stand auf und ging zu der Wand, an der Fotos aller Personen hingen, die in irgendeiner Form bei den Ermittlungen aufgetaucht waren. Sie zeigte auf das Bild von Joel Edwards.

»Es gibt nicht den kleinsten Hinweis, dass Joel Edwards außer in Dr. Whitaker Praxis an einem der Tatorte war. Er war ein obdachloser Junkie, der im Auto gelebt hat, einem Auto, das Ryan als Saustall bezeichnete. Das ist kein Mann, der hochorganisiert ist, und es fällt mir schwer, zu glauben, dass er, wenn er in dem Haus gewesen wäre, in dem Long festgehalten wurde, keinerlei Spuren hinterlassen hätte. Wir wissen, dass er Philip Long mindestens einmal begegnet ist, und wir wissen, dass sie über seine Schwester Wendy Martin gesprochen haben, die starb, während sie von Dr. Whitaker betreut wurde. Eine Zeugin sagt, Joel Edwards sei in der Praxis gewesen, weil er Whitaker die Schuld an ihrem Tod gab. Joel Edwards kannte Carla Spencer aus der Entzugstherapie, aber wir haben keine Ahnung, ob ihre Beziehung über einen gelegentlichen Kaffee hinausging. Meiner Meinung nach war es nicht in Joels Interesse, Philip Long zum Schweigen zu bringen.«

»Vielleicht hat er Carla von seiner Schwester erzählt«, sagte Gina. »Und vielleicht hat Carla Wendy Martins Namen auf der Liste in Philip Longs Computer wiedererkannt.«

»Das ist reine Spekulation.« Lou warf die Hände in die Luft. »Wir haben nichts in der Hand, was Joel Edwards mit dem Mord an Philip Long verbindet, aber gegen Sean Spencer und Kyle Miller haben wir noch weniger.«

Macy starrte die Fotowand an. »Wenn wir morgen Abend

immer noch im Dunkeln tappen, müssen wir noch mal ganz von vorne anfangen, fürchte ich.«

»Nicht den Mut verlieren«, sagte Gina. »Vielleicht finden wir Spuren an Finn Crawleys Sweatshirt. Außerdem ist Sean Spencer endlich in Reichweite. Und die IT-Leute kämmen die Datei-Anhänge der anonymen E-Mails durch. Irgendwas taucht ganz bestimmt auf.«

16

Macy und Lou fuhren zusammen zum Collier County Hospital. Es war noch früh, und die Eingangshalle des Krankenhauses war relativ leer. Lou runzelte besorgt die Stirn. Macy drückte die Fahrstuhltaste, und sie warteten schweigend. Macy hatte sich bis spät abends Lloyd Spencers Krankenakte und Buchhaltung angesehen. Gegen zwei Uhr morgens hatte sie eine E-Mail von den Computerspezialisten in Helena erhalten. Sie hatten im Word-Anhang der ersten anonymen E-Mail eine elektronische Spur gefunden. Im Originaldokument hatte es Kommentare gegeben, die gelöscht worden waren, sich aber lesen ließen, wenn man den Versionsverlauf der Datei öffnete. Eine der Anmerkungen war besonders interessant.

Brauche mehr Daten aus Whitakers Praxis. Muss riskieren, mich noch mal über Francines Konto einzuloggen. Schwer zu glauben, dass sie von allem nie was mitbekommen hat.

Macy hatte Lou Turner die E-Mail auf der Fahrt nach Collier vorgelesen. Doch auch wenn der Fund bewies, dass Philip Long Dr. Whitaker im Visier hatte, trug er nicht zu Lous Beruhigung bei.

»Lou«, sagte Macy im Fahrstuhl, »selbst wenn Whitaker schuldig ist, kann es sein, dass er nie verurteilt wird. Sie müssen weiterhin mit ihm in einer Stadt leben, deshalb schlage ich vor, dass ich die Vernehmung allein führe.«

Lou war sichtlich erleichtert. »Danke, Macy. Ich schulde Ihnen was. Das wird nicht leicht. Außer den E-Mails haben wir keinen Beweis gegen ihn.«

»Wir haben vielleicht mehr, als Sie denken. Ich bin gestern Abend noch einmal Lloyd Spencers Finanzen durchgegangen. Bis vor zwei Wochen schuldete er Whitakers Praxis Arztrechnungen in Höhe von sechsunddreißigtausend Dollar. Dann war er plötzlich schuldenfrei. Ich glaube, wir wissen beide, warum.«

»Was ist Ihre Theorie?«, fragte Lou.

»Philip Long plante eine Radiosendung, in der er die hohe Zahl der Todesfälle in Whitakers Praxis anprangern und ihn möglicherweise als Dealer bloßstellen wollte. Whitaker kam mit Carla und Lloyd ins Geschäft und versprach ihnen, ihre Schulden zu erlassen. Er gab ihnen und einer dritten Person den Auftrag, Philip Long zum Schweigen zu bringen, wenn auch nicht unbedingt, ihn zu töten. Ich schätze, dass in der Nacht, als er starb, einiges fürchterlich schieflief.«

»Klingt plausibel, aber wir müssen es immer noch beweisen.«

»Das ist mir leider bewusst«, sagte Macy. »Sie kennen Whitaker. Haben Sie Tipps, bevor ich reingehe?«

»Whitaker ist ein intelligenter Mann, aber er hat einen Messias-Komplex, gepaart mit einem Ego in der Größe von Texas. Ich würde vorsichtig sein und ihn nicht in die Ecke drängen. Sonst macht er dicht und ruft seine Anwälte.«

»Ich werde daran denken.«

Im sechsten Stock öffnete sich die Tür, und sie traten auf den Flur.

»Wir sehen uns, wenn Sie fertig sind.«

Dr. Whitaker trug einen dunkelblauen Bademantel über dem Krankenhausnachthemd und saß aufrecht im Bett. Sein linker Arm lag in einer Schlinge. Auch wenn die Urlaubsbräune verblasst war, hatte er von seiner Kraft nichts eingebüßt. Er schüttelte Macy fest die Hand und sah ihr in die Augen.

»Schön, Sie wiederzusehen, Detective Greeley.«

»Ich bin froh, dass Sie auf dem Weg der Besserung sind, Dr. Whitaker.«

»Die Versorgung hier ist ausgezeichnet. Kennen Sie das Collier County Hospital?«

»Mein Sohn ist hier zur Welt gekommen«, sagte Macy.

»Dann wissen Sie, dass es nicht den besten Ruf hat. Aber ich habe keinen Grund zur Klage.« Er wiederholte sich. »Ausgezeichnete Versorgung.«

»Vielen Dank, dass Sie bereit sind, mit mir zu sprechen. Ich weiß, Sie haben schwere vierundzwanzig Stunden hinter sich.«

»Ich habe gehört, dass Sie Joel Edwards gesucht haben. Dann ist die Geschichte wohl damit zu Ende, hoffe ich. Gehen Sie davon aus, dass er der sogenannte dritte Entführer war?«

»Das wäre eine Möglichkeit. Aber wir müssen uns hüten, vorschnelle Schlüsse zu ziehen.«

»Natürlich«, sagte Dr. Whitaker. »Ich helfe gerne, wenn ich kann.«

Macy räusperte sich. »Wir haben in der letzten Woche anonyme E-Mails erhalten, in denen es um den Missbrauch verschreibungspflichtiger Schmerzmittel geht. Der Absender deutet an, es bestehe eine Verbindung zwischen dem Inhalt der E-Mails und Philip Longs Tod. Inzwischen konnten wir nachweisen, dass eins der angehängten Dokumente höchstwahrscheinlich von Philip Longs Computer stammt.«

»Das kommt mir unwahrscheinlich vor. Philip war entschieden gegen jede Schmerzmedikation. Ich bezweifle sehr, dass er verschreibungspflichtige Medikamente missbraucht hat.«

»Sie verstehen mich falsch, Dr. Whitaker. Der Anhang der E-Mail enthält eine Liste von zweiundachtzig Patienten, die in den letzten Jahren an Medikamenten starben, obwohl sie unter ärztlicher Aufsicht standen. Wir haben die Liste an die Gerichtsmedizin in Helena geschickt. In vielen der Fälle ist Ihr Name aufgetaucht.«

»Entschuldigen Sie«, sagte Whitaker, »aber was hat Ihre Frage mit dem zu tun, was gestern in meiner Praxis geschehen ist?«

»Ich versuche herauszufinden, welches Motiv Joel Edwards gestern gehabt haben könnte.«

»Er wollte Medikamente.«

»Laut einer Zeugin, die das Gespräch beobachtet hat, wollte Joel Edwards Gerechtigkeit. Seine Schwester Wendy Martin war Ihre Patientin.«

»Das geht aber jetzt wirklich zu weit. Der Mann kommt in meine Praxis und schießt auf mich. Er hätte mich um ein Haar umgebracht!«

»Dr. Whitaker, ich bin hier, um Ihnen einen Gefallen zu tun. Philip Long hat ziemlich überzeugende Behauptungen aufgestellt, was opiathaltige Schmerzmittel und die Mitschuld behandelnder Ärzte am Tod von Patienten angeht. Die Staatsanwaltschaft hat mir versichert, dass es eine umfassende Untersuchung geben wird. Betrachten Sie dies als Chance, mir Ihre Version der Geschichte zu erläutern.«

»Ich habe das Gefühl, ich sollte meinen Anwalt hier haben.«

»Wir können jederzeit aufhören«, sagte Macy. »Aber je schneller Sie mich überzeugen, dass Sie von der Veröffentlichung der Dokumente nichts zu befürchten haben, desto schneller kann ich in andere Richtungen weiterermitteln.«

Dr. Whitaker nickte knapp. »Detective Greeley, ich verstehe, dass Sie in einem Fall wie diesem gründlich vorgehen müssen, aber offensichtlich verdächtigen Sie mich einer Art von Beteiligung an der Ermordung von Philip Long. Nur fürs Protokoll: Ich bestreite dies aufs Heftigste. Als Zeichen meines guten Willens gebe ich Ihnen freiwillig meine DNA und Fingerabdrücke.« Er hielt die Hände hoch. »Ich habe nichts zu verbergen.«

»Das wissen wir zu schätzen. Wir schicken Ihnen im Laufe des Tages jemanden vorbei, wenn es Ihnen recht ist.« Macy warf einen schnellen Blick in ihre Aufzeichnungen. »Ist Philip Long mit seinen Recherchen über Medikamentemissbrauch je auf Sie zugekommen?«

»Absolut nicht.«

»Sind Sie schon immer auf Schmerztherapie spezialisiert?«

»Nein«, sagte Whitaker. »Aber ich arbeite seit zwanzig Jahren auf dem Gebiet.«

»Überrascht es Sie, wenn ich Ihnen sage, dass in den letzten drei Jahren achtzehn Ihrer Patienten an einer Überdosis verschreibungspflichtiger Medikamente gestorben sind?«

»Sind Sie sicher, dass diese Zahl stimmt? Sie kommt mir sehr hoch vor.«

»Ich schicke Ihnen die Unterlagen, wenn Sie möchten«, sagte Macy. »Haben Sie keine Angst, Ihre Patienten zu gefährden, wenn Sie Ihnen derartig starke Medikamente verschreiben?«

»Natürlich besteht ein Restrisiko«, antwortete er. »Ich sage meinen Patienten deutlich, dass es sich um hochwirksame Substanzen handelt. Ich kläre Sie gründlich auf, und alle müssen eine Patientenvereinbarung unterschreiben. Darin verpflichten sie sich, das Medikament genau so einzunehmen, wie wir es besprochen haben, und ohne meine Zustimmung keinen weiteren Arzt aufzusuchen. Bei den Nachuntersuchungen erinnere ich sie stets daran, vorsichtig zu sein. Allen war bewusst, dass die Medikamente stark genug sind, um sie zu töten.«

»Wie evaluieren Sie Ihre Patienten?«, fragte Macy.

»Die Intensität von Schmerz zu beurteilen ist äußerst schwer. Man lernt die Patienten gut kennen und entwickelt ein Gespür für sie. In den Anfangsjahren habe ich alles für bare Münze genommen, was sie sagten. Erst mit der Zeit bin ich skeptischer geworden. Patienten lügen. Man muss ständig auf der Hut sein.«

»Wenn Sie so vorsichtig sind, wie erklären Sie sich dann, dass so viele Ihrer Patienten an Überdosen gestorben sind?«

»Wenn ein Patient beginnt, Missbrauch zu treiben, wird er schnell abhängig. Dann ist es schwer, zu beurteilen, ob der Schmerz, den er empfindet, echt ist. Manche sind sehr überzeugend und schlüpfen durchs Netz. Vielleicht kombinieren sie ihre Medikamente mit Alkohol, mit Drogen, die sie auf der Straße kaufen, oder mit Rezepten anderer Ärzte.« Er hielt inne. »In jeder Schmerztherapiepraxis kommt es vor, dass Patienten an Überdosen sterben. Je höher ein Patient dosiert, ohne Probleme zu bekommen, desto mehr bildet er sich ein, er hätte alles im Griff. Aber er spielt mit dem Feuer. Man kann nie wissen, welches die Pille ist, die einen umbringt.«

»Warum riskieren Sie überhaupt, diese Patienten zu behandeln, wenn deren Kooperation so schwer zu überwachen ist? Laut Gesundheitsbehörde laufen zurzeit drei Verfahren wegen ärztlicher Fehlbehandlung gegen Sie. In den letzten drei Jahren haben Sie sich in sechs Fällen außergerichtlich geeinigt und den Familien von Patienten geschätzte 2,4 Millionen Dollar gezahlt.«

»Irgendwer muss sich um diese Patienten kümmern. Wer sind wir, zu entscheiden, dass sie nicht das Recht auf ein schmerzfreies Leben haben? Ich will nicht Gott spielen. Auch wenn Schmerz schwer zu quantifizieren ist, er bleibt echt. Es ist traurig, dass wir einige Patienten verloren haben, aber über die Jahre konnte ich so vielen anderen helfen. Ich schlage vor,

Sie sehen sich mal meine Website an und lesen die Hunderte von Erfahrungsberichten. Ich tue wirklich mein Bestes und handele nach meinem Gewissen.«

»Darf ich Sie fragen, in welcher Beziehung Sie zu Kyle Miller stehen?«

»Kyle ist Mitglied meiner Gebetsgruppe in der Kirche.«

»Er arbeitet auch für die Sicherheitsfirma, mit denen Ihre Praxis einen Vertrag hat.«

»Wir arbeiten nicht mehr zusammen«, sagte er. »Ich habe heute Morgen gekündigt. Wenn der Sicherheitsmann pünktlich bei der Arbeit erschienen wäre, wäre ich nicht angeschossen worden.«

»Ich habe gehört, der Wachmann hatte einen Platten.«

»Sie hätten eine Vertretung schicken müssen«, sagte Whitaker. »Sie haben sich entschuldigt und von einer Verkettung unglücklicher Umstände gesprochen, aber so etwas geht einfach nicht.«

»Wussten Sie, dass Lloyd Spencer Kyles Onkel war?«, fragte Macy.

»Der Entführer?«

»Er war auch Ihr Patient. Bis vor zwei Wochen hat er Ihrer Praxis sechsunddreißigtausend Dollar geschuldet. Wie kommt es, dass Sie ihm die Schulden erlassen haben?«

»Kyle kam vor einem Monat zu mir und hat mir den Fall seines Onkels und seiner Tante ans Herz gelegt. Lloyds Frau Carla war in einem Entzugsprogramm, aber wegen der Schulden stand sie unter solchem Stress, dass es schwer war, clean zu bleiben. Andererseits war klar, dass ich das Geld sowieso nicht wiedersehe, also habe ich ihnen die Schulden erlassen.«

»Erzählen Sie mir von Wendy Martin.«

»Das war ein trauriger Unfall und ein schrecklicher Verlust für ihre Familie und für die Gemeinde.«

»Fentanyl ist einhundertmal stärker als Morphin, und doch

haben Sie es ihr in Kombination mit Xanax und Hydrocodon verschrieben«, sagte Macy. »Offenbar haben Sie sich mit der Familie außergerichtlich geeinigt, um eine Klage zu vermeiden, aber Sie müssen doch selbst sehen, dass Sie die Verantwortung tragen.«

»Wie gesagt, Schmerzmanagement ist keine exakte Wissenschaft. Ich tröste mich mit dem Gedanken, dass ich in neunundneunzig von hundert Fällen richtig handle. Außerdem wurden die Tode aller meiner Patienten als natürlich eingestuft. Ich bin in vollem Umfang qualifiziert, zertifiziert und lizenziert, im Staat Montana als Arzt zu praktizieren, und ich stehe hinter jedem Rezept, das ich je ausgestellt habe. Falls die Staatsanwaltschaft vorhat, gegen mich zu ermitteln, lassen sie sich jedenfalls mächtig Zeit.«

Macy schenkte ihm ihr liebenswürdigstes Lächeln. »Ich weiß, dass Ihre Zeit kostbar ist, aber ich hätte noch eine Frage. Wie kann es sein, dass ein Arzt, der in einer Stadt mit weniger als sechzehntausend Einwohnern praktiziert, in den letzten zehn Jahren unterm Strich fast dreißig Prozent aller Rezepte für opiathaltige Schmerzmittel im Staat Montana ausgestellt hat?«

Dr. Whitaker wurde dunkelrot im Gesicht. »Ich habe kein Verbrechen begangen, Detective Greeley, und solange Sie mir nicht das Gegenteil beweisen, schlage ich vor, Sie lassen mich in Frieden.«

17

Emma fand Nathan auf der Kirschplantage, wo er die Blüten auf Anzeichen von Fäule untersuchte. Ohne ein Wort zu sagen, wandte er sich ab und ging zu seinem Pick-up zurück. Emma musste laufen, um mit seinen großen Schritten mitzuhalten.

»Nathan, ich muss mit dir sprechen.«

Er wurde nicht langsamer. »Ich dachte, wir hätten neulich Abend alles geklärt.«

»Ich verstehe, dass du sauer bist, aber das ist kein Grund, mich wie ein Stalker zu verfolgen.«

Nathan blieb stehen, doch er sah sie immer noch nicht an.

»Für jemanden, der die Verantwortung für seine Probleme selbst übernimmt, schmeißt du ziemlich viel mit Vorwürfen um dich.«

»Ich weiß, dass es stimmt. Jemand hat dich in deinem Wagen gesehen.«

Nathan ging weiter. »Wo und wann soll das gewesen sein?«

»Am Flathead River, gestern Vormittag zwischen neun und zehn.«

Nathan stampfte über den Feldweg zu der Stelle, wo ihre Autos nebeneinanderstanden.

»Bitte, hau nicht einfach ab«, sagte Emma. »Wir müssen darüber sprechen. Du hast mir Angst gemacht.«

»Emma, kannst du mal eine Sekunde die Klappe halten?« Nathan öffnete den Wagen und nahm ein Klemmbrett vom Beifahrersitz. Er hielt es Emma hin. »Lies das.«

Emma sah sich den Briefkopf an. Es war die Rechnung über eine Ladung Obstkisten. Der Beleg einer Kreditkarte war daran geheftet.

»Ich war gestern in Kalispell«, erklärte Nathan und zeigte

auf das Datum und die Uhrzeit der Transaktion. »Ich war nicht mal in der Nähe von dir oder dem Fluss.«

Emma starrte das Papier an. Weiter unten war Nathans Unterschrift. »Tut mir leid«, stammelte sie.

»Ich will wissen, wer solchen Scheiß über mich verbreitet.«

»Es war sicher nicht so gemeint.«

»Vor ein paar Sekunden warst du aber mächtig überzeugt davon.«

»Tut mir wirklich leid.«

Nathan lehnte sich an die Pritsche seines Pick-ups und rückte sich die Baseballkappe zurecht. »Emma, wenn dich jemand verfolgt, musst du mit der Polizei sprechen. Wer immer deinen Vater ermordet hat, ist noch auf freiem Fuß. Du darfst dich nicht in Gefahr bringen.«

Emma drückte sich die Hände gegen die Augen. »Vielleicht habe ich mir alles nur eingebildet. In letzter Zeit traue ich irgendwie allen alles zu.«

»Bei mir kannst du damit aufhören. Wir hatten in der Highschool vielleicht eine verkorkste Beziehung, aber seitdem bin ich erwachsen geworden.« Er zögerte. »Ich bin keiner der Bösen mehr.«

»Aber ein Engel bist du auch nicht.«

»Du auch nicht.«

»Ich habe beschlossen, mir Hilfe zu holen«, sagte Emma und konnte selbst kaum glauben, was sie gerade laut zugab.

»Hilfe weswegen?«, fragte Nathan.

»Ich habe eine Essstörung.«

»Das ist nicht gerade ein Staatsgeheimnis.«

»Aber ich habe mir selbst nie eingestanden, dass ich ein Problem habe.«

»Woher der Sinneswandel?«

»Es hat mit etwas zu tun, was mein Dad gesagt hat, als wir das letzte Mal zusammen waren«, sagte Emma.

»Tu mir einen Gefallen«, sagte Nathan. »Wenn dein Therapeut fragt, wer dein Selbstwertgefühl zertrampelt hat, dann sag bitte auch irgendwas Nettes über mich.«

Emma beschirmte die Augen. »Es gibt viel Nettes über dich zu sagen.«

»Warum redest du dann nicht öfter von den guten Zeiten?«

»Ich glaube, ich muss zuerst die schlechten verarbeiten.«

»Steht noch was auf deiner Liste?«, fragte Nathan.

»Diese Sache mit Lucy und den Drogen. Hattest du auch was damit zu tun?«

»Ich bin nicht stolz darauf, aber ja, ich habe Drogen von ihr gekauft. Ich bin immer tiefer reingerutscht, bis ich ihr am Ende eine Menge Geld geschuldet habe.« Er zuckte die Schultern. »Aber dann ist sie gestorben.«

»Wie kommt es, dass ich davon überhaupt nichts wusste?«

»Emma, tut mir leid, dass ich dir das sagen muss, aber die Hälfte deiner Freunde nahm Drogen.«

»Im Ernst?«

»Du warst in allem so perfekt – immer gute Noten und nie in Schwierigkeiten. Der Rest von uns hat sich in der Zwischenzeit ausgetobt. Wir hatten eine stillschweigende Übereinkunft: *Wir verraten Emma nichts. Sie würde es nicht verstehen.*«

»Ich weiß nicht, was ich sagen soll.«

»Da gibt es nichts zu sagen. Nachdem Lucy gestorben war, haben die meisten von uns keine Drogen mehr angefasst.«

Emma lehnte sich neben Nathan an den Wagen. Sie hatte das Gefühl, sie müsste jede Erinnerung an die Highschool umschreiben. Sie hatte damals immer das unbestimmte Gefühl gehabt, außen am Spielfeldrand zu stehen und nur zuzuschauen. Jetzt wusste sie endlich, warum.

»Ich muss los«, sagte sie.

»Sagst du der Polizei, dass dich jemand verfolgt?«

»Ja.« Sie ging zu ihrem Wagen. »Ich rufe Lou Turner an, wenn ich zu Hause bin.«

»Emma«, sagte er. »Pass auf dich auf.«

»Du auch.«

Emma stand in der Küche ihrer Eltern und starrte ihr Telefon an. Sie hatte mehrere neue Nachrichten. Sie seufzte, als sie die SMS von Kyle las. Er unterschrieb mit Kreuzchen für Küsse. Sie wählte seine Nummer und wartete.

»Hi, Emma«, sagte er. »Ich habe gerade an dich gedacht. Hast du Lust, was zusammen zu unternehmen?«

Emma zögerte. Er klang ein bisschen zu eifrig.

»Emma«, sagte Kyle. »Alles in Ordnung?«

»Wir müssen reden.«

»Klar«, sagte er, doch es klang unbehaglich. »Ich habe später noch was vor, aber jetzt hätte ich ein paar Stunden frei.«

»Das passt«, sagte Emma.

»Du könntest zu mir kommen«, sagte Kyle. »Wir wären ganz allein.«

Emma trat nach draußen auf die Wiese. Das Gras war weich, und der Himmel war endlos blau. Es war kurz vor fünf. Ein paar Stunden wäre es noch hell.

»Ich wäre lieber an der frischen Luft«, sagte Emma. »Treffen wir uns in dem Park am Festplatz.«

Emma folgte einem asphaltierten Fahrradweg, von dem man den Flathead River überblickte. Wo der Fluss breiter wurde, wirbelte das schiefergraue Wasser über halb aus dem Wasser ragende Felsen. Weiter oben hatte offenbar jemand Blumen in den Fluss geworfen. Sie tanzten in den Stromschnellen. Emma vergewisserte sich, dass sie nicht allein war. Sie sah mehrere Jogger und Spaziergänger mit Hunden. In der Nähe spielten ein paar Teenager Fußball. Es waren Menschen unterwegs, aber es war nicht überfüllt – genau der richtige Ort für ein klärendes Gespräch. Sie hatte sich schon zurechtgelegt, was sie Kyle sagen würde. Sie würde ihm eine sanfte Abfuhr erteilen. Sie würde die Schuld auf sich nehmen. Am Vortag sei sie einsam und emotional gewesen, aber es habe keinen Sinn, sich miteinander einzulassen. Nach der Beerdigung würde sie nach San Francisco zurückkehren. Außer ihrer Mutter hielt sie nichts in Walleye Junction.

Eine einsame Gestalt näherte sich langsam aus dem Gegenlicht im Westen. Kyle kam querfeldein über die Wiese. Er blieb stehen und kickte den Spielern den Fußball zurück. Er trug eine Baseballkappe und eine Sonnenbrille und kam direkt auf sie zu. Emma hob die Hand, und er winkte. Sie war so wütend auf sich selbst. Sie hatte einfach nicht nachgedacht. Jetzt würde sie ihm wehtun müssen.

Kyle gab ihr einen schüchternen Kuss auf die Wange.

»Ein schöner Abend«, sagte er und berührte ihren Arm. »Gute Idee, sich hier zu treffen.«

Emma wich seinem Blick aus. Unglücklicherweise konnte man die Stelle, die sie gewählt hatte, auch als romantischen Treffpunkt interpretieren. Im Hintergrund gab es einen Musikpavillon, eine Blumenwiese und Picknicktische unter den Bäumen. In ihrer Erinnerung war es hier nicht so schön gewesen.

»Es ist richtig schick hier geworden«, sagte sie.

Er legte ihr die Arme um die Hüfte und zog sie näher. Sie wollte gerade etwas sagen, als ihr Telefon klingelte.

»Tut mir leid«, sagte sie, während sie sich losmachte. »Wahrscheinlich meine Mutter. Sie war etwas durcheinander, als wir das letzte Mal gesprochen haben.«

Es war eine unbekannte Nummer. Emma versuchte Kyle überzeugend anzulächeln und log: »Es ist meine Mutter. Einen Moment.«

Die Frau am anderen Ende sprach leise. Emma drückte sich das Telefon ans Ohr und ging ein Stück von Kyle weg.

»Entschuldigung«, sagte Emma, »ich verstehe schlecht. Geht es etwas lauter?«

»Sie hatten angerufen und eine Nachricht hinterlassen. Ich führe das Restaurant an der Ski-Station.«

Emma drehte sich nach Kyle um. Er stand gut zehn Meter entfernt. Doch er sah nicht zum Fluss. Er sah sie an.

»Danke für den Rückruf«, sagte Emma.

»Es tut uns wirklich leid, wenn Sie eine unangenehme Begegnung mit einem unserer Gäste hatten. Ich habe mit den Mitarbeitern gesprochen, die an dem Abend eingeteilt waren. Der Mann, der Sie belästigt hat, gehört wahrscheinlich zu einer Hochzeitsgesellschaft, die seit ein paar Tagen hier wohnt.«

»Sie wissen sicher, wen ich meine. Soweit ich weiß, wurde er rausgeschmissen, als die Kellnerin hörte, was passiert war.«

»Davon weiß ich nichts.«

»Das hat mir der Mann von Ihrem Sicherheitsdienst gesagt.«

»Ma'am«, sagte die Frau. »Ich fürchte, da liegt ein Missverständnis vor. Wir haben keinen Sicherheitsdienst.«

»Doch, bestimmt. Da war ein Wachmann auf dem Parkplatz und hat aufgepasst.«

»Das mag sein, aber der arbeitet nicht für uns. Können Sie mir seine Kontaktdaten geben? Ich würde der Sache gern möglichst rasch auf den Grund gehen.«

Emma wusste nicht, was sie sagen sollte. Kyle kam auf sie zu. Sie brach das Gespräch ab.

»Kyle«, sagte sie und beschloss, die Karten auf den Tisch zu legen. »Das war die Leiterin des Restaurants an der Ski-Station.«

Er sah sie verständnislos an. »Warum ruft sie bei dir an?«

»Weißt du überhaupt, wie sie heißt? Du hast mir erzählt, du arbeitest für sie.«

»Da war so viel … Fluktuation in letzter Zeit.« Er zuckte die Schultern. »Worum geht es denn?«

»Ich habe dort angerufen, weil ich nicht wollte, dass du Ärger kriegst. Ich wollte ihnen sagen, dass du richtig gehandelt hast.«

»Das hättest du nicht …«

»Warum hast du gelogen und gesagt, du arbeitest für sie?«, fragte Emma.

»Ich habe nicht nachgedacht.«

»Warum warst du wirklich dort?«

»Ich war verabredet«, sagte Kyle.

»Mit wem?«

»Einem Freund. Ist das wichtig?«

Emma sah zu der Wiese mit den Fußballspielern. Das Spiel war vorbei. Die Spieler machten sich auf den Heimweg. Auch der asphaltierte Weg war leer. Die Sonne versank hinter den Bergen im Westen, und das Tal lag plötzlich im Schatten.

»Bist du mir an dem Abend gefolgt?«

»Sei nicht albern.«

»Ich gehe jetzt«, sagte sie und wandte sich zum Parkplatz.

»Ich habe nicht … ich bin dir nicht gefolgt.« Er packte sie am Arm. »Emma, tu das nicht. Lass mich nicht hier stehen.«

Über seine Schulter entdeckte sie zwei Jogger. Einer der beiden zeigte in ihre Richtung. Sie sprach lauter.

»Wenn du mich nicht loslässt, schreie ich.«

Er ließ den Arm sinken und wich zurück. Sein Blick war zu Boden gerichtet, sein Gesicht unbeweglich.

Emma starrte ihn an. Die Erkenntnis kam langsam, aber als sie da war, lief es ihr eiskalt über den Rücken.

»Der Wagen auf dem Kiesweg am Fluss … das warst du.«

»Nein, das stimmt nicht. Ich habe den ganzen Morgen geangelt.«

Emma zögerte. Sie hatte weder den Fahrer noch das Auto erkannt, das ihr gefolgt war. Sie erinnerte sich an die Strecke, die sie zu Kyle geführt hatte. Er hatte sich über seinen Angelkasten gebeugt, in Watstiefeln und Jacke. Sie waren zusammen zu seinem Wagen gegangen. Sie hatte den Saft getrunken, den er ihr gegeben hatte. Sein Wagen stand direkt vor dem Schild am Anfang des Wanderwegs. Vor demselben Schild, an dem sie stehen geblieben war, als sie gekommen war. Kyle konnte gar nicht den ganzen Morgen am Fluss gewesen sein, wenn sie zwanzig Minuten vorher an genau dieser Stelle gestanden hatte.

»Ich glaube dir nicht«, sagte sie. »Du hast mich verfolgt, und dann hast du versucht, es Nathan in die Schuhe zu schieben. Ich habe heute mit ihm gesprochen. Er war gestern in Kalispell.«

Kyle verteidigte sich. »Ich wusste nicht, dass du es warst.«

»Du gibst also zu, dass du irgendeine Joggerin verfolgt hast? Und dann deswegen gelogen hast? Das macht die Sache nicht besser, Kyle. Es macht sie noch schlimmer. Du hast mir eine Riesenangst eingejagt.« Sie verschränkte die Arme vor der Brust. Ihr war übel. »Das war einer der Gründe, warum ich dich ins Haus gebeten habe. Ich hatte Angst.« Sie schüttelte den Kopf. »Ich bin so bescheuert.«

»Nein, bist du nicht. Ich bin bescheuert. Ich hätte etwas sagen sollen.«

Emma wich zurück. »Kyle, ich gehe jetzt.«

Er ging einen Schritt auf sie zu. »Lass es mich erklären.«

»Nicht jetzt. Ich rufe dich morgen an, wenn ich nachgedacht habe.«

Er kam noch näher.

»Kyle.« Sie hob die Hand. »Ich habe gesagt, ich rufe dich morgen an. Du musst das respektieren.«

Die beiden Jogger, die sie gesehen hatte, kamen jetzt auf sie zu.

Einer rief: »Belästigt Sie der Mann?«

Kyle drehte sich um.

»Schon gut«, sagte er. »Ich gehe ja schon.«

Es war dunkel, als Emma zu Hause eintraf. Sie schloss die Haustür hinter sich ab, stellte sich ans Fenster und beobachtete die Straße. Von Kyles Wagen war nichts zu sehen. Voller nervöser Energie begann sie die Tassen und Teller zusammenzusuchen, die in den Zimmern im Erdgeschoss verteilt waren. Sie räumte gerade die Spülmaschine ein, als das Telefon klingelte. Ihr Mutter klang müde, aber erleichtert.

»Ich konnte endlich mit Peter sprechen«, sagte Francine. »Er ist noch sehr schwach, aber er wird wieder.«

»Das sind gute Nachrichten. Kommst du bald nach Hause?«

»Erst in zwei Stunden. Wir wollen noch etwas essen, dann bringen mich meine Freundinnen heim.«

Emma setzte sich an den Küchentisch. Mehr als Angst war es Wut, die sie empfand. Sie hätte Kyle gleich sagen müssen, dass er sie gefälligst in Ruhe lassen sollte. Sie kannte niemanden, der so gestört war wie er. Was hatte er sich eingebildet?

»Emma?«, sagte Francine. »Alles in Ordnung?«

»Ja, alles gut.« Emma schob den Gedanken an Kyle beiseite. »Mir geht nur so viel durch den Kopf.«

Emma nahm den Mantel ihres Vaters vom Haken und durchquerte mit dem Schlüssel der Winfreys den Garten. Wolken verschleierten die schmale Mondsichel, und mit jedem Windstoß bauschten sich die Kirschbäume. Die Fenster des Farmhauses waren dunkel. Emma schob die Spinnweben beiseite, die auf der hinteren Veranda hingen, und schloss die Tür auf. Die Deckenlampen flackerten ein paar Sekunden, bis sie einen stetigen Schein warfen. Es roch feucht, aber Emma war sich sicher, dass ihr die Erinnerung einen Streich spielte. Die Überschwemmung war längst vorbei. Das Haus war leer, still und knochentrocken. Emma trat in die Küche und versuchte sich zu erinnern, wie es während ihrer Kindheit hier gewesen war.

Zu Beverlys Lebzeiten hatte ein wildes Durcheinander geherrscht, von Coupons über Katzen zu Kuchenformen. Dazu waren immer ein paar langschwänzige Hunde herumgerannt, deren Gebell die Motown-Platten übertönte, die auf dem Plattenspieler liefen. Doch all das hatte aufgehört, als Beverly starb. Die Platten wanderten in Kisten, und der Plattenspieler wurde in die Kammer verbannt. Die Katzen und Hund starben nach und nach weg, und neun Jahre später war auch Lucy tot.

Am Kühlschrank hingen eselsohrige Schnappschüsse von Lucy, mit vergilbtem Klebeband angeheftet und sorgfältig kuratiert. All die Jahre waren Lucy und Emma unzertrennlich gewesen, doch hier tauchte nur hin und wieder ein Ausschnitt von Emma auf – ein Arm, ein gebräuntes Bein, eine Haarsträhne, sonst nichts. Es war wie auf Dots Gemälden – Körperteile, die sich nicht zu einem Ganzen zusammenfügten. Manche Fotos waren in der Mitte durchgerissen. Andere waren gefaltet. Emma nahm eins davon ab und klappte das steife Fotopapier auf, um ihr kindliches Ich anzusehen. Flachbrüstig und sommersprossig standen Lucy und sie Arm in Arm im flachen Wasser des Darby Lake. Sie trugen selbst gehäkelte Badanzüge und ein identisches Grinsen. Das Foto stammte aus dem Sommer nach Beverlys Tod, als Emmas Eltern Lucy zum Picknick an den Darby-See mitgenommen hatten. Lucys Haar sah aus wie Kraut und Rüben. Wie um die Zukunft vorwegzunehmen, hatte sie zur Schere ihrer Mutter gegriffen, um eine Frisur aus einer Zeitschrift auszuprobieren. Wochenlang war sie wie ein Stachelschwein herumgelaufen. Caleb wollte, dass sie eine Mütze trug, doch sie hatte sich geweigert. Es war die erste von vielen Schlachten gewesen, die er verlieren sollte.

Mit wachsendem Unbehagen stieg Emma die Treppe hinauf und ließ die Fingerspitzen über die Strukturtapete gleiten. Sie fragte sich, was sie in Lucys Zimmer erwartete. Doch die Sorge war unbegründet. Caleb hatte nichts dem Zufall überlassen. Lucys Zimmer war bis auf die nackten Dielen ausgeräumt. Nichts von dem, was ihr etwas bedeutet hatte, war übrig. Emma wanderte durch den Flur und öffnete Türen, doch sie fand nur leere Räume, in denen vereinzelte Möbelstücke standen. Am Ende erreichte sie das Bad. Es war der einzige Raum, der sich überhaupt nicht verändert hatte. Die Badewanne mit den Klauenfüßen und der vergoldete Spiegel waren noch genauso wie in ihrer Erinnerung.

In der Nacht, als Lucy starb, war Caleb nicht in der Stadt gewesen. In der Schule hatte Lucy Emma in der kurzen Pause im Flur aufgelauert. Es war klar, dass sie high war. Sie konnte kaum still stehen. Sie hatte Emma mit beiden Händen festgehalten. Ihr Gesicht war nur Zentimeter von Emmas entfernt, die Pupillen so groß, dass ihre Augen schwarz wirkten.

Komm heute Abend zu mir, hatte sie gesagt. *Caleb ist weg. Es wird wie früher.*

Emma hatte erklärt, sie hätte keine Zeit, aber Lucy hatte nicht lockergelassen.

Emma, bitte, es ist wichtig. Du musst kommen.

Aber Emma war erst am nächsten Morgen gekommen. Als sie das Haus durch die Hintertür betrat, hatte sie im Wohnzimmer das Wasser entdeckt, das durch die Decke lief. Sie war hoch zum Badezimmer gelaufen, weil sie dachte, die Toilette wäre übergelaufen oder etwas in der Art.

Emma hatte noch nie zuvor eine Leiche gesehen.

Das Wasser lief über die Klauenfußwanne. Auf dem Rand

lag Lucys leblose Hand, die geöffnete Handfläche nach oben, als wollte sie sich ergeben. Ihre Augen standen offen, die Lippen waren leicht geöffnet. Das schwarze Haar trieb um ihr bleiches Gesicht wie eine Gewitterwolke. Die Botschaft, die Lucy mit Lippenstift auf den Spiegel geschrieben hatte, war eindeutig. Lucy gab Emma die Schuld, weil sie nicht kam, als sie sie am meisten brauchte.

Emma, manchmal bricht das Herz und hört auf zu schlagen. Du hättest kommen sollen, als ich gerufen habe. Immer deine Lucy

Emma kniete sich hin und suchte Lucys Puls, doch da war keiner. Lucys Haut war so kalt wie das Badewasser. In ihrer Armbeuge war ein Muster aus bläulichen Einstichen zu sehen. Eine Spritze balancierte auf dem Wannenrand wie eine Wasserpflanze. Emma stellte das Wasser ab und sah sich um. Eine Kerze, die Lucy am Abend angezündet hatte, war heruntergebrannt, und auf dem Boden stand mehrere Zentimeter hoch das Wasser. Lange starrte Emma in den Spiegel und las immer wieder die Botschaft, die Lucy ihr hinterlassen hatte. Sie wusste, was Wut war, aber so wütend war sie noch nie gewesen. Lucy hatte nicht das Recht, ihr die Schuld an etwas zu geben, was sie so offensichtlich selbst getan hatte. Emma öffnete den Waschbeckenschrank, wo die Putzmittel standen. Sorgfältig entfernte sie jede Spur von Lucys letzten Worten, bevor sie die Polizei rief.

Emma ging den Weg zurück, den sie gekommen war, und löschte in der Küche das Licht. Als sie das Haus gerade verlassen wollte, bemerkte sie einen schmalen Streifen Licht, das schwach unter der Kellertür durchsickerte. Sie öffnete die Tür und griff nach der Schnur, die von der nackten Birne über ihrem Kopf hing. Ihr Vater musste das Licht vergessen haben, als er das letzte Mal hier nach dem Rechten gesehen hatte. Sowohl Francine als auch Nathan hatten erklärt, dass er der Einzige gewesen sei, der in jüngerer Zeit hier war. Als Emma das Licht ausmachen wollte, fielen ihr die Fußspuren auf, die im dicken Staub auf der Holzstiege nach unten führten. Im selben Moment wurde ihr klar, dass Calebs Keller das perfekte Versteck für das Tagebuch ihres Vaters war. Am Fuß der Treppe drehte Emma am Lichtschalter, und nach einem Summen erwachte der Rest der Lampen flackernd zum Leben. Ein paar Meter vor ihr stand ein großer Metallschrank an der Wand. Die Fußabdrücke, wahrscheinlich die ihres Vaters, endeten direkt davor.

Die Schranktür war mit einem Vorhängeschloss gesichert, das neu aussah. Emma ging den Schlüsselbund durch, bis sie den passenden Schlüssel fand. Der Schrank war leer bis auf eine große Metallkiste. Emma nahm sie heraus und öffnete sie. Neben einer Pistole und ein paar Patronen lag das Tagebuch, eine externe Festplatte und ein Lederetui, das mehrere transparente Tütchen mit einem Zielscheiben-Logo, eine Spritze und anderes Zubehör enthielt. Emma nahm das Buch heraus und schlug es auf. Eine Seite war zurückgefaltet. Als sie sie öffnete, fand sie ein Foto von Lucy auf der Treppe vor Dot Whitakers Haus. Sie trug Shorts und ein schulterfreies Top und warf dem Betrachter einen Luftkuss zu. In der Ecke stand in Digitalzahlen die Uhrzeit. Emmas Vater hatte auf die Rückseite einen Kommentar geschrieben.

Memorial-Day-Wochenende, als Dot mit den Kindern bei ihren Eltern in Helena war. Wahrscheinlich von Peter aufgenommen. Er und Lucy haben mindestens zwei Nächte in der Villa verbracht, aber ich brauche mehr, um zu beweisen, dass Peter Lucy die Drogen verschafft hat. Angesichts der großen Mengen, die nach ihrem Tod bei ihr gefunden wurden, bin ich fest davon überzeugt, dass Lucy für Peter dealte. Ein widerlicher Gedanke, aber wahrscheinlich hat er ihr den Stoff für ihren persönlichen

Bedarf gegen Sex gegeben. Lucy war süchtig. Ich weiß zu gut, dass sie alles getan hätte, um an den nächsten Schuss zu kommen. Muss mit Dot sprechen.

18

Gina rutschte neben Macy auf den leeren Barhocker. Sie trug Stoffhosen, eine Bluse und eine Jeansjacke. Es war Jahre her, dass Macy sie das letzte Mal in Zivil gesehen hatte. Gina schob sich die Brille zurecht und griff nach der Weinkarte.

»Nachdem ich den ganzen Tag Kyles Freunde in Missoula abgeklappert habe, brauche ich einen Drink. Wollen wir uns eine Flasche Wein teilen?«

»Sei nicht so negativ. Missoula ist doch hübsch.«

»Oh, ich habe nichts gegen Missoula, aber ich war auch nicht in der Stadt. Ich war draußen in den Bergen bei den Rednecks. Kyle Miller verkehrt in interessanten Kreisen.« Gina drehte die Weinkarte um und ging mit dem Finger die Tagesangebote durch. »Ich habe mit den Jungs gesprochen, bei denen er in der Mordnacht geschlafen hat. Ihre Aussagen passen zusammen.«

»Hast du irgendwelche Zweifel an ihrer Ehrlichkeit?«, fragte Macy.

»Nein, es gab keine Widersprüche.«

»Seit wann kennen sie Kyle?«

»Sie haben sich letztes Jahr bei einem Wochenendseminar kennengelernt, das Kyles Kirchengruppe organisiert hatte.«

»Vorstrafen?«

»Einer hat zwei Jahre gesessen, weil er seine Frau verprügelt hat. Ein anderer ist wegen Drogenhandel vorbestraft. Aber das ist länger her. Neuerdings sind sie alle Evangelikale.« Gina legte die Karte weg und nahm die Brille ab. »Kyle ist auf der falschen Seite der Gesellschaft geboren. Er kennt sich mit den Geächteten aus.«

»Ich habe eher den Eindruck, er fühlt sich zu Höherem berufen.«

Gina winkte dem Mann hinter der Bar.

»Ich fürchte, du musst die Flasche Wein verschieben«, sagte Macy. »Ich habe gerade die Info bekommen, dass der Rave, den Kristina in Flathead Valley organisiert, heute Nacht steigt. Die Computerleute verfolgen ihre Aktivitäten im Netz. Sobald eine Telefonnummer auftaucht, erfragen sie die Location.«

»Vielleicht haben wir Glück und finden Sean noch heute Nacht. Bis jetzt waren er und Kristina unzertrennlich.« Gina drehte sich auf dem Hocker um und ließ den Blick durch die Bar schweifen. »Langsam verstehe ich, warum Kristinas Raves so populär sind. Freitagabende in Walleye sind ziemlich öde.«

Der Barmann stellte zwei Martini vor Gina und Macy und richtete ihnen schöne Grüße von dem Gentleman am Ecktisch aus. Sie wandten sich um. Ryan Marshall tippte sich an den breitkrempigen Cowboyhut und nickte in ihre Richtung.

Macy versuchte, nicht loszuprusten. »Sieht aus, als hätten wir einen Verehrer.«

»Was soll der Hut?«, fragte Gina.

»Ich glaube, er will nicht auffallen.«

»Hat nicht funktioniert.«

»Sollen wir hallo sagen?«

Gina griff nach ihrem Glas. »Ein Drink kann nicht schaden. Es wird Stunden dauern, bis wir rausfinden, wo die Party steigt.«

»Pass bloß auf«, warnte Macy. »Mein Freund Ryan ist wie ein hochansteckender Brummschädel.«

Der zerfurchte Waldweg machte eine scharfe Rechtskurve und fiel gleich danach steil in den dichten Kiefernwald ab. Im Scheinwerferlicht waren nur Baumstämme zu sehen und wenig sonst. Draußen war es stockdunkel.

Macy überprüfte die Koordinaten. »Laut GPS sind wir nicht mal auf einer markierten Straße.«

»Vielleicht sollten wir umdrehen«, sagte Gina. »Vielleicht haben wir die Abzweigung verpasst.«

Macy zeigte durch die Windschutzscheibe. »Da, zwischen den Bäumen. Sind das Lichter?«

Der Weg endete an einem durchhängenden Maschendrahtzaun, der mit Stacheldraht gesichert war. Gina stellte die Scheinwerfer ab.

»Was ist das für ein Ort?«, fragte sie.

Vor ihnen erstreckte sich eine riesige Asphaltfläche. Aus den Rissen wuchsen Sträucher und Gräser. Der rostige Rumpf eines zweimotorigen Flugzeugs war auf die Seite gekippt. Eine der Tragflächen war in der Mitte durchgebrochen.

»Ein alter Flugplatz.« Macy schloss die Wagentür und ging an den Zaun, um besser sehen zu können.

Der Hangar war zu einem Nachtclub umfunktioniert worden. Das riesige Tor stand offen, und in dem flutlichterleuchteten Inneren drängten sich die Partygäste. Mitten in der Halle stand ein Pick-up, von dessen Pritsche ein Soundsystem wummerte. Draußen parkten Autos. Auf einer Wiese vor dem Zaun waren Zelte aufgeschlagen. Anscheinend hatten einige Gäste vor, über Nacht zu bleiben.

Gina blinzelte. »Sieht nach ein paar hundert Leuten aus, aber wie viele in der Halle sind, ist schwer zu erkennen. Ich frage mich, wie viel Kristina pro Kopf kassiert.«

»Das haben die IT-Leute nicht gesagt.«

»Wir müssen reingehen und uns umsehen«, sagte Gina.

Macy folgte dem Zaun. »Da vorne ist ein Loch.«

Die Musik war so laut, dass der Boden unter ihren Füßen bebte. Das Eingangstor des Flugplatzes befand sich nördlich des Hangars, und davor standen die Autos Schlange. Macy zeigte auf einen Aufkleber auf dem Kofferraum eines geparkten Wagens – HIGH, HIGHER, WALLEYE HIGH. Obwohl Gina neben ihr stand, musste Macy schreien.

»Was ist aus den Aufklebern geworden, auf denen *Musterschüler an Bord* stand?«

Gina reckte den Hals, um besser sehen zu können. »Mann, fühle ich mich alt. Das sind mehr Leute, als ich dachte. Was schätzt du?«

»Ich würde sagen, knapp tausend.« Macy tippte auf ihrem Telefon herum. Sie hatte fast kein Netz hier draußen. »Wir melden uns besser bei Lou.«

»Das ist 'ne Menge. Ich fürchte, wir brauchen mehr als Lou.«

»Er muss vorsichtig vorgehen«, sagte Macy. »Wenn die Polizei zu rabiat wird, gibt es Verletzte.«

»Es gibt so oder so Verletzte. Die Kids hier sehen aus, als hätten sie mehr getankt als warmes Fassbier. Ich gehe zum Wagen und gebe es über Funk durch. Wenn du Sean oder Kristina entdeckst, sag mir Bescheid.«

Zwei Mädchen kamen aus dem Hangar und torkelten in die Richtung, wo sich Macy versteckte. Trotz der nächtlichen Kälte trugen sie Jeans-Hotpants und bauchfreie Tops. Alle paar Meter stolperten sie und prusteten hysterisch los.

»Wenn du nicht aufhörst, mach ich mir in die Hose.«

Die Kleinere nahm die Hand ihrer Freundin und zog sie zum Gebüsch am Zaun.

»Komm hierher. Hier sieht uns keiner.«

»Solange es da keine Schlangen gibt.«

»Oder Bären.«

»Oder Perverse.«

Wieder kreischten sie vor Lachen.

»Justin ist total fertig. Sie haben ihn irgendwo hingelegt.«

»So ein Idiot. Ket ist echt ein übles Zeug.«

»Hast du noch Molly?«

»Kommt drauf an.« Wieder Lachen. »Hast du noch Geld?«

Macy blickte ihnen hinterher. Die winzigen Jeans bedeckten kaum ihren Hintern. Die Mädchen konnten nicht älter als sechzehn sein. Macy drehte sich um und entdeckte Gina, die am Zaun entlang auf sie zukam. Unter den herunterhängenden Ästen war sie kaum zu erkennen. Gina ging neben Macy in die Hocke.

»Lou meint auch, dass die Sicherheit der Kids die höchste Priorität hat«, erklärte sie. »Solche Veranstaltungen sind ziemlich selten hier oben. Die Polizei lernt erst noch, wie sie damit umgehen soll.«

»Bis sie es raushaben, sind die Kids längst auf neue Ideen gekommen.«

»Die Jugend von heute …«

»Ist auch nicht schlimmer als die Jugend von gestern.«

»Stimmt. Ich war ein Alptraum.« Gina sah auf die Uhr. »Wie willst du das handhaben? Deeskalation hin oder her, sobald die Cops auftauchen, ist hier die große Flatter. Falls Kristina und Sean in der Menge sind, verlieren wir sie.«

»Ich gehe rein und versuche, sie zu finden.«

»Du willst da einfach reinmarschieren?«

»Ich hoffe, sie sind zu high, um mich zu beachten«, sagte Macy.

Gina zeigte auf ein paar niedrige Fenster an der Westseite des Hangars. Eine Seitentür war offen. Ein Mann stand davor und rauchte eine Zigarette.

»Sieht aus wie ein Wachmann«, sagte Gina. »Wo der herkommt, sind bestimmt noch mehr.«

»Ich weiß.« Macy öffnete ihren Pferdeschwanz und schüttelte sich das Haar vors Gesicht. Dann schmollte sie wie ein

Teenager. »Ich passe mich an, so gut es geht, und wenn es nicht klappt, laufe ich um mein Leben.«

Eine Gruppe Teenager stand um einen Pick-up herum. Ein zierliches Mädchen mit dunklem Haar saß auf den Schultern des größten Jungen. Sie hatte die Augen geschlossen und wiegte sich zur Musik. Auf ihren Wangen leuchteten neongrüne und -pinke Streifen. Einer der Jungs entdeckte Macy und versperrte ihr den Weg. Macy stolperte mit Absicht und lachte. Den Blick in die mittlere Distanz gerichtet, schob sie ihn beiseite und ging weiter auf den Hangar zu.

Er fragte nach ihrem Namen.

Sie zuckte die Schultern, doch er folgte ihr.

»Ich suche meine Freunde«, sagte sie.

Warmer Whiskey- und Zigarettenatem blies ihr ins Ohr.

»Vielleicht kann ich helfen«, sagte er. »Wie heißen sie denn?«

Macy ließ es darauf ankommen. »Xtina und Sean.«

»Die sind nicht dadrin.« Er hielt Macys Arm fest und zeigte auf die Zelte. »Du musst dahin. Ich zeige es dir.«

Macy musterte die Zelte. Ein paar leuchteten im Dunkeln. Allerdings hielt sie Kristina nicht für den Typ, der sich in einem Zelt verkroch, wenn eine Party im Gang war.

»Kennst du sie überhaupt?«, fragte Macy.

»Du musst mir vertrauen«, säuselte er und zog sie mit.

»Ich finde sie allein.« Macy machte sich los. »Lass mich los.«

Plötzlich drückte er sie gegen ein Auto und presste sich an sie.

»Du gehst nirgendwohin«, keuchte er.

Macys riss das Knie hoch und traf ihn voll in den Schritt. Er stöhnte und sank in die Knie. Die Versuchung war groß, die Waffe zu ziehen, doch sie rammte ihm stattdessen das Knie gegen den Kopf.

»Ich habe keine Zeit für solchen Blödsinn«, sagte Macy und packte ihn am Haar, um ihm ins Gesicht sehen zu können. »Ich suche eine Frau mit wasserstoffblondem Haar und schwarz gefärbten Spitzen. Sag mir, wo sie ist, oder geh mir aus dem Weg, du Zwerg.«

Er funkelte sie an. »Das hat wehgetan.«

»Wenn du mir nicht sagst, was ich wissen will, tut es gleich noch mehr weh.«

»Hinter der Bühne. Eine Tussi, die so aussieht, war im VIP-Bereich.«

Macy beugte sich vor. »Ich weiß, was du willst. Wenn du irgendeinem Mädchen hier zu nahekommst, finde ich dich.«

Macy ging auf die Bühne zu. Stroboskoplicht pulsierte über einem Meer von Tänzern, und die Musik pumpte aus Lautsprechern, die so groß wie Kühlschränke waren. Ein DJ mit Kopfhörern stand an einem Pult auf dem Pritschenwagen, der von einer niedrigen Absperrung geschützt wurde. Macy hielt sich am Rand der Tanzfläche auf und suchte in der Menge nach Kristina, die wahrscheinlich leichter zu erkennen war als Sean. Von den Leuchtsticks und der bunten Schminke abgesehen, sahen die meisten Mädchen aus wie durchschnittliche Provinzteenager.

Macy wich einer Gruppe volltrunkener Teenager aus, die sich an alles klammerten, was sich bewegte. Einer fiel zu Boden und riss seine Freunde mit. Das Gelächter kippte und wurde panisch. Um wieder hochzukommen, hielten sich die am Boden Liegenden an den Füßen von Tänzern fest, so dass immer mehr hinstürzten. Macy zog ein Mädchen heraus. Dankbar umarmte sie Macy und küsste sie stürmisch auf die Wange, bevor sie davonwankte. Zwei Jungs rollten in dem Chaos herum und bearbeiteten sich gegenseitig mit Fäusten, ohne zu merken, dass sie auch jeden verdroschen, der zwischen sie geriet. Die Menge schloss sich um sie, und plötzlich verlor Macy den Boden unter den Füßen, als sich ein Paar Arme von hinten wie ein Schraubstock um ihre Mitte legte.

Als sie die Whiskey- und Zigarettenfahne wiedererkannte, war es zu spät. Der Junge von draußen stand hinter ihr. Er drückte Macy von hinten gegen die Absperrung und zog ihr mit einer Hand das T-Shirt hoch, während er mit der anderen an ihrem Jeansbund zerrte. Macy streckte die Arme über den Kopf und drückte ihm die Daumen in die Augen, bevor sie sich umdrehte und zuschlug. Der dritte Haken war ein Volltreffer. Sein Kopf flog zurück, und er fiel um wie ein Mehlsack. Macy gab ihm noch einen Stoß und sah zu, wie er von der Menge verschluckt wurde.

Das hintere Ende des Hangars war durch ein Baugerüst abgetrennt, an dessen Gestänge meterweise feuchte Plastikplanen hingen. Macy schob eine Plane zur Seite und stieg über Metallstangen und Stränge von dicken Stromkabeln. Hinter dem Gerüst befand sich die Flathead-Valley-Variante eines VIP-Bereichs, der aus ein paar aufgebockten Tischplatten mit einer großen Auswahl an Alkohol und ein paar Beanbags auf dem Boden bestand.

Es war schwer, im flimmernden Licht etwas zu erkennen. Die meisten Leute standen um die Bar und mixten sich selbst Drinks in großen Plastikbechern. Rechts ging eine Doppeltür nach draußen, die von einem Stuhl offen gehalten wurde. Dahinter befand sich der mit Flutlicht ausgeleuchtete Bereich vor dem Flugplatztor. Bis jetzt hatte Macy zwei Wachmänner gezählt.

Sie entdeckte Kristina in einem Büro am Ende des Hangars. Rauchend lief sie vor einem Fenster auf und ab, das zum Inneren der Halle ging. Hin und wieder blieb sie stehen und starrte auf die Menge, die sich um die aufgebockten Tische versammelt hatten. Kristina sah aus wie die Heldin einer Graphic

Novel. Das gebleichte Haar türmte sich hoch auf ihrem Kopf, und ihre Augen waren mit dunklem Eyeliner umrandet. Ihre Lippen wirkten schwarz. Macy hatte noch nie jemanden wie sie gesehen. Sekundenlang war sie wie hypnotisiert.

Das Mädchen, das neben Macy stand, breitete die Arme aus und kippte den gesamten Inhalt seines Bechers über Macys Jacke. Sie sah Macy an und prustete los.

»'tschuldigung, Mom.«

»Geh nach Hause«, sagte Macy und drängte sich an ihr vorbei. »Du gehörst längst ins Bett.«

Macy überprüfte, dass ihre Waffe gesichert war, dann lief sie mit gezogener Pistole in das Büro. Mit einem Tritt schloss sie die Tür hinter sich.

»Polizei«, schrie sie. »Hände hoch, so dass ich sie sehen kann.«

Kristina stand hinter einem großen Metalltisch und lehnte sich aus dem Fenster, das nur ein paar Schritte vom Zaun des Flugplatzgeländes entfernt war. Sie schnickte die halb gerauchte Zigarette nach draußen und drehte sich zu Macy um. Sie wirkte nicht beunruhigt. Sie wirkte gelangweilt. Ihre Hände waren auf halber Höhe, als könnte sie sich nicht für oben oder unten entscheiden. Sie sprach mit einem Akzent, aber sie drückte sich kristallklar aus.

»Warum richten Sie die Pistole auf mich?«, fragte Kristina. »Ich habe nichts getan.«

»Lassen Sie die Hände, wo ich sie sehe, und zeigen Sie mir Ihren Ausweis.«

Kristina schüttelte den Kopf.

»Wie Sie wollen«, sagte Macy. »Ich nehme Sie trotzdem fest.«

Kristina lehnte sich an den Fensterrahmen und warf einen raschen Blick nach draußen. Es sah aus, als überlegte sie, ob sie fliehen sollte.

Macy hob die Pistole höher. »Denken Sie nicht mal daran.«

»Ihr Cops seid solche Faschisten. Junge Leute sollten Spaß haben dürfen. Wir tun keinem weh.«

Macy musterte Kristinas Gesicht. Das gefärbte Haar und die dicke Make-up-Schicht konnten nicht alles verbergen. Kristina war ein älteres Semester.

»Ich sage es nicht gern, aber zu den ganz jungen Leuten würde ich Sie nicht mehr zählen«, sagte Macy. »Ich schätze, Sie sind älter als ich.«

»Das heißt nicht, dass wir keinen Spaß haben dürfen. Wann haben Sie sich das letzte Mal richtig amüsiert, Detective Greeley?« Ihr Ton war vernichtend. »Ich wette, das ist zehn Jahre her.«

»Woher kennen Sie meinen Namen?«

»Ich bin schon groß. Ich lese Zeitung.«

»Dann wissen Sie, dass ich im Zusammenhang mit der Entführung und Ermordung von Philip Long nach Ihrem Freund Sean Spencer suche.«

»Ich habe Sean seit Wochen nicht gesehen.«

»Sie waren gestern mit ihm zusammen. Sie haben ein Foto von Ihnen beiden gepostet.«

Ein verschlagenes Lächeln. »Gestern war Throwback Thursday.«

»Kristina, hören Sie auf, mich zu verarschen. Sean ist neunzehn. Er hat gerade seine Mutter und seinen Stiefvater verloren. Und wenn er nicht bald mit uns redet, verliert er noch viel mehr.«

»Sie haben wirklich keine Ahnung, was hier gespielt wird«, sagte Kristina.

»Helfen Sie mir auf die Sprünge.«

»Sean hat nichts mit dem Mord an Philip Long zu tun.«

»Das müssen die Behörden beurteilen.«

»Wir haben Ihnen die Dateien der Story gemailt, an der Long

gearbeitet hat. Es steht alles schwarz auf weiß da. Wir können Ihnen auch nicht helfen, wenn Sie so inkompetent sind.«

»Kristina, wir ermitteln hier in einem komplexen Fall. Ihnen scheint nicht klar zu sein, wie viele Hinweise aus der Öffentlichkeit jeden Tages bei uns eingehen. Wir können nicht alles gleichzeitig bearbeiten. Sie hätten sich in den E-Mails klarer ausdrücken können. Warum haben Sie uns nicht gleich gesagt, dass es sich um Philip Longs Dateien handelt?« Die Worte sprudelten nur so aus ihr heraus. »Wo haben Sie die Dateien her? Von Carla?«

Dann sahen beide aus dem Fenster. Hinter dem Zaun rollte eine lange Reihe von Polizeiwagen mit Blaulicht durch den Wald.

»Wir müssen wissen, was in dem Haus, in dem Long festgehalten wurde, passiert ist«, sagte Macy. »Ich glaube, Carla hat Sean kontaktiert und ihm die Dateien übermittelt. Sean muss uns alles geben. Wir brauchen mehr Beweise, um den wahren Täter vor Gericht zu bringen.«

»Sie müssen mit dem arbeiten, was Sie haben«, sagte Kristina. »Carlas Memory-Stick war kaputt. Wir haben gerettet, was zu retten war.«

»Warum redet Sean nicht mit uns?«

»Ich weiß, wie es in diesem Land läuft«, sagte Kristina. »Sean ist ein armer Junge ohne Beziehungen. Sie verdrehen die Tatsachen, und am Ende ist er der Sündenbock. Nur über meine Leiche.«

»So regele ich die Dinge nicht, Kristina. Das würde ich nicht zulassen.«

»Die Sache ist ein paar Nummern zu groß für Sie. Die Pharmafirmen und Ärzte stecken hinter allem. Es ist eine Verschwörung der Regierung.«

»Kristina, der Fall ist weder so global noch so glamourös. Ich vermute, dass ein Arzt aus dem Ort Seans Eltern viel Geld dafür bezahlt hat, Philip Long zu entführen, bevor seine Story über Medikamentenmissbrauch auf Sendung ging. Die Geschichte hätte die Karriere des Arztes zerstört. Doch in den Mord an Long war noch jemand verwickelt, und ich bin mir ziemlich sicher, dass Sean weiß, wer es war.«

Schweigend starrte Kristina Macy an.

Macy hob die Stimme. »Warum will Sean den Mann, der seine Mutter und seinen Stiefvater getötet hat, unbedingt schützen?«

»Wovon reden Sie?«, fragte Kristina, die auch lauter wurde. »Seans Eltern haben eine Überdosis genommen.«

»Jemand hat Carla festgehalten und ihr eine Pistole an den Kopf gedrückt«, sagte Macy. »Sie und Lloyd haben sich den Schuss nicht freiwillig gesetzt.«

Kristina zögerte ein paar Sekunden, bevor sie antwortete. Es war das erste Mal, dass sie verunsichert klang.

»Das stand nicht in der Zeitung«, sagte sie.

»Wenn Sie an Verschwörungstheorien glauben, dürfte es Sie kaum überraschen, dass die Polizei der Presse nicht alles verrät.«

»Ich sage nichts mehr, bis ich mit Sean gesprochen habe.«

»Sie sind intelligent, Kristina. Sie wissen, dass wir Sean früher oder später finden. Er hält Beweismaterial zurück. Im Moment kann ich Sie beide beschützen, aber wenn Sie zu lange warten, wird man ihn wegen Behinderung der Polizeiarbeit anklagen. Jemand hat drei Menschen ermordet. Falls Sean etwas weiß, ist er auch in Gefahr.« Macy ließ die Waffe sinken. »Er muss zu uns kommen und mit uns reden. Können Sie ihn dazu bewegen?«

»Ich weiß nicht.«

»Kristina, glauben Sie wirklich, dass ein Leben auf der Flucht das Beste für Sean ist? Er ist noch ein halbes Kind. Sie müssen ihm eine Chance geben …«

Plötzlich fielen Schüsse. Die Fenster hinter Macy explodierten in tausend Splitter, die durch den Raum flogen. Macy warf sich flach auf den Boden und rief Kristina zu, dasselbe zu tun. Schüsse hagelten über ihnen gegen die Wand. Glasscherben und Holzsplitter regneten auf sie herab. Macy kroch hinter den Tisch und setzte sich neben Kristina. Das Licht ging aus und gleichzeitig die Musik. Als Macy sich umblickte, sah sie gerade noch, wie Kristina aus dem Fester sprang. Macy warf einen letzten Blick zur Tür, dann schob sie die Pistole ins Holster und folgte Kristina hinaus in die Nacht.

Macy sah Kristina nur schemenhaft, als beide am Rand der Piste entlangliefen. Sie war ihr fünfzig Meter voraus, und sie war schnell. Macy folgte ihr durch ein Loch im Zaun auf einen schmalen Pfad, der steil abwärts durch den dichten Wald führte. Nach einer Biegung, als sie schon dachte, sie hätte sich verirrt, stolperte sie auf offenes Gelände. Vor ihr glitzerte der Flathead River unter dem Sternenhimmel. Flussaufwärts regte sich nichts im niedrigen Gebüsch, das das flache steinige Ufer säumte. Flussabwärts kletterte Kristina eine steile Böschung zu einem Plateau hinauf. Macy sah ihre Silhouette, als sie über Felsbrocken in der Größe von Autos stieg. In der Ferne markierte eine dünne Kette von Scheinwerfern den Verlauf der Route 93.

Macy stand still und lauschte. Erst war es schwach, doch dann erkannte sie das kehlige Röhren eines Motors. Plötzlich brach ein Motocross-Rad aus dem Wald, höchstens zwanzig Meter von der Stelle, an der sie stand. Es hüpfte über das steinige Terrain in Richtung Süden, und das Heulen des Motors wurde wieder leiser. Macy sah zu dem Plateau. Wäre der orange Punkt ihrer Zigarette nicht gewesen, hätte sie Kristina nicht gesehen. Sekunden später erlosch das Licht, und Kristina war verschwunden.

19

Macy sah auf die Uhr. Es war kurz vor drei am Nachmittag, und sie hatte seit zwei Tagen kaum geschlafen. Sie bestellte noch eine Tasse Kaffee und versuchte sich wach zu schütteln. Es war knapp zwei Stunden her, dass sie mit Sean Spencer telefoniert hatte. Da war sie noch auf dem alten Flugplatz gewesen und hatte sich beeilen müssen, um zur verabredeten Zeit im Diner zu sein, aber nachdem sie nun seit fast einer Stunde wartete, befürchtete sie, dass er vielleicht seine Meinung geändert hatte. Dann schwang die Tür auf, und Sean stand nervös im Eingang. Er wirkte älter, als Macy erwartet hatte. Und größer. Als er Macy entdeckte, schulterte er den Rucksack und kam langsam auf ihren Tisch zu.

Sean rutschte auf die leere Bank ihr gegenüber und nahm die Baseballkappe ab. Sein dunkles Haar fiel ihm über die Augen, und er hatte einen Bartschatten. Macy schob die Speisekarte über den Tisch und bat ihn, sich etwas zu bestellen, falls er Hunger hatte. Er war höflich, als die Kellnerin an den Tisch kam.

»Ich bin froh, dass Sie da sind«, sagte Macy. »Ich hatte schon Angst, dass Sie nicht kommen.«

»Ich hatte keine Wahl. Kristina hat gesagt, entweder ich mache das oder ich sehe sie nie wieder.«

»Haben Sie irgendwelche Fragen, bevor wir anfangen?«

Er setzte an, aber dann stockte er. »Tut mir leid«, sagte er. »Das hier ist schwerer, als ich gedacht habe.«

»Es muss eine harte Zeit für Sie sein.«

Er räusperte sich. »Sie haben Kristina erzählt, meine Mutter und Lloyd wären ermordet worden. Stimmt das, oder haben Sie das nur gesagt, damit ich mit Ihnen rede?«

»Leider stimmt es. Möchten Sie Details wissen?«

Er sah weg. »Nicht jetzt.«

»Sean, es war noch jemand an der Entführung und Ermordung von Philip Long beteiligt. Wahrscheinlich hat dieselbe Person, die Long umgebracht hat, auch Ihre Eltern getötet. Ich glaube, Sie wissen, wen ich meine.«

In seinen Augen standen Tränen.

»Mein Cousin Kyle«, sagte er.

Sean sah auf, als das Essen kam. Er hatte zwei doppelte Cheeseburger, Pommes frites und eine Cola bestellt. Macys Salat sah traurig daneben aus. Sie schob ihn weg und bestellte auch einen Cheeseburger.

»Wir hatten Ihren Cousin auch im Verdacht, aber es gibt vier Zeugen, die schwören, er sei in Missoula gewesen, als Philip Long entführt und ermordet wurde«, sagte Macy.

»Glauben Sie kein Wort von dem, was Kyle oder seine Kumpel sagen. Die haben bestimmt alle gewusst, was los war. Selbst meine Mom und Lloyd wussten, dass Kyle nicht zu trauen war, und sind trotzdem auf ihn reingefallen.«

»Ich war bei Ihnen zu Hause. Ich weiß, wie hoch verschuldet Ihre Eltern waren. Sie müssen ziemlich verzweifelt gewesen sein.«

»Kyle hat meinen Eltern erzählt, Philip Long sollte wegen der Radiosendungen über die Milizen entführt werden, die er mal gemacht hat. Es gäbe viele, die ihm einen Denkzettel verpassen wollten. Meine Mom sagt, Lloyd habe gedroht, sie umzubringen, wenn sie nicht mitmacht. Ich weiß nicht, warum sie nicht zur Polizei gegangen ist, bevor es zu spät war. Das war eine von vielen falschen Entscheidungen, die sie in ihrem Leben getroffen hat.«

»Was haben sie dafür bekommen?«

»Zuerst wurde ein Teil ihrer Schulden bezahlt, aber man hat ihnen noch was extra versprochen, wenn alles nach Plan läuft. Dann fand meine Mutter die Dateien auf Philip Longs Computer und begriff, was wirklich dahintersteckte. Ich weiß nicht, warum sie ihr Leben riskierte, um einen Mann zu retten, den sie kaum kannte, aber ich bin stolz auf sie, dass sie nach ihrem Gewissen gehandelt hat. Als sie das nächste Mal mit Philip Long allein war, hat sie ihn freigelassen.«

»Er kam nicht weit.«

Sean redete beim Essen. »Long war gerade abgehauen, als Kyle auftauchte. Mom hat Kyle irgendwas erzählt von wegen, Long hätte sie überwältigt, und dann hat Kyle Long mit dem Motorrad verfolgt.«

»Kyle sagt, er fährt nicht Motorrad.«

Sean hatte den ersten Cheeseburger verputzt.

»Wie gesagt, der lügt die ganze Zeit.« Sean legte einen Memory-Stick auf den Tisch. »Meine Mom hat einen Teil von Philip Longs Dateien runtergeladen und mir gegeben, damit ich darauf aufpasse. Leider ist das Ding kaputt. Ich habe Ihnen alles geschickt, was ich konnte.«

Macy musterte den Memory-Stick. Es bestand die Chance, dass die IT-Leute doch noch etwas darauf fanden. Macy hatte sich mehr erhofft, aber es musste reichen.

»Sean, wann haben Sie Ihre Mutter zum letzten Mal gesehen?«

»Am Tag nachdem Philip Long ermordet wurde, hat sie mich angerufen. Wir haben uns hier in der Nähe auf einem Parkplatz getroffen. Sie hat befürchtet, dass Kyle ihr die Geschichte von Philip Longs Flucht nicht abnahm, und hatte Angst vor ihm. Ich wollte sie überreden, mit mir zu kommen, aber sie wollte Lloyd nicht verlassen.«

»Hat Ihre Mutter einen Arzt namens Whitaker erwähnt?«

»Philip Long hat meiner Mutter erzählt, Whitaker sei der Grund, warum er festgehalten wurde.«

»Hat er sonst noch etwas gesagt?«

»Mom wollte nur, dass er lebendig aus dem Haus kommt. Sie hatten keine Zeit zum Reden.«

»Sie müssten mich aufs Revier begleiten, um eine offizielle Aussage zu machen.«

»Werde ich festgenommen?«

»Nicht, wenn ich es verhindern kann.«

»Was passiert mit Kyle?«

»Ich besorge einen Durchsuchungsbeschluss für sein Haus«, sagte Macy. »Wir brauchen Beweise, die ihn mit dem Tod von Philip Long in Verbindung bringen.«

»Keine Sorge«, sagte Sean. »Die werden Sie finden.«

»Wie können Sie sich da so sicher sein?«

Statt einer Antwort machte sich Sean Spencer über den zweiten Cheeseburger her.

»Sean?«

Er wischte sich den Mund mit der Serviette ab. »Sagen wir einfach, ich habe es Ihnen etwas erleichtert.«

Kyle Miller stand im Regen vor seinem Haus, die Hände tief in den Taschen vergraben. In der übergroßen Jacke wirkte er, als wären die Ereignisse zu viel für ihn. Vor seiner Haustür stand ein Polizist. Auf der Straße parkten Familienkutschen, in den Vorgärten lag Kinderspielzeug. Macy und Gina stiegen aus dem Streifenwagen aus und gingen auf Kyle zu.

»Ich weiß nicht, was Sie zu finden hoffen«, sagte er. »Ich habe nichts mit Philip Longs Tod zu tun.«

»Wir haben einen Zeugen, der das Gegenteil behauptet«, erklärte Macy. »Falls Sie nicht die ganze Schuld auf sich nehmen wollen, schlage ich vor, dass Sie zu reden anfangen.«

Im Haus wimmelte es von Kriminaltechnikern und Polizisten in Uniform. Macy fand Lou, der in einem der oberen Zimmer aus dem Fenster starrte. Seit einer Stunde regnete es, und es sah nicht so aus, als würde es so bald aufhören. Der Garten war ein Rechteck aus frischem Rollrasen. Kyle verfügte über das ganze Zubehör des Eigenheimbesitzers: Gartenmöbel, Grill, einen Schuppen. Das Einzige, was fehlte, waren Frau und Kinder.

»Ich hoffe, das zahlt sich aus«, brummte Lou.

»Ich auch«, sagte Macy. »Haben Sie Ryan gesehen?«

»Er war vorhin in der Küche. Übrigens, wo haben Sie Sean Spencer untergebracht? Ich will nicht riskieren, dass er noch einmal abtaucht.«

Macy drückte Lous Arm. »Keine Sorge. Er ist auf dem Revier. Ich habe den Kollegen gesagt, sie sollen ihn festnehmen, wenn er versucht zu verschwinden.«

Kyles Küche war klein, aber praktisch eingerichtet. Das Fenster ging zur Straße. Auf der anderen Straßenseite hatten sich die Nachbarn versammelt. Kinder flitzten mit ihren Fahrrädern auf und ab. Macy zog ihr Telefon heraus und rief ihre Mutter an.

»Hallo, Mom, alles in Ordnung? Du hast angerufen.«

»Tut mir leid, ich wollte dich nicht bei der Arbeit stören.«

»Sei nicht albern, dann würden wir uns ja nie sprechen.«

»Ich wollte nur deine Stimme hören«, sagte Ellen.

»Das ist der beste Grund für einen Anruf.«

»Wie läuft es?«

Macy wanderte durch die Küche und öffnete Schranktüren.

»Es hat eine neue Entwicklung gegeben. Vielleicht kommen wir doch schneller als gedacht zum Abschluss.«

»Oh, das höre ich gern. Ist mit Aiden alles okay?«

»Ich will nicht lügen. Es ist ein bisschen kompliziert.«

»Schade. Er scheint ein wirklich netter Mann zu sein.«

»Mom, ich muss weitermachen. Telefonieren wir später?«

»Natürlich. Ruf an, wenn du Zeit hast.«

Macy schob das Telefon wieder in die Tasche und öffnete

den Kühlschrank. Es stand nicht viel darin, aber das wenige war wohlgeordnet. Sie nahm eine Dose Red Bull heraus und hielt sie in der behandschuhten Hand. Es hatte nichts zu bedeuten. Es waren nur ein paar Dosen, und in Ron Foresters Kühlschrank hatte fast eine ganze Kiste gestanden. Macy wollte gerade die Kühlschranktür schließen, als sie stutzte. Was sich in der Kühlschranktür befand – Barbecue-Soße, Butter, Dillgurken, Frischkäse, Honigsenf, Ketchup –, war alphabetisch geordnet. Sie sah in den Schränken nach. Alles, von den Gewürzen bis zu den Frühstücksflocken, war ebenso sortiert. Zu schade, dass sie das nicht als Beweis gegen Kyle anführen konnten.

Macy ging ins Wohnzimmer und öffnete eine Schiebetür zu einer kleinen Holzveranda. Inzwischen regnete es in Strömen. Der Schuppen stand am Ende des Gartens. An der Tür hing ein Vorhängeschloss. Ryan kam heraus und stellte sich neben Macy.

»Lou sagte, du suchst mich.«

»Ich habe mich gefragt, wann du dir den Schuppen ansehen willst.«

»Ich warte nur, bis es zu regnen aufhört«, sagte Ryan.

»Falls es hier ein Motocross-Rad gibt, kann es nur dort stehen. Was meinst du?«

Ryan hielt einen Schlüssel hoch. »Kyle hat uns den Schlüssel freiwillig gegeben. Unwahrscheinlich, dass wir dort was finden, was ihn belastet.«

»Dann sollten wir Kyle bitten, uns zu öffnen.« Macy dachte an ihr Gespräch mit Sean Spencer. »Das wird ihm sicher nichts ausmachen.«

Kyle zog das Vorhängeschloss aus dem Riegel und ließ es zusammen mit dem Schlüssel in den Beweismittelbeutel fallen, den Macy ihm hinhielt. Dann trat er einen Schritt zurück und verschränkte die Arme vor der Brust. Regen floss von seiner Kapuze.

»Das ist totale Zeitverschwendung«, sagte er.

Ryan schwang die Schuppentür auf und ging zur Seite, damit Macy hineinsehen konnte.

»Ich finde nicht, dass es Zeitverschwendung ist«, sagte Macy.

In der Mitte des Schuppens stand ein Motocross-Rad. An den Reifen klebte getrockneter Schlamm. Ein Helm, eine Lederjacke und Motorradstiefel lagen im Regal daneben.

»Ist das Ihr Motorrad, Kyle?«, fragte Macy.

Kyle antwortete nicht.

Ryan nahm seine Taschenlampe heraus und sah es sich näher an. »Da ist die Seriennummer«, sagte er. »Wir können leicht rausfinden, wem es gehört.«

»Es ist nicht meins«, sagte Kyle.

»Sind Sie sicher?«, sagte Macy. »Ich sehe keine Einbruchspuren, und vor wenigen Sekunden haben Sie noch behauptet, es gebe nur einen Schlüssel.«

»Sie … sie müssen das Schloss geknackt haben.«

Ryan zeigte auf die Ledermontur, die im Regal lag.

»Was ist damit, Kyle?«, fragte Ryan. »Erkennen Sie diese Sachen?«

Kyle schloss die Augen. »Das … das war Sean. Er versucht, mir was unterzuschieben.«

»Kyle, bei Ihrer ersten Vernehmung haben Sie ausgesagt, Sie würden weder Motorrad fahren noch eins besitzen«, sagte Macy. »Jetzt frage ich Sie noch einmal: Gehören diese Sachen Ihnen?«

»Ich habe nein gesagt.«

»Warum habe ich das Gefühl, dass uns die DNA-Spuren etwas anderes sagen werden?«, fragte Macy.

»Da sollte nichts dran sein«, gab Kyle zurück. »Jemand hat … hat das Zeug hier deponiert.«

Ryan hielt eine Pistole hoch, die er in einem Blumentopf gefunden hatte.

»Macy, ist das deine SIG?« Er steckte sie in eine durchsichtige Tüte, bevor er sie ihr gab. »Sieht aus, als wären da ein paar hübsche Fingerabdrücke drauf.«

Lou Turner kam dazu und stellte sich hinter Kyle. »Was meinen Sie, Macy? Ist das Ihre?«

Bedächtig musterte Macy die Handfeuerwaffe. Sie war schwerer, als sie in Erinnerung hatte, und da waren Kerben am Lauf und am Griff, die sie nicht wiedererkannte. Sie hielt sich die Tüte vors Gesicht, um die Seriennummer zu entziffern. Sie musste sie zweimal lesen, um sicher zu sein.

»Das ist meine.« Sie blinzelte die Tränen weg. Sekundenlang sah sie Philip Long vor sich. Auf der Straße in jener Nacht hatte er so einsam und verloren gewirkt.

Lou drehte Kyle die Arme auf den Rücken und legte ihm mit einer geschmeidigen Bewegung die Handschellen an.

»Das hier ist immer meine Lieblingsstelle«, sagte Lou. »Ich belehre ihn über seine Rechte und nehme ihn mit aufs Revier. Komm ihr mit?«

Macy legte den Kopf in den Nacken und ließ sich den Regen über das Gesicht laufen. Sie wollte nicht, dass die anderen ihre Tränen bemerkten.

»Ich komme gleich nach«, sagte sie.

Ryan stellte sich neben sie.

»Irgendwie tut Kyle mir leid. Seine Überraschung hat echt gewirkt.« Er stupste sie an. »Alles in Ordnung bei dir?«

Macy reichte ihm die Beweismitteltüte.

»Es geht gleich wieder«, sagte sie und ging zum Haus zurück.

20

Emma saß in einem kleinen Büro und wartete auf Lou Turner und Macy Greeley. Sie legte einen Papphefter vor sich auf den Tisch und schloss die externe Festplatte ihres Vaters an ihren Laptop an. Die Nachricht von Kyles Festnahme wegen Entführung und Mord hatte sich schnell herumgesprochen. Emma hatte außerdem gehört, dass vor Dr. Whitakers Krankenhauszimmer ein Polizist Wache hielt. Sie hoffte, dass auch er so schnell wie möglich verhaftet wurde.

Lou Turner betrat nach Macy Greeley den Raum. Emma stand auf und schüttelte ihnen die Hände. Beide schienen in letzter Zeit nicht viel geschlafen zu haben. Sie setzten sich neben Emma und hörten ruhig zu, während Emma die Dateien auf der Festplatte ihres Vaters der Reihe nach durchging.

»Mein Vater hatte Dr. Whitaker seit Jahren im Visier«, erklärte Emma. »Er war sehr gründlich. Er hat die Namen von Quellen aufgelistet, die bereit wären, vor Gericht auszusagen: die Daten, wann sie sich mit Whitaker trafen, um sich Rezepte ausstellen zu lassen, die Summen, die die Hände wechselten. Es gibt auch Mitschriften von mehr als dreißig Interviews, die mein Vater mit früheren Patienten von Dr. Whitaker und mehreren Dealern geführt hat, die behaupten, Whitaker habe sie in der Vergangenheit mit Drogen versorgt. Auf der Festplatte sind außerdem die Kopien mehrerer Krankenakten von Whitakers Patienten gespeichert. Entweder sind sie unter seiner Betreuung gestorben, oder man hat ihnen viel zu starke opiathaltige Schmerzmittel verschrieben.«

Macy sah sich an, was sich auf dem Bildschirm befand, und bat Emma, nach und nach herunterzuscrollen.

»Emma«, sagte sie. »Das sind eine Menge detaillierter Informationen, und manches davon scheint direkt vom Rechner der Praxis zu stammen.«

»Mein Vater ist über den Arbeits-Account meiner Mutter in das System gekommen«, erklärte Emma und hoffte, dass es stimmte. »Meine Mutter kennt sich mit Computern nicht aus. Sie hätte ihm nicht mal helfen können, wenn sie gewollt hätte.«

Lou zeigte auf den Bildschirm. »Was ist das für ein Ordner, der AUDIO heißt?«

»Das sind vor allem Interviews, die er aufgenommen hat, aber zwei Dateien sind besonders interessant. Eine enthält ein Gespräch, das mein Vater kurz vor seiner Entführung mit Dr. Whitaker geführt hat. Erst versucht Whitaker, meinen Vater zu bestechen, und dann droht er ihm mit finanziellem Ruin, falls er mit der Schmerzmittel-Story auf Sendung geht.«

»Und die andere Aufnahme?«, fragte Macy.

»Ein Freund meines Vaters hat seinen Besuch in Dr. Whitakers Praxis aufgenommen. Er behauptet, er hätte Schmerzen, aber dann gesteht er, er bräuchte Vicodin, OxyContin und Methadon, weil er süchtig wäre. Whitaker erklärt sich bereit, ihm das Rezept auszustellen, doch es kommt nicht zur Transaktion, weil der Freund meines Vaters nicht genug Bargeld dabeihatte.«

»Ich wünschte, wir hätten die Festplatte früher gehabt«, sagte Macy. »Wo war sie versteckt?«

»Im Keller von Caleb Winfrey.« Emma warf Lou einen Blick zu. »Mein Vater hat dort nach dem Rechten gesehen, als Caleb ins Pflegeheim kam. Im Keller brannte Licht, sonst wäre ich nie auf die Idee gekommen, dort nachzusehen.«

»Haben Sie auch das Tagebuch Ihres Vaters gefunden?«

Emma legte die Hand auf den Papphefter mit den Seiten, die sie aus dem Tagebuch ihres Vaters gerissen hatte. »Es lag bei der Festplatte«, sagte sie. »Aber ich gebe Ihnen nur die

Seiten, die mit Dr. Whitaker zu tun haben. Den Rest habe ich vernichtet.«

»Ich weiß nicht, ob das klug war«, sagte Macy. »Vielleicht haben Sie etwas übersehen.«

»Ich habe seine Aufzeichnungen von der ersten bis zur letzten Seite gelesen. Alles, was mit Whitaker zu tun hat, ist hier.«

Macy zog sich ein Paar Latexhandschuhe über und blätterte die Seiten durch.

Lou räusperte sich. »Emma, auch wenn Kyle Miller Dr. Whitaker belastet, kann es eine Weile dauern, bis Whitaker verhaftet wird.«

»Ich glaube, ich bin auf etwas gestoßen, das die Sache vielleicht beschleunigt«, sagte Emma. Sie sah Macy an. »Ich habe Ihnen doch von meiner Schulfreundin Lucy Winfrey erzählt?«

»Ich habe die Akte gelesen«, antwortete Macy. »Lucy Winfrey starb an einer Überdosis. Soweit ich mich erinnere, gab es einen nicht identifizierten Fingerabdruck auf einer Spritze.«

Emma sprach leiser. »Mein Vater war davon überzeugt, dass Dr. Whitaker Lucy gegen Sex mit Drogen versorgte.«

Lou richtete sich auf. »Gibt es dafür Beweise?«

»Ich bin mir nicht sicher. In seinem Tagebuch hatte Dad ein ganzes Kapitel über Lucy. Ich glaube, ihr Tod war der Auslöser dafür, dass er Dr. Whitaker auf die Finger sah. Er hat mit dessen zweiter Frau Dot gesprochen, die bestätigt hat, dass Lucy und Dr. Whitaker eine Affäre hatten. Das Verhältnis fing an, als Lucy für Dot als Assistentin gearbeitet hat. Deswegen wurde sie gefeuert. Ich bin mir ziemlich sicher, dass sie auch deswegen sterben musste.«

Emma fand die Tagebuchseite mit dem Foto von Lucy.

»Dieses Foto wurde am Memorial Day vor dem Haus der Whitakers aufgenommen, nicht lange vor Lucys Tod. Dot war mit den Kindern verreist. Whitaker hat noch monatelang mit Lucy geschlafen, nachdem Dot die beiden erwischt hatte.«

»Das reicht nicht, um ihm Lucys Tod anzulasten«, sagte Macy, während sie Einträge überflog. »Mit dem, was hier steht, können wir ihn höchstens dafür belangen, dass er sie mit Medikamenten versorgt hat.«

Lou schob den Stuhl vom Tisch. »Ich bin gleich wieder da.«

Er schlug die Tür hinter sich zu, und Emma zuckte zusammen. »Jetzt ist er sauer. Er kennt Dr. Whitaker schon sehr lange.«

»Trauen Sie ihm ruhig mehr zu«, entgegnete Macy. »Lou Turner musste jahrelang den Dreck wegputzen, für den Dr. Whitaker verantwortlich war. Viele der Medikamente, die Whitaker verschrieb, landeten auf der Straße. Und für Orte wie Walleye Junction sind die Folgen verheerend: kaputte Familien, vernachlässigte Kinder, Verkehrsunfälle, Selbstmorde, häusliche Gewalt … Die Liste ist noch viel länger.«

Ein paar Sekunden schwiegen beide. Emmas Hände lagen flach auf dem Tisch. Kyle Miller würde noch lange ihre Gedanken heimsuchen. Sie würde sich nie verzeihen, dass sie ihn so falsch eingeschätzt hatte. Er hatte ihren Vater ermordet. Es war unerträglich, dass sie nicht erkannt hatte, was für ein Monster er war.

»Ich bin so wütend, dass ich auf Kyle hereingefallen bin«, sagte Emma.

»Seien Sie nicht so streng mit sich. Ich habe auch mit Kyle gesprochen. Er ist überdurchschnittlich intelligent, hat gute Manieren, ist nicht unattraktiv und drückt sich gut aus. Und er ist ein extrem überzeugender Lügner, der es geschafft hat, vier Leute dazu zu bringen, ihm ein falsches Alibi zu geben. Es überrascht mich nicht, wenn er auch Sie überzeugt hat.«

»Ich habe wirklich geglaubt, er wäre ein bisschen unbeholfen, aber ansonsten harmlos.« Emma zögerte. »Ich möchte wissen, was in der Nacht passiert ist, als mein Vater starb.«

Macy rollte einen Stift zwischen den Fingerspitzen hin und her.

»Wir stehen erst am Anfang und puzzeln immer noch verschiedene Versionen der Ereignisse zusammen.«

»Aber Sie müssen eine ungefähre Vorstellung haben.«

»Ich kenne einige Fakten. Der Rest ist Spekulation. Der Plan, Ihren Vater zu entführen, scheint von Anfang an schlecht durchdacht gewesen zu sein. Kyle präsentierte sich als jemand, der militärisch ausgebildet ist, dabei ist er nur ein Computertechniker mit einem Anflug von Größenwahn. Im Moment können wir nicht beweisen, dass Dr. Whitaker ihn angeheuert hat, aber wir gehen davon aus, dass es so war. Ihr Vater sollte zum Schweigen gebracht werden. Kyle sollte ihn entführen. Sie würden ihn erst freilassen, wenn sie sicher wären, dass er mit der Story über Dr. Whitaker nicht an die Öffentlichkeit ging.«

»Aber das ist lächerlich«, sagte Emma. »Mein Vater ließ sich nicht so einfach einschüchtern.«

»Emma, es war nicht nur Ihr Vater, dem sie drohten. Die Entführer machten ihm klar, dass Ihnen und Ihrer Mutter etwas zustoßen würde, wenn er nicht kooperierte.«

Emma war sprachlos. Sie schloss ein paar Sekunden lang die Augen. Als sie sie wieder aufschlug, war der Raum heller, und die Geräusche von draußen waren lauter. Macy neigte den Kopf zur Seite.

»Ich will Sie nicht erschrecken«, sagte Macy. »Sind Sie sicher, dass ich fortfahren soll?«

Emma sagte leise ja.

»Kyle heuerte seine Tante und seinen Onkel an, damit sie ihm halfen. Er hat ihnen vorgelogen, es ginge darum, Ihrem Vater wegen seiner Sendungen über die örtlichen Milizen einen Denkzettel zu verpassen. Der Deal war, dass ihre Schulden beglichen würden. Wir wissen noch nicht, warum, aber

Carla wurde stutzig und begann im Computer Ihres Vaters herumzuschnüffeln. Als sie begriff, was Dr. Whitaker all die Jahre getan hatte, ließ sie Ihren Vater frei.«

»Warum hat sie das getan?«

»Ich glaube, es war ein Sinneswandel. Carla Spencer hatte wegen ihrer Drogensucht alles verloren. Sie wusste aus erster Hand, wie viel Leid Dr. Whitaker verursachte. Ich glaube, das hat sie erkannt. Es war sehr mutig, Ihren Vater gehen zu lassen. Sie hat sogar seine Dateien auf einen Memory-Stick heruntergeladen, um sie an treue Hände weiterzugeben. Leider war das Laufwerk kaputt, und die meisten Dateien gingen verloren.« Macy griff nach der externen Festplatte, die Emma gefunden hatte. »Deswegen ist das hier so wichtig. Damit kriegen wir ihn.«

»Kooperiert Kyle mit der Polizei?«

»Er hat gestanden, dass er Ihren Vater getötet hat und Carla und Lloyd ebenfalls, aber wir haben noch keine konkreten Beweise gegen Whitaker.« Macy lehnte sich zurück. »Whitaker hat Kyle manipuliert. Er hat an sein Ego und seine Ambitionen appelliert … Kyle hätte alles getan, um in der Welt nach oben zu kommen. Bis jetzt hat Whitaker es so aussehen lassen, als hätte Kyle allein gehandelt.«

»Wir haben die Aufnahme, in der er meinen Vater bedroht«, sagte Emma.

»Wir leiten alles, was wir haben, an die Staatsanwaltschaft weiter. Ich bin überzeugt, dass es für eine Anklage reicht, aber es kann eine Weile dauern, bis wir einen Haftbefehl bekommen. Dr. Whitaker hat in Montana einflussreiche Freunde.«

Es klopfte laut, und Lou kam mit einem Ordner in der Hand herein. Er knallte ihn vor Macy auf den Tisch und schlug ihn auf.

»Das hier ist Lucys Ermittlungsakte«, sagte er und legte den Finger auf die relevanten Informationen. »Ich habe den Fingerabdruck von der Spritze noch einmal durchs System laufen lassen. Wir haben eine Übereinstimmung.«

»Dr. Whitaker?«, fragte Macy.

Lou ging im Zimmer auf und ab. »Er hat uns seine DNA und seine Fingerabdrücke freiwillig gegeben, damit wir ihn als Verdächtigen im Mord an Philip Long ausschließen. Nach all den Jahren haben wir ihn endlich im System.«

»Lou«, sagte Macy, »das sind großartige Nachrichten. Wir können ihn wegen Mordverdacht festnehmen.«

Emma dachte an die Spritze, die auf dem Badewannenrand balanciert hatte. Fast hätte sie sie mit den lippenstiftverschmierten Papiertüchern weggeworfen.

»Aber ich verstehe nicht, warum Dr. Whitaker Lucy umgebracht hat«, sagte Emma.

»Vielleicht war sie für ihn zur Belastung geworden«, sagte Lou. »Seine Praxis bringt ihm Millionen ein, und Lucy geriet immer mehr außer Kontrolle. Es stand viel auf dem Spiel.«

»Ich hätte bei ihr sein sollen.« Emma starrte Lucys Foto an. »Sie hatte mich angefleht, an dem Abend zu ihr zu kommen, aber ich habe gelogen und gesagt, ich hätte etwas anderes vor.«

Lou legte Emma eine Hand auf die Schulter. »Sie trifft keine Schuld. Sie müssen aufhören, sich Vorwürfe zu machen.«

Macy nahm Lucys Akte, Philip Longs Tagebuchseiten und die Festplatte an sich. »Lou, was meinen Sie, fahren wir ins Krankenhaus und unterhalten uns noch einmal mit Dr. Whitaker?«

»Ich muss nur noch ein paar Anrufe erledigen«, sagte Lou.

»Holen Sie mich ab, wenn Sie fertig sind«, sagte Macy.

Sie schüttelte Emma die Hand. »Danke, dass Sie sich an uns gewandt haben. Ich verspreche Ihnen, dass wir alles tun, um die Schuldigen zur Rechenschaft zu ziehen.«

»Kommen Sie morgen zur Beerdigung?«, fragte Emma.

»Ich versuche es, aber ich muss bald nach Helena zurück. Ich habe meinen Sohn seit einer Ewigkeit nicht gesehen.«

»Oh, das tut mir leid«, sagte Emma. »Ich wusste nicht, dass Sie Kinder haben.«

»Nur eins. Meine Mutter kümmert sich um ihn, aber es ist Zeit, dass ich wieder übernehme. Ich glaube, meine Mutter hätte gern ihr Leben zurück.«

»Das Gefühl kenne ich.«

»Wann fahren Sie wieder nach Hause?«, fragte Macy.

»In den nächsten Tagen. Ich möchte nur sicher sein, dass meine Mutter zurechtkommt. Sie mag Dr. Whitaker sehr. Es wird ein harter Schlag für sie sein, wenn sie erfährt, dass er der Drahtzieher ist.«

Emma wollte Dot Whitaker anrufen, bevor sie bei ihr vorbeifuhr, doch sie hatte kein Netz. Am Ende beschloss sie, einfach zu klingeln. Sie parkte neben dem Brunnen und überquerte die Kiesauffahrt. Die Schatten waren lang, und mit dem Abend wurde es kühl. Sie drückte die Klingel und wartete. Als sich nichts rührte, ging sie ums Haus zur Tür des Wintergartens, die neulich offen gestanden hatte. Doch heute war alles zu, und im Haus war es dunkel.

Erst allmählich bemerkte Emma, dass irgendwo in der Nähe klassische Musik spielte. Sie folgte den Klängen durch den Garten, ein paar Steinstufen hinunter und zu dem Weg, der zu Dots Atelier führte. Die Tür des Ateliers stand weit offen. Emma blieb auf der Schwelle stehen. Das Licht war an, und aus einem kleinen Radio auf einer Bank erklang Musik. Der Holzboden war mit Farbklecksen gesprenkelt. Auf Staffeleien standen mehrere angefangene Gemälde, und an den Wänden lehnten Leinwände. Emma klopfte mehrmals laut.

»Dot, bist du da? Ich bin's, Emma Long«, rief sie.

Sie bekam keine Antwort. Emma nahm an, dass Dot im Garten war, und wollte sich gerade umdrehen und gehen, als ihr Blick an einem von Dots Gemälden hängen blieb. Im Stil war es denen, die sie oben im Haus gesehen hatte, so ähnlich, dass sie einen Moment lang dachte, es wäre noch eine Darstellung des Mädchens im roten Kleid.

Emma betrachtete das Bild mit einer Mischung aus Neugier und Ekel. Dot hatte Details eingefangen, die Emmas Erinnerung verdrängt hatte. Lucy schien nicht nur im Badewasser, sondern auch auf der Leinwand zu schweben. Ihre Augen waren offen, die Lippen leicht geöffnet. Das schwarze Haar trieb um ihr bleiches Gesicht wie eine Gewitterwolke. Die Spritze, die die tödliche Dosis verabreicht hatte, balancierte auf dem Wannenrand, und die Einstiche an Lucys Armen traten schmerzhaft hervor. Emma starrte den Spiegel an und schauderte. Sie hatte nicht erwartet, darin ihr eigenes verschwommenes Gesicht gemalt zu sehen. Die rote Lippenstiftschrift zerschnitt ihre Züge.

Emma, manchmal bricht das Herz und hört auf zu schlagen. Du hättest kommen sollen, als ich gerufen habe. Immer Deine Lucy

Die Musik stoppte. Emma drehte sich um. Dot stand mit einem Wiesenblumenstrauß neben der Bank. Sie ging zum Waschbecken und füllte ein Marmeladenglas mit Wasser.

»Ich habe dir ja gesagt, dass ich eine Faszination für das Makabre entwickelt habe. Was hältst du davon?«, fragte Dot. »Habe ich die Details richtig getroffen?«

»Ich verstehe nicht, wie du dieses Bild ohne Foto malen konntest«, sagte Emma.

Dot drehte sich lächelnd um. Sie hielt den Blumenstrauß hoch wie eine Opfergabe. Ihre Stimme hüpfte ein wenig.

»Ich male nicht immer nach Fotos, aber in diesem Fall wollte ich alles richtig machen.«

»Dot«, sagte Emma. »Ich muss wissen, wo du das Foto herhast.«

»Würdest du mir glauben, wenn ich dir sage, ich habe einen Polizisten bestochen? Das Einzige, was ich hinzugefügt habe, ist dein Gesicht im Spiegel.« Dot zeigte auf eine kleine Couch. »Komm und setz dich. Du siehst aus, als hättest du ein Gespenst gesehen.«

Emma betrachtete das Gemälde. »Sie werden Peter wegen des Mordes an Lucy anklagen.« Sie berührte die Leinwand mit den Fingerspitzen. Die Farbe war noch feucht. »Sie haben seinen Fingerabdruck auf der Spritze gefunden.«

Dot stellte die Blumen auf einen kleinen Tisch und setzte sich in den Sessel, der dem Sofa gegenüberstand.

»Ein bisschen spät für Gerechtigkeit«, sagte Dot. »Komm, setz dich zu mir, Emma. Du hast keinen Grund, das Bild anzustarren. Schließlich warst du dort.«

Emma blieb stehen.

»Du kannst das Foto nicht von der Polizei gehabt haben«, sagte Emma.

»Oh, doch«, sagte Dot. »Ich habe es nur nicht genau abgemalt. Man könnte sagen, ich habe den ursprünglichen Zustand rekonstruiert. Ich glaube daran, die Wahrheit abzubilden.«

»Ich habe Lucys Botschaft auf dem Spiegel abgewischt. Sie kann nicht auf den Polizeifotos gewesen sein. Du hättest nur davon wissen können, wenn du in der Nacht, als Lucy starb, dort gewesen wärst«, sagte Emma. »Erzähl mir, was passiert ist.«

»Da gibt es nicht viel zu erzählen. Als ich ankam, war Lucy bereits bewusstlos. Ich hatte die Wahl, entweder den Notarzt zu rufen oder ihr zu helfen, zu Ende zu bringen, was sie begonnen hatte. Ich habe beschlossen, ihr zu helfen.«

»Du hast sie ermordet?«

»Ich war nicht die, die Lucy Drogen gegen Sex gab, und ich habe sie erst recht nicht dafür bezahlt, Drogen an Schüler zu verkaufen. Es war Peter, der all das getan hat, nicht ich.« Dot faltete die Hände im Schoß. »Für mich hat er sie ermordet. Mein Gewissen ist rein.«

»Lucy hätte einen Entzug machen können. Es gibt immer Hoffnung.«

»Lucy hat nicht mehr reagiert. Ihre Atmung war beeinträchtigt, und ihre Pupillen waren starr. Ich bin Krankenschwester, Emma. Ich habe gesehen, was aus Menschen wird, die nach einer Überdosis bleibende Hirnschäden haben. Selbst wenn sie es überlebt hätte, hätte sie keine Lebensqualität mehr gehabt. Ich mochte das Mädchen nicht, aber dieses Schicksal hätte ich meinem ärgsten Feind nicht gewünscht.«

»Warum warst du überhaupt da?«, fragte Emma. »Hat sie dich angerufen und um Hilfe gebeten?«

Dot schüttelte den Kopf. »Ich ging zu Lucy, weil ich verzweifelt war. Mit Peter zu sprechen brachte nichts, also hoffte ich, sie würde auf mich hören. Sie waren beide völlig außer Kontrolle.«

»Nahm Dr. Whitaker auch Drogen?«

»Oh, es war schlimm«, sagte Dot. »Heute ist er clean, aber damals war er schwer süchtig. Seine Affäre mit Lucy war peinlich genug, aber mit seinem Verhalten gefährdete er auch Patienten. Er war nachlässig. Überall fand ich seine alten Spritzen und leere Tablettenröhrchen.«

»Hast du bei Lucy eine seiner Spritzen benutzt?«

»Die Spritze lag in Lucys Zimmer. Anscheinend haben die beiden sie sich geteilt. Dass Peters Fingerabdruck darauf war, war reines Glück.«

»Nicht aus seiner Sicht.«

»Seine Sicht ist mir wirklich vollkommen egal. Dein Vater war einer meiner besten Freunde. Peter kommt vielleicht damit durch, was er Philip angetan hat, aber er kommt nicht damit durch, was er mit Lucy gemacht hat.«

Emma setzte sich aufs Sofa und legte den Kopf in die Hände.

»Emma«, sagte Dot. »Wenn du zur Polizei gehst, musst du zugeben, dass du Beweismaterial vernichtet hast. Damit ist der Tatort verunreinigt. Peter und ich kommen wegen einer Formalie frei, und niemand außer dir muss für Lucys Schicksal bezahlen.« Dot arrangierte die Blumen, damit sie aufrecht in der Vase standen. »Mein Exmann hat es verdient, dafür ins Gefängnis zu gehen und für vieles andere auch. Denk daran, wie viele Leben er mit seinen Machenschaften zerstört hat.«

»Du hast auch in der Praxis gearbeitet. Du musst mitbekommen haben, was vor sich ging.«

Dots Ton wurde schärfer. »Willst du es wirklich so genau wissen, Emma? Deine Mutter war von uns allen am längsten in der Praxis.«

»Du willst doch nicht sagen …«

Dot hob die Hand. »Ich will dir so sanft wie möglich sagen, dass es das Beste ist, wenn du den Dingen ihren Lauf lässt.« Sie zog eine Kornblume aus dem Strauß und hielt sie ans Licht. »Es liegt viel Schönheit im Loslassen.«

»Und was ist mit der Wahrheit?«

Achselzucken. »*Schönheit ist Wahrheit, Wahrheit Schönheit.*«

Emma stand vom Sofa auf. »Ich weiß nicht, ob Keats eine Situation wie diese im Sinn hatte.«

»Wer weiß«, sagte Dot mit einem stillen Lächeln. »Es heißt, er sei opiumsüchtig gewesen. Vielleicht hätte er das alles am besten verstanden.«

Emma stellte sich vor das Bild. »Wirst du es je ausstellen?«

»Ich habe es nicht vor, aber wer weiß, was die Zukunft

bringt. Vielleicht organisieren meine Enkel eines Tages eine Retrospektive.«

»Ich habe das Tagebuch meines Vaters gelesen. Er hat sich sehr für dich interessiert.«

»Ich bin ein interessanter Mensch.«

»Wie viel liegt dir an deinem Ruf?«

»Nicht mehr so viel wie früher.«

»Was wäre, wenn deine Affäre mit meinem Vater bekannt würde?«

Dot schwieg.

»Ich möchte, dass du dieses Bild zerstörst«, sagte Emma.

Emma griff nach einer Flasche Terpentinersatz und hielt sie Dot hin.

»Ich will, dass du es jetzt tust.«

21

Macy überreichte Gina eine Maxitüte Kartoffelchips, eine Schachtel Donuts und eine Großpackung Snickers-Riegel.

Gina lachte. »Ich hatte auf einen Geldbonus gehofft, aber das ist auch nicht schlecht.«

»Ich fand, ich sollte wenigstens deine Vorräte aufstocken. Du warst in der letzten Woche eine Riesenhilfe. Ohne dich hätte ich das nie geschafft.«

»Sei nicht albern«, sagte Gina. »Wir wissen beide, dass du auch so zurechtgekommen wärst. Ryan und ich wollten uns zur Feier unseres letzten Abends in Walleye einen Drink genehmigen, kommst du mit? Ich habe auch Lou gefragt, aber der hat schon andere Pläne.«

Macy setzte sich an den Schreibtisch, den sie in der letzten Woche benutzt hatte. Sie hatte alles eingepackt, das ihr gehörte. Nur noch ein paar Büroklammern und Kulis waren da sowie eine halb leere Schachtel Schokoladenkekse, die irgendwie von Ginas auf Macys Tisch gewandert war.

Macy senkte die Stimme. »Tut mir leid, aber ich habe ein Rendezvous.«

Gina drehte sich in ihrem Stuhl zu Macy um. »Stille Wasser! Erzähl mir alles. Wer ist der Glückliche?«

»Aiden Marsh.«

Ginas Stimme kletterte ein paar Oktaven hinauf. »Gut gemacht, Special Investigator Greeley. Aiden ist ein heißes Teil.«

Macy wurde rot. Sie musste grinsen, obwohl es ihr schrecklich peinlich war.

»Geht es noch lauter, Gina? Ich glaube, der Schwerhörige drüben im Mannschaftsraum hat es noch nicht mitbekommen.«

»Ist das euer erstes Date?«

»Nein«, gab Macy zu. »Wir sind seit letztem Sommer zusammen.«

»Und warum die Geheimniskrämerei?«

Macy blies die Backen auf. »Gute Frage. Ich weiß auch nicht, warum ich mich so dagegen sträube, es offiziell zu machen.«

Gina neigte den Kopf. »Na ja, vor kurzem hat man dein ganzes Privatleben vor aller Welt ausgewalzt. Kein Wunder, wenn du jetzt zurückhaltend bist.«

Wie gewöhnlich traf Gina den Nagel auf den Kopf. Als Ray Davidson verhaftet wurde, hatte Macy den Ermittlern detailliert Auskunft über ihre Beziehung geben müssen. Sie machten nur ihren Job, und Macy nahm es ihnen nicht übel, aber trotzdem hatte es sich angefühlt, als würden sie über Macy ein Urteil fällen. Und als die Beziehung mit Ray in der Öffentlichkeit bekannt wurde, wurde es natürlich noch viel schlimmer.

»Du hast recht«, sagte Macy. »Aber es ist nicht nur das. Aiden will, dass wir zusammenziehen. Das hieße, ich müsste hierherkommen.«

»Das ist eine schwere Entscheidung. Du würdest viel aufgeben.«

»Er hat sogar vorgeschlagen, dass ich weniger arbeite oder vielleicht umsattele. Anscheinend versteht er nicht, wie viel mir meine Arbeit bedeutet.«

»Du könntest dich nach Kalispell versetzen lassen«, sagte Gina. »Das ist nicht weit von Wilmington Creek. Und wenn es nicht funktioniert, kehrst du mit eingezogenem Schwanz nach Helena zurück.«

Macy schob ihren Stuhl zurück. »Ich mache mich besser auf den Weg. Ich melde mich, falls sich unsere Pläne ändern. Aiden hat irgendwas von einer Live-Band gesagt.«

»Ryan und ich haben alle Etablissements in der Gegend abgegrast. Ein Tapetenwechsel wäre uns mehr als willkommen.«

»Ich sage Bescheid. Ansonsten sehen wir uns morgen früh.«

Gina nickte. »Sei einfach ehrlich mit ihm, Macy. Aiden muss wissen, woran er ist.«

»Danke«, sagte Macy. »Ich melde mich später.«

Macy fand Aiden auf der hinteren Veranda, wo er seinen Angelkasten durchging. Er beschirmte die Augen gegen die Spätnachmittagssonne und lächelte zu ihr hoch.

»Wie geht es meiner Lieblingssonderermittlerin?«, fragte er.

»Erschöpft, aber zufrieden.«

Er breitete die Arme aus, und sie setzte sich auf seinen Schoß.

»Habt ihr den Kerl schließlich geschnappt?«, fragte Aiden und zog sie an sich.

»Ich hatte eine gute Woche. Ich habe sogar zwei Kerle geschnappt.«

»Du bist toll.«

»Ja, das bin ich.«

Sie legte ihren Kopf an seine Schulter.

»Ich habe dir etwas zu sagen«, begann er.

»Ich glaube, wir haben beide etwas zu sagen.«

»Diesmal musst du mir den Vortritt lassen.«

Wenn Macy mit Aiden zusammen war, fühlte sich alles sonnenklar an. Mit der Zeit, dachte sie, konnte sie diesen Mann wirklich lieben.

»Ich höre zu«, sagte sie.

»Ich habe mich gestern mit Charlotte Crawley unterhalten.«

Macy zog die Braue hoch. »Kleine Welt. Ich habe mich vor ein paar Minuten mit ihr unterhalten.«

»Über den Fall?«

Macy nickte. »Kyle Miller hat zugegeben, mit Lloyd Spencer die Beweisstücke an der Feuerstelle deponiert und ihre Kinder bedroht zu haben. Sie wollten Bob den Mord an Philip Long in die Schuhe schieben.«

»Habt ihr rausbekommen, welche Rolle Stacy Shaw bei der ganzen Sache spielte?«

»Der Detektiv, den Charlotte auf Bob angesetzt hat, war ein Subunternehmer von Flathead Valley Security. Alles, was er über Bob herausfand, ging durch das Computersystem. Kyle kam zu dem Schluss, dass es kinderleicht wäre, Bob reinzulegen. Er entwarf sogar ein Online-Profil unter dem Namen Max, mit dem er Stacy für eine Woche nach Kalispell lockte. Ich weiß nicht, was er für Stacy danach geplant hatte.«

»Ein Glück, dass sie noch lebt.«

Macy zögerte. »Und worüber hast du mit Charlotte gesprochen?«

»Über ziemlich viel. Bob ist wieder eingezogen.«

»Im Ernst?«

»So habe ich auch reagiert. Aber abgesehen davon, dass er ihr vollen Zugriff auf sein Telefon und seinen Computer garantiert, hat er versprochen, mehrmals die Woche zur Therapie zu gehen. Vielleicht besteht noch Hoffnung für die beiden.«

»Charlottes Entschlossenheit, die Familie zusammenzuhalten, ist bewundernswert.«

»Charlotte hat gefragt, wie es uns geht, und ich habe ihr erzählt, dass du von der Idee hierherzuziehen nicht so begeistert bist, wie ich gehofft hatte. Ich dachte natürlich, sie würde Verständnis für mich haben, aber sie hat mir eine Standpauke gehalten.«

»Charlotte wird mir immer sympathischer.«

»Jedenfalls wollte ich mich bei dir entschuldigen. Ich hätte dich nicht so unter Druck setzen dürfen. Dich zu bitten, deine Karriere hintanzustellen, um bei mir einzuziehen, war keine gute Idee.« Er hielt Macy noch fester. »Ich will dich nicht verlieren, aber ich will dich auch nicht verändern.«

»Was bleibt dann übrig? Du bist hier an deinen Job gebunden und ich in Helena.«

»Ich reiche am Montag meine Kündigung ein.«

Macy setzte sich auf. »Aber du liebst deinen Beruf.«

»Ja, aber Angeln liebe ich noch mehr.«

»Vom Angeln kann man keine Rechnungen bezahlen.«

»Vertrau mir ein bisschen. Ich habe einen Masterplan.«

»Ich höre.«

»Charlotte hat beschlossen, eine größere Summe in meine Angler-Lodge zu investieren. Zum Plan gehören inzwischen auch ein Hotel und ein Spa, die sie managen wird. Stell dir das vor, Macy. Ich werde viel flexibler sein. In der Nebensaison ist die Lodge meistens geschlossen. Das heißt, ich könnte Monate am Stück bei euch in Helena sein.«

»Bist du dir sicher? Auch wenn wir dann immer noch nicht richtig zusammenwohnen?«

»Ich bin bereit zu warten, wenn du es auch bist.«

Macy wusste nicht, was sie sagen sollte. Noch nie war ein Mann bereit gewesen, so viel zu opfern, um mit ihr zusammen zu sein. Aiden verlangte keine Kompromisse von ihr.

»So«, sagte er. »Ich weiß, ich hatte versprochen, dass wir uns heute eine Live-Band ansehen, aber ich dachte, wir gehen lieber runter zum Fluss. Es ist höchste Zeit, dass du Fliegenfischen lernst.«

»Und was ist mit dem Abendessen?«

»Alles eingepackt.«

Sie zog die Braue hoch. »Wein?«

»Rot und weiß.«

»Es wird bald dunkel.«

»Wir machen ein Feuer.«

»Du hast an alles gedacht.«

Aiden zögerte. »Macy, wolltest du nicht auch was sagen?«

Macy drückte die Lippen an seine und ließ sie dort, aber Aiden ließ sich nicht abwimmeln.

»Macy.« Er schob sie weg. »So leicht lenkst du mich nicht ab. Ich muss wissen, was du denkst.«

»Ich denke, du bist fast perfekt.«

»Fast?«, fragte er.

»Na ja, ein kleines Problem gibt es.«

»Ach ja? Und das wäre?«

Macy grinste. »Ich werde deine Uniform vermissen. Gibt es vielleicht eine Möglichkeit, dass du sie behältst?«

22

Es war spät, als Emma in die Küche schlich und eine Rolle Mülltüten fand. Den Rest der Nacht verbrachte sie damit, leise ihre Vergangenheit auszusortieren. Als sie endlich das Licht löschte, war es fünf Uhr morgens. Sie verschlief den Wecker und wachte erst auf, als ihre Mutter anklopfte. Francine sah die leeren Wände und die überquellenden Mülltüten und setzte sich auf die Bettkante. Der Tag hatte kaum angefangen, und sie klang schon erschöpft.

»Lou Turner hat vor einer Stunde angerufen, um mir zu sagen, dass Peter wegen des Mordes an Lucy Winfrey angeklagt wird. Sie haben seinen Fingerabdruck auf der Spritze identifiziert.«

Emma konnte ihrer Mutter nicht in die Augen sehen. »Er hat Lucy Drogen gegeben, damit sie mit ihm schläft.«

Francines Stimme brach. »Sie war noch ein Kind.«

»Er wird auch angeklagt, weil er mit Medikamenten gedealt hat.«

»Steckt er hinter Philips Tod?«

»Ja, aber das wird man ihm vielleicht nicht nachweisen können. Wahrscheinlich will die Polizei noch mal mit dir reden.«

»Warum wollen sie mit mir reden? Ich habe ihnen schon alles gesagt, was ich weiß.«

»Dad hatte Informationen aus Dr. Whitakers Praxis, die nicht öffentlich zugänglich waren. Wie es aussieht, hat er sich mit deinem Benutzerkonto in den Praxiscomputer eingeloggt. Wenn du gefragt wirst, will ich, dass du sagst, du hattest keine Ahnung, was da vor sich ging. Hast du das verstanden?«

»Emma, es war die Wahrheit, als ich sagte, ich wüsste nicht, woran dein Vater arbeitete. Aber es gibt etwas anderes, das ich dir nicht erzählt habe.«

Francine zog ein kleines schwarzes Mobiltelefon aus der Tasche und legte es zwischen sie aufs Bett.

»Das wurde an dem Tag hier abgeliefert, als dein Vater entführt wurde«, sagte Francine. »Damit haben mich die Entführer kontaktiert. Sie haben gedroht, dir und Philip wehzutun, falls ich mich an die Polizei wende. Deswegen habe ich dich nicht gleich angerufen. Ich wollte nicht, dass dir was passiert.«

Emma nahm ihre Mutter in die Arme und hielt sie fest. Eine lange Zeit sprachen beide kein Wort.

»Ich dachte wirklich, du hättest mich nicht mehr lieb«, sagte Emma.

Francine strich ihrer Tochter übers Haar. »Ich habe dich so vermisst.«

»Ich habe dich auch vermisst.«

Emma lehnte sich ins Kissen zurück und starrte das Telefon an.

»Wann haben sie dich das letzte Mal angerufen?«, fragte Emma.

»Am Freitagmorgen. Sie riefen jeden Tag zur gleichen Zeit an. Als ich übers Wochenende nichts von ihnen hörte, dachte ich, es wäre endlich vorbei.«

»Es ist vorbei«, sagte Emma. Sie nahm das Telefon und legte es auf den Nachttisch. »Wir müssen einen Strich unter die Vergangenheit ziehen und mit dem Leben weitermachen. Ich dachte, wir fangen mit meinem Zimmer an.«

»Sieht aus, als hattest du eine lange Nacht.«

»Als ich einmal angefangen hatte, konnte ich nicht mehr aufhören«, sagte Emma. »Wie viel Uhr ist es überhaupt?«

»Halb zehn.«

»Ich habe verschlafen.«

Francine nahm Emmas Hand. »Ich fürchte, wie müssen in die Gänge kommen. Um elf müssen wir am Friedhof sein.«

»Findet vorher kein Gottesdienst statt?«

»Nach Lous Anruf habe ich mit dem Reverend telefoniert«, sagte Francine. »Ich kann nicht in einer Kirche um deinen Vater trauern, die Peter Whitaker bezahlt hat. Es wird einen kurzen Gottesdienst auf dem Friedhof geben.«

»Und die Trauerfeier?«

»Findet bei meiner Freundin Mary zu Hause statt. Es ist alles organisiert.«

Auf der Fahrt zum Friedhof sagte Francine nicht viel. Sie hatte die Hände ordentlich im Schoß gefaltet und starrte geradeaus. Emma versuchte sich auf die Straße zu konzentrieren, aber zu viele widersprüchliche Gefühle stürmten auf sie ein. Sie hatte Angst, dass ihre Mutter wegen Mitwisserschaft belangt wurde. Es reichte, wenn jemand aus der Praxis mit dem Finger in Francines Richtung wies. Da es ihr Mann gewesen war, der Dr. Whitakers Verbrechen aufgedeckt hatte, konnte es gut sein, dass jemand Francine aus Rache zu Fall bringen wollte.

Durch das dichte Laubdach drang nur wenig Sonnenlicht auf die Auffahrt zum Friedhof. Vor dem Eingang hatte sich bereits die Trauergemeinde versammelt. Als Emma parkte, entdeckte sie auch Caleb. Sie war so nervös, dass ihr der Schlüssel zwischen die Sitze fiel.

Francine nahm die Hand ihrer Tochter. »Emma, es wird alles gut. Bald wissen alle, was wirklich passiert ist in der Nacht, als Lucy starb. Caleb kann dir nicht mehr wehtun.«

»Hat es ihm jemand gesagt?«, fragte Emma.

»Vielleicht, aber ich glaube nicht, dass er es begreift. Falls er etwas sagt, tu mir den Gefallen und ignorier ihn einfach.«

»Leicht gesagt.«

Francine betastete das Kreuz um ihren Hals. »Heute ist ein schwerer Tag für uns beide.«

Emma beobachtete Lucys Vater durch die Scheibe. Wie gewöhnlich stützte er sich schwer auf seinen Stock. Die Frau, die sich bei der Begegnung in der Kirche um ihn gekümmert hatte, stand wieder in seiner Nähe. Erst jetzt begriff Emma, dass sie niemand anders als Nathans Verlobte Cynthia war. Cynthia hatte sich neben ihren Zukünftigen postiert, der sich, die Hände tief in den Taschen, halb von ihr weggedreht hatte. Es sah aus, als schien Nathan keine Lust zu haben, in Cynthias Nähe zu sein.

Francines Stimme war glockenhell. »Emma, es ist Zeit.«

Als sie aus dem Wagen stiegen, kamen ihnen Francines Freundinnen entgegen. Dot Whitaker hielt sich etwas abseits. Sie trug eine dunkle Sonnenbrille und einen riesigen Hut. Auf dem Weg über den Friedhof riskierte Emma einen schnellen Blick auf Lucys Grab. Die Blumen, die sie ihr hingelegt hatte, waren noch da. Weiter vorn hüpfte Calebs weißer Schopf auf und ab und strahlte in der späten Morgensonne wie ein Heiligenschein. Er schlurfte voran und redete mit Nathan, während Cynthia auf Stöckelschuhen hinter ihnen herwackelte. Emmas Mutter ging neben ihr. Sie schniefte leise und hielt sich hin und wieder an ihr fest, doch im Großen und Ganzen schritt sie aus eigener Kraft zum letzten Ruheplatz ihres Mannes.

Als Emma vor dem offenen Grab ihres Vaters stand, wurde ihr schwindlig, und der Geruch von frisch ausgehobener Erde biss ihr in die Nase. Sie stellte sich vor, wie der Spaten des Totengräbers den Erdboden durchschnitt, alles in seinem Weg fein säuberlich zerteilend. Als die anderen die Köpfe zum Gebet senkten, richtete Emma den Blick auf Caleb. Sein Kiefer war schlaff und klein, Äderchen musterten seine Nasenlöcher wie Flammen. Er hielt ihrem Blick stand mit nervös zitternden Lippen, als wäre er kurz davor, Worte wie Pfeile abzuschießen.

Dann verlagerte er das Gewicht und murmelte etwas, das nur seine Nachbarn hören konnten. Emma sah, wie ein erschrockenes Raunen durch die Menge ging. Jemand legte ihm die Hand auf den Arm, doch Caleb grunzte nur trotzig und humpelte in Emmas Richtung.

»Emma, hast du Lucy gesehen?«, fragte er mit zitternder Stimme und stellte sich neben sie. »Ich habe sie überall gesucht. Manchmal läuft sie mir einfach davon.«

Emma nahm seinen Arm, um ihn zu stützen. Das hatte sie nicht erwartet. Sie ließ den Blick über die Grabsteine schweifen, versuchte Lucys auszumachen, doch er war hinter einem Baum verborgen. Ihr Geheimnis war sicher.

»Wir können nachher zusammen nach ihr suchen, wenn du willst«, sagte sie.

Caleb überflog die Menge. »Was machen wir hier? Wer ist diesmal gestorben?«

»Mein Vater«, sagte Emma.

»Oh, das tut mir sehr leid«, sagte er mit gedehnten Worten. »Philip Long war ein guter Mann.«

»Ja, das war er«, sagte Emma. Sie nahm das Taschentuch, das er ihr hinhielt, und tupfte sich die Tränen ab. »Ich werde ihn vermissen.«

23

Ihre Mutter rief an, als Macy gerade auf dem Weg zum Friedhof von Walleye Junction war. Auf dem Beifahrersitz saß Gina und hielt sich einen Ryan-großen Brummschädel. Eine Sonnenbrille bedeckte ihr halbes Gesicht.

»Beruhige dich, Mom«, sagte Macy und stellte den Lautsprecher an. »Ich verstehe kein Wort.«

»Jemand hat versucht, Luke von der Kinderbetreuung im Fitnessstudio zu entführen«, sagte Ellen.

Das Vorderrad landete am Bordstein, und Macy verlor fast die Kontrolle über den Wagen. Neben ihr wurde Gina wach.

»Geht es Luke gut?«, fragte Macy.

»Ihm geht es bestens. Nur die Erwachsenen sind völlig fertig. Die Leiterin des Fitnessstudios hat die Polizei gerufen. Ich habe gesagt, sie sollen nach deinem alten Kollegen Brad Newman verlangen. Er ist unterwegs.«

Macy stoppte in der nächsten Haltebucht und kletterte auf den Beifahrersitz, während Gina um den Wagen herumlief. Sekunden später saß Gina am Steuer, und sie rasten mit heulenden Sirenen über die Route 93 nach Süden.

»Mom«, sagte Macy. »Wir sind auf dem Weg zurück nach Helena. Ich weiß, dass du durcheinander bist, aber du musst mir ganz genau erzählen, was passiert ist.«

»Einen Moment. Luke will hallo sagen.«

»Mommy?«

Macy liefen Tränen über das Gesicht. Gina griff nach ihrer Hand und drückte sie fest.

»Hallo, mein Schatz.« Sie versuchte ganz ruhig zu klingen. »Hast du es schön mit Granny?«

»Ich hab ein Bild gemalt. Für dich.«

»Das ist sicher wunderschön.«

»Ein Welpe. Hab ich gemalt.«

»Du hast mir einen Welpen gemalt?«

»Ja.«

»Ich bin bald zu Hause«, sagte Macy. »Zeigst du es mir, wenn ich da bin?«

»Ich hab dich lieb, Mami.«

»Ich hab dich auch lieb.«

Dann lauschte Macy der Stille.

»Mom?«, fragte sie.

»Ich bin hier«, sagte Ellen. »Die Polizei hält gerade vor dem Studio.«

»Ich will mit ihnen sprechen. Was weißt du bisher?«

»Eine junge Frau kam ins Fitnessstudio und hat sich für dich ausgegeben. Sie wollte Luke abholen. Die Frau am Empfang wurde misstrauisch, weil sie ihren Ausweis nicht vorzeigen wollte.«

»Wie sah sie aus?«

»Achtzehn bis zwanzig, blond, weiß und sehr dünn. Sie trug Jeans und eine Kapuzenjacke.«

Macys Gedanken überschlugen sich. »Das könnte Nicole Davidson sein.«

»Ist sie nicht in Chicago?«

»Es gibt bestimmt Überwachungskameras«, sagte Macy. »Sag ihnen, sie sollen nachsehen. Vielleicht können sie mir einen Link schicken.«

»Hat sie in ihrem letzten Brief erwähnt, dass sie nach Montana zurückkommen wollte?«

»Keine Ahnung. Ich habe den Brief nicht gelesen.«

Macy kramte in ihrer Handtasche herum und fand den Brief. Sie riss den Umschlag auf und überflog den Inhalt.

»Macy, bist du noch da?«, fragte Ellen. »Brad ist hier. Er will mit dir sprechen.«

Macy wurde das Herz schwer. Da stand es schwarz auf weiß: Nicole wollte bei ihnen in Helena leben. Sie war kreuzunglücklich in Chicago und wollte bei ihrem kleinen Bruder sein.

Aus dem Lautsprecher meldete sich eine Männerstimme.

»Macy? Hier ist Brad Newman. Ich habe gehört, du bist oben im Flathead Valley. Wie fühlst du dich?«

»Ging mir schon besser. Ihr müsst euch das Überwachungsvideo ansehen, um sicherzugehen, aber ich bin mir ziemlich sicher, dass wir nach Nicole Davidson suchen.«

»Rays Tochter?«

»Ich habe hier einen Brief von ihr. Sie wollte nach Helena zurückkommen, um bei ihrem kleinen Bruder zu sein.«

»Verdammt«, sagte Brad. »Sie bringen mir gerade das Video.«

»Würdest du sie wiedererkennen?«

»Kommt drauf an, wie sehr sie sich verändert hat«, sagte er. »Es ist eine Weile her, dass ich sie zuletzt gesehen habe.«

»Was siehst du auf dem Video?«

»Kapuzenshirt und Sonnenbrille. Schwer zu sagen.«

»Versuch, ein aktuelles Foto zu organisieren, und zeig es der Frau am Empfang«, sagte Macy.

»Alles klar. Auf dem Revier haben sie bestimmt irgendwo eins. Ich rufe dich an, wenn ich mehr weiß. Und mach dir in der Zwischenzeit keine Sorgen. Luke und deine Mutter sind in guten Händen.«

Macy sah zu, wie sich der Verkehr vor ihnen teilte, als Gina mit Blaulicht über die Route 93 raste. Seit über einer Woche trug sie Nicoles Brief mit sich herum.

»Ich hätte den verdammten Brief lesen sollen, als er kam«, sagte Macy.

Gina sah sie scharf an. »Mach dir keine Vorwürfe. Selbst wenn du ihn gelesen hättest, konntest du nicht ahnen, dass die Kleine auf eine so bescheuerte Idee kommt.«

»Nicole hat Probleme, aber ich hätte nie gedacht, dass sie gefährlich ist.«

»Wenn sie rausgefunden hat, wo das Fitnessstudio deiner Mutter ist, weiß sie wahrscheinlich auch, wo ihr wohnt.«

»Ich fürchte, da hast du recht«, sagte Macy.

Macys Telefon klingelte. Sie hielt es sich ans Ohr.

Brad klang außer Atem. »Es war eindeutig Nicole.«

Macy erinnerte sich an Nicole als Kind. Sie war so fröhlich und lebhaft gewesen. Zehn Jahre später, und sie riskierte eine Anklage wegen versuchter Kindesentführung.

»Bist du dir ganz sicher?«, fragte Macy.

»Rays ehemalige Assistentin hat uns Fotos geschickt, die sie gespeichert hatte. Die Empfangsfrau im Fitnessstudio hat sie zweifelsfrei erkannt.«

»Ich mache mir wirklich Sorgen um sie, Brad. Sie muss extrem verzweifelt sein, wenn sie so was tut. Gebt eine Personenbeschreibung raus und redet mit ihren Freunden und Klassenkameraden. Außerdem müssen wir ihre Therapeutin in Chicago kontaktieren.«

»Wird gemacht«, sagte Brad. »Wir stehen in Kontakt mit ihrer Mutter. Nicole ist vor zwei Tagen abgehauen.«

»Ich bin in gut vier Stunden in Helena«, sagte Macy. »Schick eine Einheit zum Haus meiner Mutter. Ich fürchte, Nicole weiß, wo wir wohnen.«

Macy las den ganzen Brief noch einmal. Er enthielt keine Hinweise auf einen möglichen Aufenthaltsort. Falls Nicole so clever war wie ihr Vater, könnte sie Macy jahrelang an der Nase herumführen. Macy lehnte sich in den Sitz zurück und schloss die Augen. Es würde eine lange Heimfahrt werden.

Quellen

Im Oktober 2014 erschien in der Zeitschrift *The Atlantic* ein extrem gut recherchierter Artikel mit dem Titel »The New Heroin Epidemic« (Die neue Heroin-Epidemie). Es ging darin hauptsächlich um meinen Heimatstaat West Virginia, doch der Bericht öffnete mir die Augen darüber, was in den letzten fünfzehn Jahren in den USA passiert ist. In den Quellen stieß ich auf den ebenso alarmierenden Artikel »Legal Drugs, Deadly Outcomes« (Legale Drogen, tödliche Wirkungen) in der *Los Angeles Times* vom November 2012, der berichtet, dass viele Amerikaner an opiathaltigen Schmerzmitteln starben, die ihnen ihr Arzt verschrieben hatte. Ich wusste sofort, dass ich darüber eine Geschichte schreiben wollte.

Danksagungen

Ich habe das große Glück, Felicity Blunt, Kari Stuart und den Rest des Teams bei Curtis Brown und ICM Partners auf meiner Seite zu haben. Ihr seid so gut zu mir! Vielen Dank auch an die Leute von St. Martin's Press und Minotaur für die harte Arbeit hinter den Kulissen, besonders an Elizabeth Lacks, deren Begeisterung und Ermutigung mir meine Arbeit so viel leichter machte. Ich danke auch meiner schlauen und kultivierten Freundin Alison Lee, die mir bei diesem Buch mit ihrer Kunstexpertise geholfen hat. Außerdem gilt mein Dank der kleinen Familie meiner zwangsverpflichteten Lektoren, die so geduldig durch mein Manuskript gewatet sind. Dani, Mom und Dad, ihr seid meine Helden! Matteo, mein Sohn, ist natürlich auch mein Held. Ohne dich und deine Schwester Dani wäre all das hier nicht möglich gewesen. Und schließlich sind da alle meine lieben Freunde, die mich bei jedem Schritt begleitet haben. Ich liebe und verehre euch alle!